The Heir
by Grace Burrowes

伯爵の求婚

グレース・バローズ
芦原夕貴=訳

マグノリアロマンス

THE HEIR
by Grace Burrowes

本書を以下の方々に捧げます。

はじめてわたしの創作活動にご助力くださった、いまは亡きノーマン・H・ランプマン氏へ。

そして、愛する家族のみんなへ——とりわけ、わたしを愛してくれる家族へ。

謝辞

著者の念願が形を変え、みなさんの読むすばらしい本になるには、大勢の人々の力が必要です。ご協力いただいたすべての方々に感謝しきれないかもしれませんが、ここで、長いあいだ辛抱強くサポートをしてくれた、編集者のデブ・ワークスマンに感謝を捧げます。エージェントのケヴァン・ライアンにもお礼を。ケヴァンは、出版に関する知識より（いまのところ）情熱が勝っている著者に耐えてくれました。美術部門、営業部門、編集部門の方々、編集のアシスタントのほか、貢献をしてくださった方々にも深く感謝を申しあげます。

それから、だれよりも家族にお礼を言わなければなりません。家族が教育と知的生活に重きを置いてくれたおかげで、わたしはこの作品を創作することができました。どうぞ本書を楽しんでください。

伯爵の求婚

主な登場人物

アンナ・シートン――ウエストヘイヴンの家のメイド頭。
ゲール・ウィンダム――ウエストヘイヴン伯爵。公爵の跡継ぎ。
ヴァレンタイン・ウィンダム――通称ヴァル。ウエストヘイヴンの弟。
デヴリン・セントジャスト――通称デヴ。ウエストヘイヴンの腹ちがいの兄。
パーシヴァル・ウィンダム――モアランド公爵。ウエストヘイヴンの父。
モーガン――ウエストヘイヴンの家のメイド。
グイネヴィア・アレン――通称グウェン。ウエストヘイヴンの亡き兄の妻。
ダグラス・アレン――アメリー子爵。グイネヴィアの再婚相手。
デイヴィッド・ワーシントン――フェアリー子爵。ウエストヘイヴンの友人で医者。

1

ウエストヘイヴン伯爵ゲール・ウィンダムは、なによりも好きなものを心ゆくまで楽しんでいた――孤独、平和、静寂を。

最良の計画とは、もっとも単純な計画である。ウエストヘイヴンはそのことばを反芻し、ブランデーをワンフィンガーぶん注いだ。やはり、ありふれた風景のなかにまぎれこむという弟の提案は、すばらしい案だった。公爵の跡継ぎで独身ともなると、上流社会で虎視眈々と娘の結婚相手を探す母親たちや、社交界にデビューしてまもない結婚の決意の固い娘たちを避けたくとも、そうそう簡単にはいかない。あらゆる集まりに出席するよう求められ、形だけでも顔を出さねばならないからだ。

だが、この夏は別だ。ウエストヘイヴンはにやりと笑った。今年の夏――うだるように暑いこの夏は、ここ、すばらしいほど閑散としたロンドンにとどまるつもりだ。田舎の領地で果てしなくつづく泊まりがけ《ハウス》のパーティにも、舟遊びにも、親睦会にも行くつもりはない。そうした場では、父がどこまでも自由にふるまえる。ウエストヘイヴンには、必要以上に父が有利な立場に立つのを許すつもりはなかった。

モアランド公爵である父は、ひと癖もふた癖もある頑固で無遠慮な男だった。父の生きがいは、跡継ぎである息子が結婚し、男子をもうけるのを見届けることだ。ウエストヘイヴンにとって、父を出し抜けるかどうかはプライドにかかわる問題だった。すでに一度、婚約を強いられたことがある。結局は土壇場になって、婚約者側の家族が反対したが。その一回で懲りた。ウエストヘイヴンは自分の責任をわきまえた従順な息子だった。頼りがいのある兄でもあり、父の代理で地所や投資の管理を進んでおこなう跡継ぎでもある。だが、顔に笑みを張りつけた、操り人形のような女との結婚を強いられ、発情期の犬よろしくつぎつぎと息子をつくらされるのはごめんだった。

　ふだんはもの静かなウエストヘイヴンだが、無意味な娯楽から昼も夜も解放された喜びで、浮きたつような気分になっていた。また、ちょっとしたことに注意が向くことに気づいた。たとえば、自分の街屋敷《タウンハウス》に薔薇やスイカズラの香りが漂っていることや、薪のない暖炉に、主人の目を楽しませるためだけに花が活けられていること。ひとりでとる食事が、以前よりもおいしくなっていること。シーツからはラベンダーの香りがし、以前より深く眠れること。夜更けには近所からピアノの音が聞こえ、早朝には厨房からかすかな笑い声が響いてくること。

　自分が修道院にいたら、模範的な修道士になっていたことだろう。ウエストヘイヴンは火の気のない暖炉のなかの薔薇を眺めた。薔薇は薪載せ台に置かれた花瓶に活けられている。だが、修道士にはひとりになる時間はないし、女と楽しい時間をすごすこともないと、ウエストヘイヴンは思いなおした。

　すると、その考えを裏づけるように、掃除係のメイドが静かに書斎へはいってきた。膝を折って軽くお辞儀をしたあと、部屋のそこここにある花瓶に水を足してまわる。ウエストヘイヴンは音も立てずに動きまわるメイドを眺め、いつからこの屋敷にいるのだろうと考えた。かわいらしい女だ。優雅さときびきびした感じを合わせ持っている。

メイドは暖炉のなかの花瓶に水を注ごうとして立ち止まった。暖炉ガード越しに手を伸ばし、薪のかわりに鎮座している薔薇の大きな花瓶に水を差している。火の気のない暖炉に花を飾ろうなどと、いったいだれが思いつくのだろうか。ウエストヘイヴンはぼんやりと考えたが、やがて、メイドが作業に手間取りすぎていることに気づいた。

「どうかしたか?」ウエストヘイヴンは尋ねた。いらだった声を出したつもりはなかったものの、そう聞こえたらしく、メイドがひるんで身を縮めた。しかし、背筋を伸ばしもしなければ、お辞儀をして去り、主人にブランデーを楽しませようともしない。

「どうかしたか?」ウエストヘイヴンは先ほどよりもゆっくりと言った。使用人のなかには、人の言うことをすんなり理解しない者もいるからだ。メイドは泣き声のような妙な声を漏らした。ことばになっていないものの、苦痛を示す声だ。その場所で身動きをせず、水差しを手にしたまま、暖炉ガードの上にかがみこむようにしている。

ウエストヘイヴンはブランデーグラスを置き、安楽椅子から立ちあがった。どうなっているのか調べたほうがいいと考えたのだ。メイドは妙な声を漏らしつづけている。耳に心地よい声ではなかった。このメイドに対して、なにも悪さをしたことはないのだが。

彼が暖炉に近づくと、メイドは明らかに離れようとした。ウエストヘイヴンはいらだったが、メイドの動きから、なぜ困っているのかがわかった——ボディスの前のボタンが、暖炉ガードの金網に引っかかっている。背があまり高くないので水差しをマントルピースに置けず、ボタンを片方の手だけではずさなければならないようだ。ところが、あいたほうの手は、バランスをとるのに必要だった。

「しーっ」ウエストヘイヴンは先ほどよりも優しい声で言った。なにしろ、自分には姉妹五人と母親がいる。女というものが大げさにふるまいがちなのは承知だ。「すぐに自由にしてやるから。じっとして、その水差しを渡してくれないか」

ウエストヘイヴンはメイドの指をこじあけるようにして、水差しの取っ手からはずさなければならなかった。メイドは相当に動揺している。とはいえ、まだなにも言わず、罠にかかった動物のように震える声を漏らしているだけだった。

「そんなにとり乱すことはない」ウエストヘイヴンはなだめるように言い、腰に腕をまわすようにして、メイドの体の前と暖炉ガードとのあいだに指先を入れた。「すぐに自由になる。今度からは、暖炉ガードをはずしてから花瓶に水を足したまえ」ひどく時間がかかったものの、ボタンをひとつ金網からはずし、つぎのボタンにとりかかった。すると、メイドの泣き声が大きくなった。

「しーっ」ウエストヘイヴンはふたたびささやいた。「痛い思いはさせないし、ボタンはもうすぐはずれる。だからじっとして——」

そのとき、最初の一撃を肩に感じ、焼けつくような痛みが走った。上等な麻のシャツと皮膚が裂けるのがわかる。すぐにつぎの一撃がつづき、ウエストヘイヴンはメイドを守ろうと、まわした腕に力をこめた。と、最後の一撃が後頭部に命中し、すべてが真っ暗になった。

ウエストヘイヴンはうめき声をあげた。ふたりの女がはっとし、彼を見つめた。

「くそっ、どうなってるんだ」ウエストヘイヴンは言った。前腕をついてうつ伏せの体を起こし、頭を左右に振る。時間をかけて起きあがり、床の上に正座し、なおも頭を振った。しかめた顔をあげ、部屋を見まわした。あの掃除係のメイドとメイド頭がいる。ウエストヘイヴンは頭のなかを探り、ものごとを関連づけようとした。この女もたしかにこの屋敷で働いているが、メイド頭にしてはずいぶん若い。ミセスなんだったか……メイド頭の敬称には必ずミセスが使われる……。

ミセス・サイドウェルか？　ウエストヘイヴンはメイド頭を凝視し、懸命に考えた。サマーズ……いや、シートンだ。

「こちらへ」かすれ声でミセス・シートンに言った。健康そうな長身の女で、いつも強行軍中の兵士のように屋敷内を歩いている。ミセス・シートンはおずおずと近づいてきた。

「ミセス・シートン」ウエストヘイヴンは険しい表情を向けた。「肩を貸してくれ」

メイドはうなずき、ひざまずいた。いまだけは、軍の指揮官のようには見えない。ウエストヘイヴンはミセス・シートンの肩に腕をまわした。動きを止め、いまのわずかな動作のせいで体じゅうに走った痛みをやりすごす。それから、時間をかけて立ちあがった。

「わたしの部屋へ」うめくように告げた。かなりの体重を預けると、頭がはっきりしてきた。ありがたいことに、ミセス・シートンは話しかけようとしない。立ち止まってウエストヘイヴン専用の居間のドアをあけ、暖炉脇にある長椅子の前でふたたび止まり、主人をそっとすわらせた。

ミセス・シートンは掃除係のメイドのほうを向いた。ふたりのあとから階段をのぼってきたらしい。「モーガン、お薬類とお湯ときれいな麻布を持ってきてちょうだい。急いでね」

モーガンと呼ばれたメイドは立ち去った。ドアをわずかにあけたままで。

「ドアをあけておくなんて、ばかげている」ウエストヘイヴンは小声で言った。「あのメイドは、わたしがこの状態できみに悪さをするとでも思っているのか?」

「そうではないと思いますけれど、作法を無視する必要もないのではないでしょうか」

「プライバシーのために、ドアを閉めてもらう必要がある」ウエストヘイヴンは反論した。「だいたい……」ことばを切り、目を閉じて、ゆっくりと息を吐き出した。「きみはわたしを殺そうとしたのだから、言い返す立場にはないだろうが、マダム」

「殺そうとなんてしておりません」ミセス・シートンは主人のことばを訂正した。「ご主人様の使用人を守ろうとしただけです。訪問客の不適切な誘惑から」

ウエストヘイヴンはうさんくさそうに、そして冷ややかな視線でメイドを一瞥した。しかし、ミセス・シートンは胸の前で腕をきつく組んでいた。目には、揺るぎない自信が宿っている。

「モアランズから今日もどると、伝言を送ったはずだ。それなのに、朝、みなを起こす係の者が起きていなかったじゃないか。で、きみはわたしを訪問客だと勘ちがいした」

「ここ二日間、郵便は届いていませんわ、伯爵様。暑さのせいか、ふだんどおりにものごとが進まないようです。それに、弟様はご主人様に会いにいらっしゃるとき、礼儀作法をあまり気になさいませんので」

「きみはわたしの弟が、掃除係のメイドを困らせるようなことをすると思ったのか？」

「あの方は親しげにふるまわれるのです」ミセス・シートンは胸を張って指摘した。「モーガンはだまされやすい娘ですし」そのとき、モーガン本人がもどってきた。膝を折ってお辞儀をし、言われたとおりに持ってきた医療品を長椅子の前の低いテーブルに置いた。

「ありがとう、モーガン」ミセス・シートンはこのメイドが相手だと、正面から見据えて話しかける。しかも、一語一語を明瞭に発音する。「つぎはお茶のトレーをお願い。マフィンとクッキーを添えてね」

マフィン？　ウエストヘイヴンは唇をゆがめたくなった。頭を殴られた男に、紅茶とマフィンを出すつもりか？

「ご主人様、テーブルにすわっていただけますか？」主人に話しかけるときには、ミセス・シートンは顔を見なかった。「お背中と……頭の傷の手当てができるように」

腹立たしいことに、ウエストヘイヴンはミセス・シートンの助けを借りなければならなかった。立ちあがり、体重を足から足へ移動させ、低いテーブルにすわるだけだというのに。

動くたびに、頭と肩全体に激痛が走った。このため、ミセス・シートンにすばやくボタンをはずされ、シャツをズボンから引き抜かれて脱がされたときも、朦朧としていた。

「シャツがだめになってしまったようですわ」

「シャツには替えがある」ウエストヘイヴンは言った。「だが、父はわたしの将来に期待しているようでね。だから早く手当てをしてくれ」

「ご主人様は火かき棒で殴られたんです」ミセス・シートンは言った。かがみこむようにして、ウエストヘイヴンの後頭部の髪を指でかき分けている。「この傷は、慎重に消毒しなければなりませんわ」

ミセス・シートンは先ほどのシャツを丸め、頭の傷に押しあてた。

「〝殴られた〟と受動態で表現したところで」ウエストヘイヴンは食いしばった歯の奥から言った。「自分を弁護することにはならないぞ、ミセス・シートン。なにしろ、殴ったのはきみなんだから。くそっ、痛いじゃないか」メイドは手を彼の額にあてがい、出血している頭の傷に、だいなしになったシャツを押しあてつづけた。

「出血がましになりつつありますわ」ミセス・シートンは言った。「お背中の傷は、さほどひどくはないようです」

「それはよかった」ウエストヘイヴンはつぶやいた。額にあてがわれた手のおかげで、痛みがずいぶんやわらいだ。そのせいだけではない。いい香りがする。花のような新鮮なにおいに、ミントとローズマリーのにおいがかすかに混じっている。夏の楽しい記憶を呼びさます香りだ。

やわらかい手がむき出しの肩に置かれたかと思うと、ミセス・シートンはふたたび苦痛を与えはじめた。今回の痛みの原因は消毒薬で、背中で業火が燃えさかるかのようだった。

「もうすぐ終わりますから」ほどなくミセス・シートンに言われたが、耳鳴りのせいであまり聞こえなかった。耳鳴りがやんだころ、ウエストヘイヴンは自分の顔が彼女のやわらかい腰の曲線に押しあてられていることに気づいた。肩は彼女の太腿に触れている。

「最悪な部分はすみました」ミセス・シートンはふたたび彼の肩に手を置いた。「申しわけありませんでした」心から悔やんでいるような口ぶりだ――主人が死ぬほどの苦痛を味わい、威厳をなくしたいまになって。

「傷はいずれ癒える」

「アヘンチンキをお飲みになりますか？」ミセス・シートンはウエストヘイヴンの前にひざまずいた。心配そうな顔をしている。「頭部の傷にはあまりよくないと言われてはいますが」

「これまでも具合の悪いときくらいあった。どうにかなる」ウエストヘイヴンは答えた。「だが、ガウンを羽織らせてもらわねばならない。そのあと、書斎から手紙類をとってきてくれ」

「ガウンを？」ミセス・シートンは、優雅な弧を描く黒っぽい眉をつりあげた。「では、従僕かだれかを呼んでまいりますわ。それか、ミスター・ステンソンを」

「無理だ」ウエストヘイヴンはどうにか自分で長椅子にすわりなおそうとした。「ステンソンはモアランズにいる。父の近侍がしばらく休暇をとっているから。しかも、従僕もいない。今日は半日勤務の日だろうが」もっともな説明を聞き、ミセス・シートンは主人の腰に手をまわして、長椅子に移るのを手伝った。

「わかりました、ガウンですね」ミセス・シートンが素直に従い、ガウンをとりにいく。ウエストヘイヴンはそのうしろ姿を見つめた。

むき出しの男らしい肩にガウンをかけるのは、どれほど難しいものなのだろうか。アンナは伯爵を目にして、いまの疑問を訂正せざるを得なかった——信じられないほどたくましくて広い、むき出しの肩に、だ。ああ困った。

もちろん、数カ月前にこの屋敷に来て以来、主人の姿は何度か目にしていた。伯爵は端正な顔をしていて、身長は六フィートを軽く超えている。緑色の目と濃い栗色の髪を持ち、貴族然とした血筋のよさそうな顔立ちをしている。アンナは伯爵が三十をすぎたばかりだろうと考えていた。とはいえ、その人となりについてはまだよくわからなかった。伯爵はしょっちゅう出かけ、使用人の住む階には滅多に足を踏み入れない。屋敷にいるときは、秘書かだれかと、書斎に長いあいだ閉じこもっている。

伯爵は秩序とプライバシーと規則正しい食事を好む。食欲は並はずれているものの、深酒はまずしない。水曜と金曜にはクラブに出かけ、火曜と木曜の午後には愛人を訪ねる。書斎にはバイロンとブレイクの詩集が並び、伯爵は夜更けにそれを読む。甘いものが好きで、馬をかわいがっている。疲れているときのほうが、そうでないときよりも多い。これは、彼の父である公爵が一族の財政状態をひどく悪化させたあと、跡継ぎであるウエストヘイヴン伯爵にその管理をまかせたせいだ。伯爵は財政を立てなおすのに、ほとんどの時間を割いている。

伯爵は兄弟のなかでただひとり生き残った弟、ヴァレンタインを溺愛しているようだ。また、亡くなったふたりの兄の死を、いまだに悼んでいる。

友人はいないが、顔は広い。

妻をめとるよう圧力をかけられているせいか、頑なにロンドンを離れようとしない。この街はいま、記憶にないほど暑いというのに。

これらの思考がアンナの脳裏に浮かんでは消えた。そのあいだに、アンナは伯爵の衣類のなかから、ダークブルーの絹のガウンを見つけ出した。伯爵の体には包帯を巻いてある。もし頭の傷が開いて出血したとしても、濃い色のガウンなら、血のしみは目立たないだろう。

「これでよろしいですか？」居間にもどったとき、アンナはガウンを掲げた。伯爵を見て眉根を寄せる。「顔色が悪いですね。わたしにはそう思えますわ。立てますか？」

「長靴《ちょうか》を先に脱がせるべきだ。わたしにはそう思えるが」伯爵は答え、大きな足の片方を低いテーブルに乗せた。アンナはむっとして唇を引き結んだが、長椅子にガウンを置いた。テーブルを斜めにずらして長椅子から遠ざけ、伯爵の長靴を脱がせた。意外にも、ほかの紳士の長靴とはちがい、飾り気のない靴だった。

「楽になった」アンナに靴下を脱がせてもらったあと、伯爵はむき出しのつま先を動かした。「手を貸してくれるか？」伯爵は手を差し出した。立ちあがりたいらしい。アンナはその手をつかみ、慎重に引っぱった。伯爵が立ったあとも、ふたりはしばらく手を握り合ったままでいた。やがて、アンナは腕を伸ばし、ガウンをとりあげた。ぎこちない手つきで、それを伯爵の片方の腕にすべらせ、もう片方の腕を通してもらい、最後に肩にかけた。

「おひとりで立っていられますか？」アンナは訊いた。主人の居間にいるのが、まだなんとなく気づまりだ。

「ああ」伯爵はそう言ったものの、痛みをこらえるように唾をのんだ。「丈の短いズボン《ブリーチ》を脱がせてもらえないか、ミセス・シートン」

伯爵がいまにも倒れそうなのに、いやだと言うつもりはなかった。とはいえ、アンナはブリーチの留め具をはずしたとき、伯爵がなんと服をすべて脱がせてもらいたがっているらしいことに気づいた。殺人未遂の罪で訴えようとしている相手に、服を脱がせてほしいと頼んでいるのだろうか。

「そんなにためらっていたら、わたしの一生が終わってしまうじゃないか。さほど過大な要求ではないだろう」

伯爵の言い方から、アンナとはまったくちがい、ふたりが接近していることを気にしていないことがわかった。そこで、アンナは身構えずにブリーチを伯爵の腰からさげた。

どうしよう、この人は下着を身につけていないわ。アンナが顔を真っ赤にしたとき、伯爵がふいに彼女の両肩に手を置き、バランスをとった。アンナは主人の足を片方ずつ持ちあげるようにして、ブリーチを脱がせた。伯爵はふたたびふらついた。痛みに襲われたらしく、二回ゆっくりと深呼吸をしてアンナに体重を預けた。裸体に羽織ったガウンの前が大きく割れ、伯爵の荒い息がアンナの頬にあたる。

「動かないでください」アンナは静かに言い、ガウンの腰ひもに手を伸ばした。ガウンの前を閉じ、腰ひもをしっかりと結んだが、やはり目にはいってしまった……。

この顔の赤みは、どうしたって引かないだろう。フランばあやのように——厨房にすわり、ジョージ一世の時代の話をするばあやのように年をとったとしても。

「ベッドへ行ったほうがいいだろうな」伯爵は言った。つらそうな声だ。

アンナはうなずいた。主人の腰を支えて少しずつ前に進み、つづき部屋へはいる。大きな四柱式のベッドを囲むようにもうけてある、短い階段をのぼった。

「ちょっと待ってくれ」伯爵は苦しそうに言い、アンナにふたたび体重を預けた。アンナは主人をベッドの足元の支柱にもたれさせておき、そのあいだに上がけをめくった。

「うつ伏せに横たわったほうが、痛みがましだと思いますわ、ご主人様」伯爵はうなずいた。決意の宿った暗い目でベッドを凝視している。アンナは伯爵の脇へ行き、慎重に、しかし速やかにベッドの枕元へ連れていった。体の向きを変え、ふたりでベッドの端へ腰をおろした。

伯爵はふたたび動きを止めた。アンナの肩に腕をまわしたまま、ひと息ついている。

「わたしの手紙」思い出させるように言った。

アンナは疑わしげに眉根を寄せたがうなずいた。「動かないでくださいね、伯爵様。転んで頭を打ったら、大変ですから」

ミセス・シートンはふだんのようにきびきびと歩いた。ウエストヘイヴンはその姿を見て楽しみながら、先ほど言われたことについて考えた――もし自分が死んだら、弟のヴァレンタインは許してはくれまい。つま先でベッドの下からそろそろと室内用便器を引きずり出し、用を足すと、蓋の取っ手に足の指を引っかけ、できるだけ静かにそれを閉めた。その後、便器をベッドの下へ押しもどした。

なんてことだ。ペニスを軽く振ったとき、ウエストヘイヴンは考えた。メイドに大事な部分を見られてしまった……。

見られてしまったことに憤慨すべきなのだろうが、ウエストヘイヴンが感じたのは、おもしろおかしい気持ちと、必要な世話をしてくれたミセス・シートンへの感謝に似た気持ちだけだった。もちろん、ミセス・シートンは医者を呼びにやることもできただろう。しかし、ウエストヘイヴンは医者を毛嫌いしている。あのメイドはそれを知っていたにちがいない。

慎重にベッドの頭のほうへ手を伸ばし、枕の配置を変えると、脇を下にして横たわれるようにした。手を伸ばしたせいで背中が痛んだので、ミセス・シートンがもどってきたときには、まだベッドにすわっていた。

ウエストヘイヴンは片方の眉をつりあげた。「紅茶?」

「お体にさわりはしませんわ」ミセス・シートンは答えた。「冷たいレモネードもお持ちしました。ちょうど今朝、倉庫から貯氷庫に氷が届けられたんです」

「では、レモネードをもらおう」

ウエストヘイヴンのつづき部屋は通りに面してはいない。ほとんど日があたらない、天井の高い部屋だ。とりわけ居心地がいいのは、おそらく高窓があけ放してあるからだろう。そのほうが、熱気が上から外へ逃げやすい。

ミセス・シートンは水滴のついた細長いグラスを手渡した。ウエストヘイヴンは慎重に口をつけた。たっぷり砂糖がはいっていたので、ぐっと飲んだ。

「きみは飲まないのか？」ウエストヘイヴンは尋ねた。ミセス・シートンは部屋のなかを動きまわっている。

「伯爵様はわたしの雇い主でいらっしゃいます」ミセス・シートンはナイトテーブルのところへ行き、水差しを手にとると、窓際に飾られた花に水を与えた。「薔薇が水をほしがっているようですわ」

「ということは、きみか？　わたしの屋敷を花屋に変えたのは」ウエストヘイヴンはレモネードを飲みおえてから言った。

「ええ。ご主人様はとてもすてきなお屋敷をお持ちです。花を飾れば、そのよさが引きたちますもの」

「一時間以上眠っていたら、起こしてもらえるかい？」ウエストヘイヴンは腕を伸ばしてグラスをトレーに置こうとしたが、ナイトテーブルに手が届かなかった。ミセス・シートンはグラスを受けとり、目と目を合わせた。

「夜が明けるまで、一時間ごとにようすを見にまいりますわ。でも、軽食も夕食も召しあがっていませんから、お休みになる前になにか口になさったほうがいいと思います」

ウエストヘイヴンはトレーに目をやった。大きくて甘そうなマフィンを載せた皿が置いてある。ベリーがたっぷりはいっているようだ。

「半分でいい」ウエストヘイヴンは慎重に言った。「それから、なんだったらすわってくれ」マットレスを軽く叩く。「女がうろうろと歩きまわるのには耐えられない」

「ときどき公爵様と同じような口調でものをおっしゃいますね」ミセス・シートンはマフィンを半分に切り、彼の脇にすわった。「帝王のような口調で」

「軽々しい口調じゃないのか」ウエストヘイヴンは疑わしげな視線でマフィンを一瞥したのち、ひと口食べた。

「伯爵様のお父様は軽々しいお方だとは思いませんけれど、ときどき軽々しい策略をお考えになりますね」

「どうやらうちのメイドには、人を見る目があるらしい」ウエストヘイヴンはにやりと笑った。「まあまあのマフィンもつくる。半分無駄にするより、すべて食べてしまおうか」

「こちらの半分には、バターを塗りましょうか?」

「ほんの少しだけ。それにしても、きみはなぜ父の策略について知っているんだ?」

「使用人部屋では、うわさ話が絶えないものなんです」ミセス・シートンは肩をすくめたが、危険なほど出すぎた真似をしていることに気づいたにちがいない。しばらく黙ったまま、マフィンにバターを塗った。「公爵様は、ご主人様が毎週きまってお出かけになるとき、ご主人様のようすを探らせていらっしゃるといううわさです」

「軽々しいのは」ウエストヘイヴンは言い返した。「社交行事のたびに、わたしを待ち伏せる若い淑女を、罠にはめようとしている父のふるまいだよ、ミセス・シートン。あの淑女たちは、みずから肉屋に殺されにいく子羊そのものだな。未来の公爵夫人になれるかもしれないと考えているらしいが、そうはいくものか」愛人の屋敷にスパイがいるとしたら――ウエストヘイヴンは暗い気持ちで考えた――とんでもない話だ。「父がどんな策略をめぐらそうと、あいにく、わたしは妻を自分で選ぶつもりでね。ところで、マフィンはひとつしか持ってこなかったのか？」ウエストヘイヴンは、ひと口大しか残っていないマフィンを振ってみせた。

「まああだと思っていただけたときのために、もうひとつ持ってまいりましたわ。またバターを塗りましょうか？」ミセス・シートンは、トレーの脇にあり、麻布を敷いたかごから、ふたつ目のマフィンをとり出した。

ウエストヘイヴンはメイドの目を一瞥した。そのいたずらっぽい目つきを見て、思わず唇の端をひねって微笑んだ。

「ほんのひと塗りでいい。それから、レモネードをもう少しだけもらおうか」

「わたしを訴えるおつもりじゃないですよね？」ミセス・シートンは気軽な口調でそう言ったあと、眉をひそめた。ことばが勝手に口から出てしまったかのように。

「それはすばらしい案だな」ウエストへイヴンは言い、二個目のマフィンを受けとった。

「訴えて、モアランド公爵の跡継ぎが、メイド頭に――掃除係のメイドを主人が手籠めにしようとしていると勘ちがいをしたメイド頭に――殴られたことを世間に知らしめるのか」

「実際、そうでしたもの。あれは褒められたことではありませんわ、ご主人様」

「ミセス・シートン」ウエストへイヴンは冷ややかな目でメイドをにらんだ。「わたしは自分の庇護下にある使用人に言い寄りはしない。あのメイドは、ボタンを暖炉ガードの金網に引っかけてしまい、とることができなかった。それだけの話だ」

「ボタンが……？」ミセス・シートンは片方の手で口を覆った。その表情から、ウエストへイヴンの説明によって、彼女が自分で導いた結論を一変させたことがわかった。「ご主人様、どうかお許しください」

「いずれ傷は癒えるさ、ミセス・シートン」メイドのとり乱しように思わず微笑みかけた。「次回は、ただ『ご主人様、なにをなさっているんですか？』と言えばいい。そうすれば、ふたりとも大きな屈辱を味わわずにすむだろうな」ウエストへイヴンはグラスをメイドに手渡した。「だが、仕返しはさせてもらう」

「そうなんですか？」

「ああ。わたしはひどくあつかいにくい患者でね」

日が落ちて、アンナが居眠りをしかけたとき、伯爵の呼びかけが、となりの部屋から聞こえてきた。

「ご主人様？」

「来てくれ。今後は、自分の屋敷で自分の使用人を呼ぶのに、叫んだりはしないからな」

ああ、この主人は将来、さぞしゃくにさわる公爵になることだろう。アンナはむっとして立ちあがり、寝室へ行った。「ご用はなんでしょうか」できるだけ朗らかな声を出した。

「横になったまま、ペンとインクでものを書こうとするのにはうんざりでね」伯爵は言い、金縁眼鏡越しにアンナを見た。「膝に載せる机《ラップデスク》を持ってきて、手伝ってもらえないだろうか」

「もちろんですわ」アンナは居間へ行き、ラップデスクを持ってきた。しかし、ベッドのところへもどるや、自分がすわる椅子がないことに気づいた。

「ベッドの端にすわればいい」伯爵は待ちきれないようすで言った。不適切な提案に、アンナはつい不機嫌な顔で——相当に不機嫌な顔で、伯爵を見た。しかし、上靴を脱いでベッドにのぼると、膝を折ってすわり、支柱にもたれた。

「読み書きはできるか？」伯爵は訊いた。またもや眼鏡越しにアンナをじろじろと見ている。

「フランス語と英語とラテン語でしたら。ドイツ語とゲール語とウェールズ語とイタリア語は、かじった程度です」

伯爵はいまのきつめの口調を聞き、一瞬眉をつりあげたが、アンナが落ち着くのを待ってから、領地の土地差配人への手紙の内容をゆっくりと口頭で伝えた。土地差配人に対しては、干し草を大量につくる手配をしたことを褒め、とうもろこしの成長を待つあいだ、灌漑用水路の整備を最優先にしてほしいと頼んだ。

それから、公爵の依頼どおり、港に関する手紙がモアランズへ送られることになった。ほかにも、伯爵領内の村に住む女に送る、夫が亡くなったことに対するお悔やみの手紙もあった。こうして、何通もの手紙が書きあげられ、真夜中が近づいた。

「ミセス・シートン、疲れたか？」アンナが手を止め、羽根ペンの先をカットしたとき、伯爵は尋ねた。

「口述筆記はそれほど大変ではありませんわ、ご主人様」アンナは言った。実際にそうだった。伯爵の声がすばらしかったからだ。伝言に集中しているせいか、そのバリトンの甘い声には、いつものような横柄な調子はなく、はっきりした子音とやわらかい母音の響きが残る。受けた教育水準の高さと、家柄のよい裕福な家に育ったことをうかがわせる声だった。

「わたしの秘書も、きみのように親切だったらどれだけいいことか」伯爵は言った。「くたくたでないのなら、厨房から飲みものをとってきてもらえるだろうか。長々としゃべったせいで声がかすれていなければ、こんな頼みはしないのだが」

「ほかに厨房から持ってくるものはありますか？」アンナはラップデスクをナイトテーブルの上に置いた。

「あのマフィンがあったらいいかもしれない」ウエストヘイヴンは言った。「胃の調子がいいとは言えないんだが、さっきひとつ食べてみたら、すんなりおさまった」
「あら、ふたつ召しあがりましたよね」アンナは振り返って言った。

ウエストヘイヴンはメイドに言いたいことを言わせておき、ふたたび彼女のうしろ姿を眺めて楽しんだ。年は三十をはるかに下まわっていそうだ。ナポレオンが何年も悪事を働いてきたせいで、巷には戦争で夫を亡くした女があふれている。おそらく、ミセス・シートンもそのうちのひとりだろう。

ミセス・シートンが若いだけでなく、きれいな顔立ちをしていることに、今日はじめて気がついた。もちろん、本人は自分を美しく見せようとはしていない。使用人という立場にある女で、気がたしかな者ならば、そんなことはしないものだ。とはいえ、ウエストヘイヴンの鋭い目には、さえない茶色のドレスの下に、すばらしい体が隠されているように見えた。先ほど近づかざるを得なかったときに、それが容易にわかったのだ。ミセス・シートンの髪はつややかな濃い茶色をしていて、ところどころ赤や金色のすじが交ざっている。目はやわらかい感じの明るいグレーだ。顔立ちはどことなくエキゾチックで、東洋系か、地中海系か、あるいはロマのような感じだった。ウエストヘイヴンの愛人とは正反対のタイプだ。愛人は金髪碧眼の小柄な女で、上流社会の周辺で如才なく生きている。

ウエストヘイヴンは眉根を寄せ、なぜベッドの相手に小柄な女を選んだのだろうと自問した。長身の女のほうが、自分にはもっとしっくりくるだろうに。といっても、どんな容姿の女であれ、愛人を見つけるのは至難の業だ。伯爵という地位を考えると、娼館を頻繁に訪れるのは気が進まない。積極的な未亡人を試すのもいやだ。そうした女たちは、ウエストヘイヴンを結婚という罠にはめようとするだろう。若い淑女たちと同じくらいすばやく。

そんなわけで、ウエストヘイヴンはエリースと一緒にすごすことを選んだのだった。彼女がロンドンにいるときだけだが。

ウエストヘイヴンは眉をひそめたまま、弟のヴァレンタインからの手紙を拾いあげた。弟はモアランズにいて、父と母がそこで二週間の休暇をすごすあいだ、さまざまなことに目を光らせている。ヴァレンタインは領地にいるときがいちばん幸せそうだ。昼となく夜となくピアノを弾き、田舎での乗馬を楽しむ。

しかし、時間を無駄にはしなかったらしく、手紙には短い追伸が書かれていた。『兄上がタムレー・ストリートに借りた土地は、兄上の留守中に、種を植えられたとは言わないまでも、レンフルーによって耕されている。果たして、収穫はだれの手に渡るのだろうか』

エリースが住む貸家は、タムレー・ストリートにある。レンフルー男爵とは、女たちにちやほやされるたぐいの、享楽的な色男だ。まあ、エリースには彼女なりの楽しみを許してやろうと、ウエストヘイヴンは考えた。エリースとは現実的な契約を交わしてあった。ふたりともロンドンにいるとき、ウエストヘイヴンが予約をすれば、向こうは時間をあけておくことになっている。それ以外の時間は、ふたりともそれぞれ好きな場所で楽しみを見つける。

ウエストヘイヴンの場合、時間が――そして遊ぶ気が――あればの話だが。いずれにしろ、最近は時間もないし、そんな気にもなれない。

「お飲みものを持ってまいりました、ご主人様」ミセス・シートンはベッドの端にトレーを置き、グラスを差し出した。

ウエストヘイヴンはトレーを一瞥し、メイドをじっと見た。「バルコニーのほうが、居心地がよさそうだな」

「お望みのままに」ミセス・シートンはトレーにグラスをもどし、フランス窓をあけてくると、ベッドの脇に立った。ウエストヘイヴンは慎重にベッドの端まで行き、メイドが横にすわって腰に手をまわしてくれるまで待った。

「なんの香りだ?」彼女が立とうとしたとき、ウエストヘイヴンは訊いた。

「手製の香水ですわ」ミセス・シートンは言い、彼を横目で見た。「ラベンダーを中心に、いくつかほかの香りを混ぜてあります。今年はとくに出来がよかったみたいですね」

ウエストヘイヴンは顔を近づけて香りを嗅ぎ、あらためて考えた。

「ラベンダーのほかに、なにか甘い香りがする」自分のなれなれしいふるまいを気に留めず言った。「ユリか?」

「そうかもしれません」ミセス・シートンが顔を赤らめ、膝に視線を落とす。「嗅ぐ人の感覚によって、香りは変わるものですわ。まわりのにおいによっても」

「つまり、わたし自身のにおいによってもか?」それは考えなかった。なるほど」

ウエストヘイヴンはもう一度彼女の香りを嗅いだあと、背筋を伸ばして立ちあがった。やはり、情けないことに、しばらくメイドの肩に体重を預けてバランスをとらなければならなかった。「進んでくれ」めまいが落ち着いてから言った。ほどなく、ふたりはバルコニーへ、絹のような夏の闇のなかへ出た。

「スイカズラ」ウエストヘイヴンは夜の闇に漂う香りのことを指して言った。

「それもはいっていますわ」ミセス・シートンは言った。ふたりはクッションを敷いた籐の長椅子に近づいた。このバルコニーからは裏庭が見渡せる。眼下で咲く花のにおいを、微風が運んできた。

「一緒にすわってくれ」ウエストヘイヴンは長椅子に腰をおろして言った。もどりかけていたミセス・シートンが足を止める。その態度には、命令口調が多すぎるのではないかと警告するような雰囲気があった。「頼む」ウエストヘイヴンはそう言い足したものの、自分の声からおもしろがるような響きを消すことはできなかった。

「きみは労働者階級の出じゃないな」ウエストヘイヴンは言った。ミセス・シートンは籐の揺り椅子のほうへすわった。

「ジェントリ階級（貴族のすぐ下の階級）のはしくれです」そう答えた。「かろうじて」

「兄弟は？」

「妹と兄がおります。ご主人様、レモネードはいかがですか？」

「頼む」ウエストヘイヴンは、闇のなか階下まで飲みものをとりにいかせたことを思い出した。

月が出ておらず、バルコニーは漆黒の闇に包まれている。このため、ミセス・シートンは
グラスを手にとったあと、もう片方の手でウエストヘイヴンの指を探りあててから、両手で
グラスを持たせた。
「お体が熱いですね」ミセス・シートンは言った。心配そうな口調だ。ウエストヘイヴンへ
ふたたび手を伸ばす。手の甲を額にあてるつもりだったにちがいないが、その手は彼の頬に
あたった。「失礼しました」さっと手を引っこめる。「熱が出てきたのではないですか？」
「いいや」ウエストヘイヴンはそっけなく言い、グラスを置いた。ミセス・シートンの手を
とり、自分の額に触れさせた。「気温のせいだろう」
なんとなく――思いすごしかもしれないが――ミセス・シートンが指で彼の髪をなでつけ
てから、席にすわりなおしたような気がした。そうだったとしても、母親のような気持ちで
そうしたにちがいない。それに、エリースとしばらく会っていないせいで、みだらな方向へ
解釈してしまうだけだろう。
「頭の具合はいかがですか？」
「ずきずきしている。背中は燃えるようだよ。あの栗色の去勢馬のしつけも、しばらくお預
けだな。きみは相当な力で殴っただろう。真っ昼間だったんだから、わたしが悪さをしたと
しても、せいぜいあのメイドの体をまさぐるくらいだっただろうに」
長々と話した結果、ミセス・シートンのほうから聞こえてきたのは、ごく静かなあくびの
音だった。

「ミセス・シートン、わたしの相手はそんなに退屈か？」ウエストヘイヴンは腹を立ててはいなかったし、まさか残念そうな声が出るとは思わなかった。

「今日は一日が長くて。水曜は市場で大量に買いものをする日なんです。料理人と一緒に、一日かけて買いだめをするんですよ。男性の使用人たちが半日勤務で、彼らの世話をせずにすむものですから」

「疲れているんだな」ウエストヘイヴンは言った。「休んできたまえ、ミセス・シートン。わたしの居間の長椅子で休めるだろう。きみの手が必要になったら呼ぶから」ミセス・シートンは立ちあがったものの、ためらった。だれもが知っている礼儀作法と貞操観念について、ウエストヘイヴンに説教をはじめそうなようすだった。

「行きたまえ、ミセス・シートン」ウエストヘイヴンはうながした。「わたしはひとりの時間を大事にしているし、考えるべきことがたくさんある。ここで居眠りしたりなどしない。きみは少なくとも仮眠をとるべきだ。わたしはふだん、人の助けを必要としない。うちのメイド頭でなければ、それがわかったのだろうが」

そのことばで不安が静まり、決意が崩れたにちがいない。ミセス・シートンはバルコニーを去った。ウエストヘイヴンは飲みものに口をつけ、ゆっくりと考えをめぐらせた。

あの娘の香りは、夏の夜気の芳香と見事に混じり合っていた。彼女を味わいたい、ラベンダーと薔薇とスイカズラの味がするのかをたしかめたいと、男に思わせる香りだ。ウエストヘイヴンは記憶を探り、思い出そうとした。自分はいつ、あの美しい娘を――必要以上に若く、必要以上に過保護なミセス・シートンを雇ったのだったか。早春かもしれない。ウエストヘイヴンが公爵のタウンハウスを出る決意を固めた時期だ。あの家に住みつづけていれば、父を絞め殺していただろうし、遠い親戚にあたる淑女たちのパレードは終わらなかっただろう。その淑女たちは、ウエストヘイヴンの母に〝繁殖用の雌馬〟として連れてこられたのだった。

すべてが屈辱的だった。両親の気持ちはわかる。息子をふたり亡くしたため、生き残った息子たちに――跡を継ぐ資格のある息子ふたりに、なにがなんでも子孫をもうけてもらいたいと思っているのだ。弟のヴァルは男のほうが好きだというふりをしているが――少なくとも、ふりをしているだけだと本人は言う――弟の気持ちも理解できる。ヴァルは父親のしつこい干渉に悩まされるよりはましだと考えているらしい。ウエストヘイヴンはまた、継兄《あに》のデヴリンが、ワーテルローの戦いと半島戦争の後遺症から回復するのに数年かかることもわかっている。

しかし、わからないのは、父の代理で公爵の仕事を片づけるのに忙殺されているいま、どうやって時間を見つけ、ベッドの相手としても、自分の子どもの母親としても、あるいは朝食の友としても耐えられる女を探せばいいかということだった。

「ウエストヘイヴン！」エリースが居間の向こうから腕を広げて飛んできたかと思うと、ウエストヘイヴンを情熱的に抱きしめた。「わたしに会えなくて寂しかった？」豊かな胸を押しつけ、頰にキスをする。「あなたに会えなくて、わたしは死にそうだったわ」両手で彼の腕をつかんだまま、乳房を今度は上腕に押しつける。「一カ月は長すぎるわ。そう思わない？　わたしの留守中、きっと悪いことばかりなさっていたんでしょうね。でも、こうして帰ったんだから、悪さはなしよ」

エリースはぺらぺらとしゃべりつづけ、彼の服を引っぱって脱がせようとしている。一瞬、ウエストヘイヴンはいらだちをおぼえた。欲望とは、疲労や空腹や寝苦しさのように、体が感じるものだ。ふだん、ウエストヘイヴンは週に二回、ときにはもっと、自分の欲望を満たすようにしていた。しかし、最近はその回数が減っている。エリースがハウスパーティへ出かけて一カ月留守にしても、まったく不便を感じなかった。そのことに、我ながらやや驚いた。

しかし、エリースは帰ってきたし、これまで一カ月ほどご無沙汰している。ウエストヘイヴンの服は、つぎつぎと床の上に積みかさなっていった。

「エリース」ウエストヘイヴンは愛人の手をつかんで止めた。「わたしが服を脱ぎちらかすのが嫌いなことは、わかっているだろう」

「裸になるのは好きなくせに」エリースは茶化すように言った。身をかがめ、シャツとベストと幅広のタイ《クラバット》を拾いあげる。それらを椅子の背にかけ、ウエストヘイヴンを手で押して、寝椅子にすわらせた。そうすると、長靴を脱がせやすい。「わたしもあなたを裸にするのが好きよ」金色の髪を振り乱し、エリースは服をすべて脱がせおえた。いつもは、これほど熱心にふるまいはしない。

「少し肉がついたかしら」エリースはブリーチを椅子の上にほうり投げた。「前ほど痩せてはいないわね、ウエストヘイヴン。あらまあ、見て。あなた、わたしに会えて嬉しいのね」

ともあれ、彼の下腹部は愛人に会えたことを喜んでいた。このため、エリースに押されてばかげた赤い寝椅子に横たわるころには、ウエストヘイヴンは禁欲するのは一カ月でじゅうぶんだという結論を出した。

「あなたを味わわせてちょうだい」エリースはまだ化粧着をまとっている。そのまま寝椅子の上にあがり、ウエストヘイヴンの腰の脇にひざまずいた。

めずらしいことだった。エリースは庇護者としてのウエストヘイヴンを気に入っている。公爵の跡継ぎが自分を愛人として選んでくれたことにも満足しているようだ。だが、ウエストヘイヴン自身や、営みを特別に好きなわけではなさそうだった。この点にウエストヘイヴンはやや不満だったものの、エリースが気にしていないのと同じく、さほど気にならなかった。互いに個人的な愛着を抱いていないほうが、なにかと都合がいいからだ。

ウエストヘイヴンは舌を這わされ、強烈な快感をおぼえた。彼女のほかの技がもたらす感覚をすべて合わせても、これほど気持ちよくはないだろう。しかし、これまでエリースは、あまりこうした技でもてなそうとはしなかった。このため、ウエストヘイヴンはふだん、もっと平凡な営みで満足していた。最後に会ってからしばらく経っているうえ、情熱的に口を使われているせいで、自分を抑えることが難しかった。

「これでは、口のなかで果ててしまうぞ」数分後、ウエストヘイヴンは警告した。「そうして吸われると、つい――」

「そんなのだめよ」エリースは視線をあげた。はっとしている。それから、化粧着の前を開き、ウエストヘイヴンの脇に横たわった。「あなただけが楽しむなんて、許さないわ」

エリースが進んで脚を開いたので、ウエストヘイヴンは寝返りを打ち、彼女に覆いかぶさった。

「いつもきみの面倒を見ているだろう、エリース」そう言って彼女の首に鼻先をこすりつける。エリースはあまり口にキスをしてほしがらないが、胸への愛撫は嫌いではないようだ。

「そうね」エリースは言い、体を弓なりにした。「ずいぶん時間がかかるけれど」からかうような口調だったものの、かすかにいらだちと不愉快さが含まれているようだったので、ウエストヘイヴンは前戯を省き、彼女の入り口を自分自身で探りあてた。

「どうやら――」そのまま奥まで貫こうと腰を押し出しはじめた。「きみはただ、快楽に飢えていたようだな、エリース」

「そうよ」エリースは言い、ウエストヘイヴンのウエストに脚を巻きつけ、彼の腰のうしろで自分の足首をからめ合わせた。「ねえ、気が変になりそうなほど奪ってちょうだい。おしゃべりはもういいわ」

ウエストヘイヴンの下腹部はその考えに喜んで同意したものの、警戒心と冷静な部分が、愛人のようすがおかしいことにかろうじて気づいた。情熱的なふるまいには、別にわざとらしさはないものの、かといって……心からのものには見えない。

「もっと強く」エリースはうながし、腰を浮かせて彼の突きを迎えた。「今日は荒っぽくしてほしいの、ウエストヘイヴン」

荒っぽく？　いったいどこからそんな考えが浮かんだのか。ウエストヘイヴンは言われたとおりに強く突きあげ、自身の興奮が増すのを感じた。しかし、エリースのかかとが背中を強く圧迫していたため、それが気になって自分を失わずにすんだ。そして、エリースの息遣いに耳を傾け、その絶頂が近づくのを待った。

「ああ」エリースは腰を激しく彼に打ちつけた。熱烈に歓迎しているように見えるものの、どうも彼女らしくない。「ああ、いいわ、ウエストヘイヴン……」

エリースはより激しく腰を動かし、ウエストヘイヴンは達しそうになった。しかし、自分を抑え、エリースが完全にのぼりつめるのを見届けてから、背をそらして自身を引き抜こうとした。

エリースがより強くしがみつき、脚で彼のウエストを締めつけた。

ウエストヘイヴンは体を急にひねると、万力のような抱擁から逃れ、身を引きはがした。

「おい、なんのつもりだ？」ウエストヘイヴンは大声で言った。膝を折ってすわり、抑圧された欲望を感じて荒い息をした。エリースはウエストヘイヴンを見あげていた。その目は情熱と怒りで潤んでいる。

「どうして？」エリースは金切り声で応じた。「なぜ一度くらい、ほかの男たちのように果てくださらないの？　そんなに慎重にふるまうなんて。ふつうの営みもできないのね、ウエストヘイヴン。こんなときですら、爵位を意識するなんて！」

「いったいなんの話だ？」ウエストヘイヴンは唖然として愛人を凝視した。「わたしの条件を承知しているだろうが、エリース。それに……」

ウエストヘイヴンは相手の顔を眺め、はたと気づいた。

「なんてことだ、エリース」息を切らして寝椅子の端へ行き、彼女に背を向けてすわった。

「きみはレンフルーの子を宿し、それをわたしの子として育てたかったんだな」エリースの目を見なくとも、またもやこれが、息子を結婚させるための父の策略であることはわかった。レンフルーは長身で緑色の目と茶色い髪をしている。そして、どうしようもない女たらしだ。

「公爵閣下は約束してくださったもの……」エリースはさめざめと泣いた。「子どもを授かったら、公爵閣下があなたとわたしを結婚させてくださるって、使いの方は言ったわ」

ウエストヘイヴンは腹を立ててかぶりを振った。「エリース、公爵は結婚などさせてくれないぞ。授かったのはレンフルーの子どもだと、わたしが報告すれば」

「それが本当かどうか、どうしたら閣下にわかるというのよ」

「わたしは愚か者ではない。きみのなかに種を放ったことはないだろうが。少なくとも、父はそれくらい信じてくれる」ウエストヘイヴンは立ちあがった。

「どこへ行くの？」エリースは上体を起こし、化粧着の前を合わせた。ウエストヘイヴンに裸体を見られたら困るかのような仕草だ。

「冷水浴でもするかな」ウエストヘイヴンは服をより分けはじめた。「ダイヤモンドがいいか？　エメラルドか、あるいはルビーか？」

「全部ほしいわ」エリースは胸の前で腕を組んだ。「だって、あなたとのおつき合いは大変だったんですもの」

「そうか？」ウエストヘイヴンはそう言われて一瞬当惑したが、ふたたび服を着はじめた。「なぜだ？」

「たしかに営みだけの関係だけれど」エリースは寝室全体を手で示した。「それでも、あなたが相手にしているのは、人格を持った女なのよ」

「それをわたしがわかっていないとでも？　わたしはきみの悦びのことを考えなかったか？」ウエストヘイヴンは尋ねた。虚勢を張りたいという気持ちよりも好奇心のほうが強かった。

「あなたって人は」エリースは心ならずも、愛情のこもった目つきでウエストヘイヴンをにらんだ。「今日、出かけるとき、ポケットにリストを入れてきたのでしょうね。去勢馬の右のうしろ脚の蹄鉄を替えること。世界をどう動かすか考えること。エリースを訪ねること。クラブで悪友たちに会うこと。まあ、悪友なんていないでしょうけれど。それから、ここに着いたあとは――」エリースは芝居がかった口調でつづけた。「愛人の頰にキスをすること。丁寧に服を脱がせること。服をきれいにたたんだあと、愛人の乳房と脚のあいだをいじりまわすこと。挿入し、五分間いきおいよく腰を動かすこと。ああもう」エリースは両手をあげた。「わたしがいま口にしたこと、忘れてちょうだい」

「エリース、いじりまわすだって？」ウエストヘイヴンは言い、エリースのとなりにすわった。「わたしに失望しているのはわかるが、〝いじりまわす〟はないだろうが。いまの意見を考慮すると、きみは未来の公爵夫人にならないほうがいいと思うな。そうだろう？」

「ええ」エリースはうなずいた。「そうなったらあなたの寿命を縮めてしまうかもしれないわね、ウエストヘイヴン。まあ、いずれにしても、あなたは悪い人じゃないわ」

「身にあまる賛辞だよ」ウエストヘイヴンは立ちあがり、振り向いてエリースを眺めた。「これからどうするつもりだい、エリース。レンフルーは文無しだぞ。一緒にいて楽しい相手かもしれないが」

「わからないわ。しばらく考える時間をくださると嬉しいんだけれど」

「必要なだけ考えればいい」ウエストヘイヴンはエリースを抱きしめた。親愛の情を示すこの単純な仕草が、いまは適切であるように思えた。「しばらくは新しい愛人を囲うつもりはないし、ここの家賃は、今年いっぱいぶんは払ってある。だからきみが使っていい」

「ずいぶん寛容ですこと。さあ、もうお帰りになって」エリースはウエストヘイヴンを押すようにして抱擁を解いた。「しばらくは、爵位のある人はやめておくわ。そのうち、裕福で将来性のありそうな人を見つけるつもり。その人をわたしと結婚するように仕向けて、それから子どもをもうけさせるわ」

「まじめな話――」ウエストヘイヴンはことばを切り、エリースが目を合わせるまで待った。

「もし子どもができたのなら、養ってやる。そのくらいはさせてくれ」公爵の跡継ぎとしての威厳をかけて愛人を見た。エリースは明らかにひるみ、目をそらした。

「ええ」エリースはうなずき、唾をのんだ。

「ではこれで」ウエストヘイヴンはたったいま、ふたりでワルツを踊りおえたかのようにお辞儀をしたのち、エリースの頰にキスをした。

愛人のこぢんまりした美しい家をあとにし、エリースに対して怒るべきだったのにと考えた。父に対してはとくにそうだ。だが、父のしたことは理にかなってはいる。息子にベッドをともにしている女がいるならば、その女がもっとも彼の子をはらみやすいということになる。

だが、エリースを母親に？　あきれたものだ……父はもうろくしかけているのだろう。

いつのまにか、ウエストヘイヴンは頭のなかで、先ほどのリストにこれからすべきことをつけ加えていた。別れの贈りものをエリースに送ること。できればダイヤモンドとエメラルドとルビー。エリースのかわりの女を探すこと。父に手紙を書き、未婚の女に身ごもるよう勧めたのを非難すること。

ヴァルから警告の手紙を受けとっていなかったら、エリースの計画を見抜けただろうか。

いっそのこと、自分はだれかとただ結婚してしまうべきなのだろう。ウエストヘイヴンはそう考え、自宅前の階段をのぼった。だが、愛人ひとりさえ見つけるのが難しいとしたら、公爵夫人としても、そして妻としてもふさわしい女を見つけるのは、不可能に近い。

「道楽者のご帰館か」玄関広間に声が響いた。

「ヴァレンタイン？」ウエストヘイヴンは思わず弟に微笑みかけた。ヴァルが書斎のドアにもたれている。「父をほったらかしてきたのか？　我らが妹たちを保護者なしで残してきたのか？」

「週末だけ遊びにきたんだ」ヴァルはドアから離れ、手を差し出した。「兄上のことが心配でたまらなくてね。父は母が面倒を見ている。二、三日は大丈夫さ」

「わたしが心配だって？」

「レンフルーが自慢していたといううわさを耳にしたんだ」ヴァルはウエストヘイヴンを導き、書斎へはいった。「で、ぼくの手紙は不明瞭だったんじゃないかと考えた」

「エリースとわたしは円満に別れることになった。金はかかるがね。近いうちにレンフルーをひそかに訪ねるつもりだ。あの男がわたしより先に結婚するようなことがあれば、祝福のしるしを贈ると伝えようと思っている」

ヴァルは口笛を吹いた。「エリースは捨て身の賭けをしたわけだな。厚かましい女だ」

「エリースはレンフルーとならわかり合えるだろう」ウエストヘイヴンは言った。「モンクス・クロッシングの物件を手放す方法はないかと、しばらく考えていたんだ。毎年、顔を出すだけで二週間もいるからね。それに、我々は土地に困っているわけじゃないから」

「いっそのこと、限嗣《げんし》相続権（相続人などを限定する不動産権）がついていない土地を売ってしまったらどうだい？　あらゆる地所の状況を把握しようとして、兄上は疲れ果てているじゃないか。同時に、父上のおかしな気まぐれにも対処しているし」

「わたしがこれまでに売ったのは、収支がとんとんの土地だけだ。だが、今後はおまえに、もっとその辺の状況を知らせておくべきだな。なにしろおまえは、跡継ぎのスペアだから」

「勘弁してくれ《スペア・ミー》と言いたいところだが」ヴァルは言い、片方の手をあげた。「兄上がどうしてもと言うなら、気をつけるよ。でも頼むから、父上に、ぼくが地所の管理にまったく関心を払わないと、告げ口しないでくれ」

「ああ」ウエストヘイヴンは微笑んだ。サイドボードのところへ行き、弟と自分にブランデーをワンフィンガーぶんずつ注いだ。「といっても、実際に関心がなさそうだがな。工場のほうはどうだ？」

「あれが工場だとは思わないが、まあなんとかやっているよ」

「商売は好調なのか？」ウエストヘイヴンは弟の気分を害さないことを願って訊いた。

「長い戦争の直後だから、数年は商況の予測がつかない」ヴァルはグラスを受けとった。

「人々は楽しみと美しいものと息抜きを求めていて、音楽がそれを提供している。だが、社会全体に金が行き渡っていないという問題もある」

「そういう階層もあるな」ウエストヘイヴンは同調した。「しかし、組織は――たとえば学校や教会や村の集会所は、通貨の不足にさほど影響を受けないものだ。だから、どこもピアノを買う」

「そうだな」ヴァルは兄に向かってグラスを掲げた。「そんなふうには考えなかった。なにしろ、ぼくはそうした場所で演奏することはないからね。だが、兄上の言うとおりだ。やはり兄上はぼくよりも公爵にふさわしいという心からの確信が、ますます揺るぎないものになったよ」

「ほとんど役に立たないアイディアをわたしが持っているという理由でか？」ウエストヘイヴンは呼び鈴のひものところへ行った。

「兄上はなんでもよく考えるからだよ。しかもひっきりなしに、深く考えている。むかしは、兄上は頭の回転が遅いんじゃないかと思っていたけど」

「事実、遅いさ。ほかの家族に比べれば。だが、わたしはわたしなりに役に立っている」

「本当に遅いとは思っていないだろう。ぼくや妹たちに比べれば、兄上は社交的じゃないかもしれない。でも、問題に集中して対処する能力は、ぼくらには欠けている。だから問題が複雑になって、行く手を塞ぐようになってしまう」

ウエストヘイヴンはグラスを脇へ置いた。「そうかもしれないな。だが、互いを褒め合っている暇があったら、マフィンを食べてレモネードでも飲もうじゃないか」

「旅をするとのどが渇く。しかも、気温が炎の温度よりも高いような気がする。モアランズでさえ暑かった。だが、兄上の屋敷は暑さに恩恵を受けているみたいじゃないか」ヴァルは部屋のそこここに飾られている花を顎で示した。

「メイドがしたことだ」ウエストヘイヴンはドアのところへ行き、使用人に飲みものを運んでくるよう伝えた。「ミセス・シートンというメイド頭なんだが……」

「へえ」ヴァルは熱心にウエストヘイヴンを観察している。細かいことに気を配る兄弟ならではの視線だ。

「家をこぎれいにできるメイドもいれば……居心地よくできるメイドもいる。ミセス・シートンは両方できるんだ」

ウエストヘイヴンは今週になって、そのことに気づいた。例の火かき棒の一件が起きたあとのことだ。よく注意を払えば、たしかに以前との小さなちがいがいくつもあった。窓はきれいなだけでなく、輝いている。木製のドアや家具類はつややかに光り、レモンオイルと蜜蝋のにおいがする。絨毯はすべて、ほこりを叩き出されたばかりに見える。屋敷のどこにも、散らかった場所やほこりのたまった場所がない。そのうえ、部屋から部屋へ、ほのかな香りのする空気が流れているような気がする。

「そのメイドは兄上にまともな食事をさせているようだな」ヴァルは言った。「兄上はいつも痩せていて、腹を空かせたような顔をしていたが、いまはそうでもない」

「それは単に、ここ数カ月、自分の屋敷にいるからだろう。父といると疲れるからな。それに、妹たちはかわいいが、男の平和をつねにかき乱す」

「父が子どもっぽくて、手本にならないからね」ヴァルは空になったグラスをサイドボードに置いた。「兄上は、兄としても伯爵としてもすばらしいよ。父から代理権を譲りうけたのは、なおすばらしかった。そのおかげで、父のばかげた衝動を抑えることができて、被害がずいぶん少なくなった。本当に見事だったよ、兄上」

「高すぎる犠牲は払ったがね」

「だがともかく、例の女とは結婚せずにすんだじゃないか」ヴァルは指摘した。「終わりよければすべてよしだ」

「正当な跡継ぎである孫を父に見せないかぎり、すべてよしとは言えない。父に二、三人孫ができたとしても、終わりにはならないかもしれないぞ。父はもっと子をもうけろと求めるだろう」ウエストヘイヴンはテラスを見渡せるフランス窓のところへ行った。

「そのうちあの世へ召されるさ」ヴァルは言った。「実際、昨年の冬にそうなりかけた」

「父がおとなしくなったのは、わたしのせいというよりは、あのやぶ医者のせいだろうな。だらだらと父に瀉血《しゃけつ》をしやがって。肺炎そのものよりも長かったくらいだ」ウエストヘイヴンは振り返り、ヴァルに顔をしかめてみせた。「ヴァレンタイン、わたしが重病にかかるようなことがあったら、やぶ医者も野蛮な医者も近づけないでくれ。美しい女に看病させて、ときおり薬を飲ませてもらうだけでいい。あとは神にゆだねてほしい」ウエストヘイヴンがテラスへふと視線をもどすと、ミセス・シートンが視界にはいった。かごとはさみを持ち、石造りの低い塀沿いにある、切り花用花壇のほうへ向かっている。

「それは困ったな」ヴァルは微笑んだ。「ぼくが本当にそうすると思っているのかい？　兄上を生かしておくためには、ぼくはあらゆる手をつくすだろう。それがいくら兄上の意に反することだろうとね」

「だったら、わたしが健康でいるよう祈ることだな」ミセス・シートンは今日、帽子をかぶっていなかった。黒っぽい長い髪はうなじのところで結われ、たっぷりとしたまげになっている。暖炉の明かりのなかでは、あの髪に赤いすじが交ざっていた。

レモネードが運ばれてきた。トレーには大きなマフィン、バターの添えられた焼きたてのパン、うす切り肉とチーズ、生の果物が載っている。スミレが活けてある小さな花瓶も。四角くたたまれた麻のナプキンの上には、果物の形をしたつややかなマジパンが載っている。

「最近、兄上の屋敷のお茶の時間はこうなのか？」ヴァルは片方の眉をあげた。「兄上の顔色がいいのも不思議じゃないな。ピアノの調律をしてくれるなら、すぐにここへ引っ越すよ」

「実際、そうすべきだな」ウエストヘイヴンは言い、皿に食べものをとり分けた。思ったよりずっと真剣な声が出た。「おまえが父の屋敷に滞在するのをいやがっているのは知っている。それに、この屋敷にはあいている部屋があるからな」

「兄上に無理をさせたくないけど」ヴァルは言い、ごちそうの分け前に手を伸ばした。「寛大な申し出に感謝するよ」

「寛大というわけじゃない。じつは……だれかがそばにいてもいいと思っている。おまえのピアノも聞きたい。隣人かだれかが、夜遅くにピアノを弾くんだが、おまえの音とはちがうんだ。それでもわたしは楽しんではいるが。自分の屋敷に住んだら、父の行動を把握するのはけっこう大変だろうと思っていた。だが、驚いたよ。父はわたしの監視をほとんど避けようとしない」

ドアがいきなりあき、ミセス・シートンがいきおいよくはいってきた。使用人が義務づけられているノックはなかった。

「失礼いたしました、伯爵様、ヴァレンタイン様」ミセス・シートンは足を止めた。花入りのかごがスカートにあたって揺れる。「ご主人様、いつものように夕方までお出かけになっているものとばかり思っておりました」

〝愛人の乳房をいじりまわすこと〟エリースのことばが脳裏に浮かび、ウエストヘイヴンは片方の眉をつりあげた。

「ミセス・シートン」ヴァルが立ちあがった。屋敷の居心地のよさと兄の顔色のよさの源がわかったと言わんばかりに微笑んでいる。「とてもおいしそうな食事だ。屋敷自体もすばらしい」

「ミセス・シートン」ウエストヘイヴンは弟よりもゆっくりと立ちあがり、挨拶をした。本来なら、メイドに対してそこまで礼をつくす必要はないものだが。

「恐れ入ります」ミセス・シートンは膝を折ってお辞儀をしたあと、ウエストヘイヴンに向かって眉をひそめた。「失礼ですが、ゆっくりお立ちになりましたね。お加減はいかがですか？」

ウエストヘイヴンはけん制するような視線で弟を一瞥した。

「兄上の具合が悪いって？」ヴァルはにやりとして訊いた。「どういうことか教えてくれ」

「頭にちょっとしたたんこぶができているだけだ」ウエストヘイヴンは言った。「で、ミセス・シートンが医者に診せずにすませてくれたんだ」

ミセス・シートンはまだ眉をひそめている。ウエストヘイヴンはメイドになにも言われないうちにつづけた。「花を活けてくれていいぞ、ミセス・シートン。わたしからも言わせてもらうが、ひじょうにおいしい軽食だ」

「マジパンを賭けてサイコロでも転がさないか」ヴァルがウエストヘイヴンに言った。

「その必要はありませんわ」ミセス・シートンが振り向いて言う。「厨房にたくさんありますから。伯爵様がお好きなんです。クリームケーキやチョコレートもありますよ。ふだんは夕食時にお出しするものですが」彼女はしおれた花を抜き、新鮮な花を活けはじめた。薔薇とラベンダーとスイカズラの香りが部屋に漂った。

ヴァルはウエストヘイヴンを見た。「やはり、兄上の招待を受けることにしようかな」

「大歓迎だ」ウエストヘイヴンは考えごとをしながら言った。とはいえ、弟の目を見て、ヴァルがあれこれ憶測していることに気がついた。ミセス・シートンはヘンデルの曲を口ずさんでいる。たしか『メサイヤ』の一部だ。やがて、ミセス・シートンは体の向きを変え、立ち去ろうとした。その途中でふたりに微笑みかけ、小さくお辞儀をした。

「そうだ、ミセス・シートン？」あと二歩でドアというところで、ウエストヘイヴンは彼女を呼び止めた。

「なんでしょう？」

「今夜は弟と食事をともにすると、厨房に伝えてくれないか。格式ばった食事の必要はない。

それから、わたしから知らせがあるまで、毎晩ふたりぶん用意してもらいたいと」

「ヴァレンタイン様はしばらく滞在されるのですか?」

「ああ。青の間で寝泊まりしてもらえばいい」ウエストヘイヴンはトレーのほうを向いた。マジパンがまだ四つ残っている。

「緑の間はいかがでしょうか?」ミセス・シートンはふたたび訊いた。「あのお部屋のほうが、天井が高いですし、通りに面していませんので、涼しいうえに静かです。それに、バルコニーもありますし」

ウエストヘイヴンは主人の意見に反対したことを叱るべきかと考えた。しかし、ミセス・シートンは礼儀正しく提案した。しかも、奥の部屋のほうが狭くともずっと居心地はいい。

「そうしてくれ」ウエストヘイヴンは手を振って彼女をさがらせた。

「なんだかずいぶん毛色の変わったメイドだね」ミセス・シートンが書斎を出てドアを閉めたとき、ヴァルは言った。

「わかっている」ウエストヘイヴンはパンに肉やチーズをはさんだ。弟がマジパンを食べてしまっていないかを、もう一度確認した。「正直なところ、やや生意気なところがあるが、仕事にとりわけ熱心にとり組むんだ。母に似ているところがある」

「どの辺が?」ヴァルは訊き、同じようにパンに具をはさんだ。

「負けん気が強そうだ」ウエストヘイヴンはパンをかじるあいまに言った。「わたしを火かき棒で殴ったんだぞ。わたしをメイドにいたずらをしている客とまちがえたらしい。おかげでわたしは失神した」

「なんてこった」ヴァルはパンを噛むのをやめて言った。「兄上は通報しなかったのか？」

「たしかにまぎらわしい状況だったが、わたしがメイドを軽々しくあつかったことは一度もないと、ミセス・シートンは知らなかった」

「メイドにいたずらをしたいと思ったことが、兄上にあったとしても」ヴァルはちらりとマジパンを見た。「そんなことがあったあとでは、当然ためらうだろうね」

「おまえはどうだ？」ウエストヘイヴンはことばを切り、弟を眺めた。ウィンダム家の男子はみなそうだが、ヴァルも背が高い。しかし、ウエストヘイヴンの目が翡翠《ひすい》に近い緑色なのに対し、ヴァルは深い緑色の目をしていた。髪も黒に近いこげ茶色だ。「ぼくはどうかだって？」ヴァルは大きなマフィンにバターを塗った。

「メイドに手を出していないか？」

「フェアリー子爵に頼まれた用事を片づけていたとき、リトル・ウェルドンで興味深い女と出会った」ヴァルは言った。「だが、いいや。いまは女と寝るより、父の目を欺くほうに関心がある」

「あまり父に勘ちがいさせるなよ」ウエストヘイヴンは注意した。「人とちがう好みを持つ者に寛容ではない輩がいる」

「そりゃあいるだろうね」とヴァル。「ちょっとした冒険をしてみようと考える輩もいる。だが、心配無用だよ、兄上。気取ったふるまいをしたり、舌足らずな話し方をしたり、女のようにくすくす笑ったり、男とたわむれたりすることはあっても、ブリーチのボタンは閉めておくから」

「おそらく」ウエストヘイヴンは眉根を寄せ、マジパンに手を伸ばした。「わたしのボタンもしばらく閉じたままになるだろうな」

鼻を鳴らしたくなったものの、熟したメロンの形の、ふっくらとしたやわらかいマジパンをかじり、その気持ちを抑えた。しばらくブリーチのボタンをはずすことはなく……いじるものといえば、自分の指になりそうだった。

2

ルールは三つ。アンナはひとりになったあと、みずからに言い聞かせた。人をうまくだますためのルールは三つある。ミスター・グリックマンにそう教えこまれた。

それらしい装いをすること。

自分の嘘を信じること。

手の内をすべて見せないこと——別の手を考えておくこと。

困ったことに、今日、これら三つのルールをすっかり忘れてしまった。メイドは縁なし帽をかぶっているものだ。地味なあの帽子をかぶり、手袋をはめるものだ。それなのに、帽子も手袋も身につけずに書斎へはいり、伯爵と彼の弟に見られてしまった。

自分の嘘を信じること。これは、いつわりの生活をさも本物であるかのように送り、演じる役をけっして忘れるなということだ。にもかかわらず、火かき棒で伯爵の頭を殴ってから、伯爵の前で演技するのを忘れてしまった。あのとき、伯爵は血を流して横たわっていたけれど、アンナがモーガンに腕をまわしていたところを見たにちがいない。そのあと——この傲慢な口が呪われてしまえばいいのに——それなりの教育を受け、三つの言語を流暢に話せることを知らせてしまうとは、なんて愚かなことをしたのだろう。メイドが読むものといえば、たいていは聖書だし、それもゆっくりとしか読めないものだ。

手の内をすべて見せず、第二、第三の手を考えておくこと。これについては、悲惨な状態だった。この屋敷の賃金と、ミスター・グリックマンが最期に見せてくれた寛大さのおかげで、アンナにはちょっとした蓄えがあるものの、資金は第二、第三の手とはならない。金があるからといって、別の人物になりすましたり、安全に外国へ行けたりするとはかぎらないからだ。そうしなければならないとしたらの話だが。

「おや、なにをそんなにうろたえているんだい?」フランばあやがふらりと厨房へはいってきた。小さな丸い目を好奇心で輝かせている。

「お客様がいらしてるんです」アンナは無理にすわり、フランばあやと目を合わせた。「伯爵様の弟様がしばらく滞在されるとか。でも、わたしがこちらで働きはじめてから最初のお客様なので、慌ててしまって」

「そうかい」フランばあやはわけ知り顔で微笑んだ。「ヴァル様は人のいいお方だよ。ウエストヘイヴン様よりものんきでいらっしゃる。あたしはあのおふたりに――」そう言ってかぶりを振る。「手を焼かされはしなかった。おふたりのお兄様のバート様は甘やかされたいたずらっ子でいらっしゃった。性格は悪くはなかったけれど。ヴィク様も同じくらい悪さをなさった。だれもお兄様の悪さに気づかなくても、賢いウエストヘイヴン様だけは、わかっていらっしゃいましたよ」

「うわさ話はよしましょうよ、ばあや」アンナは立ちあがった。ゴシップをはじめてほしくなかった。「料理人にお客様がいらしたことを伝えなきゃ。伯爵様と弟様がしばらく一緒に簡単な夕食をとられるって。ところで、モーガンを見かけた？」

「モーガンなら食品貯蔵室にいるよ」フランばあやは言い、そろそろと立ちあがった。「あの子、なんだか今日はレモンのにおいがするね。ライムのにおいも」

たしかにモーガンは、食品貯蔵室として使われるようになった区画にいた。それは広い洗濯室の一部にあり、屋敷の地下にある。モーガンは調子はずれの鼻歌を歌いつつ、乳鉢とすりこぎでなにかをすっていた。

「モーガン？」アンナはモーガンの肩にさわり、相手を驚かせなかったことにほっとした。「なにをつくっているの？　ばあやがレモンとライムのにおいがするって言ってたわよ」

モーガンが大きな陶器の深皿を差し出した。色とりどりのドライフラワーの花びらが交ぜてある。アンナは顔を近づけてにおいを吸いこみ、目を閉じて微笑んだ。

「いいにおいね。なにがはいっているの？」

モーガンは瓶をいくつか並べ、それぞれを順番に指さした。それから、エプロンのポケットから鉛筆と紙きれをとり出し、こう書いた。〝なにか足りない。つまらない香り〟

アンナは首をかしげ、いまの意見について考えた。モーガンの嗅覚は洗練されているものの、好みは型破りだ。

「だれのお部屋用？」

モーガンはいかにも尊大そうな表情をつくり、片方の眉を高くつりあげた。

「伯爵様のお部屋ね」アンナは言った。「たしかになにか足りないわね。少しエキゾチックな香りが。いっそのこと、退廃的な香りがいいかも」モーガンはにっこりと笑い、うなずいた。小瓶に手を伸ばし、見てくれと言わんばかりに掲げた。

「フランススズラン?」今度はアンナが眉をあげた。「それは女性っぽい香りよ、モーガン」

モーガンは首を横に振った。判断に自信があるらしい。深皿に香りのしずくを垂らし、指一本で中身をそっとかき混ぜた。そして、そろいの陶器の蓋を閉めた。

「作業が一段落してよかったわ」アンナは言った。「伯爵様の弟様がしばらく滞在されるの。通りに面していない客用寝室をお使いになる予定よ。お部屋の準備をお願いできる?」

モーガンはうなずき、鎖骨の左側を軽く叩いた。淑女がブローチ時計をつける場所だ。

「時間はあるわ。おふたりとも、ここで夕食をおとりになるから。今夜はまず、洗面用に香りをつけたお水をたっぷりと、氷入りの壺を用意して差しあげて。もちろん、お花もいるわ。シーツも替えてね。いま敷いてあるシーツは、香りがすっかり飛んでいると思うの。お部屋の空気も入れ替えてちょうだい。わたしがあとで高窓をあけておくわ。西風を入れておいたほうがいいから」

モーガンはふたたび笑みを浮かべ、アンナの脇をさっと通りすぎた。アンナはそのあとから食品貯蔵室を出ると、厨房に立ち寄り、料理人に話をした。

「今夜は紳士おふたりぶんの夕食を用意してちょうだいね」アンナは微笑んで言った。

「伯爵様にお客様が?」料理人の女が顔をあげた。小麦粉をまいたまな板の上で、パン生地をこねているところだ。

「弟のヴァレンタイン様よ。ウエストへイヴン様よりひとつかふたつお若いけれど、引き締まった体をなさっていてお忙しそうなところは、伯爵様そっくりだわ」

「だったら、きっと食欲旺盛でしょうね」料理人は嬉しそうにうなずいた。「伯爵様はここ数カ月で、だんだん食べることに興味をお持ちになったようですね。今夜はごちそうをつくりましょうか？」

「いいえ、その必要はないみたい」アンナは眉根を寄せて考えた。「暑いから、こってりしたものはやめたほうがいいでしょうね。それに、食堂はちょっと風通しが悪いかもしれない。裏手のテラスで、ピクニック風だけれど、殿方も満足するような食事を出したらどうかしら」

「でしたら、冷製の料理がいいですね」料理人は眉間にしわを寄せてボウルにパン生地を入れ、きれいな布巾をかけた。「チキンに、あなたが植えたバジルを添えましょう。早生《わせ》トマトもはいってきています。果物を切って、氷の上に並べて……」料理人の声が小さくなる。必要なものと、手元にあるものを考え合わせているようだった。

つぎにアンナは従僕頭のところへ行き、テラスで食事ができるよう、準備を頼んだ。それから香りつきのたいまつと蝋燭とナプキン類を出し、戸外での食事に適したカトラリーを選んだ。さらに、小さな花瓶に花を手早く活け、低めのセンターピースをつくった。

「ミセス・シートン？」狭い配膳室に男の声が響き、アンナははっとした。

「ヴァレンタイン様？」アンナが振り向くと、ヴァレンタインがすぐうしろに立っていた。

「驚かせてすまない」ヴァレンタインはアンナを見おろして微笑んだ。完璧な笑顔だ。「さっきも声をかけたんだが、厨房の騒音にかき消されてしまったんだろう。今夜、いつでもいいから浴槽を準備してもらえるかな」

「もちろんですわ。伯爵様はお休みになる前に、たいてい入浴されます。遅くまで外出されるときは別ですけれど。夕食までまだ時間がありますが、あいにく、いまヴァレンタイン様の寝室を準備中ですので、よろしければ通りに面した客間に準備いたしますが」

「そうしてもらえるとありがたい」ヴァレンタインはクローゼットより少し広い程度の配膳室から出ようとしなかった。真顔になって言う。「兄の世話をよくしてくれているようだね、ミセス・シートン。兄のようすを見ればわかる。それにしても、あの石頭への一撃のせいで兄が少しでもゆったりと生活するようになったとしたら、相当強い一撃だったにちがいない」

アンナは眉をひそめ、ヴァレンタインのうしろ姿を見送った。どうやらウエストへイヴンは、今週起きた事件のことを弟に話したらしい。困ったものだ。

そのときアンナは、今朝、伯爵が傷の手当てを受けずに、家をそっと抜け出したことを思い出した。この調子では傷跡が残るだろうし、回復も遅れる。アンナは手当てに必要なものを持ち、主人を捜しにいった。すごしやすい夕方になると、伯爵はたいていバルコニーにいる。そこにいればいいのだが。

伯爵は籐の長椅子にゆったりとすわっていた。その姿は優雅で貴族然としている。椅子の背にベストがかかっていて、その上にクラバットがきれいに重ねてある。シャツのボタンはのど元まであけられ、袖はまくりあげられている。

「伯爵様？」アンナは寝室からバルコニーへ出る許可を求めた。声をかけたのがばかげているように思え、急に気恥ずかしくなった。

「ミセス・シートン」伯爵はものうげに言い、視線をあげた。「わたしの傷をつつきにきたんだな。手当てをまじめにする必要はないと、考えないのか？」

「お逃げになるなんて、情けないですわ」アンナは言い、バルコニーへ出た。「夜明けに姿を消して、お茶の時間まで見あたらないと思ったら、お兄様を守ろうとする弟様をともなってあらわれるなんて」

「ヴァルがわたしを守ろうとしているだって？」ウエストヘイヴンは顔をしかめた。背もたれから身を起こし、頭からシャツを脱ぐと、アンナに背中を向ける。「そうかもしれないが、あいつはわかっているはずだ。わたしにはだれかの保護が必要だなどとにおわせようものなら、このわたしが許さないだろうことを。くそっ、まだしみるな」

「だれもがときには人に守ってもらう必要があるものです」アンナは言い、アルニカチンキで傷をそっと消毒した。「傷の具合は本当によさそうですね、ご主人様。もっと治りがよくなりますよ、朝、逃亡なさったり――朝食を抜いたりなさらなければ」

「日が高くなってからでは、暑すぎて馬を走らせることはできないんだ。少なくとも、わたしの好きな速さでは」アンナが二番目に大きな傷を消毒すると、伯爵はふたたびひるんだ。

「馬を疾走させてはだめですよ、伯爵様。なにも傷に悪いことをなさらなくても。実際、傷の端に開いてしまった部分があります」アンナはたしなめるように傷の下側を指でなぞった。

「落馬でもして、早朝なだけに周囲にだれもいなかったら、どうするんですか？」

「だったら、わたしを守《プロテクト》るためにきみが一緒に来てくれるのか？」伯爵がゆったりとした口調で言い返す。アンナは伯爵の包帯を巻きなおしはじめた。

「だれかを連れていくべきですわ」ぶつぶつと言い、背中の傷を見た。ふたつの痛々しい傷のまわりが、紫色と緑色とまだらの茶色になっている。

伯爵は眉根を寄せて考えこんだ。「それより、わたしには庇護《プロテクト》をする相手が必要だろうな。今日、愛人と別れたばかりなんだ」

「ご主人様！」アンナは伯爵をにらみ、あえて非難の気持ちを強くあらわした。即座に解雇されてもおかしくないくらいだった。

「使用人部屋では」伯爵は茶化すようにアンナのことばを引用した。「うわさ話が絶えないものだ」

アンナは唇を引き結んだ。「うわさ話と赤裸々な告白は、同じものではありません。まあ、この暑さのなか、そんな気が起こらないのは……」

アンナは途中でことばを切った。自分が言わんとしていたことを思うと、恥ずかしくてたまらなかった。

「ああ、そんな理由で別れたんじゃない、ミセス・シートン」伯爵はゆがんだ笑みを浮かべた。「暑さのせいだと思ったのか？」

「気になさらないでください、ご主人様」アンナはふたたび布きれにアルニカチンキをつけ、伯爵の頭をそっと自分の腰にあてて支えた。「こちらの傷は驚くほどきれいです。動かないでくださいね」

「わたしの頭は硬いんだ」伯爵はアンナの腰のところで言った。背中の手当てが終わり、頭の手当てがはじまると、伯爵はいつもおとなしく耐える。アンナは髪のなかに指をもぐらせ、伯爵の頭の向きを調節した。こうして頭頂を彼女の腰にあてさせると、地肌の傷の手当てがしやすい。

これまでに指を通したことのある髪のうち、伯爵の髪がもっともなめらかだとしても、本人に罪はないというものだ。

エリースの家に行ったとき、途中でことを終わらせずに達しておくべきだったと、ウエストヘイヴンは考えた。純粋で驚くほど仕事のできるメイドにちょっかいを出そうとする理由が、ほかにあるだろうか。ミセス・シートンはすでに消毒を終え、頭の傷の周辺を指で慎重に調べている。

「ここがもっと腫れないなんて、不思議です」ミセス・シートンは傷のまわりの毛をすくようにした。「頭部の傷は難しいことで有名ですから。でも、すばらしく順調に回復なさっているようです」

「ということは、このばかげた作業を終わりにできるんだな?」ウエストヘイヴンはしぶしぶ椅子にすわりなおし、ミセス・シートンが持ってきた布類とチンキ剤を手で示した。

「あと二日でしょうね」ミセス・シートンは薬に蓋をした。「これほど基本的な手当てを受けるのが、なぜいやなんですか? 傷が引きつって跡が残るのをお望みなんですか?」

「背中がどう見えようと、どうだっていいと思っているんだよ、ミセス・シートン。兄のひとりが肺病にかかって、何年かの闘病生活ののちに死んでからというもの、治療という治療に嫌悪感を抱きつづけている」

「それは大変でしたね」アンナはぞっとした顔をした。「存知あげませんでしたわ、ご主人様」

「知っている者は少ない」ウエストヘイヴンは言った。「そうして死んでいく者を見たことがなければ、その恐ろしさは完全には理解できないものだ。闘病中ずっと、医者たちがハゲタカよろしくまわりをうろつき、瀉血をしたり、兄をつつきまわしたり、いんちきな薬を処方したりした。兄はそれに耐えた。両親がさも希望があるような気にさせられて、なぐさめられたからだ。兄はそのためにひどく苦しんだというのに」

ウエストヘイヴンは黙りこみ、手すりのところへ行くと、裏庭に注ぐ夕日の光を見つめた。

「そのうえ、この冬の終わりに、一週間もつづいた大雨のなか、頑固者の父が猟犬を連れて狩りに出かけた。帰ってきたときには、ひどい肺炎をわずらっていたよ。父の主治医ときたら、父の血をヒルに吸わせ、だらだらと瀉血をするあいだ、ただブランデーを飲んでいた。

わたしと口論ができなくなるほど父が弱ったとき、わたしは医者をほうり出したが、あやうく父を失うところだった」

「大変でしたね」ミセス・シートンはふたたび言った。横に並び、ウエストヘイヴンの背中に片方の手をあてる。その後、彼女が鋭く息を吸いこむ音がした。しまったと思ったらしい。ウエストヘイヴンがまだシャツを着ていなかったからだ。しかし、ウエストヘイヴンはそのまま動かず、ミセス・シートンがどう対応するのかを見守った。その手は心地よく、いつのまにかウエストヘイヴンも彼女のウエストに手をまわし、脇へ引き寄せていた。

ミセス・シートンは裏庭のほうを向きつづけている。表情はなく、呼吸は規則正しいリズムを刻んでいる。手はまだ彼の背に添えられたままだった。主人に対して、個人的になんの関心もないのに、手がそこに行ってしまったかのような態度だ。ウエストヘイヴンはゆっくりと緊張を解いた。ミセス・シートンの持ち前の優しさが、男女間の作法や、身分の差や、正しい行動を重んずる気持ちに、一瞬だけ打ち勝ったように感じられたからだ。

なぐさめてくれているのだろうと、ウエストヘイヴンは判断した。ひじょうに暗い過去を語り、当時のいらだちと無力さを伝えた自分を、ただなぐさめただけだ。

だが、本当のところはどうなのか。

ウエストヘイヴンはミセス・シートンを自分のほうへ向かせ、ゆっくりと抱き寄せた。そして、彼女のこめかみに頬をあてた。

たったそれだけの仕草によって、なぐさめのひとときが男と女の抱擁へと変わった。ウエストへイヴンは彼女の肩をそっと抱き、ミセス・シートンの腕は彼のむき出しのウエストにまわされている。ウエストへイヴンは、この愚かな行為をいますぐにやめろと自分に言い聞かせた。さもなければ、結局はメイドとたわむれるような主人なのだと思われてしまうと。

ミセス・シートンは抱擁を解こうとしなかった。ゆったりとまわされた彼の腕のなかにいて、ウエストへイヴンが彼女のさわやかな夏らしい香りに溺れるのを、そして、しっくりとなじむやわらかい体の感触に溺れるのを許した。ウエストへイヴンは根気よく彼女の背中をさすり、もっともたれてほしい、体重を預けてほしいとうながした。自分は性的に興奮してはいない、ただ……癒やされている。そう気づいた。

しばらくののち、ウエストへイヴンはみずから身を引いた。ミセス・シートンの唇に指を一本あて、警告のことばやしどろもどろの謝罪を——良心で抑えつけられているだろうことばを止めた。

「なにも言わないでくれ」ウエストへイヴンは真剣な表情で首を横に振った。「わたしもこんなことをするつもりはなかったんだ、アンナ・シートン」

ミセス・シートンはウエストへイヴンがそれ以上なにか言うのを待たず、うろたえたようすでかぶりを振った。そして、お辞儀もせず、主人の頬に平手を見舞いもせず、辞意を伝えもせずに立ち去った。公爵の跡取りである男を、傷を負った男を、半裸のままひとりバルコニーに残して。

「伯爵様がどうしても来てほしいとおっしゃっています」ジョン・フットマンがアンナに言った。ちなみに、ジョンというのは本名で（従僕は本名ではなく、よくジョンやジェームズなどの名で呼ばれた）、ジョンの父親も祖父も、一時期この公爵家の従僕《フットマン》だったことを、アンナは知っている。

「ご主人様は書斎にいらっしゃるの？」アンナは縫いものを脇へ置き、深く息を吐いた。

「はい」ジョンは答えた。「なにかにひどく悩んでいらっしゃるようです」

「だったら、書斎には明るくはいっていったほうがよさそうね」アンナは若い従僕に微笑みかけた。ジョンはアンナを心配しているようだった。アンナは覚悟をきめ、きびきびとした足取りで、しかし、もちろん焦ったようすは見せずに書斎へ向かった。火かき棒で主人を殴ってから一週間が、そして、バルコニーでのあの気まずい出来事から二、三日が経っている。今朝、アンナは最後のつもりで伯爵の傷の手当てをした。そのとき、伯爵はいつもと同じく尊大で気難しそうなようすでふるまった。

それでもアンナは、不安をおぼえてドアをノックした。

「はいってくれ」大声が聞こえた。

「ミセス・シートン」伯爵は机のところへ手招きをした。「すわってくれ、頼みがある」

アンナは椅子に腰かけた。ジョンには同意せざるを得ない。たしかに伯爵はなにかに悩んでいるか、怒っているか、動揺している。かすかに眉をひそめたようなふだんの表情ではなく、険しい顔をしているうえ、いつものやや尊大な態度は、今日は無作法と言えそうなほどひどい。

「今日は秘書が来られなくてね。だが、手紙の返事を書くのを先延ばしにできない。そこに紙とペンとインクがある」伯爵は机の端を顎で示した。「さあ、わたしの席にすわってくれ、返事を口述するから。最初の手紙はミーチャムとホリー諸氏宛てだ。内容は……」

挨拶くらいしてくだされればいいのに。アンナは心のなかで言い、ペンをインクにつけた。

一時間半後、六通の長い手紙を書きおえ、アンナの手は痙攣を起こしかけていた。

「つぎの手紙は覚書のような感じでいい。モアランズへ送る。今日の午後か明日、使いの者がモアランズから来ることになっているんだが、急ぎの用件というわけではない」伯爵は息を深く吐いた。アンナはその機に乗じて立ちあがった。

「ご主人様」アンナは言った。伯爵が眉根を寄せる。ずうずうしいと思っているのだろう。

「手を休めなければならないんです。ご主人様も、のどのためにレモネードをお飲みになってはいかがでしょう。休憩をとりませんか？」

「少しだけ」伯爵は許可を出した。

「お飲みものを用意してまいります」アンナは言った。廊下へ出たとき、哀れな手を激しく振った。稲妻並みの速さで書きとりをさせられたせいというよりは、伯爵自身がことばを切らずによどみなく口述したせいだ。伯爵は一言一句を正確に書きとめる時間を与えてくれた。ただ、余分な時間は一秒たりともなかった。

アンナはため息をつき、厨房へ行くと、トレーに必要なものを載せた。自分用にレモネードのグラスを足し、書斎へもどる。席をはずしたのは十分程度だったにもかかわらず、伯爵はもう手書きの書類を読んでいた。怒っているというより、考えこんでいるように見える。「あと一通、ミセス・シートン」伯爵は言い、机の抽斗《ひきだし》のなかをかきまぜた。「そのあと、飲みものをもらおう」

伯爵は抽斗の奥から紙きれをとり出した。満足そうに凝視したのち、その紙を握りしめる。

「ここにあると思っていた」伯爵が机の前の席にもどったため、アンナは自分がいまいる側に、吸とり紙と便箋とペンとインクを並べなおし、椅子にすわった。

「宛名はドクター・ハミルトン、ドクター・ピュー、ドクター・ガーナー。ミス・スースー・トリヴァーを速やかに診てもらいたい。彼女の父君マリオン・トリヴァーが往診を望んでいる。診療代の請求書は、ウエストヘイヴンまで送られたし……」

アンナは不思議に思ったものの、伯爵のことばを書きとめた。その短い手紙に砂をかけ、脇に置いて乾かした。

「暑さのせいで、しきたりどおりに熱いお茶を出すのをやめたようだな」伯爵は言い、レモネードのグラスに手を伸ばした。「なんだこれは！」ひと口飲んだあと、グラスを遠ざける。「砂糖がはいっていない」

「わたしのグラスからお飲みになったようですね」アンナは笑いを噛み殺し、別のグラスを主人に渡した。伯爵は慎重にひと口飲んだ。そのため、アンナは伯爵が口をつけた最初のグラスから飲むか、厨房へもどって新しいグラスを持ってくるかしかなくなった。

視線をあげると、伯爵が考えこむような、詮索するような表情でアンナを眺めていた。アンナの悩みがわかったかのような顔をしている。アンナはレモネードをぐっと飲み――ほんの少しだが、砂糖ははいっていた――グラスを吸とり紙の上に置いた。

「ミスター・トリヴァーって、伯爵様の秘書の方ですよね？」ふと伯爵とのつながりを思い出して尋ねた。

「そうだ。トリヴァーから、今朝はどうしても家に残らねばならず、屋敷に出向けないという伝言が届いてね。めずらしいことだ。従僕にようすを見にいかせたところ、末の令嬢が水疱瘡になったと、トリヴァーが説明したらしい」

「それで、ひとりではなく三人のお医者様を派遣することになさったんですか？　ただの水疱瘡なのに？」アンナは驚いて言った。

「その三人は」伯爵は大まじめに答えた。「知り合いが勧めた医者なんだ。その知り合い自身も医者だが。ガーナーとピューは、この冬、見事に父を救った」

「ということは、その方たちを信頼なさっているんですね」

「どの医者にしろ、かけらほども信用してはいないさ」伯爵は言い返した。

「ご主人様にお医者様が必要になった場合、わたしたちはドクター・ガーナーか、ドクター・ピューか、ドクター・ハミルトンに相談すべきなんですか？」

「わたしだったら、フェアリー子爵デイヴィッド・ワーシントンに相談するだろうな。子爵がその三人の医者を紹介してくれた。だが、それよりもわたしがその病気で死ぬことを願ったほうがいい。わたしはいんちき療法に対してかんしゃくを起こすからな」伯爵はそれを示すかのように、きつい視線でアンナを射貫くように見つめた。

「ご主人様、関係のない質問をしていいでしょうか」アンナはレモネードを飲み、伯爵のほうをまっすぐには見ずに言った。今朝の伯爵は、聖人の忍耐力を試しているのかと思うほど機嫌が悪い。

「ああ」伯爵は空になったグラスをトレーの上に置き、椅子の背もたれに体を預けた。

「ミスター・トリヴァーとは、いつもこのような作業をなさっているのですか？」アンナは訊いた。「一言一句、手紙の内容を書きとってもらう方法で？」

「そういうときもある」伯爵は眉根を寄せた。「あの男とは何年か一緒に仕事をしているが、わたしが書いたメモをもとに、トリヴァーが手紙を書き、わたしに署名させることも多い」

「その方法を試せないでしょうか？　わたしの祖父も似たような方法を使っていましたし、これまでのところ、伯爵様のお手紙は、いたってふつうのお手紙ですよね」

「試してもいいが、そういえば、きみに伝えておきたい問題がある。あらかじめ警告しておくと、その問題のことでわたしに怒りをぶつけないように」

「怒りをぶつける？」

伯爵は大きくうなずいた。「そうだ。先日の夜に伝えたとおり、わたしは最近つき合っていた愛人《シェラミ》と別れた。ミセス・シートン、こんなことを言うのは、なにもきみの神経を逆なでしたいからじゃない。父がつぎにこの屋敷の人々に目をつけるのではないかと思っているからなんだ」

「公爵様が、ご主人様の……まわりの人々になぜ関心をお持ちになるのですか？」

「まさにわたしもそれを訊きたい」伯爵は同調したあと、そっけない口調で簡単に説明をつづけた。それによれば、公爵が息子の愛人エリースを操り、エリースは公爵の計画を実行するときに、肝心な部分を変えたという。「おそらく父は、この屋敷にいる者のなかから見張り役を見つけて、わたしがいつだれと会ったかを報告させる。そのようなことが判明したら、阻止してほしい」

「ご主人様、もしお父様の監視を避けたいとお考えだったなら、ご主人様が雇われた従僕の半数が、公爵家で働いていた者たちなのはどうしてですか？　それに、なぜご自分の近侍を、何週間も公爵様とじかに接触させたりなさるんですか？」

伯爵は当惑顔をした。アンナの意見がもっともかどうかを考えているらしい。

「近侍を公爵家の領地の屋敷へ行かせる手配をしたときには、父がどれほど長く田舎屋敷に滞在するつもりかをまだ知らなかった。それに、そのころ、父の密偵がエリースの屋敷にいることもわかっていなかった」

アンナは黙っていた。伯爵は積んである書類を探り、二、三通の手紙を抜き出した。

「バーストーには」伯爵は指示を出しはじめた。「今回はけっこう、またいずれとかなんとか、丁重に断ってくれ。〈ウィリアムズ・アンド・ウィリアムズ〉には、厳しめの文で通知を。契約どおり、一日に返済期限が来ることと、強硬手段をとるのも辞さない旨を、きつく申し渡してくれ」伯爵は最初の二通の手紙をアンナに渡した。そんな調子で作業はつづき、アンナはつぎの十通ぶんについて指示を受けた。

「きみがいまの指示にもとづいて、すばらしい手紙を書いているあいだ――」伯爵はふいににやりと笑った。「わたしは父に非難の手紙を書いて、ことばの集中砲火を浴びせよう」

つぎの一時間、ふたりは和やかな沈黙のなかで作業を進めた。アンナにとって、課された仕事にとり組むのは驚くほど簡単だった。むかし、祖父を手伝い、何時間もかけて似たような作業をしたものだ。そこから連帯感や信頼が生まれ、楽しかった。

「おや、おとりこみ中かな？」ヴァレンタインが書斎へはいってきたかと思うと、ふたりに大きく微笑みかけた。「メニューをきめる、厳かな会議を邪魔してしまったかい？」

「いいや」伯爵は弟に微笑み返した。「トリヴァーが来なかったから、手伝ってほしいとミセス・シートンを説得せざるを得なくてね。なぜこんなに早く起きたんだ？」

「もう十一時だぞ」ヴァルは答えた。「ピアノを少なくとも四時間は練習しようと思っている者にとっては、早いとは言えない」ことばを切り、顔をしかめる。「もちろん、兄上がかまわないならばだが。もしいやだったら、ぼくはいつでも〈プレジャーハウス〉へ行ける」

「ヴァレンタイン」伯爵はミセス・シートンを目で示し、弟に注意をうながした。

「娼館へ行くのは、いとしいピアノ目当てだってことを、ミセス・シートンにはもう伝えてある」ヴァルは笑顔をアンナに向けた。「当然ながら、ミセス・シートンはショックで茫然としていたけれどね」

「そんなことありませんでしたわ、伯爵様」

「男には大げさなもの言いが許されるんだ」ヴァルは言い、兄の眼鏡を鼻に載せた。「さて失礼、ひと汗流してくるよ、ぼくの仕事場へ行って」

ヴァレンタインが立ち去ったあと、しばらく沈黙がつづいた。伯爵は書斎のドアを凝視し、考えこんでいる。アンナは頼まれた最後の手紙を書く作業へもどった。数分後、音階を奏でる軽やかなピアノの音が屋敷の下階へ流れてきた。

「実際に四時間もお弾きになるんでしょうか？」

「いつまでも弾きつづけるさ」伯爵は言った。「ともかく、毎日四時間以上は練習するだろう。あいつが二十五になるまでに鍵盤の前ですごした時間は、職人が一生のうちに仕事場ですごす時間よりも長いだろうな。どんな分野の職人だろうとね」

「夢中で弾いていらっしゃいますね」アンナは微笑んだ。「本当に音は気にならないんですか？」

「ただひとり残された弟が、幸せでいる証拠だ」伯爵はペンを無造作に置き、開いたフランス窓のところへ行った。「うるさいと思うはずがない」伯爵は振り返り、アンナに向かって眉をひそめた。「なんだ？　訊きたいことがあるようだな。たっぷり働いてもらったから、ひとつやふたつなら質問をしていいぞ」

「伯爵様はなにをなさっているときが幸せなんですか？」アンナは訊いた。書きおえた手紙をきれいに重ね、伯爵と目を合わせなかった。

「公爵の跡継ぎは幸せでいる必要はない。従順で、子をもうけられるくらい健康であればいいんだ」

「なるほど、伯爵様は従順なのですね。でも、質問に答えていただいてませんわ。伯爵のお父様は公爵様なのにいつもお幸せそうです。だとしたら、未来のモアランド公爵様は、どんなときに幸せを感じるのですか？」

「夜、ぐっすりと眠るとき」伯爵は出し抜けに言った。「マジパンが意外なところで出されること。昼食前に完了した手紙の山。ありがたいことだ」

「あら、でも、わたしがどんな手紙を書いたのか、おたしかめにならないと」アンナは思い出させるように言った。まわりくどい賛辞でも嬉しかったが、夜ぐっすり眠ることが無上の喜びだと伯爵が考えていることに、なんとなくとまどった。

伯爵は手招きをして言った。「だったら手紙を渡してくれ。綴りのミスを三つは見つけ出してやろう。きみがうぬぼれないように」

「綴りにミスなんてありませんわ。句読点の打ち方にも、文法にも」アンナは手紙の束を伯爵に渡した。「お許しいただけるのでしたら、昼食の準備のようすを見てまいります。テラスで召しあがります？　それから、ヴァレンタイン様はご一緒ですか？」

「テラスで食べたい」伯爵は言った。「だが、弟がピアノから離れるとは思えないな。指の練習をしはじめたばかりだからね。反復練習が終わって、練習曲や人前で弾くような曲がはじまったら、トレーに載せた食事を運んでやってくれないか」

「はい、ご主人様」アンナは膝を折ってお辞儀をした。しかし、すでに伯爵は下を向き、手紙を読んでいる。眉はいつものようにひそめられていた。

「ああ、ミセス・シートン」伯爵が顔をあげた。

「なんでしょうか？」

「水疱瘡で苦しむ少女の見舞いの品は、なにがいいだろうか？」

「氷です」アンナは言い、ほかにも病人を元気づけるようなものをあれこれと伝えた。

「手配してもらえるか？」伯爵は庭を眺めた。「氷とその他の品々を。トリヴァーの家へ送ってもらいたいのだが」

「承知しました」アンナは答え、首をかしげて伯爵を見つめた。「定期的に、回復するまで送りましょう」

「どれくらいで回復するものなんだ？」

「かかりはじめの二、三日は症状がもっともひどいのですが、五日目くらいから熱がさがることが多いです。でも、かゆみは長引くことがありますね。この暑さですから、お子さんもご両親も大変だと思います」

「つらそうだな」伯爵は言った。「それに比べると、きみはわたしが頼んだ手紙をまったく苦にせずに書いたようだな、ちがうか？　ところで、昼食にはまたマジパンが出るのか？」

「買いおきしてあるマジパンを、弟様がくすねていらっしゃらないかぎりは」アンナは言い、書斎をあとにした。

ウエストヘイヴンがドアに向かって微笑んだのも、あえて手紙の精読を再開するまでその笑みが消えなかったことも、彼女の目にははいらなかった。ミセス・シートンはいい文章を書くじゃないかと、ウエストヘイヴンは考えた。主人の思いを優雅でさりげないことばにする能力は、トリヴァーをはるかにしのいでいる。こうして、丸一日かかりそうだった、手紙の返事を出すという日課はすでに終わり、ウエストヘイヴンには時間ができた……なにをしているると幸せなのかを考える時間が。

「テーブルをジョンにセットしてもらおうと思ったんですけれど」料理人は言った。「ジョンは倉庫へ氷をとりにいきましたし、モーガンは卵をとりにいってしまって。今朝は伯爵が乗馬をなさいませんでしたから、マカッチャンが雌鶏のようすを見にいっていなかったんです」

ということは、自分がいまから三十分かけてテーブルをセットすることになるのだと、アンナは考えた。おそらく、伯爵はそのテーブルにほんの二十分だけつき、料理をろくに味わいもせずに、ひとり静かに食事をするわけだ。ただ、テーブルで〈タイムズ〉紙を読みおえなければならないという理由で。

伯爵の気難しさがうつってしまったらしい。アンナは錬鉄製のテーブルに麻のテーブルクロスをかけた。こんなことではだめだ。アンナはトリヴァーの幼い娘スースーに送る見舞いの品々を、ひとつずつ思い浮かべた。

「ずいぶん深く考えこんでいるようだな」伯爵の声がした。アンナははっとして、持っていたカトラリー入りのかごを落としそうになった。

「ええ」アンナはわけもなく顔を赤らめた。「ご主人様のお申しつけどおり、これからトリヴァー様のお宅にお見舞いの品を送るので、そのことをあれこれ考えていたんです」

「きみはなぜ、水疱瘡の手当ての仕方を知っているんだ？」伯爵はアンナから遠いほうにあるテーブルクロスの端をつかみ、まっすぐにかかるように整えた。

「子どもがよくかかる病気だからです」アンナは言い、カトラリー入りのかごをテーブルに置いた。「わたし自身、六歳のときにかかりました」伯爵がかごのなかへ手を伸ばし、食事に必要な一式をとり出す。アンナが仰天して見つめていると、伯爵は銀のナイフやフォークをテーブルの端からちょうど一インチのところに並べはじめた。

「まずナプキンをお敷きにならないのですか？」アンナはかごからナプキンを一枚出し、伯爵に渡した。

「ああ、もちろん敷く。テーブルクロスとナプキンの上に載った皿から食べるか食べないかで、料理の味に差が出るからな」

「なにも揚げ足をとるような言い方をなさらなくても」アンナは片方の眉をつりあげた。

「伯爵様がお望みでしたら、木皿で料理を出して差しあげますわ」

「悪かった」伯爵は不機嫌そうにアンナを一瞥したのち、カトラリーを集め、ナプキンが敷かれるのを待った。「朝の乗馬ができなかったせいで、今日は機嫌が悪いんだ」

伯爵はふたたびカトラリーを並べた。やはり、テーブルの端からちょうど一インチあけてある。伯爵は優秀な従僕になれるだろうと、アンナは考えた。慎重だし、まじめだし、微笑むのが苦手だ。

「この暑さのなか、馬に負担をかけたくなかった」伯爵は、かごのなかをかきまぜるようにして塩と胡椒を探した。それらをとり出し、テーブルをしげしげと見つめた。

「いかがでしょう」アンナはヒナギクとスミレを活けた小さな深皿をテーブルに載せた。

「こうしたら雰囲気が出るでしょうか」

「ひとり用のテーブルは、どうしても非対称になってしまうな」

「ええ、ええ、さぞお食事の味がまずくなるでしょうね」アンナはあきれて目をまわした。

「お尋ねしますけれど、ご主人様のマジパンは、どこに隠しましょうか?」

「気をつけたまえ、ミセス・シートン。〝ご主人様〟がここにいて、きみの無礼なもの言いをお聞きになったら、きみはまちがいなく解雇されるぞ」

「ご主人様がそれほど短気で冗談の通じない方なのでしたら」アンナは言い返した。「ほかのメイドを探して、夏の日中にテラスでお菓子を出してもらえばいいんですわ」

それに対し、伯爵の視線が冷ややかになったので、自分は最近、出すぎた真似をしすぎだろうかとアンナは考えた。とはいえ、書斎に呼びつけてから、午前中ずっとアンナをわずらわせたのは伯爵のほうだ。トリヴァーが伯爵の相手をすることより、病気の子どもの看病を選んだとしても不思議ではない。

「わたしはそれほどひどいか?」伯爵は困惑顔で訊いた。胡椒を脇へ置き、塩はまだ手に持っている。

「ご主人様は……」アンナは視線をあげた。かごからとり出した麻のナプキンをたたんでいたところだった。

伯爵は目を合わせ、返事を待った。

「お悩みなんだと思いますわ」しばらくののちにアンナは言った。「それがふるまいに出るのでしょう」

「悩んでいる、か」伯爵は鼻を鳴らした。「どうとでもとれることばだな」かごにふたたび手を伸ばし、つややかな大皿をとり出すと、フォークとナイフのあいだのちょうど中央に置いた。「わたしは今朝、父への手紙の内容を考えようとした。きみがせっせとわたしのつまらない仕事を片づけてくれていたときにね。だが、ミセス・シートン、なぜか父に気持ちをじゅうぶんに伝えることばを思いつかなかった。そっとしておいてほしいと、どんなに思っているかを」

伯爵は歯を食いしばって最後のことばを言った。その口調に強い怒りがこめられていたので、アンナははっとした。しかし、伯爵はまだ言い足りないようだった。

「わたしは悟った」そうつづけた。「兄たちは、パーシヴァル・ウィンダムの跡継ぎであるがゆえにばかげた毎日を送るよりは、半島戦争へ行ったほうがましだと考えたようだが、その理由がわかったんだ。父はきっと、うまい方法を考えつけば、自分の選んだ女と全裸のわたしを部屋に閉じこめるだろう。わたしがその女に双子の男子の種を植えつけるまで。わたしは腹を立てているだけでなく――」伯爵の口調が険しさをおびる。「父に暴力をふるう覚悟すらできている。そうでもしなければ、注意を引けないだろうから。実際、父があることをたくらんだせいで、その気もないのに結婚しようとしている男女がいる」

「その方たちが結婚せざるを得なくなったことについて、お父様に過失も責任もないとは言えませんね。お母様に訴えてはいかがですか？　うわさでは、お母様はお父様を制御されるのがお上手だとか」

伯爵は首を横に振った。「兄のヴィクターが死んだせいで、母は意気消沈している。だから母を悩ませたくない。それに、母は父がただよかれと思って行動したのだと考えるだろう」

アンナは悲しそうに微笑んだ。「それに、もちろんお母様もお孫さんがほしいと思っていらっしゃるでしょうね」

「そりゃそうだろう」伯爵はいらだたしげな仕草をした。「母は八人の子を産み、六人が生き残った。孫はいずれ生まれるだろうし、万が一、我々六人に子ができなかったとしても、わたしには腹ちがいの兄姉がふたりいる。その兄姉の子どもであっても、母は喜んで甘やかすだろう」

「まあ」アンナは小声で言った。「お父様は十人ものお子様をもうけられたというのに、伯爵様を苦しめていらっしゃるんですか？」

「そうだ。ヴィクターが唯一の娘ローズをもうけたほかは、我々のうちだれも子どもをつくっていない。兄のバートに忘れ形見がいるといううわさはあったが、バート自身が、父を怒らせるためだけにうわさを広めた可能性が高い」

「でしたら、結婚なさったらいかがですか」アンナは提案した。「それか、せめて婚約して、お父様の干渉を退ければいいでしょう。まともな淑女は結婚の申しこみをお断りになるでしょうけれど。とくに、伯爵様がはじめから正直にご自分の計画を打ち明けた場合は」

「ほらみろ」伯爵はわずかに声を荒らげた。「自分の計画を正直に言うだって？　なんだか父みたいだと思わないか？」

「それで苦しんでいらっしゃるのですね？　きっと、伯爵様が跡継ぎになられて以来、お父様はずっと伯爵様を悩ませてこられたんでしょうね。それほど長い期間ではないにせよ」

伯爵はアンナを鋭い目つきで一瞥した。その唇がゆがみ、口角がさがったと思うと、やがてゆっくりとあがった。

「なぜ微笑んでいらっしゃるのですか？」アンナは訊いた。伯爵がこうして微笑むのは、とてもめずらしい。

「あの掃除係のメイドを納屋で見かけたぞ」伯爵は水用のグラスとワイングラスを皿からぴったり一インチ離して置いた。「猫の赤ん坊を見つけたようだ。それに、のどを鳴らす猫を夢中で見ていた。音が聞こえなくてもわかるんだろうな。猫がのどを鳴らすのは満足のしるしだと理解していたようだ」

「そうでしょうね」アンナは言った。それにしても、なぜこの話題と、公爵のために跡継ぎである孫をもうける話とが関係あるのだろう。「モーガンは動物好きなんです。でも、街に住んでいると、ほとんど動物と接する機会がないんですよね」

「モーガンのことを、それほどよく知っているのか？」伯爵はさりげない口調で訊いた。

「血がつながっているんです」アンナは答えながらも、嘘ではないと自分に言い聞かせた。あいまいな事実というだけの話だ。

「だからあの娘に同情したんだな？」伯爵は言った。「で、この屋敷で雇った。あの娘はむかしから耳が不自由なのか？」

「なにがあったのか、詳しいことは知りません、ご主人様」アンナはかごを腰のところまで持ちあげた。「わたしが気にしているのは、あの子が一日まじめに働き、そのぶんの賃金を得たいと思っているかどうかだけですから。ところで、昼食と一緒にお茶を召しあがりますか？　それともレモネードを用意しましょうか？」

「レモネードを」ウエストヘイヴンは言った。「だが、頼むから砂糖を入れ忘れないでくれ」

ミセス・シートンはばかにしているのかと思うほど低くお辞儀をした。「ご主人様の機嫌がよくなるならば、なんでもいたしますわ」

ウエストヘイヴンはメイド頭が立ち去るのを見つめ、ふたたびかすかな笑みを浮かべた。ミセス・シートンは捨て台詞を言うのが好きらしい。ウエストヘイヴンにとっては、気にならないことだった——ふだんなら。しかし、モーガンとの関係が話題になってから、ミセス・シートンは質問をはぐらかそうとし、なにかを隠そうとしはじめた。それは、目をのぞけばわかったし、身を守ろうとするような態度からも明らかだった。

たとえ伯爵に仕える使用人であっても、人にはプライバシーを守る権利がある。しかし、秘密を抱えた者は、たとえば公爵のような無節操な人間に利用されかねない。このため――理由は断じてそれだけだ――ウエストヘイヴンはアンナ・シートンの動きに目を光らせることにした。

3

「申しわけありませんが」ジョン・フットマンがお辞儀をした。「伯爵様がお呼びです。少しご機嫌が悪いかもしれません」

「書斎にいらっしゃるの？」アンナは訊き、ため息をついた。ここ三日間、朝は伯爵と書斎ですごしてきた。けれども、四日目の今日は勘弁してほしい。

「自室にいらっしゃいます」いまやジョンは顔を赤らめ、穴のあくほどドア枠を見つめている。アンナは眉をひそめた。今日は軽食のすぐあと、伯爵の部屋に浴槽の準備をさせた。それだけでもじゅうぶんにめずらしいのだが。

「なんのご用事か、たしかめておくべきね」アンナは厨房のテーブルの前で立ちあがり、料理人の同情の視線を感じながら階段をのぼっていった。

「ご主人様？」ドアを二回ノックした。なかから伯爵らしいうなり声が聞こえたので、居間へはいった。

伯爵は服を着ていた。アンナはそれを見て安心したものの、かろうじて着ているといったありさまだった。シャツのボタンも袖口のボタンも留められておらず、素足のままで、膝にはまだ靴下留めも巻かれていない。

アンナが部屋へはいっても、伯爵は視線をあげなかった。なにかを探しているらしく、鏡つきのたんすの上にあるブラシや櫛をかき分けている。「髪が襟についてしまっているんだ。うしろ側で」伯爵はいらだたしげに、右耳のうしろを指二本で示した。「近侍がまだ父に仕えているから、どうにかしてもらえないだろうか」

「わたしに髪を切ってほしいのですか？」アンナは訊いた。憤慨していいのか、笑っていいのかわからない。

「頼む」伯爵は散髪ばさみを見つけ、アンナに握りの部分を向けて手渡した。みずから背中を向ける。このため、アンナは伯爵の顔を見て話をするために、前へまわりこまねばならなかった。

「ご主人様、すわってくださるとやりやすいのですが。襟足でさえ、わたしの目の高さよりも高いものですから」

「そうだな」伯爵はスツールを部屋の中央へ引きずり、優雅な物腰ですわった。

「それから、こちらのきれいな白い麻のシャツに髪が散らばってはお困りになるでしょう」アンナはつづけた。「わたしでしたら、シャツを脱ぎますわ」

「女性の求めに応じて服を脱ぐのは大歓迎だ」伯爵はシャツを頭から脱いだ。

「ご主人様、本当に髪を切ってほしいのですか？」アンナははさみの刃を親指にそっと押しあて、その鋭さをたしかめた。「それとも、やめようかしら」

「切ってくれ」伯爵は答え、アンナの顔をのんびりと見た。「きみの渋い顔を見るかぎり、どうやらわたしが謝らねばならないことがあるらしいな。機嫌が悪くて心ここにあらずだったのは認める」

「礼儀正しく接している相手に向かって」アンナは伯爵の湿った髪をとかしはじめた。「皮肉やあてこすりは言わないものですわ、ご主人様」伯爵の後頭部をとかすときは、とりわけ注意した。アンナに殴られて負った傷が、まだ治りきっていない。

「きみは手際がいい。近侍よりもずっと気が利く」

「あの方はお高く取まったおべっか使いですもの」アンナは言い、伯爵の頭の横をとかした。

「ところで、まだ謝っていただいておりません」

「ああ、すまなかった」伯爵は言い、アンナの櫛を持ったほうの手をつかんだ。「今日の午後、カールトンハウス（摂政皇太子の住居）へ出向かねばならないんだ。だが、ちっとも気が進まない」

「カールトンハウス？」アンナは手をさげたが、伯爵は解放してくれなかった。「伯爵様はずいぶんお偉いんですね。摂政の宮にご用事があるだなんて」

伯爵はアンナの手を裏返し、手のひらのしわをしばし眺めた。

そして、親指をそこに走らせた。「おおかた、摂政の宮はドアから一瞬だけ顔をのぞかせて、この偉大な国への貢献を感謝するとお告げになり、午後の娯楽へもどられるんだろう」

「それでも、行かないと言うわけにはいきませんよね」アンナは想像して言った。「だって、とても名誉なことでしょう」

「うんざりだよ」伯爵は文句を言った。「きみは結婚指輪をしていないな、ミセス・シートン。それに、一時期はめていたようにも見えない」

「いま、夫がいないからですわ」アンナは手を引っこめた。「指輪をしていないのも当然でしょう」

「きみのおじい様はどなただい？」伯爵は訊いた。「きみを教育し、トリヴァーの仕事ができるほどに育てた方は。きみはトリヴァーよりずっといいにおいがするというのに」

「父方の祖父ですわ。子どものころからの育ての親です」アンナは言った。事実を話したほうが、ある程度まではうまくいくだろう。「花屋であり、調香師であり、とてもいい人でした」

「だからこの地味な屋敷の至るところに花が飾られているのか。ああ、あまり短く切らないでくれ」伯爵は指示を出した。「髪を切ったばかりに見えるのはいやなんだ」

「あまりお時間がありませんね」アンナは言い、伯爵の襟足の巻き毛を慎重に切った。はさみを動かしつづけ、切り落とされた毛をむき出しの肩から払う。切っては払う作業を繰り返したあと、顔を近づけて髪をそっと吹きとばした。それからふたたびはさみを使った。

つぎにアンナが顔を寄せたとき、コロンの香りがした。森のようなスパイスのようなにおいだ。その芳しい香りと、彼のむき出しのうなじに唇を近づけているせいで、アンナは体のなかが震えるような落ち着かない気分になった。顔の赤みが引くことを願い、伯爵の背中側にとどまりつづけ、作業を終えた。「できました」今度は指で何度か伯爵の首を払った。「これで、見栄えがよくなりましたわ。少なくとも髪形は」

「だが、まだ身支度がすんでいない」伯爵は手を差し出し、はさみを受けとった。「シャツは？」

アンナはシャツを渡し、きびすを返して立ち去ろうとした。ところが、クラバットは翼を生やして飛んでいったかのように衣装棚の上に載っている。カフスボタンとタイピンも。この暑いのにクラバットなんてばかげていると、伯爵がぶつぶつ文句を言いはじめたとき、アンナは伯爵の手を襟元から脇へどけ、その肩に両の手を優しく置いた。

「落ち着いてください」伯爵の目をまっすぐに見た。「単なる会合でしたね。小切手でも渡せば、ご主人様のお仕事は終わりなんでしょう。どの程度きちんとした格好をなさりたいですか?」

「できるだけ地味な格好がいい。クエーカー教徒に見えない程度に」伯爵は言った。「父はこの手の会合が大好きでね。仲間と背中を叩き合い、貿易の話をし、政治論争をするのが」

アンナはクラバットをシンプルかつ優雅に結び、伯爵の手からタイピンをとった。「ご主人様は今回も、気の進まないことをなさるんですね。義務だからという理由で。片眼鏡をお使いになります?」

「いや。両眼鏡を時計用の鎖につけておく」

「鎖は何本つけますか? 懐中時計はお持ちになります?」アンナは書き物机の上にあった両眼鏡を見つけ、伯爵がさまざまな鎖のなかから持っていくものを探すあいだ、じっと待った。伯爵は飾り気のない金の鎖をアンナに差し出した。

「カールトンハウスへ行くときは、時計は持っていかないんだ」そう説明する。「皇太子のためにどれだけ時間を無駄にしているかを意識してしまうだけだからね」アンナはベストのボタンホールに鎖をとりつけ、眼鏡を懐中時計用のポケットへ入れた。伯爵の腹を軽く叩き、鎖がまんなかに垂れさがるようにした。

「これでいいか?」アンナの所有者然とした仕草に、伯爵は微笑んだ。

「上着をお召しにならないといけません。ただ、この暑さですから、目的地に着くまで手でお持ちになったとしても、だれも文句は言いませんわ」

「上着」伯爵はとまどったようすで顔をしかめた。

「衣装棚の上です」アンナはおかしくなってかぶりを振った。

「ああそこか」伯爵はうなずいた。視線はアンナに据えられたままだ。「どうやら、きみのおかげでまともな格好ができたようだ、アンナ・シートン。ありがとう」

伯爵は頭をさげ、アンナは虚を突かれ、アンナの頬にキスをした。伯爵が単純な表現でみずから好意を示したことに、アンナは黙って立っていることしかできなかった。伯爵は上着をさっと腕にかけ、部屋を出ていった。ドアが音を立てて閉まり、伯爵が大声でヴァレンタインを呼ぶ声が聞こえた。いますぐに厩舎まで来ないのなら、午後の熱気のなかを歩けと言っている。

アンナは茫然としてスツールにすわっていた。髪を切ったときに伯爵が腰をかけていたスツールだ。伯爵には不思議な魅力がある。アンナは頬に手をやって考えた。四日もつづけてあれこれと命令したり、怒鳴りちらしたり、トリヴァーのかわりにアンナへいくつもの指示を走り書きしたりしたのち、軽いすてきなキスで感謝の気持ちをあらわすとは。

手を握られたとき、伯爵をたしなめておくべきだった――あのとき、もっと長く握られていたら、そうしていただろう。しかし、いつのまにか手をとられ、それと同時に結婚指輪がないと眉をひそめられては、そうもいかなかった。

それを思い出すと、キスをされた喜びが消えうせた。アンナは左手に目をやった。いったいなぜ細かいことに気がまわらなかったのか。それらしい装いをすること。あらためてルールを自分に言い聞かせた。

アンナは脱ぎ捨てられた服を拾いあげて片づけた。宮廷に着ていけるような服ばかりだ。それから、書き物机と鏡つきのたんすの上を整頓した。どちらもまるで、強風が吹いたかのように散らかっている。衣装戸棚の扉をあけ、品のある男らしいにおいを、恥ずかしげもなく思いきり吸いこんだ。同時に、仕立ての上等な深緑色の乗馬服の袖に指を走らせた。

伯爵はハンサムなうえにとても敏感だ。今後、こまごまとしたことに気づき、それらを考え合わせ、アンナの嘘やごまかしを見抜きかねない。もちろん、それまでに、アンナはここを去るつもりでいた。

その夜、ウエストヘイヴンはようやくタウンハウスへ帰り着いた。帽子と手袋と杖を従僕に渡し、厨房をめざして暗い家のなかを進んだ。大きなグラス一杯の冷えた甘いレモネードを、ただただ飲みたかった。使用人に持ってこさせてもよかったのだが、神経が昂っていて落ち着かず、待てそうもなかった。

「ご主人様？」厨房では、ミセス・シートンが長いテーブルの前にすわっていた。木製のボウルにさやをむいた豆を入れている。ウエストヘイヴンが厨房へはいると、彼女は立ちあがった。

「立たなくていい。冷えたレモネードをとりにきただけだ」

「ヴァレンタイン様から、おふたりとも夕食を召しあがらないとうかがいました」ミセス・シートンは流しのところへ行き、水差しをとり出した。ウエストヘイヴンは食器棚のなかを探り、グラスをふたつ見つけ、それらをテーブルに置いた。ミセス・シートンは不思議そうな視線を寄こしたが、両方のグラスにレモネードを注ぎ、砂糖壺をテーブルへ持ってきた。ウエストヘイヴンは片方のグラスに砂糖が入れられるのを見つめ、驚いて片方の眉をあげた。

「わたしはそんなに砂糖をたくさんとっているのか？」

ミセス・シートンは砂糖壺に蓋をした。「お砂糖がはいっていないと、ご主人様は毒づいたうえ、顔をしかめてあらゆる者たちをにらみつけます」ウエストヘイヴンへ砂糖を入れたほうのグラスを差し出す。それから、自分のグラスからひと口飲んだ。

「きみは少しも入れないのか？」ウエストヘイヴンは訊いた。自分のレモネードを飲み、満足した。ああ、まさにこの冷えた甘い飲みものを求めていた。

「あまりとらないほうがいいと思って」ミセス・シートンは言い、もうひと口飲んだ。「お砂糖は貴重ですし」

「さあ」ウエストヘイヴンは自分のグラスを差し出した。「好きなら、とるべきだと思う」

ミセス・シートンは流しにもたれてウエストヘイヴンを見た。「ご自分はどうなんですか？」

ウエストヘイヴンはまばたきをし、首をかしげた。「謎かけをするには、夜遅すぎると思うが」

「お食事はなさいましたか？」

「いや、してないと思う」

「そんな不当なあつかいを受けたのでしたら、わたしがなんとかして差しあげられますわ」ミセス・シートンはグラスをふたつ洗った。「その服をお着替えになるのなら、数分で食事のトレーをお部屋までお持ちしますけど」

「その前に、このいまいましいクラバットをほどいてくれないか？」ウエストヘイヴンは流しへ行き、ミセス・シートンがタオルで手を拭くのを待った。それから顎をあげた。

「クラバットには、まだしみひとつついていませんね」ミセス・シートンはタイピンの留め具を手で探っている。「でも、すてきなシャツは少し汚れてしわになっています。じっとしてください」手を動かしつづけるものの、小さなタイピンをまだはずせないようだった。

「テーブルの前ですわってください、ご主人様」

ウエストヘイヴンは言われたとおりにテーブル前のベンチに腰をおろし、顎をあげた。

「とれたわ」ミセス・シートンはタイピンをはずし、しげしげと見た。「宝石屋さんに一度見せたほうがいいと思います」それをテーブルに置き、クラバットの結び目に指をかける。

「できました」結び目がゆるみ、クラバットの両端が首の両脇から垂れさがった。ウエストヘイヴンはみぞおちのあたりにどっと疲れがたまるのを感じた。これほどの疲れを感じると、男は動けなくなるものだ。ウエストヘイヴンは、ついミセス・シートンにもたれかかった。頭の傷の手当てをしてもらったときのように、こめかみを彼女の腰に押しあてた。

「ウエストヘイヴン様?」ミセス・シートンの手がうなじに添えられたかと思うと引っこみ、ふたたびうなじに触れた。ウエストヘイヴンは離れるべきだとわかっていたが、やがて、ミセス・シートンが頭のうしろをなでた。ああ、自分はいったいなにをしようとしているのか。しかも、メイドを相手に。ウエストヘイヴンは立ちあがり、彼女と目を合わせた。

「すまなかった、ミセス・シートン。食事を運んでもらえるとありがたい」

アンナは伯爵のうしろ姿を眺めた。これほど疲れた姿を見たことがあるだろうか。大変な一日だったのだろう。そう考えたあと、はたと気づいた。伯爵がうんざりしているのは、カールトンハウスで会合があったからというより、この先何年も、こうした会合がつづくことを承知しているからにちがいない。

アンナが伯爵の部屋のドアをノックしたとき、すぐに応答はなかった。ふたたびドアを叩くと、何事かを指示するくぐもった声が聞こえた。アンナがトレーのバランスをとりつつドアを押しあけたところ、伯爵は居間にはいなかった。

「こっちだ」声は寝室から聞こえた。伯爵は絹のガウンと、ゆったりとした寝間着のズボンを身につけ、バルコニーに面したフランス窓の前に立っていた。

「外に置きましょうか?」

「頼む」伯爵はフランス窓をあけ、半歩うしろへさがり、アンナがすり抜けられるようにした。「しばらくいてもらえるか？」伯爵はあとからバルコニーへ出ると、窓を閉めた。

「少しのあいだでしたら」アンナは答え、閉められたドアをもの問いたげに見た。

アンナの不満を感じとったとしても、伯爵はそれを無視しているようだ。おそらく、食事のことばかり考えていて、メイドの気持ちがわからないのだろう。そこで、アンナも気に留めないようにした。

きっと、大変な一日の終わりに、だれかにそばにいてほしいだけだ。

伯爵はトレーを受けとり、低いテーブルに載せた。長椅子をそばへ寄せる。「不思議だな。きみはいつもトレーにちょうどいいものを上手に並べる。男の食欲を完全に満たすものを」

「花を愛する男性に育てられれば」アンナは言った。「その人にとって嬉しいものはなにか、どうやってその人を喜ばせればいいのか、わかるようになるものです」

「厳格な方だったのか？　きみのおじい様は」伯爵は訊き、サンドイッチを手にとった。

「まさか」アンナは言い、もうひとつの籐の椅子にすわった。「とても愛想がよくて愛情深くて楽しい人でした。祖父を思い出すと、いつも幸せな気分になります」

「どういうわけか、わたしを愛想がよくて愛情深くて楽しい男だと考える者がいるとは思えないな」伯爵は困惑したようにサンドイッチを見た。

「ご主人様は愛情深い方ですわ」アンナはきっぱりと言った。とはいえ、そんなことばが口から出るとは思っていなかった。

「それは驚きだ」濃さを増しつつある闇のなか、伯爵はアンナへ目をやった。「なぜそんなふうに思うんだい、ミセス・シートン」

「ご家族に対して、とてつもない忍耐をお持ちですもの」アンナは説明をはじめた。「妹様たちをどこへでもエスコートなさいますし、ダンスのお相手もされますよね。妹様たちにはたくさんのご友人がいらっしゃるのに、その方々のお相手も、ことあるごとになさいます。それに、ご主人様が公爵様を質問攻めにして悩ますからこそ、公爵様は衝動的なふるまいをお控えになるのでしょう。その結果、公爵領が悲惨な状態にならずにすんでいます。それから、ご主人様は楽しくもないお仕事を山のようにご自分に課して、ご家族が無事に毎日をすごせるようになさっています」

「それが仕事というものだ」伯爵は言った。ひと切れ目のサンドイッチがなくなり、とまどったような顔をする。アンナはふた切れ目を手渡した。「一家の長は仕事をすることになっている」

「亡くなったお兄様のバート様は、そうしてお仕事をなさったのですか？」アンナは底に沈んだ砂糖がとけるよう、伯爵の飲みものを混ぜた。

「兄のバートは二十九で死んだ」伯爵は言った。「その年の者は公爵の跡継ぎであっても、飲んで騒ぎ、ギャンブルをし、自分のサラブレッドを競馬に出し、人生を楽しむものだ」

「伯爵様はおいくつなんですか？」

伯爵は椅子の背にもたれ、飲みものに口をつけた。「きみが男だったら、無礼なと言い返せるんだが」

「わたしが男でしたら、ご主人様にはとっくにそう申しあげてますわ」

「そうか？」伯爵は微笑んだ。優しい笑みとは言えなかった。「どんなときに？」

「朝いちばんに会った者に対して、感じのいい挨拶をなさらないとき。滅多に口にされない感謝や賛辞のことばを伝えながらも、相手と目を合わせられないとき。それから、不機嫌だからといって、聞きわけのない子どものように周囲の者に八つ当たりをなさるとき」

「まいったな」伯爵は片方の手をあげた。「勘弁してくれ！　きみの話を聞いていると、自分が父であるかのように思えてくる」

「お心当たりがあるのでしたら……お認めになったらどうですか」アンナはすかさず言った。

周囲の暗さがありがたかった。

「きみは怖いもの知らずだな」伯爵は言った。おもしろがっているような口調だ。

「お説教するつもりはありません」アンナはかぶりを振った。勇気が消えていく。「ご主人様は本当にご立派な方です。ただ、最近は……」

「最近は？」

「ご機嫌が悪いです。ご自分でもおっしゃっていましたが」

「アンナ・シートン、なぜわたしに機嫌のいいときがあると思うんだ？　世のなかには、不愉快なふるまいがふだんどおりのふるまいだという者もいる」

アンナは首を左右に振った。「ご主人様はちがいます。あなたはまじめな方であっても、陰気な方ではありません。誇り高いとしても、傲慢ではありません。愛する人々をとても大切になさいますが、なかなか愛情を表現なさらないだけです」

「わたしを観察したようだな」伯爵は言った。アンナが評価したことに――正確な評価かはさておき――ほっとしたような声だ。「わたしが家族の意に反して結婚したがらないことを、どうやっていい方向に解釈するんだい？」

アンナは肩をすくめた。「ご主人様は単に、ひとりの女性に注意を向ける準備ができていらっしゃらないだけかもしれません」

「爵位のある者は、相手に忠実であればいい結婚ができるとでも考えているのか、ミセス・シートン」伯爵は鼻を鳴らし、レモネードを飲んだ。

またミセス・シートンにもどったと、アンナは考えた。それに、あつかいの難しい話題になってきた。

「ご両親のような結婚をなさりたいでしょう、ご主人様」アンナは言い、立ちあがった。

「絶対に結婚したがらない子を持ちたいかと訊いているのか？　今後も、我々兄弟の気持ちが変わらないとして」伯爵は言い返した。

「ご両親は愛し合っていらっしゃいます」アンナは眼下へ目をやった。月光が裏庭を美しい銀色に染めあげている。「友人としても恋人としても。パートナーとしても、我が子の親としても」アンナが庭に背を向けると、いつのまにか伯爵が目の前に立っていた。「だからこそ、ご主人様はその辺の女性と落ち着こうとお思いにならないんですわ。お父様が善意で選ばれた方であっても」

伯爵が一歩前へ出る。「アンナ・シートン、わたしに必要なものが、両親のあいだにあるという偉大な愛ではなかったら？　ただ単に、求め合う男女の情熱だとしたら？」

伯爵が最後の一歩を詰めたとき、アンナはみぞおちがただ消えうせたような感覚をおぼえた。内臓のあったところに空洞がぽっかりと口をあけ、しかも広がっていくような気がする。口を利けずにいると、伯爵がごく優しく彼女の肩に両の手を置いた。そのまま腕へすべらせ、アンナの手をとり、自分のほうへ引き寄せた。

「求め合う男女の情熱？」アンナは繰り返した。疑問を発したつもりが、ささやき声が出た。

伯爵は彼女の手を自分の腰へまわさせ、アンナを抱き寄せた。

なじみのある場所だ。アンナはぼんやりと考えながら、彼の腕に抱かれていた。夜風が頭上の枝々をそっと揺らし、酔いそうなほど甘い花の香りが闇のなかを漂っている。このあいだと同じく、伯爵はゆっくりとなだめるようにアンナの背中をさすり、もっと身を寄せるよううながした。

「いけないわ」アンナは彼の香りを吸いこんだ。頬はひんやりとした絹のガウンに押しあてられている。伯爵が身じろぎをすると、ガウンがはだけ、彼女の頬はむき出しの胸にあたった。アンナはあらがわず、頬の下の清潔な男の肌を堪能した。

「いけないのかもしれない」伯爵はささやいた。とはいえ、同調しているようには聞こえない。「こんなことをすべきじゃない」はっきりと言う。「だが、アンナ・シートン、一度のキスくらいなら許せるんじゃないか。穏やかな夏の夜、キスを盗まれるくらいなら」

ああ困った。アンナは彼の温かい胸に顔をうずめて隠したくなった。伯爵はキスをしようと考えている。というより、実際にキスをしていた。優しくついばむようなキスがこめかみに浴びせられ、彼の唇が口元へ忍び寄ってくる。伯爵は自分がなにをするつもりかわかっているらしかった。その唇はやわらかくて温かく、アンナをなだめ、うながしている。頭を少しだけ傾け、顎をあげるようにと……。

伯爵がため息とともに彼女の口を口で塞いだ。唇が重なったとき、アンナはその瞬間のさまざまな出来事をより強く意識した――コオロギの歌、一ブロック向こうの道から響く馬の蹄のかすかな音、香りよい微風に木々がそよぐ音、太鼓のように激しく胸を打つ自分の鼓動。

「キスだけだ、アンナ……」伯爵は言った。名を呼ばれ、アンナは魂を愛撫されたような気がした。骨がとろけるのを感じ、恥ずかしいとも思わずに、驚嘆のうちに体重を預けた。伯爵が彼女の唇の合わせ目に舌を走らせたとき、アンナの膝から力が抜けた。悦びのうめき声がのど元にこみあげる。やわらかくて甘く、レモンのようにさわやかで、誘いかけるようなキスだった。伯爵は舌を彼女の口のなかへすべりこませ、アンナに唇と息と舌の愛撫を受け入れる時間を与えた。

やがて、唇を奪うだけでは罪を犯したことにはならないといわんばかりに、伯爵は温かい手をアンナの背中の下へ少しずつすべらせ、尻を包んだ。アンナをさらに引き寄せ、長身の体と硬くなった彼自身に密着させる。アンナはひるまなかった。背伸びをして体を彼に押しつけ、ガウンのなかに手をすべりこませ、引き締まった背中を探った。彼に腕をまわし、思いきりしがみついた。舌が少しずつ彼の舌からキスを学ぶ。アンナは良識を捨てた。常識と一緒に。彼を味わい、その口と唇の輪郭を知り、ためらいつつも彼の胸にそっと触れた。

ああ……。

「落ち着いて」伯爵は口を離した。アンナを抱いたまま、彼女のこめかみに顎を乗せる。アンナも手を止めたが、離れようとしても体があらがった。

「明日の朝いちばんに辞表を出します」アンナは彼の胸に顔をうずめ、うつろな声で言った。

「受けとるものか」伯爵は言い、ゆっくりと彼女の背中をなでた。

「それでも出ていきますから」顔が赤くなっているのを、伯爵は感じとれるにちがいないと、アンナは思った。

「だったらきみを見つけ出す」伯爵はきっぱりと言い、最後にもう一度、彼女の髪にキスをした。

「耐えられないわ」

「アンナ」伯爵はなだめるように言った。「一度のキスにすぎないし、すべてわたしが悪かった。最近、わたしは自分を見失っている。きみが気づいたようにね。どうか許してくれ。信じてほしい、二度とその気のない女に無理強いはしない」

アンナは彼の腕のなかで頭を働かせようとした。伯爵はなんの話をしているのだろう。ああ、こうして抱かれているのは、じっくりと慎重に触れられるのは、なんて気持ちがいいものなのか。自分は不道徳で、恥知らずで、堕落している。さらに道を踏みはずしている。

「許すと言ってくれ」伯爵の声が響く。彼の手が止まった。「男はしょっちゅう許しを請わねばならないものなんだ、アンナ。だれもが知っているとおり」

「悪いと思っているように聞こえません」アンナはささやいた。まだ彼の胸に顔をうずめたままだ。

「男が犯しやすい罪だ」アンナには、伯爵がからかっているような気がしてならなかった。

「心から反省してはいないんですね」アンナはどうにか体を離した。向き合っているのがいやで、夜の闇のほうを向く。「でも、後悔はしている」

「悔やんでいるのは」伯爵の声がすぐうしろ、耳の上から聞こえた。「きみを怒らせてしまったかもしれないということだ。同じくらい悔やんでいるのは、わたしときみがいま、ラベンダーの香りのするシーツをめくって、さっき言ったような男女の情熱を示し合う準備をしていないことだ」

「今後もそんなことは起きませんわ」アンナは鋭く息を吸った。「もうこの話はなし、キスもなし。シーツの話もしないでください」

「きみの望むとおりにするよ」伯爵はまだ、近すぎるほど近くに立っている。触れないように気をつけているらしいが、アンナの香りを吸いこんでいることはわかった。自分も彼の香りを吸いこんでいたからだ。

「わたしの望みなんて、とるに足らないことです」アンナは言った。「未来の公爵の幸せと同じく。どうだっていいことですわ」

それに対して、伯爵がうしろへさがったので、アンナは少なくともほっとした。

「わたしの謝罪を受け入れてくれたか？」伯爵は訊いた。落ち着いた声だ。

「ええ」

「では、仕事を辞めたり、知らせもせずに姿を消したりしないでくれるね？」

「しません」

「約束してくれるか？　アンナ」伯爵はたたみかけるように言った。主人らしい口調にもどっている。

「約束しますわ、伯爵様」

伯爵はそれを聞いて顔をしかめた。あまり嬉しくないようだ。

沈黙が――アンナにとっては気まずい沈黙が広がった。彼にとってはどうなのかはわからなかった。

「きみが姿を消したら、心配してしまう」伯爵は静かに言った。アンナの手首をなぞり、指と指をからめ合わせると、一瞬軽く握った。

アンナはうなずいた。そんなことを言われても、返すことばはなかった。ひとことも。

月明かりのなか、ウエストヘイヴンはアンナ・シートンの横顔を見た。目は閉じられ、顔はあおむいている。最後にかけたことばが、ショックだったらしい。爵位で呼ばれたときに自分が感じたのと同じくらい強い衝撃だったようだ。その証拠に、彼女は背中に矢を受けたかのように身をこわばらせ、ウエストヘイヴンの手を振り払って立ち去った。

ウエストヘイヴンは彼女が出ていったのを確信してから部屋へはいった。寝室のドアに鍵をかけ、バルコニーへもどる。ズボンを脱ぎ、トレーの上からナプキンをとり、長椅子に深くすわった。ガウンの前がはだける。ウエストヘイヴンは目を閉じて、アンナ・シートンの姿を思い浮かべ、想像をふくらませた。

穏やかで芳しい夜気のなか、彼自身を手にし、先ほどのキスの一瞬一瞬を、悦びのひとつひとつを思い出した。彼女の清潔でさわやかな香り、唇のやわらかさ、肩に手を置かれ、はっとしたときのようす。しばらくののち、ウエストヘイヴンはみずからを解き放った。そのときの快感は、エリースと経験したどんな悦びよりも強く、すばらしかった。

これで満足しよう。ウエストヘイヴンは自分に言い聞かせた。今夜のところは、彼女にキスをし、自分を完全に満たしただけでじゅうぶんだ。今後、彼女が距離を保ちたいと心から願うなら、その気持ちを尊重しよう。だが、向こうがそうときめるまでは、できるかぎり説得をつづけてやる。

夜が更けていき、ウエストヘイヴンは静寂に包まれた。目を閉じて、頭のなかでリストをつくりはじめた。

翌朝、アンナは早くに目を覚まし、例の作業にとりかかった。毎月一日に——雨であれ、晴れであれ、雪であれ、暑い日であれ——必ずすることだ。ペンと飾り気のない紙とインクを用意してすわり、ほぼ二年間、毎月書きつづけてきた三語を、できるだけ癖のない文字で書いた——〝すべて順調です《オール・イズ・ウェル》〟砂をかけてインクを乾かしたあと、宛名として、ヨークシャーにある無名の馬車宿の住所を書いた。そのとき、長靴の足音が響き、ひとりきりでいた厨房に、だれかがはいってこようとしているのがわかった。

「早起きなんだな、ミセス・シートン」伯爵が言った。

「ご主人様こそ」アンナは軽い口調で言い、手提げ袋《レティキュール》に手紙をすべりこませた。

「ペリクレスに散歩をさせにいくんだが、その前に腹ごしらえをしたいんだ」

「マフィンを召しあがりますか？　もう少しおなかにたまるものものつくれますし、マフィンをお持ちになってもいいですし」

「マフィン一個でいい、いや、二個がいいか」伯爵は探るように目を細めてアンナを見た。

「気まずい思いはしていないようだね、ミセス・シートン」

「気まずい？」そのとき、腹立たしいことに、アンナは顔が赤くなるのを感じた。「いったいなぜわたしが……？　気まずいなんて。もちろんそんなことはありません。雇い主がちょっとした軽率な行動をとったからといって、悩んだりはしませんから」

「きみが気に病むタイプじゃなくてよかった。だが、そもそもわたしは、人が来そうなところできみを誘惑したりはしない」伯爵はレモネードを一杯注いだ。

困ります」

「ご主人様」アンナはすかさず言い返した。「たとえどこであろうと、誘惑してもらっては困ります」

「そう言うならしない。出かける前にレモネードを飲まないか？」

「機嫌をとろうとなさっているみたい」アンナは非難がましく言った。「ゆうべの無作法なふるまいを、うしろめたく思っているからでしょう」

「きっとそうだな」伯爵はうなずいた。「いずれにしろ、レモネードを飲みたまえ。暑いか、大股で歩きまわれば、すぐにのどが渇く」

「まだそれほど暑くありませんわ」アンナは言い、レモネードを受けとった。「それに、淑女は大股で歩きません」

「だったら、しとやかな淑女に乾杯」伯爵はグラスを掲げた。「さて、マフィンは？　ペリクレスが待っているんだが」

「かわいいペリクレスを待たせてはいけませんね」アンナは聞こえよがしに言った。しかし、プライドの高い伯爵も、むっとして顔を赤らめはしなかった。ある意味、進歩だと言える。

アンナはパン入れの蓋をとり――ここを探せばマフィンがあることくらい、だれにでもわかる――大きいマフィンをふたつ選んだ。伯爵はテーブルに腰をかけていたので、アンナはマフィンを手渡すために近寄らなければならなかった。

「ありがとう」伯爵はアンナに微笑みかけた。「わかっただろう？　別にきみに噛みつきはしないよ。まあ、軽く噛むのなら得意だが。で、このマフィンにはなにがはいっているんだ?」

「シナモンとナツメグです。カラメルのようなものを全体にかけてあります」アンナは言った。「きっとぐっすりお休みになったんでしょうね」

近くで観察できるため、アンナには伯爵が元気をとりもどしたのがわかった。昨夜よりもずっと体調がよさそうだ。そのうえ——驚いたことに——伯爵が微笑んでいる。しかも、アンナに向かって。

「たしかによく眠れた」伯爵はマフィンをかじった。「それに、知ってのとおり、ペリクレスはかわいい馬だ。このマフィンは——」まっすぐにアンナを見つめる。「すばらしい」

「ありがとうございます、ご主人様」アンナは笑みを返さずにはいられなかった。相手を悩ませないようにと、伯爵はこんなに努力してくれている。

「きみもひと口食べるか?」伯爵がマフィンを小さく割って差し出す。突然、アンナは伯爵に大いに悩まされはじめた。

「自分でひとついただきますから」

「ああ、おいしいからひとつくらい食べられるな、そうだろう?」伯爵は言い、かけらを口にほうりこんだ。「こんなに早くからどこへ行くんだい、ミセス・シートン」

「いくつかお使いがあるんです」アンナはレース編みの夏用手袋に左手をすべりこませた。

「なるほど」伯爵はわけ知り顔でうなずいた。「わたしには母と五人の姉妹がいるし、女のいとこも大勢いるから、よく耳にした。お使いとは女にしかわからないもので、目がまわるほどたくさんの用事を短時間ですませるもののようだな。延々と同じ作業をすることもある」

「そういう場合もあります」アンナは言った。大きなマフィンが数分で消えていく。伯爵は立ちあがり、ふたたび大きく微笑みかけた。

「お使いの邪魔をするのはやめておこう。腹ごしらえはこれでじゅうぶんだ。朝食までは持つだろう。いい一日を、ミセス・シートン」

「ご主人様も、いい一日を」アンナはレティキュールをテーブルからとりあげ、廊下へ向かった。その日はじめての伯爵との会話を終え、ほっとしていた。

「ミセス・シートン？」伯爵が眉根を寄せてテーブルを見ている。顔をあげたときは、なんの表情も浮かべていなかった。ただ、いたずらっぽい目つきをしていただけだ。

「ご主人様？」アンナは首をかしげた。足を踏みならしたい気分だ。からかうような態度の伯爵は、機嫌の悪いときよりも厄介だった。とはいえ、少なくとも彼はいま、キスをしていない。

伯爵はアンナの右の手袋を掲げた。指一本に引っかけてまわす。さっと近づいて引ったくりでもしないかぎり、返してもらえないのだろう。

「ありがとうございます」アンナは歯を半ば食いしばって言った。伯爵のほうへもどり、片方の手を出したが、まさか手をとられ、そこにキスをされるとは思わなかった。伯爵はアンナの手のひらに手袋を落とした。

「どういたしまして」彼はパン入れから三つめのマフィンをつかみとり、口笛を吹きながら裏口から出ていった。ヴァレンタインが週のはじめに何時間も練習していた、モーツァルトの難しそうな曲だった。

アンナは伯爵に渡されたばかりの手袋を凝視した。手袋をほうったということは（決闘の申しこみを意味する）、なにかの挑戦のつもりだろうか。

「おはよう、兄上！」

ウエストヘイヴンは鞍の上で振り向いた。ヴァレンタインがペリクレスの横へ馬を寄せてくる。

「もしや兄上も、街でひと晩をすごして、いまご帰館というわけじゃないだろうね」

「まさか」ウエストヘイヴンは弟に向かって微笑み、ふたりで厩舎への道を進んだ。「こいつに運動させて、朝の空気を吸ってたんだ。デヴにも会ったぞ。なんだか体が大きくなったようだ」

「デヴは前よりずっと健康的になった」ヴァルはにやりと笑った。「ふくよかな料理人兼メイドを住まわせている。食欲を満たしてくれるそうだ。だが、兄上の屋敷にはいる前に、言っておかねばならないことがある。ゆうべ、〈プレジャーハウス〉でクインビーに会った。あいつによれば、父上が兄上を訪ねるつもりらしい。父上は昨日、あの店の近くで兄上の馬車を見かけたらしくてね。そのことについて話をしたいようだ」

「おまえだな。夜通しあそこのピアノを弾くためだったんだろう」ウエストヘイヴンはきつい目で弟をにらんだ。ヴァルがにやりと微笑んでうなずく。ウエストヘイヴンは今日の楽しみの一部が、朝の熱気のなかへ霧散したような気がした。「で、なんと言いわけをすればいいんだ？」

「兄上はエリースと別れたし、その話はみんなに知られているんだから、別に言いわけを考え出さなくたっていいだろう？」

「ヴァレンタイン」ウエストヘイヴンは顔をしかめた。「父がどういう結論を出すか、わかっているだろうが」

「ああ、そうだろうな」ヴァルは言い、馬をおりた。「ぼくが否定すれば否定するほど、父はそうだと確信する」

ウエストヘイヴンも馬をおり、ペリクレスの首を軽く叩いた。「次回からは、たとえ娼館でピアノと密会する約束をしていようと、歩いていくことだな」

ふたりは黙ったまま裏庭に面したテラスを通り、厨房へはいった。ヴァルはパン入れのところへ直行し、マフィンをつかみとった。「ひとついるかい？」

「もう三つ食べた。レモネードか紅茶は？」

「そのふたつを混ぜてくれ」ヴァルは食品貯蔵室からバターをとってきた。「半々で。流しのところに冷えた紅茶がある」

「我が弟はやはり変わり者だな。朝食を一緒に食べないか？」ウエストヘイヴンは頼まれたとおりに飲みものを用意し、自分にはレモネードを一杯ついだ。

「疲れたから遠慮する」ヴァルはかぶりを振った。「〈プレジャーハウス〉で夜明け前までいろいろと監督していたんだ。そのあと、モーツァルトのト短調の交響曲の出だしによく似た曲を、いつのまにか夢中になって弾いていた。父上が来るころには、ぼくはベッドのなかだ。モーツァルトとすごした罪深き一夜を、眠って忘れることにするよ。父上にそう言っておいてくれ。まじめな顔で」

やがて、公爵が何人もの供を引きつれ、ものものしいようすであらわれたとき、ヴァルはなにも知らぬまま、階上で至福の眠りについていた。玄関のドアをあけた従僕――ジョンのいとこ――は、ものごとをわきまえた男だったため、大事な客の到着を告げた。このため、ウエストヘイヴンとトリヴァーは、実りある朝の仕事を中断しなければならなかった。

「公爵をここへ案内してくれ」ウエストヘイヴンは言い、トリヴァーを玄関へ向かわせた。居間で父に会うのはやめることにした。書斎のほうが涼しそうだし、通りに面した窓がない。父との話し合いで効果を発揮するのは知恵と大声だが、なによりも効くのは徹底して無情でいることだ。

「父上」ウエストヘイヴンは立ちあがり、うやうやしくお辞儀をした。「お目にかかれて嬉しいです。意外な訪問には驚きましたが。お元気ですか？」

「意外だと」公爵は鼻を鳴らした。とはいえ機嫌はよさそうで、青い目が輝いている。「意外なのは、おまえが売春宿にいたということだよ。身分にふさわしくないと思わないか？

しかも、午後二時の暑いさなかに！　若者はこれだから困る」

「母上はお元気ですか？」ウエストヘイヴンはサイドボードのところへ行った。「ブランデー、それともウイスキー？」

「飲めればどっちでもいい」公爵は言った。「外は腹立たしいほど暑いな、まったく。おまえの母上は相変わらずだ。わたしがよくよく面倒を見ているからな。おまえの妹たちも一緒にモアランズにいる。わたしがここへ来たのは、おまえの弟を見つけて、あっちへ連れもどすためでもある」

ウエストヘイヴンは飲みものを公爵に渡した。自分はこれほど早い時間から強い酒を飲みたくはなかった。

公爵はぐっと酒を飲んだ。「ヴァレンタインがこの屋敷にいれば、あのいまいましい騒音が響いてくるところなんだろうが。うむ、悪くない」そう言ってグラスを掲げる。「なかなかうまいじゃないか」

極上のウイスキーを気軽に飲んでいる父を見て、ウエストヘイヴンはミセス・シートンに言われたことを思い出した――朝いちばんに会った者に対して、感じのいい挨拶をなさらないとき……滅多に口にされない感謝や賛辞のことばを伝えながらも、相手と目を合わせられないとき……。

あることに思いあたり、胸に一撃を食らったような衝撃をおぼえた。つまり自分は、父の跡を継いでモアランド公爵になりたくないだけではなく、とくにこの父のような公爵になりたくないのだと。

「ヴァルを見かけたら」ウエストヘイヴンは言った。「モアランズで淑女たちが寂しがっていると伝えておきます」

「ふん」公爵は空のグラスを脇へ置いた。「母上と妹たちが、だろう。最近あいつが仲良くする淑女といえば、母親か妹だけだからな」

「そうでもありませんよ」ウエストヘイヴンは言った。「淑女たちのあいだで、エスコート役として絶大な人気がありますし、一緒にいてとても楽しい男だと思われているようです」

公爵はさもつらそうに息を吐いた。「おまえの弟は軽々しいめかし屋だ。だが、少なくともフェアリーの売春宿の件では、あいつはおまえの言うことを聞くそうじゃないか。いったいどうすればあいつを制御できるのか、教えてくれ」

めずらしいことだった。公爵が答えを求めて人になにかを訊くことは滅多にない。ウエストヘイヴンは返事を慎重に考えた。

「フェアリーの店には、ブロードウッド製の上等で新しいピアノがあると聞いていましたが、実際にそうでした」ここまでは事実だ。

「つまり、わたしは――」公爵はふと思いついたように言った。「家柄がよくて音楽好きな娘を見つければいいということか。そうすれば、あいつを結婚させられるのか？」

「考慮する価値のある案かもしれませんが、わたしだったらさりげなくしますね。母上を音楽劇にエスコートするよう頼むとか。父上がからんでいると見抜いたら、あいつはおとなしく従いはしないでしょうから」

「強情なやつだ」公爵は言った。「母親そっくりだな。ところで、もう少しのどを潤したいんだが」ウエストヘイヴンは父のすわっている革張りの長椅子のところへデカンターを持っていき、グラスに半分つぎ足した。近くで目にしたところ、暑さのせいで父が疲れていることがわかった。血色のよい顔がいつもより赤らみ、呼吸がやや荒い。

「強情といえば」ウエストヘイヴンはデカンターをサイドボードへもどした。「エリースとはもう会っていません」

「なんだと？」公爵は眉をひそめた。「あの小柄なブロンド女への興味が失せたのか？」

「エリースへの興味が失せたからだとは言いません。プライバシーを侵害されることにもともと興味がなかったのと、わたしの血が流れていない子に、モアランドの爵位が引き継がれるのがいやだったからでしょうね」

「いったいなんの話だ、ウエストヘイヴン。わたしはどちらかといえば、あのエリースという女を気に入っていたんだぞ。現実的な考えの持ち主のようだから。わかるだろう」

「つまり、父上の賄賂を受けとったか、挑戦を受けたということですね」ウエストヘイヴンは言った。「その後、エリースは別の男たちに――少なくとも、わたしの知り合いで、緑色の目をした長身の下級貴族に肌を許した。ほかにも相手はいたかもしれませんが」

「たしかに身持ちの悪いところがある。それなりに慎重ではあるが。だが、あの手の女になにを期待する？」公爵は酒を飲みおえ、満足そうに唇を鳴らした。

「エリースはレンフルーと婚約しています。父上が子を宿せとエリースをそそのかしたとしても――」ウエストヘイヴンは言った。「父上がいくらけしかけても、エリースが子を産むためには、ほかの男の子どもをわたしの子だといつわるしか方法がなかったということです」

「まさか、ウエストヘイヴン」公爵は立ちあがった。つらそうな顔をしている。「おまえには女と床をともにする能力がないと言っているんじゃないだろうな?」

「そうだったとしても、父上には言いませんよ。そうしたことはプライバシーの問題のはずでしょう。いま言おうとしているのは、これ以上女を操ってわたしのベッドにもぐりこませようとしても、わたしは結婚しないということです。手出しをしないでください。さもないと後悔しますよ」

「ウエストヘイヴン、おまえは実の父を脅しているのか?」公爵はグラスをいきおいよく置いた。

「わかってもらおうとしているだけです」ウエストヘイヴンは静かな声で答えた。「わたしのプライバシーをあと一度でも侵害したら、一生後悔させてやると」

「侵害……? 愛するがゆえじゃないか」公爵はきびすを返し、ドアノブに手をかけた。「おまえと口論するためにここへ来たわけじゃない。弟をフェアリーの店へ行かせるとはたいしたものだと、おまえを褒めるために来た。あいつに女との営みを……。いや、忘れてくれ。ともかく、善意から訪ねてきたというのに、おまえはわたしを脅した。母上はこの無礼な仕打ちをどう思うだろうな。むろん、わたしも心を痛めている。おまえは三十をすぎているというのに、結婚もせず、跡継ぎももうけず、そうするという約束もしない。自分が永遠に生きられると思っているようだな。だが、おまえと弟を見てみろ。男は何十年もかけて息子を育てても、なかなかその仕事が終わらず、うまくいきもしないことがあるんだぞ。おまえは非常識な男ではない、ウエストヘイヴン。せめてモアランド公爵家の社会的地位に敬意を払ってくれ。わたしの望みは、死ぬ前に跡継ぎが生まれることだけだ。甘やかして愛情を注げるような孫を、おまえの母上に与えてやってほしいだけだ。ではよい一日を」

公爵は仰々しいそぶりで出ていった。ドアが大きな音を立てて閉まる。残されたウエストヘイヴンはデカンターをものほしげな目つきで凝視した。数分後、静かなノックの音がしたときも考えこんでいたため、あやうくそれを聞きのがすところだった。

「はいりたまえ」

「ご主人様?」こぎれいに身なりを整え、涼しい顔をしたミセス・シートンが部屋へはいってきた。彼女らしい短いお辞儀をする。「まもなく昼食の時間です。テラスで召しあがりますか? それとも食堂で? トレーをこちらへ持ってまいりましょうか?」

「食欲が失せたようだ、ミセス・シートン」ウエストヘイヴンは立ちあがり、机をまわりこむと、机の端に腰かけた。「父が訪ねてきてね。いつものように説教をされ、怒鳴り合いになったよ」

「聞こえました」ミセス・シートンは同情するような顔をした。「少なくとも、お父様の怒鳴り声は」

「だが、こともあろうに、弟を娼館へ連れていったことは褒められた。父は古い時代にぴったりの人間なんだ。新郎新婦の床入りを、大勢ではやしたてて見物したような時代に」

「お父様に悪気はないと思います」

「本人はそう言うさ」ウエストヘイヴンは同意した。「モアランド公爵家が存続するよう、まじめに管理しているだけだと。だが、本当は自分の地位を守りたいだけだ。わたしが父の期待どおりに跡継ぎをもうけられないと、父は恥をかくというしごく単純な話だよ。自分が息子を五人もうけ、そのうちの三人がまだ生きているというだけでは、満足できないんだ。この世を去る前に、どうしても自分の帝国を築きたいらしい」

ミセス・シートンは黙っていた。ウエストヘイヴンは先日も似たような愚痴を聞かせたことを思い出した。

「弟はまだ寝ているのか？」

「はい。でも、二時には起こしてほしいと言われております。フェアリー子爵のお店へいらっしゃる前に、四時間の練習をなさりたいようです」

「やはりあいつは婦人になろうとしているようだな」

今回も、ミセス・シートンは答えるべきではないと考えたらしかった。

「トレーを裏のテラスへ持って出よう」ウエストヘイヴンは言った。「だが、いつものように手をかけてくれなくていい……テーブルの準備をしたり、花を飾ったり。トレーに載せた食事だけでじゅうぶんだ。砂糖入りのレモネードがたっぷり添えられていればね」

「もちろん用意いたしますわ、ご主人様」ミセス・シートンは膝を折ってお辞儀をした。ウエストヘイヴンはすかさず腕を伸ばして彼女の手首をつかみ、引き止めた。

「わたしに仕えるのはいやか？」ウエストヘイヴンは彼女の表情を観察した。「ことあるごとに父に欠点を指摘されて、わたしは辟易している。だから使用人を困らせないように、わたしは最善の努力をしているつもりだ。わたしに対する父のような態度をとるまいとね」

「とても不機嫌でいらっしゃる日でさえ、ご主人様はお父様の半分ほども、わたしたちを困らせることはありません。お父様に対するご主人様の辛抱強さを、みなが尊敬しています」

「だれが？」

「使用人たちです」ミセス・シートンは答えた。「わたしも含めて」

「メイド頭の尊敬を得ることは」ウエストヘイヴンは言った。「究極の望みだ」

ウエストヘイヴンは彼女の手首を口元へ運び、親指のつけねのやわらかい肌にキスをした。しばらく唇を押しあて、規則正しい脈を感じた。

ミセス・シートンは眉をひそめ、くるりと背を向けると、お辞儀をせずに出ていった。

メイド頭の尊敬を失ってしまっただろうか。そのうしろ姿を見て、ウエストヘイヴンは考えた。

4

「今朝のお使いは首尾よく終わったのか、まだ訊いていなかったな」ウエストヘイヴンは〈タイムズ〉紙を脇へやった。アンナが昼食のトレーを彼の前に置いた。

「おかげさまで。ほかにご入り用のものはありますか？」

ウエストヘイヴンは手を組み合わせて立つアンナを眺めた。裏庭の花々や道を背にし、顔にはなんの表情も浮かべていない。

「アンナ」ウエストヘイヴンは言った。名で呼ばれたことに、アンナがいらだったのがわかる。「すわってほしい。頼む」

アンナは腰をおろした。女子生徒のように椅子のごく端にすわり、背筋を伸ばし、まっすぐ前を向いている。

「無言でわたしを叱っているな」ウエストヘイヴンはため息をついた。「あれはただ一度のキスにすぎなかっただろう、アンナ。それに、きみも楽しんでいたように思えたのだが」

アンナは下を向いた。その首の横から赤みがのぼってくる。

「それが問題か、そうだな？」ウエストヘイヴンはふとそのことに思いあたり、嬉しくなった。「わたしの謝罪を受け入れられたし、明るく礼儀正しくわたしに接することもできる。だが、きみはあのキスをたしかに楽しんだ」

「ご主人様」アンナは膝の上の自分のこぶしに向かって言った。「おわかりになりませんか？　あなたの……いたずらを奨励した場合、わたしは自分の身の破滅を招くことになります」

「破滅？」ウエストヘイヴンは鼻を鳴らした。「エリースなんて、金に困らずに一生を楽しむつもりだというのに。わたしやほかの男たちに破滅させられて得た財産のおかげでね。それを破滅と考えるならばの話だが。言っておくが、エリースの純潔を奪ったのはわたしではないぞ、ミセス・シートン。わたしは簡単にだれかを見捨てる男じゃない」

アンナはしばらく沈黙したのち、目をあげた。決意のみなぎる顔つきをしている。

「わたしたちのあいだでなにかが起きているからといって、ほかの職を探す気はありません。でも、やめていただかないと困ります」

「なにをやめろというんだ、アンナ」

「わたしを名前で呼ぶべきではありませんわ、ご主人様」アンナは立ちあがった。「それを許したおぼえはないのに」

ウエストヘイヴンも立ちあがった。アンナが淑女で、そうするのが礼儀であるかのように。

「きみをファーストネームで呼ぶのを許してくれるか？　ふたりきりのときだけでも」

アンナがはっとするのを見て、ウエストヘイヴンはかすかな満足感をおぼえた。暴君のような主人が許しを請うとは思わなかったのだろう。おかげで、ウエストヘイヴンは父のふるまいを思い出した。アンナはいま、彼をまじまじと見つめている。ウエストヘイヴンはこの機に乗じることにした。

「きみをミセス・シートンだと考えることができないんだ。この屋敷では、きみのようにわたしに接してくれる者はいないんだよ、アンナ。きみは優しいし正直だ。同情してくれるが、わたしを哀れみはしない。きみほど味方のように感じられる者はこの屋敷にはいないんだ。だから、このささやかな願いを聞き入れてほしい」

アンナは目を閉じた。胸の内で葛藤しているらしい。苦悩が顔にあらわれているが、ウエストヘイヴンは自分の主張が通るのではないかと考えた。アンナは願いを聞き入れてくれる。頼んだことによって、アンナひとりの手に、このささやかな選択の権利を与えたからだ。

アンナが了解のしるしにうなずく。しかし、みじめそうな表情をしていた。

「それにきみも」ウエストヘイヴンは視線にいたわりの気持ちをこめた——これはまさか罪悪感ではあるまい。「わたしを味方だと思ってくれ、アンナ」

アンナは怒ったような鋭い目つきでウエストヘイヴンを見つめた。「わたしの評判を汚す味方でしょう。評判を失えば、わたしはただの貧しい女だということは、おわかりでしょうに」

「わたしはきみを破滅させようとしてはいない」ウエストヘイヴンは言った。「それに、なにかを無理強いするつもりもいっさいない」

アンナは立ちあがった。その目が異様な光を放っている。「たったいま、そのようなことをなさったのではないかしら」

ウエストヘイヴンは長いあいだ彼女を見つめた。非難のことばに対してなにか言い返そうと考えたものの、いい答えは見つからなかった。アンナ・シートンにひとつの選択をさせることはできる。この先、何十年も階段をのぼりおりし、ものをとりにいき、人に仕えずにすむようになる選択を。自分はアンナをほしいと思っているのに、ベッド以外の場所で彼女と一緒にすごすのを楽しんでいる。そのことに気づいて、ウエストヘイヴンは不思議だったが、悪いことだとは思わなかった。だが、誘惑しても、アンナはいまいましい良識を重んじてしりごみするだろうから、うまくいかないだろう。

いまのところは、あの魅力的なキスを――キス以上のことができるときもあろうが――ときおり盗むことしかできない。アンナが、主人をきっぱりと拒絶して遠ざけるかどうかを迷っているあいだに。

ウエストヘイヴンがひとりでレモネードをゆっくり飲んでいたとき、ヴァルがテラスへ出てきた。眠そうな顔をして髪はぼさぼさに乱れている。シャツののど元ははだけ、袖口は折り返されている。

「まったく、暑すぎて眠れやしない」ヴァルは兄のグラスに手を伸ばし、残っていたレモネードを飲みほした。「兄上は本当に甘いのが好きなんだな」

「ほっとするからだ。今朝はちょうど、父上の相手をしなければならなかったから、甘いレモネードくらい飲んでもいいだろう」

「父上の機嫌は悪かったのかい？」ヴァルは椅子にすわり、足首のところで長い脚を組んだ。

「ああ。フェアリーの店でのことを話したかったようだが、結局、孫と尊敬について怒鳴りちらして帰った」

「いつものような感じだったんだね」ヴァルが言ったとき、ジョン・フットマンが別のトレーを運んできた。載っていたのは朝食に近い食事だった。

「ミセス・シートンから伝言です。こちらは甘めです」ジョンはそう言ってウエストヘイヴンの前にグラスを置いた。「それから、こちらは甘さが控えめとのことです」もうひとつのグラスをヴァルの前に置いた。

「ミントを入れたようだ」ヴァルは長々とレモネードを飲んだあとに言った。

「ミセス・シートンが？」ウエストヘイヴンは言い、自分のグラスから飲んだ。「そうかもしれない。彼女はあらゆる家事を楽しんでいる」

「兄上といるときは楽しそうに見えなかったな、さっきここにいたとき」

「ヴァレンタイン」ウエストヘイヴンは弟を凝視した。「わたしのようすを盗み見したのか？」

ヴァルがまっすぐ上を指で示す。テラスを見渡せるところに、ヴァルの寝ている部屋のバルコニーがあった。「夜はたいていあのバルコニーで眠るんだ。さっき、兄上は小声で話してはいなかった。で、ぼくはうとうとしつつ、興味深いやりとりの一部を耳にしたってわけだ」

ウエストヘイヴンは慌てずに、しばらく黙ってレモネードを眺めた。

「それで？」弟と目を合わせ、厳しいことばを待った。

「相手は身持ちのいい女なんだぞ。だが、兄上がちょっかいを出したら、まともな生活にもどれなくなる。兄上にとっては、いっときの娯楽であっても、向こうの生活はとり返しのつかないほど変わってしまう。兄上にだって、二度ともとどおりにはできないだろう。兄上ほど良識のある男が、そんなことを望むとは思えない。女の好みだけはよくなったようだが」

ウエストヘイヴンはグラスをゆすった。心が沈むのを感じつつ、ヴァルがその優雅で才能のある指で、真実をつかんだらしいことに気づいた。

「なんだったら」ヴァルは言った。「結婚してしまえばいいじゃないか、え？　仲良くするなら敬意を払えよ。結婚すれば、ミセス・シートンは伯爵夫人になる。悪くないじゃないか。両親の希望もかなう」

「公爵夫人にはなりたがらないだろう」

「話の持っていき方によるさ」ヴァルはわざとらしいほどさらりと言った。

「よく言うな。おまえは父上に孫息子を二、三人与えることになるなら、わたしに梅毒持ちの娼婦との結婚ですら勧めるつもりだろう」

「まさか。ぼくがそんなつもりでいるなら、兄上への手紙の追伸に、エリースの夏のお楽しみのことを書きやしなかった。そうだろう？」

ウエストヘイヴンは立ちあがり、弟を見つめた。「おまえは途方もなく厄介な男だ。わたしが父そっくりの男にならないとしたら、それはある意味、弟に悩まされたせいだろうな」

ヴァルはマフィンをほおばり、にやにやと笑っている。にもかかわらず、立ち去る兄の背中に向かって歯切れよく言った。「ぼくも愛してるよ、兄上」

アンナはだまされなかった。今週はじめに昼食のテーブルで話をして以来、伯爵は距離を保っているものの、どうやら考えたうえでそうしているらしかった。書斎の花に水を足したとき、アンナは伯爵の視線を感じたし、ある部屋にはいり、伯爵が挨拶がわりに立ちあがったときもそうだった。アンナは不安になった。飢えた虎に追われている気分だ。

週末に近づくにつれ、暑さは増した。夜は稲妻が光り、雷鳴がとどろくものの、ほっとするような涼しい雨が降ることはない。屋敷じゅうのだれもが、冷たくした紅茶やレモネードやりんご酒をがぶ飲みし、お仕着せを着るのは玄関に出る者だけとなった。男たちは袖口を折り返し、襟元をゆるめ、女たちはペチコートを穿かずにすませた。

正面玄関のドアがいきおいよく閉まった。伯爵が街で長い午後をすごし、用事を片づけたのちに帰宅したらしい。アンナは食事を載せたトレーを用意し、つぎに上階のどの部屋のドアが音を立てて閉まるのか、耳を澄まして聞いた。そのために、首を傾けねばならなかった。ヴァレンタインがピアノを弾いているからだ。大きくはないが、感情のこもった――幸せそうとは言えない感情のこもった音だった。

「兄たちの死を悼んでいるんだな」厨房の入り口から伯爵の声がした。「おそらくわたしが思っているよりも強く」

曲調が変わり、暗さや絶望感が漂ってきた。静かな曲だけに、なおさらそう感じられた。

なにかをはじめて失った直後の激しい悲しみ、途方に暮れるほどの悲しみを表現した曲ではない。そのあとに感じる、長くつらい心の痛みをあらわしている。アンナは自分が経験した喪失感と悲しみがよみがえるのを感じ、それにのまれそうになった。そのとき、伯爵が厨房へはいり、トレーに目をやった。

伯爵がアンナに視線をもどしたとき、ちょうどアンナは目の片隅に浮かんだ涙を拭いているところだった。

「おいで」伯爵は彼女の手をとった。アンナをテーブルのところへ導き、椅子にすわらせる。ハンカチを手渡し、トレーをとってくると、アンナのすぐ横に並んですわった。

ふたりは長いあいだ音楽に耳を傾けた。美しく悲しい調べが流れるなか、厨房のひんやりした空気がふたりを包む。やがて、ふたたび曲調が変わった。相変わらず悲しげではあるものの、受容と平和の優しい調べが心を貫いた。愛があれば、死はものごとの終わりとはならないと、歌っているように聞こえた。

「弟様は天才ですね」

伯爵はうしろの壁に肩をもたせかけた。「天才かもしれないが、夜更けに、しかも娼婦や他人がいるときにしか、こんなふうに弾くことはないだろう。あいつはいまだに兄の死に当惑している」アンナの指に指をからめ合わせ、軽く握る。「どうやら、わたしもそうだが」

「一年も経っていないのですか？」

「ああ。ヴィクターは、喪に服すのは六カ月にしてくれと言って死んだが、母はまだ深く悲しんでいる。何カ月も前から、ヴァレンタインをここに泊まらせてやるべきだった」

「いらっしゃらなかったかもしれませんわ」アンナはつないだ手を裏返し、伯爵の日に焼けたこぶしを観察した。「弟様はある程度、ひとりでおすごしになる必要があるみたいですね」

「その点では、あいつとわたしとデヴリンは似ている」

「デヴリン様というのは、伯爵様の腹ちがいのお兄様ですね?」少なくともウィンダム家では、公爵の庶子は受け入れられているようだと、アンナは思った。

「ああ」伯爵はうなずき、手を離した。「紅茶かりんご酒かレモネードはどうだ?」

「なんでもけっこうです」アンナは言った。ヴァルの音楽は明るさを増している。まだ痛々しい雰囲気はあるが、せつなさが出ていて、深い悲しみは感じられない。

「ではレモネードをお願いします」

伯爵は自分のグラスに砂糖を入れ、アンナのグラスにも一杯入れると、それを彼女の前に置いた。「ここで一緒に飲むといい。そのあいだに、わたしの大家族の話をしよう」伯爵はふたたびすわった。今回触れているのは、腰と腰だけではなかった。彼の長い体の横がアンナの体と触れ合い、熱と疲労感が伝わってくる。伯爵はどんな兄弟がいるかをひとりずつ説明した。亡くなったのか、生きているのか、両親の子なのか、腹ちがいの子なのかについても。

「ひとりひとりに愛情を感じていらっしゃるんですね」アンナは言った。「必ずしも、そういうご兄弟ばかりではないのに」

「両親をひとつ褒めるとしたら」伯爵は言い、グラスの縁に指を走らせた。「我々家族を、真の家族にしたことだろうな。男子は十四かそこらになるまで、学校の寮へ預けられることはなかった。ただ、大学へ行く前には自分の学年の友人たちと知り合えるようにしてもらった。ずいぶん高い教育を受けたから、同級生に対して劣等感もなかったんだ。なんでも兄弟で一緒にやったよ。まあ、どこへ行くにも馬車の行列ができたが。デヴとマギーもよく一緒に出かけた。夏はとくにね」

「おふたりは受け入れられているわけですね？」

「どこへ行っても。父がはっきりさせたからだ。血気盛んな若い貴族が、結婚前に軽率なふるまいをしたからといって、まわりがそのことをとやかく言うべきじゃないとね。さいはもう投げられたのだと。デヴリンが魅力的でハンサムで、自力で富を築いているのも、受け入れられやすい一因だ。マギーだって、異母妹たちと同じくらい美しいし、礼儀をわきまえているから」

「たしかに、歓迎されやすいですね」

「きみはどうなんだ、アンナ・シートン」伯爵は顔を傾けて彼女を見た。「兄と妹と祖父がいると言っていたな。仲はよかったのかい？」

「いいえ」アンナは立ちあがり、自分のグラスを流しへ持っていった。「わたしが小さいころ、両親は亡くなりました。兄は親の監督なしに育ったんです。祖父がしつけようとはしましたけれど。わたしの両親は深く愛し合っていたと聞いています。ふたりが亡くなったあと、祖父はすぐにわたしたち兄妹を引きとったのですが、兄はわたしよりも十歳上で、なかなか素直に祖父に従わなかったんです。怒鳴り合いはしょっちゅうでしたわ」

「父とわたしのようにか」向かい側にすわったアンナに対し、伯爵は微笑んだ。

「公爵夫人が伯爵のお父様に大声を出されることはありませんよね?」

「それはない」伯爵はアンナの考えをおもしろがっているようだった。「母はつらそうな落胆したような顔をして、父をパーシヴァルか閣下と呼ぶだけだ。パーシーではなく」

「祖父もそうした表情を見事につくっていましたわ」アンナは眉根を寄せた。「そんな顔をされたことが二、三回ありましたけれど、そのときは本当に落ちこみました」

「ということは、きみは聞きわけのよい子だったんだな、アンナ・シートン」伯爵はアンナに笑顔を向けた。目に独特の光が宿る。アンナには理解できない光だったものの、不安にはならなかった。

「強情な子どもでしたけれど、そうですね、聞きわけはよかったです」アンナはふたたび立ちあがり、今度は伯爵のグラスを片づけた。「いまもそうですけれど」

「来週の火曜日は忙しいか?」伯爵は立ちあがり、壁にもたれた。胸の前で腕を組み、グラスをすぐアンナを見つめている。

「それほどでも」アンナは答えた。「大がかりな買い出しは水曜日にしますので。その日は男性使用人の半日勤務の日でもありますけど」

「天気が悪くなければ、時間をもらえるだろうか」

「どうしてですか?」アンナは警戒して伯爵を見た。どういうつもりかわからないからだ。

「最近、モンクス・クロッシングというウィンダム家の不動産を売った」伯爵は説明をはじめた。「父とわたしは、結婚のときの持参金がわりに、妹たちにそれなりの収益を生む不動産を与えるべきだと考えている。できれば見た目がよくて、ロンドン近郊にある家がいい。一件の売却がすんだから、新しい不動産を買おうと思っているんだ。ヴィクターが亡くなったから、妹たちは今年、社交行事に参加していない。だが、来年は少なくともふたりに、いい話が持ちあがる可能性がある。だから、不動産を贈れる状態にしておきたくてね」

「それで、火曜日はなにをする予定なんですか?」アンナは胸の前で腕を組んだ。

「サリーにある不動産に目星をつけてあって、それを見にいこうと思っているんだ。ロンドンから二時間ほどのところにある物件で、売りに出されている。なにかあるんじゃないかと思うほど手頃な値段でね。だから、わたしと一緒に行って、女性の感覚にどう訴える家なのかを見てもらえたらと思っている」

「どういう意味ですか?」

伯爵は壁にもたれるのをやめ、手を振った。「家を見ても、男であるがゆえに、わたしの目にはいらないものがある。きみたち女性はこまごましたことに気づく。どの窓のおかげで風通しがいいだとか、冬はどの部屋が寒いだろうとか。あるいは、暖炉の位置が悪いとか。きみなら厨房をひと目見れば、使いやすいかどうかわかるだろう。だが、わたしが見ても、せいぜいパン入れを見つけられるくらいだ」

伯爵はアンナの前に立ち、彼女を見おろした。「わたしには、不動産に適正な価格がついているかどうかはわかる。広さや場所や設備を考え合わせてね。それに対して、きみは住みやすい家かどうかを評価できると思う」

「そういうことでしたら、まいります」アンナはうなずいた。自分に向いている仕事だ。それに、午前中で終わるかもしれない。「でも、どの妹様に差しあげるつもりなのか、見当をつけておいてくださいね。その妹様のことを考えて、お好みを教えてください」

「いいだろう。現地に向かう途中で細かいことを話し合えるな」

伯爵は立ち去り、音楽室のほうへ向かった。ヴァルは弾く手をふたたび休めているか、曲に合わせて気持ちを切り替えているかのどちらかだろう。アンナは伯爵のうしろ姿を眺め、引き締まった脇の筋肉の動きに思わず見惚れた。

上流社会の淑女たちは、ウィンダム家の兄弟がひとところに集まったとき、いったいどのように平静を保つのだろう。とりわけ、彼らが夜会服や乗馬服に身を包んでいるときに。あるいは、シャツの袖をまくりあげているときに……。

5

「その屋敷はウィロウ・ベンドと呼ばれている」伯爵は言った。ふたりは曙光前のグレーの闇のなか、厩舎から馬車を出したところだ。「二時間足らずで着くはずだ。ペリクレスを何度か休ませたとしても」

「ご覧になったことはあるんですか?」アンナは訊き、顔にあたる微風を楽しんだ。ペリクレスは道に出ると、速歩《はやあし》になった。

「見取り図を確認したことしかない。だから、今回の遠出が必要になった。ちなみに、ロンドンへ近いというだけで、わたしは買う気になっているんだ。ロンドン近郊には、売りに出されている土地が少ないからね。毎年街が広がりつづけている」

数マイルが飛ぶようにすぎた。ふたりは話しつづけ、ときには反対意見を述べたものの、ほとんどは考えをただ伝え合ってすごした。ロンドンを出てしばらくしたころ、伯爵は二輪馬車を道の脇へ寄せて馬を休ませた。

「少し歩くかい? ペリクレスはこの世が終わるまでおとなしくしているだろうから。あるいは、足元の草を食べつくすまで」伯爵はアンナが馬車からおりるのを手伝った。止め手綱をはずし、ペリクレスがしばらく草を食べられるようにした。

「真剣に食べるのね」アンナは言った。

「ウィンダム家の男たちにとって、食事はひじょうに重要なんだ」

「だったら、食べものの詰まったバスケットを持ってきてよかったわ。そう思いません？」

伯爵に腕を差し出され、アンナはそこに手をすべりこませた。伯爵のもとで何カ月も働いていたというのに、こうしてただ並んで歩くのがはじめてであることに気づいた。

「気持ちのいい朝ですね」アンナは言い、天気の話に逃げた。「あの騒音と風のあと、雨が少しでも降ってくれたらいいと思っていたんです」

「ほんの小雨だったらしい。ヴァルは最近、バルコニーで眠るんだが、ぱらぱら降ったのを感じただけだそうだ」

「今朝、ヴァレンタイン様はどちらへ行かれたんですか？」

「幼い姪のローズに会いにいった」伯爵は答えた。踏みこし段（牧場の柵などにもうけた階段）の前で立ち止まる。「可能ならば、わたしも今日の約束をずらして、ヴァルと一緒に行っていたんだが、ウィロウ・ベンドに興味を持っている者が何人かいるらしいから」

「土地差配人がそう言ったのですね」

「何度も強い口調で。それにしても、ヴァルともっとよく話し合っておけば、かなりの距離をあいつにエスコートしてもらえただろうな。ヴァルの向かったウェルボーンは、ウィロウ・ベンドからそう遠くはない」

「子どもはお好きですか？」踏みこし段は水平だったので、アンナはそこに腰をおろした。このため、いまの質問を聞いて伯爵の笑顔が消えるのがよく見えた。やがて、伯爵はアンナの横にすわった。

「赤ん坊はどちらかというと怖い。落としたら壊れかねないから。だが、子どもは好きだよ。わたしはヴァルほど魅力のある人間じゃないが、子どもたちは気にしないようだからね。子どもは、相手に誠実に接してほしいと思っている。いい馬と似たようなものだ」

「ローズ様には、好かれていないんですか？」

「ローズの母親に好かれていないというほうが近いな。父がむかし、わたしと結婚させようと考えていた相手なんだ。ともかく、ローズは子どもなりに、母親がわたしを好いていないということを、わたしと同じくらいはっきりと理解している」

　並んですわったまま、ふたりは黙りこんだ。伯爵の手が忍び寄ってきたかと思うと、アンナの手に重なった。

「今日はきみをアンナと呼ぶ。そうするのを許してもらえるか？　互いに気を使わずにすごそう。わたしが伯爵できみがメイドだということを忘れて。郊外で気持ちのよい朝を楽しまないか、アンナ。いつものように眉をひそめるのも、わたしをとがめるのもなしだ。いいか？」

「ええ、郊外ですてきな朝をすごしましょう」アンナは同意した。なによりもまず、頭を彼の肩にもたせかけたかった。けれども、そんな軽はずみなことをしては、大きな誤解をさせてしまう。

「だったら約束のしるしに」伯爵がアンナの前に立つ。「キスをしよう」

踏みこし段の端へにじり寄って飛びおり、伯爵の脇をすり抜けて逃げる時間はあった。苦情を言う時間すらも。しかし、アンナは石のように動かずにいた。伯爵が手袋のしていない手で彼女の顎を包み、口を寄せる。片方の足を段に乗せ、アンナのほうにかがみこむようにして唇を完全に塞いだ。

アンナの常識が反抗しようとしているあいだに、伯爵は彼女のふっくらとした唇を自分の唇でのんびりと探った。口を離し、鼻先で髪の生え際をたどる。首の横にキスを浴びせたあと、ふたたび唇を重ねた。

アンナの常識は最後にもうひとあがきしたあと、おとなしくなった。アンナはそのキスを気に入った。鼻先をこすりつけられたのも、首に——耳の下のやわらかい肌と鎖骨の部分にキスを浴びせられたのも。伯爵も同じように感じているにちがいなかった。その証拠に、伯爵は時間をかけてアンナのうなじやのどの味、敏感な場所、舌や唇でなだめられる場所を学んだ。

アンナはふらりと彼にもたれかかり、支えを求めて相手の首のうしろへ片方の手をまわした。手袋をとっておけばよかった——それか、脱がせてくれたらよかったのにと思いながら。どういうことがふしだらなのかはよくはわからないものの、伯爵が相手なら、ふしだらな女でいるのも悪くないと思った。どこかに触れられるたびに、生き生きとした気持ちになる。彼の香りや味に体のなかがとろけるのも、引き締まった長い体がすぐそばにあるのも好きだ。

頬にヘアピンがあたり、アンナは我に返った。

「まあ」アンナは顔をあおむけ、伯爵の緑色の瞳に熱が宿っているのを見て驚いた。「どうしましょう」

伯爵はアンナの顔から視線を落とし、胸のふくらみに沿って指をすべらせると、ドレスの襟のなかからヘアピンをつまみとった。それを差し出し、花を捧げるように微笑んだ。

「息切れがする」伯爵は腕を差し出した。「だが、ペリクレスはじゅうぶん休んだだろう」

アンナは彼の腕をとり、そっと伯爵のようすをうかがった。胸をすべりおりた彼の指の感覚に興奮し、心臓は早鐘を打っていた。ああ、この人は女にどう触れればいいかをわかっている。けれども、伯爵はそのことばとは裏腹に、息切れしているようには見えない。

「静かだな、アンナ」馬車に乗って出発したとき、伯爵は言った。

「圧倒されてしまって」アンナは言った。「わたしはすごくふしだらな女なんでしょうね、ご主人さ……なんと呼べばいいのですか？」

伯爵はペリクレスをうながして速歩にさせた。「今日はなんでも好きなように呼んでいい。だが、なぜふしだらなどと言う？」

「本当はあなたに抗議して、おこないをあらためさせて、あやまちを叱るべきだからです」アンナは説明した。ことばに熱がこもる。「わたしたちのあやまちを。でも、自制心がどこか遠くへ行ってしまったみたいで、わたしはただ……」

「わたしはただ？」伯爵は人気《ひとけ》のない道を見つめつづけている。

「常識をすべて忘れてしまいたくなった」アンナはそう言ってしめくくった。しかし、となりの伯爵が落ち着き払っているため、気まずくなった。「それから、あなたともっとあやまちを犯したくなったんです」

「わたしもそうしたいと思っている」伯爵はあっさりと言った。「きみがそうしたいなら、喜んでそうする」

「でも、そんなことをしても、なにもならないわ」アンナはみじめな気分で言った。「さらに大きなあやまちにつながるだけ」

伯爵はアンナを一瞥したが、道に注意を向けていた。「さっききめたように、ただこの時間を楽しもう。アンナ、わたしはきみがいやだということはしない。今日も、これからも。だが、今日はきみと一緒にすごすことを思いきり楽しもうと思っている。きみが許す範囲でね。今日のことがなにかにつながろうと、ただ単に、きみと何時間かすごした楽しい思い出になるのであろうと、気にするつもりはない」

アンナは言われたことを黙って考えた。伯爵の兄のヴィクターが、病による咳をせずにこのような朝をすごせたとしたら、深い意味のない数回のキスのことで悩んでいただろうか。それとも、この時間を贈りものだと考えて楽しんでいたのか。もうひとりの兄バートが、まもなく戦いで死ぬことを知っていたとしたら、ためらっただろうか。それとも、ピクニックかごにワインを忍ばせておいただろうか。

「今度は」アンナはしばらくののちに言った。「あなたが静かになってしまいましたね」

「美しい朝だ」伯爵は微笑んだ。アンナを賞賛するように見る。「連れに恵まれ、楽しい用事が控えている。ロンドンから、トリヴァーのつまらない手紙から、しつこいステンソンから離れられるだけでも、喜ぶ理由になる」

「嫌いな人に触れられるなんて、わたしだったら耐えられないわ」アンナは眉をひそめた。

「だからわたしは、あの近侍の手の届かないところにいられるように最善をつくしているんだ。ステンソンが領分を超えることをしたら、父のように怒鳴っている」伯爵は言った。

「まあ、あいつはましになってきてはいるが。ところでアンナ、きみはいま、わたしを好きだと遠まわしに認めたのか？」

アンナはすっと息を吸いこんだ。その表情から、伯爵がからかっているのがわかる。と同時に……アンナの気持ちを探り出そうとしているようだった。

「もちろん好きです。これほど慕っているのに、それを認めさせようとするなんてひどいわ」

「だったら、もっとひどいことをしよう。わたしのどんなところが好きなのか、教えてくれないか？」

「まじめに訊いているんですか？」

「ああ。よかったら、わたしもきみの好きなところを教えるよ。だが、数時間しかないから、すべてを伝えられないかもしれない」

伯爵がこの自分とたわむれている。アンナは信じられない気持ちで考えた。ウエストヘイヴン伯爵ともあろう男が、彼らしいぶっきらぼうだが真剣な調子で、アンナの気を引こうと賛辞のことばを口にした。アンナのみぞおちがふと軽くなり、温かいものが広がった。そこに、おかしさとうしろめたい楽しさが混ざっている。

「いいわ」アンナは短くうなずいた。「照れ屋なところ。肝心なときに高潔なふるまいをするところ。それから、モーガンと動物とフランばあやに優しいところ。お父様に対してどこまでも辛抱強いところと、弟様をかわいがっているところ。気性は激しいですけれど、必要なときには決断力を発揮するところ。それに、あなたはロマンチストだと思います。仕事の書類に囲まれて半日をすごす方にしては、すばらしいことですよね。なによりも好きなのは、善良なところです。たとえば、あなたに頼る人々の世話をするし、ご自分の恵まれた境遇に感謝している。それから謙虚ですし」

アンナの横で、伯爵はふたたび黙りこんだ。

「つづけましょうか？」アンナは急に気恥ずかしくなった。

「ちょっと褒めすぎじゃないのか」伯爵は言った。「きみが褒めた男はずいぶんすばらしい男だな。ぜひ会ってみたいものだ」

「ほら」アンナは彼を肩で小突いた。「謙虚でしょう。でも、あなたにはいらいらさせられる部分もありますわ――そういえば、気が楽になります？」

「きみをいらいらさせる？」伯爵の眉があがった。「おもしろそうだな。きみはまず、いい知らせを伝えて、わたしが厄介な真実を受け止めやすいようにしたわけか。さあ言ってくれ」

「あなたはプライドの高い人です」アンナは考えながら言った。「お父様は何事も正しくできないと思っている。それから、ご兄弟やお母様や妹様にさえ、迷惑をかけるからと助けを求めない。じつのところ、友人と呼べる人はいるのかしらと不思議になります」

「おっと、ずいぶん痛いところを突くな、アンナ。つづけてくれ」

「あなたは遊び方を忘れています」アンナはことばを継いだ。「はしゃぎ方を。でも、ご自分の置かれた環境に感謝しているのは立派だと言わざるを得ません。ただ、感謝しても……心から楽しんでいないように見えます」

「なるほど。で、わたしはなにを楽しむべきだろうか」

「それはご自分できめることですわ」アンナは答えた。「マジパンはとても楽しんでいますよね。お菓子全般も。ヴァル様をお屋敷に住まわせて、好きな音楽も堪能している。そのほかになにをしたら楽しいのかは、ご自身がいちばんよくわかると思います」

伯爵は日陰になった脇道へ馬車を進めた。両脇には巨大な樫の木々が並び、ツツジの茂みには花が咲き乱れている。

「あれはきみだったんだな」伯爵は言った。「ヴァルが来る前、夜更けにピアノを弾いているのは近所のだれかだと思っていた。だが、あれはきみだった。まさか、わたしのために弾いていたのか？」

アンナは木々の向こうの庭園へ目をやり、うなずいた。

「だれかが弾くべきだと思って。フランばあやが言ってたんです。あなたはすばらしい歌声の持ち主で、ピアノもお上手だと。でも、バート様が亡くなってから、歌もピアノもやめてしまったとか」

「バートが死んでから、人生がいい方向へ向かった者はいなかった」

ふたりはチューダー様式の美しい荘園屋敷《マナーハウス》に着いた。草ぶきの屋根は新しく、放射状に仕切りのはいった窓は輝いている。ペリクレスが大きく息を吐くと、それはまるでため息のように聞こえた。ところが、馬車を止めたにもかかわらず、伯爵はおりようとしなかった。

「バートは死ぬ前に」手綱をもてあそんで言う。「おまえが禁じるのなら戦地へは行かないと言った。禁じる……それが兄の使ったことばだ。兄はわたしに許可を求めたんだ。わたしには兄の気質はわかっていたし、劇的なことを好む傾向があることも知っていたから、兄が入隊するのは不安だった。だが、止めなかったよ。父とバートは毎日言い争っていたんだが、そのせいでふたりの寿命が縮むのが目に見えるようだったからね。バートは日に日に荒れて、怒りを募らせていたし、父は大事な跡継ぎであるバートに当惑するようになった。傍から見ていて痛々しかったよ」

「もしまた同じことをしなければならないとしたら、また許すんですか？」

「ああ」伯爵はしばらくののちにうなずいた。「しかし、今度はまず、兄に愛していると伝えるだろう。そうすれば、ひょっとしたらだが、兄は行かなくてもすむかもしれない」

「お兄様はご存じだったと思います」アンナは言った。「お兄様に愛されていることをあなたがご存じだったように。ただ、お兄様はどの道を選んでも犠牲を払わなければならないという状況に、懸命に対処なさっていたんだと思います」

ふたりとも黙って考えこんだ。アンナは横にいる伯爵がこれほどまでに内省的なことと、それをうまく隠していることに驚いた。

「難しい話題はこのくらいにしておこう」伯爵は提案した。「家を見ようじゃないか」屋敷には住人がいないため、ふたりは馬車置き場を兼ねる広い厩舎へペリクレスを連れていき、干し草と水をたっぷり与えた。

その後、屋敷の裏手のテラスへ行った。伯爵は馬車から持ってきた籐のかごを下に置いた。身をかがめ、裏口に敷かれたレンガのひとつをはずす。その下から鍵をとり出し、裏口をあけ、ついてくるようアンナに手招きをした。

「気に入ったわ」アンナはショールをたたみ、厨房のカウンターに置いた。その上に手袋を置こうと振り向いたとき、伯爵がすぐうしろに立っていることに気づいた。

「わたしもだ」伯爵はアンナをまっすぐに見おろしていた。視線は揺るがず、探るようでさえある。アンナはその瞳をのぞきこみ、自分をごまかしていたことを認めた。自分は品行方正かもしれない。けれども、少なくとも心の片隅で、伯爵とここでふしだらなことをしたいと思っている――伯爵の基準からすれば、たいしたことではないのだろうが、アンナにとっては思いもしなかったほど不道徳なことを。

ところが、伯爵は触れてくるそぶりは見せなかった。アンナは眉をひそめたのち、ふとあることに思いあたった。彼はアンナが、好きなように触れるのを待っているのだと。

伯爵はただそこに立ち、手を脇にやったままアンナを見つめている。やがて、アンナはふたりのあいだの距離を詰め、両の腕を彼のウエストへまわし、額を彼の鎖骨のあたりに押しつけた。

「きみがしたいのはそれだけかい、アンナ」伯爵も彼女に腕をまわし、もっと身を寄せるようながした。「抱擁だけか？　そうならば、それでいいが」

「これはただの抱擁じゃないわ」アンナは答えた。自分の体に密着する、彼の引き締まった筋肉と長い体をいとおしく思った。「あなたに抱かれているんですもの。あなたのにおい、呼吸のリズム、手のぬくもり。わたしにとっては、ただの抱擁だなんてとても言えません」

アンナは伯爵の腕のなかにとどまった。彼の手がアンナの背中の起伏を学んでいる。伯爵がアンナのことばを心で吸収し、考えているのがわかる。

「家のなかを探検しよう」伯爵は言った。「それから、暑くなる前に、敷地とほかの建物を見てまわろう」

アンナはうなずいたが、一抹の不安を感じた。

「アンナ」伯爵はかすかに微笑み、一歩うしろへさがった。「わたしはきみを傷つけはしない。絶対に。ここへ連れてきたのは、本当にこの家がいい物件かどうかを見てほしかったからだ。きみをつぎの愛人にするためじゃない」

「つぎの……？」

「言い方がまずいな」伯爵はアンナの手をとった。「いまのことばは忘れてくれ」

アンナは伯爵に手を引かれ、厨房を出た。さまざまな貯蔵室、地下室、洗濯室、一階にある使用人部屋の並ぶ区画を見てまわる。伯爵に導かれて階段をのぼり、主要階にある書斎にふたり並んで立ったとき、ようやく言うべきことばがアンナの頭に浮かんだ。

「この部屋は、前の住人のプライドと喜びそのものだったんだな」伯爵が言う。「認めざるを得ない。田舎屋敷の書斎にしては、すばらしい部屋だ」天井までは少なくとも十二フィートあり、二面の壁には天井の高さの窓があった。巨大な自然石を使った暖炉が、外に面したふたつの壁にそれぞれもうけられている。いずれの暖炉にも、一段高くなった炉辺と、豪華な彫刻のほどこされた栗材のマントルピースがあった。

「美しい木だ」伯爵はマントルピースに手をすべらせた。「樫材よりも温かみがあるし、軽いのに、強度はほとんど変わらない」アンナは彼の手が彫刻のほどこされた表面のおうとつをなでるさまを見て、体のなかが震えるのを感じた。

「わたしは男の人の愛人にはならないわ」アンナは炉辺にすわり、伯爵を見つめた。家のなかを見てまわるあいだに、伯爵はいつのまにか上着とベストを脱ぎ、シャツの袖を折り返していた。暑いため、クラバットはしていない。とはいえ、くだけた装いをしていても、またちがったふうにハンサムに見えるだけだ。

「なぜだ?」伯爵は驚いてもいなければ、腹を立ててもいないようだった。アンナの横に来ると、ひんやりとした硬い石の炉辺にすわり、横目で彼女を一瞥した。

「貞操の問題ではないんです。そうお考えなら言っておきますけれど」アンナは膝を抱えた。

「貞淑だという評判にこだわっているのかもしれないとは思った」

「当然こだわりはあります」アンナは膝に頰を乗せ、眉根を寄せて伯爵を見た。「ただ、ある程度まででですけれど。でも、愛人になることが魅力的だとは思えないんです。お金のせいで」

「金がほしいとは思わないのか？」伯爵は訊いた。さりげない口調だったものの、どこかおもしろがっていることがわかった。

「そういうわけではありません。ただ、相手に関心があるふりをするためにお金を受けとっている女と、男の人がよくも親密になれるものだと思って。わたしにとっては耐えられない茶番だし、男女どちらの品位もさがると思うわ」

「どんなふうに？」伯爵はいまやおもしろがっているようだった。少なくとも、関心を持っている。

「男の人がお金を払うときだけ、女がその人に自由にさせるなら、その女は相手のお金を好きなのであって、その人のキスや愛撫やその先のなにかが好きなわけではないでしょう」

伯爵は笑わないようにこらえているらしかった。「たいていの男は、その先のなにかにしか興味がないんだよ、アンナ。それを得るために、男は気にも留めずに金を手放し、わずらわしいことに耐える」

「ということは、たいていの男の人は簡単に操られるかわいそうな人たちだってことですね。結局のところ、結婚制度は女ではなく、男の人を守るために考え出されたのではないかと疑ってしまいますわ」

「つまり、妻になることにも愛人になることにも興味はないってことだな」

「それは全面的に、だれの妻になるかによります」アンナは立ちあがり、窓際へ行って外を眺めた。「このお部屋は本当にきれいですね。明るくて居心地がいいわ。とくに、その辺の窓下のベンチでサー・ウォルター・スコットやジョン・ダンが丸くなっているようすが目に浮かぶようです」

「残りの部屋も見ておこう」伯爵は言い、アンナの指に指をからめた。部屋から部屋を見て歩くうちに、伯爵には人に触れたがる傾向があることに気づいた。タウンハウスを離れたいまは少なくともそうだ。そういえば、伯爵はヴァレンタインに対しても似たような感じで接する。弟の袖に手を置いたり、襟を整えてやったり、背中を軽く叩いたりして愛情を示す。フランばあやに対してもそうだ。頬にキスをすることもあれば、軽く抱きしめることもあり、ばあやにも同じようにふるまうのを許している。

アンナに対しては、伯爵は手を握ったり、腕を差し出したり、腰に手を添えたり、髪を払ったりして、なにかと気軽に触れる。

気軽というのは伯爵にとってだけれどと、アンナは思った。二十五の女にしては、つまらないことを考えているのは自覚している。しかし、アンナにとって、伯爵のちょっとした仕草は、好感が持てて魅力的だった。それゆえに、近すぎるほど近くに寄りたくなってしまう。

外へ出ると、伯爵はアンナに手を貸し、踏みこし段に乗せて柵を越えさせた。ヒナギクを一輪摘みとり、アンナの耳のうしろに飾った。薔薇園ではアンナからキスを盗み、彼女を脇に抱くようにして庭園の小道を散策した。

「エリースともこんなふうにすごしたのですか?」アンナは尋ねた。ふたりは薔薇園のそばの木陰に木製のベンチがあるのを見つけた。

「おいおい、アンナ」伯爵は驚いた顔を向けた。「男はまともな女と愛人の話をしないものだぞ」

「エリースのことを訊いているんじゃありません。あなたのことよ」

「社交の場でエリースと会ったときは」伯爵は答えた。庭園の向こうの屋敷へ目をやる。「互いに友人のようにふるまった。ときおり一緒に踊ったが、エリースはわたしと踊るのがあまり好きではなかった。わたしは背が高すぎたんだ」

「背が……?」アンナは眉をひそめた。「高すぎるなんてことないのに」

「いつか一緒に踊ってそれを証明してくれないか?」

アンナは首をかしげて伯爵を一瞥し、いまのは冗談だろうと判断した。「あなたとエリースが人前で会うときは、友人のように接したわけですね。たとえば朝、ただ一緒にのんびりすごしたい場合はどうなさっていたの?」

「上流社会の夜会などで偶然会うのをのぞけば、エリースとは約束したときだけに会っていた。それも午後に」伯爵はベンチの背に腕を乗せ、深く息を吐いた。

「まあ、予約したときだけ?」アンナが驚くと、伯爵は当惑したようだった。

「一週間に何回か会っていたのは知っているだろう?」静かに言う。「こっちが定期的に訪問すれば、その、エリースはほかの情事の予定を立てやすかったから」

「ほかの情事? あなたはそれだけで満足だったんですか? 予定どおり、週に二度、一時間ずつ会って、あの人をなるべくわずらわせないようにするだけで?」

「まあ、そんなところだ」伯爵は認めた。憤慨するアンナに、明らかにとまどっている。

「あなたにとって、情熱とはそんなものなんですか? あなたとすごしていないとき、あの人が別の男の人を追いかけるのを許したということですね?」

「あらためて考えれば、理想的な状況ではないことを示す要素はあったかもしれない。だが、もうこの話はいい、アンナ・シートン。ちなみに、わたしは情熱がそんなものだとは思っていない」伯爵はアンナの手を両手で包み、黙りこんだ。この話題はここまでらしい。

「お金を払って一週間に何時間か会ってもらうだけなんて。あなたはそれ以上のあつかいを受けてしかるべき人よ。善良な男の人はだれだってそう」

「それはどうも」伯爵は言った。おもしろがるような口調にもどっている。「きみが持ってきたピクニックかごをそろそろあけてみないか? あれはやけに重かった。いいことだ。腹が減ってきたからね」

先ほどの話が終わったうえに、話題も変わった。

「馬車から毛布をとってくる必要があるんじゃないかしら」アンナも元愛人の話を終わらせたかった。「家のなかには食卓も見あたりませんし、椅子もほとんどないですよね」

「この春、家具一式が競売にかけられたんだろうな」伯爵はアンナを引っぱって立たせた。「この屋敷、これまでのところどう思う？」

「きれいですし、静かですし、ロンドンからそう遠くはありません。いまのところ、とても気に入ったわ。でも、近所にはどういう方々がお住まいなのかしら」

「わたしには思いつかない疑問だな。きみに言われないかぎり。たしかに、未亡人の視点で見れば大事なことだ。だれかに訊いてみるよ。ただ、我々が通ってきた道をあのまま三マイルほど行ったところに、姪が住んでいる」

「妹様はきっとお喜びになるわ。ローズ様のそばに住めるなんて」アンナは言った。ふたりは歩いて厨房へもどった。

「ローズも喜ぶだろう。あの子はだれとでも仲良くなるんだ。わたしの父とでさえ」

「あなたは公爵様を父親としてしかご覧になっていないもの。祖父としての公爵様には、なにかちがいがあるのかもしれません」

ふたりは毛布を二枚とってくると、芝地を横切り、この屋敷の名前〝ウィロウ・ベンド〟のもととなっている場所へ向かった。それは草に覆われたごく小さな丘で、幅が広く流れのゆるい小川を見おろしている。しだれ柳《ウィーピング・ウィロウ》が両岸に並び、その枝々は、ゆるやかに流れる水面に向かい垂れさがっている。ひっそりとした魅惑的な場所だった。

「水遊びにうってつけだわ」アンナは言った。「そんなことをしたら、あきれられるかしら」

「いいや。わたしが服を脱いで泳ぐのを、きみが気にしないかぎりは」伯爵は淡々と言った。

「まあ、困った人。きっと、ご兄弟でそうして遊んだんでしょうね。モアランズでの子ども時代に」

「ああ」伯爵は毛布を広げ、木陰に敷いた。「モアランズの領地は世代が移りかわるにつれて広くなった。何万エーカーにもなって、池や小川がそこここにあった。滝さえも。わたしは狩りと釣りと乗馬をおぼえたし、兄や弟と一緒にうろつきまわって遊んだ」

「のどかですね」

「きみはどこで育ったんだい、アンナ」伯爵は毛布の上にすわった。「そこに立っているつもりじゃないだろうな」

アンナは伯爵のとなりにすわった。今日という日は幻のようだ。何度かキスをし、屋敷を見たあと、タウンハウスでの生活という現実へもどる。ふたりでこんなふうにひたすら話をするとは思っていなかった。自分がそれをキスと同じくらい楽しむとも思っていなかった。

「かごをください」アンナは言った。「お皿にとり分けますわ。レモネードとワイン、両方持ってきました」

「驚いたな！　ミセス・シートン、平日の午前中にワインだって？」

「よく冷えた白ワインが大好きなんです」アンナは認めた。「おいしい赤ワインも」

「好きなワインを入れてくれたのならいいが。ここまで来て、味気ないバノック（大麦などでつくるパン種なしのパン）は食べたくないからね」

「バノックはたしかにいやですね」アンナは言い、慎重にかごのなかから食べものを出した。

やがて伯爵の前に、うす切りのいちご、チーズ、スライスしてバターを塗ったパン、コールドチキン、ふたつのマジパンが並んだ。

「これはなんだ？」伯爵はかごをのぞき、背の高いボトルをとり出した。「シャンパンか？」

「えっ？」アンナは顔をあげた。「わたしはそんなもの入れなかったわ」

「さてはフランばあやだな。グラスをひとつとってくれ」

アンナは言われたとおりにグラスを手にし、伯爵はコルクを抜いた。アンナはグラスからあふれ出かけた泡を行儀にかまわずにすすり、それを伯爵へ差し出した。彼はグラスを受けとらず、直接口をつけて飲み、アンナに微笑みかけた。

「これでいい」きっぱりと言う。「暑い夏の日にぴったりだ」

「別のグラスに一杯いただけるかしら」

「お望みのままに」伯爵は言われたとおりに、あらたなグラスにシャンパンをついだ。驚いたことに、伯爵はグラスに口をつけたり、食べはじめたりする前に、長靴と靴下を脱いだ。

「猛暑は体にとって危険だから、必ずしも服を着なくていいと言った者がいるらしいな。従僕たちから聞いた。連中の半分しか仕着せを着ていなかったのを、わたしが見とがめたときのことだが」伯爵はシャンパンを飲んだ。笑いを噛み殺そうとしているらしい。

「わたしはそんなふうには言ってませんわ。それはそれで、いい助言かもしれませんけれど」

「きみは下穿き《ドロワーズ》とペチコートを身につけているのか？」伯爵が眉をつりあげた。

「シャンパンはこれでおしまいにしましょう。ほんのふた口飲んだだけで、あなたがそれほどお行儀悪くなるのでしたら」

「身につけていないんだな」伯爵はきめつけ、パンに肉やチーズをはさんだ。「賢明だ。今日は昨日よりも一段と暑い気がする」

「たしかに暑くなっていますね。そのうえ、なんだか雲行きが怪しいわ」

「気のせいだろう」伯爵は空へ目をやった。「これほど暑い夏ははじめてだ。しかも訪れるのがこれほど早かったのは。春らしい春がなかったじゃないか」

「北部のほうがましですわ。冬は厳しくても、春らしい春が来ますし、夏は耐えられる程度の暑さで、秋は本当にすばらしいですから」

「ということは、きみは北のほうで育ったのか?」

「ええ。いま、北部へ行けたらいいのに」

「わたしはスコットランドへ行きたい。あるいはストックホルムか。だが、ここの食事はおいしいし、それよりもすばらしい相手がいる。もっとシャンパンを飲んだらどうだ?」

「やめておくべきだわ」アンナはシャンパンのボトルに目をやった。ボトルは麻のナプキンに半ば包まれ、水滴に覆われている。「でも、本当においしいですね」

伯爵はいずれのグラスにもシャンパンをつぎ足し、いっぱいにした。「今日は楽しむための日だ。あれをすべきだ、これをすべきじゃないと言う日ではない。まあ、わたしはこの屋敷を買うべきだと思ってはいるが」

「すてきなお屋敷です。ためらう理由があるとしたら、樫の並木道くらいですね。秋になれば、あたりが落ち葉で覆われてしまうでしょうから」

「庭師が掃き集めればいいだけの話だ」伯爵は肩をすくめた。「で、子どもたちが落ち葉の山の上で跳ねまわり、葉はふたたびそこらじゅうに散らばる」

「いい考えですこと。ところで、いちごは召しあがります？」

伯爵は黙りこみ、皿に目をやった。やがて、完璧な赤い色をしたみずみずしいいちごをつまみあげた。

「分け合おう」伯爵がいちごを差し出す。ところが、アンナが手を伸ばしたとき、伯爵はそれを引っこめた。彼の意図を察し、アンナが背筋を伸ばしてじっとしていたところ、いちごが口元へ運ばれた。アンナはかじりついた。果実の甘味が舌の上ではじける。と同時に、シャンパンのグラスが唇に押しつけられた。

「それをかごに詰めたのは、本当にわたしじゃありませんから」アンナはシャンパンを味わった。

「わたしだ」伯爵が告白する。「フランばあやが内緒にしておくと固く約束してくれた。共犯者として」

「フランばあやはあなたを崇拝していますもの」アンナは微笑んだ。「あなたがご存じないほどたくさん、〝お坊ちゃまたち〟の思い出話があるみたい」

「そのようだな」伯爵は上体をうしろに倒し、毛布に両肘をついた。「バートが死んだあと、フランばあやが思い出話を語りはじめると、わたしはいつもその部屋を去らずにはいられなかった。ばあやに心から腹を立てたものだ。だがいまは、機会があれば語ってもらいたいと思っている」

「悲しみの質は変わるものですね。そういえば、わたしは子どものころ、よく母の衣装棚のなかで何時間もすごしたわ。母が亡くなったあと。そこだと母のにおいを嗅げたから」

「きみはずいぶん幼いころに、ご両親を亡くしたんだったな」

「父方の祖父に育てられました。どの親にもひけをとらないくらいかわいがってくれました。それ以上だったかもしれません。なにしろ、祖父は唯一の息子を亡くしましたから」

「すまなかった、アンナ。わたしはふたりの兄を亡くしたことを、しかも大人になってから亡くしたことを話しておきながら、きみも家族を失ったのだということを考えもしなかった」亡くなった父のことを訊かれずにすんで、アンナは心からほっとした。

「ずっとむかしのことですもの」アンナは言った。「両親は苦しみませんでした。ふたりの乗っていた馬車がぬかるんだ土手から転がり落ちて、父も母も首の骨を折ったんです。かわいそうに、馬は何時間も苦しんだあげく、射殺されました」

「大変だったな」伯爵は身を震わせた。「きみも同乗していたのか?」

「いいえ、でも、乗っていればよかったと考えたことは何度もあります」

「アンナ……」伯爵は心配そうな口調で言った。その瞬間、アンナは空のグラスに意識を集中しなければ、涙をこぼしてしまいそうなことに気づいた。

「お酒のせいで、感傷的になってしまったみたい」

「しーっ」伯爵はなだめるように言い、身を寄せてきた。アンナを腕で包み、毛布に引き倒す。そして、自分の肩にアンナの頭を乗せた。アンナは彼に身をすり寄せた。触れ合っていない部分が急に冷たくなったような気がした。

「先日、ヴァルが嘆きの発作を起こしたんだ」伯爵は深く息を吐いた。「弟が繊細だってことを、つい忘れてしまう。あいつは自分の気持ちをピアノだけにぶつけて、他人を絶対にわずらわせまいとするからね。バートが死んだとき、弟は何日もピアノの前から離れなかった。母が好きなようにさせておけと言い張ったおかげで、あいつは父の怒りを買わずにすんだ」

「ご家族にとって、大変な時期でしたね。地位と富があれば人は必ず幸せになれると、だれもが思いがちだけれど、ウィンダム家の例からいっても、そうではないんですね」

「まあ、地位と富があるからといって、人はみじめになるわけでもないが」伯爵は指摘した。手で円を描くようにアンナの背中をなでている。「個人的には、貧しくなりたいとは思わない」

「貧しさには二種類あるわ。お金がない貧しさのほかに、自由がないという貧しさもある。わたしは貧しいけれど、あなたよりも自由よ。そういう意味では、豊かだと思うの」

「そうだな」伯爵は相槌を打った。「だが、きみにそれほど自由があるとは思えないぞ」

「あら、ありますとも」アンナは上体を起こし、引き寄せた膝に顎を乗せた。「明日にでもお屋敷の仕事を辞めて、バースへ行くこともできますから。そこで雇ってくださる老婦人のお宅で、家事をすればいい。それか、花嫁募集の広告に応募して、アメリカのタバコ農園の経営者に嫁ぐこともできる。アメリカ西部の原住民のところへ行って、生活をともにしてもいいですし。スコットランドの修道院にはいったり、アフリカの奥地へ旅して、異教徒たちに伝道したりすることもできます」

「それに対して、哀れなわたしには——」伯爵はアンナに笑顔を向けた。「そうした選択肢はないわけか」

「ええ」アンナは言い、横を向いてにっこりと笑った。「あなたはミスター・トリヴァーとミスター・ステンソンとお父様から逃れることはできません。喜びというものをかろうじて思い出すのは、メイドが忘れずにレモネードに砂糖を入れるときですわ」

伯爵は頭のうしろで手を組み合わせた。「アンナ、きみがわたしに与えられる喜びがある」伯爵はことあるごとに名で呼ぶ。アンナの味を知っていると言わんばかりの、愛撫のような呼び方だ。

「それはたくさんあるのでしょうけれど」アンナは慎重に言った。「実際に与えることはないわ」

「きみの機嫌をとらなければだめか？」伯爵はただ微笑んだ。「手はじめに、許してもらいたいことがある。この暑いなかを歩いたせいか、きみの髪が乱れかけている。髪をとかすのを許してほしいんだ」

「わたしの髪を……？」アンナは目をぱちくりさせ、当惑して伯爵を見た。

「幼いころ、わたしは母の髪をよくとかした。妹たちの髪も。ローズの髪も一、二度とかしてみたが、あの子は手際がよくないといやがる。母親と継父のやり方が完璧なんだろうな」

「わたしの髪をとかしたい」アンナはひとりごとのようにつぶやいた。「めずらしい頼みだわ」

「だが、妙な頼みではないだろう。服を脱がされたり、手に触れられたり、いやらしい目で見られたりせずにすむ」

「わかったわ」アンナは言った。警戒の気持ちより、とまどいのほうが大きかった。けれども、伯爵は情熱の時間すらもスケジュールに組みこむ男だ。アンナはかごのなかを探り、レティキュールをつかみとると、そのなかから柄が象牙でできた小さなブラシをとり出した。

「ずいぶん小さいな」伯爵はブラシをつまみあげた。「よし」上体を起こして言う。「こっちにすわってくれ」伯爵は自分の脇の毛布を軽く叩いた。アンナがそちらへにじり寄ったところ、伯爵も動き、アンナは彼の立てた膝のあいだにすわる格好になった。

「お行儀悪くないかしら」

「シャンパンをもう一杯飲むといい」伯爵は提案した。「いやになるほど行儀がいいような気がしてくるから」

沈黙が広がった。彼の指が髪のあいだを探り、ヘアピンを見つける。伯爵は丁寧にそれらを抜きとり、脇へ積みかさねはじめた。アンナのうなじの上のまげがゆるむと、伯爵は豊かな髪が流れ落ちるのにまかせた。

「これが好きなんだ」伯爵は言った。「束ねてある髪をほどくと、つややかな縄のようだった髪が、絹さながらのやわらかな髪に変わる。カールしたり、うねったり。きみはどうやってこの香りのよさを保っているんだい？」

伯爵が顔を寄せてにおいを嗅ぐのがわかり、アンナの心臓が跳ねあがりかけた。

「薔薇で香りをつけた洗髪料を使っているんです」言いやすい文をひとつ口にするのでさえ、難しかった。伯爵はいま、ほどいた髪のあいだに指を入れ、地肌や首のうしろをもんでいる。完璧なタッチだ――入念で、どうすればいいのかをわきまえていて、力加減は弱すぎもせず強すぎもしない。アンナは髪を先のほうまでたどられ、背中にかすかな悦びの震えが走るのを感じた。やがて、伯爵が髪をまとめ、片側に寄せるのがわかった。

「美しい」伯爵はつぶやいた。その声が耳のすぐそばで聞こえる。「ロンドンへもどったら、あの醜い縁なし帽をかぶるのは禁止する」

伯爵の親指が彼女のうなじをかすめたかと思うと、もっとやわらかいものがそっと押しつけられた。つづいて、彼の息が肌にかかった。

ああ、すてき。アンナは下を向いた。伯爵はさらににじり寄り、首にキスをしやすいようにした。アンナは首を横に傾け、それを許した。

「アンナ」伯爵はささやき、彼女の頬に唇を押しあて、のどのほうへすべらせた。その唇は開いている。アンナをむさぼろうとしているか、歯を立てようとしているかのようだった。

やがて、唇の動きが止まった。伯爵がアンナを胸に引き寄せる。片方の膝を伸ばし、アンナの両脚を自分の腿に乗せた。

アンナはまばたきをして彼を見あげた。背中は彼の立てたほうの膝に支えられている。

「だめだ」伯爵はたしなめた。「考えようとしているのがわかるよ、アンナ・シートン。いまは頭を働かせるときじゃない」

ふたたびまばたきをするまもなく、彼の唇がおりてきて、アンナの唇を貪欲に激しく奪った。舌が差しこまれ、彼女を奪い、求め、なにかを約束した。ああ、彼のキスが約束しているものときたら……。

伯爵はアンナの腕に手をすべらせ、膝の上に力なく乗っていた彼女の指に指をからめた。アンナの手を自分の首にまわしてつかまらせ、さらにアンナを抱き寄せる。アンナは彼のにおいに包まれ、熱を感じた。うだるような夏の暑さとはちがう、もっと純粋で炎のような熱が、なじみのない熱が、血管のなかをめぐっている。それとともに、欲望を――彼への欲望、もっと近寄りたいという欲望を感じた。アンナは彼にしがみつき、キスを返した。彼の舌の動きを真似て抜き差しをした。

すると、伯爵が唇を離した。額をアンナの額に押しつける。アンナの頬に彼の息がかかった。

「ああ、アンナ」伯爵はゆっくりと深呼吸をした。「まいったな」

「えっ？」アンナは不安に襲われた。なにかまちがったことをしたのだろうか。

「あおむけに寝て」伯爵は言い、自分も倒れこむようにして、アンナを脇に寝かせた。手をからめ、軽く握る。「ひと息つかなければならないだけだ」

とはいえ、休む気配はなかった。彼は脇を下にし、眉根を寄せてアンナを見おろしている。悩ましい問題を解こうとしているかのように。

「アンナ」伯爵はさらに眉根を寄せた。「きみと愛を交わしたい」

「いまのはちがうんですか？」

「はっきり言わせてくれ。きみとひとつになりたいんだ。いますぐに」

「いますぐに」アンナはとまどったまま繰り返した。

「ほら」伯爵はアンナの手をとり、自分もあおむけになると、明らかに硬くなった下腹部にあてがった。「きみがほしい」

アンナは手を引っこめなかった。そうすべきだとわかってはいたものの、そっと彼の形をなぞった。

「なんだかつらそう」アンナは自分がなにに触れているかを承知で言った。彼を押しやるべきなのに、魅了されていた。

「それをつづけられては」伯爵は言った。「ますます切羽詰まってしまう」

アンナは手を動かしつづけた。脇を下にし、彼の顔をのぞきこんだ。

「そのあとどうなるんですか？」アンナはブリーチの留め具をはずしたくてたまらなかった。とはいえ、とてもできそうにない。

「わたしは無理に奪うような男じゃない」伯爵が目を閉じる。「だが、このままでは自分を解放したくなってしまう。どうしても」アンナは手でのんびりと彼をなで、しばらく考えこんだ。伯爵の腰が小刻みに震えはじめたときも、アンナは考えをめぐらせていた。冷たくて気持ちのよさそうな小川に、はいりたくてたまらないのはなぜなのだろう。

「どういう意味ですか?」アンナは爪を立て、硬くなったものを布越しになでた。

「ああ、まずい」伯爵はふたたび目を閉じ、アンナの手を押しのけた。伯爵も小川に飛びこもうとしているように見えた。少なくとも、起きあがって立ち去ろうとしている。ところが、伯爵はそうはせず、ブリーチの前を開いて引きおろし、シャツを腹の上へまくりあげた。

「頼む、アンナ」伯爵は彼女の手をとり、彼自身を包ませた。「いかせてくれ。終わらせてほしいんだ」

アンナは仰天した。伯爵が彼女の手に自分の手を重ね、上下に動かしはじめたからだ。アンナは恥ずかしいとは思わずにそれをじっと眺めた。いままで、明るい場所で、しかもこれほど間近で見たことのないものだ。表面はやわらかくてなめらかで、かすかにピンクがかっている。とくに丸い頂のほうが色は濃い。彼のものは驚くほど太くて硬く、熱かった。

「そうだ」伯爵はかすれ声で言った。「そう、その調子」

アンナの愛撫の効果を高めるように、伯爵が腰を動かし、重ねた手に力をこめる。痛いにちがいないと、アンナがぼんやりと考えたとき、彼の背中が弓なりになり、顎と首がこわばった。

「ああ、アンナ、やめないでくれ」アンナがなにか言おうと口を開くや、伯爵は言った。

「すごく気持ちがいい」うなり声のようなため息を長々とつく。そのとき、ふたりの指や彼のむき出しの腹の上に、ミルク状のものがリズミカルにほとばしった。

伯爵は手の動きを止めたものの、からみ合わせた指をほどこうとはしなかった。

「まいった」伯爵は息を吐き、目をあけた。「こんなことをするつもりはなかったんだ。アンナ、ナプキンはあるか？」

アンナは黙ってナプキンを渡した。硬さを失いつつある彼自身に、視線を据えたままだ。

「もう手を離していいですか？」

「ああ」伯爵は言い、眉をひそめてアンナを見た。ナプキンで汚れをふきとり、それを脇へほうる。

「痛みますか？」アンナは彼の下腹部を目で示した。伯爵はアンナをじっと見つめている。

「こういうことをしたのははじめてなんだな」

「ひとりでこんなことができるとは知りませんでした」アンナは視線を下へ向けたまま言った。「というか、ふたりで。あなたはつらそうだったわ」

「興奮すると、つらい部分もある。満足を得るまではね。だが、そのときは口では言いあらわせないほど気持ちがいいものだ」伯爵は服を整えようとせず、アンナも彼を眺めるのをやめなかった。

「傍目には、必ずしもそうは見えないわ」アンナは言った。「でも……いまは興奮していないの？」

「ああ」伯爵は優しく微笑んだ。満足そうに。

「きみがそうしてわたしを眺めつづけていたら、すぐにまた興奮してしまうだろう」

「さわってもいい？」

「そっと触れてくれさえすれば、好きなように好奇心を満たせばいい」

アンナはそれ以上質問をしたくなかった。無知であることを、じゅうぶん知らせてしまったような気がしたのだ。しかも、理解できないほど妙なことを、慣れたようすでする男に。

そこで、質問は指にまかせることにした。やわらかい男性の証しをなぞり、その向きを変えてみたり、先端の肌をさわったり、袋状の部分を探ったりした。アンナが眉をひそめ、心からとまどっているあいだ、伯爵はおとなしく目を閉じ、眠りにつきそうな表情をしていた。

「なんだかまた……」アンナは彼の下腹部の上で手を振った。「硬くなりはじめているわ」

伯爵が目をあけて微笑む。「きみはかわいい。抱きしめさせてくれ」

アンナがためらっていると、伯爵は自分の横へ彼女を引き倒した。アンナに腕をまわし、彼女の頭を自分の肩に乗せる。それから、腰を浮かせてブリーチを引きあげた。しかし、前は閉じず、彼自身を半ばあらわにしたままだった。

「もう一度さわったら」アンナは訊いた。「さっきと同じことをするの？」

「きみとか？　少なくとも、三回はいける。だが、男には回復する時間がいるんだよ。アンナ……？」

「はい？」アンナは手で彼のものを覆っていた。そうしているだけで、動かそうともそれ以上探ろうともせずにいた。

「ありがとう」伯爵はゆっくりと目を閉じた。「もっともっと話したいことはある。すぐにまた話そう。だが、いまは礼だけ言っておく」

アンナはなんと答えていいのかわからなかった。自分も感謝したいような気がしたからだ。たしかに彼となにかを分かち合った。ふしだらで、いとおしくて、危険なものを。それでも、伯爵の言ったとおりだ。アンナは服を着たままで、貞操を奪われてはいない。伯爵は知識を――彼とその体に関する知識を与えてくれたものの、アンナにも同じことをするよう求めはしなかった。

そのうち求めるのかもしれない。それが〝もっともっと話したいこと〟なのかもしれない。アンナはそうでなければいいのにと考えた。求めに応じたい気もするが、伯爵に自由を許すわけにはいかないからだ。自分の自由を大切にするかぎりは。

6

「行こう」伯爵は手を差し出し、毛布を載せたピクニックかごをつかんだ。「話がある。書斎は厨房ほど暗くはないだろう」

ふたりは毛布でまどろんでいたとき、夏のにわか雨に降られ、厨房へ駆けこむはめになったのだった。心地よく寝ていたかと思ったら、急に走ることになったので、アンナはまだ混乱していた。いま、差し出された手に手をすべりこませたものの、伯爵がしたがっている話を聞くのは怖かった。ショックを受けるようなことを言われるかもしれないし、言うべきことを口にすれば、自分も傷つくことになる。伯爵を怒らせる可能性も高い。

書斎へ着くと、伯爵は窓下の長椅子からクッションをいくつかとってきた。それらと毛布を使い、床に居心地のよさそうな場所をつくる。かごからシャンパンのボトルを出し、窓をひとつあけ、毛布の上に腰をおろして脚を組んだ。それから、部屋をうろつくアンナを眺めた。

「少し飲んだらどうだ」伯爵はシャンパンを掲げた。「きみがかまわなければ、異教徒のようにボトルから直接飲めばいい」アンナは毛布の上にすわり、ボトルからひと口飲んだ。

「本当に内緒よ」アンナは警告した。「ミセス・シートンはこんなにお酒を飲む人じゃありませんから」

「ウエストヘイヴン伯爵もだぞ」伯爵はアンナを真似て言った。「いまいましい公爵の跡継ぎのことだが」

その瞬間、アンナは彼に心の一部を奪われた。伯爵のうなじの巻き毛は濡れ、服はしわくちゃになっている。伯爵はその姿で、がらんとした部屋に脚を組んですわり、シャンパンを飲んでいる。そんなふうに乱れた格好で、緑の瞳を茶目っ気たっぷりに輝かせているウエストヘイヴン伯爵に、アンナはどうしようもなく惹かれた。

「きみのその目つき、気に入ったよ、アンナ」伯爵は言った。「足止めを食らい、することのない男にとって、なにが起こるか楽しみになる目つきだ」

「いやらしい人」アンナはそう言われて少なからず驚いた。

「そうでもない」伯爵は言い、アンナにボトルを渡した。「このくらいの年の男はそんなものだ。だが、きみといるとひどくそそられるよ、アンナ」

伯爵の顔つきがやわらいだ。おもしろがっているような表情から、これまで見たことのないほど優しい表情になる。

アンナはボトルを脇へ置いた。「ささやかな評判を保ちたいと思っている一介のメイド頭にとって、その目つきは危険な感じがするわ」

伯爵はかごのなかに手を入れ、ヘアブラシをとり出した。柄に結びつけておいたリボンをほどく。「我々は屋根のない馬車に乗ってきたから、人目があっただろう、アンナ。それに、この雨がやんだら、わたしはすぐにきみをロンドンへ連れてかえる。だいたい、きみはその細い足首にさえさわらせてくれなかったじゃないか」

「そんな単純な問題ではないでしょう。わかっているくせに」

「難しい話になりそうだな。せめてきみの髪を整えさせてくれ。そのあいだは、きみはわたしをにらみつけることができないから」

「わたしは外で起きたことについて、あなたを責めているんじゃありません」アンナはすわったまま体の向きを変え、伯爵に背を向けた。

「それはよかった」伯爵はアンナの首にキスをした。「自分を責めたいところだが、いまこの瞬間は人生が楽しくて仕方がないんだ。わかるか？　一日か二日経てば、ようやく自分のしたことを恥じるのかもしれないが、アンナ、その可能性は低そうだ」

伯爵が笑顔でそう言っているのが、アンナにはわかった。めずらしいことだった。彼を微笑ませたのはこの自分だ。気ままな時間をほんのしばらく分かち合っただけだというのに。

「わたしも恥じ入ってはいません」アンナは嘘をつこうとした。「その、ほとんどは。でも、このままでは恥ずべきことが起こりかねない。それは困るでしょう。あなたにとっても、わたしにとっても。わたしたち、恥知らずな人間ではありませんから」

「きみにはわたしの愛人になる気がない」伯爵は言った。アンナの髪に指を入れ、大きな優しい動きですく。「そのうえ、だれかの妻になる気もあまりなさそうだ」

アンナは目を閉じた。「だれの妻になるかによると言ったんです。でも、そうですね、どちらかといえば結婚には惹かれません」

「なぜだ?」伯爵はヘアブラシを持ち、同じような動きでゆっくりと髪をとかしはじめた。「夫がいると、都合のよいこともある」

「たとえば?」

「悦びを与えてもらえる」伯爵は言った。声が低くなる。「それが夫のつとめだ。妻に安らぎをもたらし、赤ん坊を授ける。妻とともに年を重ね、話し相手や友人にもなる。悩みを分かち合い、妻の悲しみをやわらげる。夫とは、そばにいるとなかなかいいものだぞ」

「そうかしら」アンナは振り返りたかったが、髪をつかまれていたためできなかった。「夫とは、妻と妻の産んだ子を所有するものよ」アンナは言い返した。「夫は妻に対して親密に触れる権利を持っている——いつでも好きな場所で。妻があらがえば、あるいは体罰が必要なときは、手をあげて妻を傷つける権利も持っている。事実上、夫は子どもを売ることもできるけれど、妻は口をはさめない。夫は妻に対して忠実である必要も誠実である必要もないのに、妻は夫をベッドに迎え入れなければならない。夫が魅力的な体の持ち主であろうとなかろうと、あるいは高潔な人物であろうとなかろうと関係なしに。夫とは、とても危険で不愉快なものだわ」

背後にいる伯爵は黙ったまま、アンナの長い髪を編んでいる。

「きみのご両親は幸せだったのか?」しばらくののちにそう訊いた。

「そうだったと思います。わたしの祖父母も」

「わたしの両親も、祖父母もそうだ」伯爵はポケットからリボンを引っぱり出し、編んだ髪に結びつけた。「アンナ、自分を信じられないのか？　わたしが言ったような夫を選べると。きみが説明した悪夢のような男ではなく」

「女は滅多に自分で夫を選べません。それに、結婚して数年経ったとき、男の人が求愛期間と同じようにふるまうとはかぎらないわ。三人目の子を宿している、太った妻に対して」

「メイドのものの見方は興味深いが、いやなものだな」伯爵は身を寄せてアンナの肩を抱いた。「だがアンナ、わたしの両親はどうだ？　父と母が夜会のはじまりにワルツを踊ると、いまだにだれもが注目する。ふたりはダンスがうまいんだ。あまりにもうまいから、ひとつになったように動く。ふだんの生活でもそんな調子だよ。父は母を崇拝していて、母は父の長所しか見ない」

「おふたりは幸せですね」アンナは言った。「でも、なにが言いたいんですか？　ご両親が運にとても恵まれていらっしゃることは、わたしもあなたもわかっているでしょう」

「きみにはわたしの愛人になる気はない」伯爵は繰り返した。「それに、だれかの妻になるのをひじょうに怖がっている。だが、アンナ、公爵夫人になるのはどう思う？」

伯爵が耳のそばで言う。アンナは彼の熱とにおいに包まれた。いまの質問とともに体を走った震えを、止めることができない。

「たいていの女は」アンナはつとめて淡々とした口調で言った。「公爵夫人になるのをいやがりはしないでしょう。けれども、ご両親の例を考えてみてください。わたしがもしあなたのお父様の夫人にならなければいけないとしたら、あの方に危害を加えてしまいそうだわ」

「わたしの夫人になるとしたら?」伯爵はささやいた。アンナのうなじと肩の境目あたりに唇を押しあてる。「それほど危険で不愉快なことだろうか」

アンナはその質問を聞いて悟った。伯爵は仮定の話をしているのであって、結婚を申しこんでいるのではない。そう理解した瞬間、心が張り裂け、胸のなかで痛みとともに粉々になった。息ができず、胸が重苦しくなった。みぞおちのあたりから痛みが四方に広がっていく。一瞬で時空を飛びこえ、年老いたような気分だった。

たとえそれが結婚の申しこみだったとしても、受けられる立場にはないのだが。

「いとしいアンナ」伯爵は鼻をこすりつけた。「わたしはそれほど憎むべきいやな夫になるだろうか」

「いいえ」アンナは言った。のどにかたまりがつかえているのを感じて唾をのんだ。「あなたの妻になる方はとても、とても恵まれているわ」

「だったら、わたしを夫にしてくれるか?」伯爵は背中からアンナを抱き寄せた。鎖骨のところに腕がまわされている。

「あなたを?」アンナは背筋を伸ばし、半身をひねってうしろを向いた。「このわたしに結婚を申しこんでいるんですか?」

「そうだ」伯爵は言った。「わたしを夫にしてくれるのなら、きみに公爵夫人になってもらいたいと思っている」

「ああ、そんな」アンナは小声で言い、いきおいよく立ちあがって背の高い窓のところへ行った。

伯爵はゆっくりと立った。「承諾のことばには聞こえないな」

「身にあまる光栄です」アンナは感情をこめずに言った。「でも、寛大な申し出をお受けするわけにはいきません、ご主人様」

「ご主人様はやめてくれ」伯爵はたしなめた。「ふたりでこんなふうにすごしたあとなんだぞ、アンナ」

「ご主人様とミセス・シートンと呼び合うべきです。わたしが別の職を見つけるまで」

「きみがそんなに臆病だったとは知らなかった」伯爵は言った。その声には怒りよりも絶望が強くにじんでいる。

「あなたの申し出を受け入れる自由があったとしても」アンナは伯爵のほうを向いた。「やはり迷うでしょう」〝ご主人様〟と言い添えるのはやめた。必要以上に彼を怒らせたくなかった。とはいえ、言ったも同然の口調だったから、伯爵にも伝わったにちがいない。

「なぜ迷う？」

「わたしは公爵夫人にふさわしい女ではありませんし、わたしたちはお互いのことをほとんど知りません」

「このわたしが公爵になれるのなら、きみだって公爵夫人になれる」伯爵は言い返した。「それに、上流階級の者で互いを知っている夫婦などほとんどいない。我々と同じ程度だよ、アンナ・シートン。きみはわたしがマジパンと、音楽と、馬を好きなことを知っている。わたしはきみが花と、美しいものと、清潔さと、いい香りが好きなのを知っている」

「あなたはわたしにキスをするのが好きで、わたしは……」

「なんだい？」

「わたしもあなたにキスをするのが好き」アンナは認め、弱々しく微笑んだ。

「時間をくれ、アンナ」伯爵は求愛者として懇願しているのではなく、取引をしている。

「きみは自分が公爵夫人にふさわしくないと考えている。我々が互いをよく知らないとも。それがまちがっていることを証明させてほしい」

「結局、あなたはわたしを愛人にしたいと思っているんだわ」アンナは言った。「でも、あなたのお金は受けとりません」

「わたしが頼んでいるのは」伯爵は根気よく言った。「きみの愛情を得る機会を与えてくれということだけだよ、アンナ。それだけだ」

いっときの情事を求めているのだろうか。それも拒むべきだとアンナはわかっていた。とはいえ、あまりにも魅力的な誘いだ。

「考えておきます。ただ、わたしが別の働き口を探すのがいちばんだと思います。しばらくは、なにがあっても人前で関心のあるそぶりを見せて、わたしにきまりの悪い思いをさせないでください」

「推薦状には賞賛のことばを書きつらねよう」伯爵は言い、視線を落とした。「だが、せめて夏のあいだだけでも、きみの気持ちを変える機会を与えてくれ」

「推薦状は書いておいてください」アンナはうなずいた。ふたたび胸が張り裂けた。「それをヴァレンタイン様に預かってもらってください。この夏は働き口を探さないと約束します。そうしたいと思う理由を、あなたが与えないかぎりは」

「わたしはきみを辱めるような男ではない。それに、どんな女にだって、庶子を身ごもらせはしない」伯爵の表情に強い失望が浮かんでいたので、アンナはひるんだ。

「あなたの子を身ごもったりしたら、わたしたちは結婚せざるを得なくなるわ。そんな状況を招くわけにはいかないでしょう」

伯爵の表情が変わり、考えこむような顔つきになった。

「ということは、わたしがきみを身ごもらせたら、結婚してくれるのか?」

アンナは遅まきながら、墓穴を掘ったことに気づいた。窓下の長椅子にすわり、ため息をつく。「そうですね」そう認めた。「ただ、わたしがどれだけそんな事態を起こしたくないと思っているかはわかるでしょう」

伯爵はとなりにすわり、アンナの手をとった。彼が考えをめぐらせはじめたのがわかる。アンナが言ったことと言わなかったことを吟味している。

伯爵は模様を描くようにアンナの手の甲をなでた。「わたしはきみの敵ではない。これからもそれは変わらない」

アンナはうなずき、なにも言い返さなかった。伯爵は彼女の肩に腕をまわし、自分の脇へ引き寄せた。

「あなたは敵ではないわ」アンナは抱擁を許した。「でも、わたしの夫にも保護者にもなれません」

「この夏、絶対に人に知られないようにしながら、きみに求愛をする。そのあと、どうなるかを待とう。そこまでは合意している」伯爵はきっぱりと告げた。目の前の難題を調べおえ、あとは克服するだけだと言わんばかりに。

「そうですね」アンナは言った。あと数週間、伯爵がどれだけ努力しようと、いま以上に目標に近づくことはないだろう。とはいえ、アンナにとっても必要な時間だった。計画を立て、準備を整え、態勢を立てなおすために。

それらの時間は、悲しむためにも必要だし、いまのような瞬間を――伯爵が抱擁と安らぎを与えてくれるひとときを――記憶にとどめるためにも必要だ。そのほろ苦いひととき、アンナは手に入れられないものがどれだけあるのかを、思い知らされた。

ふたりはそのまま動かず、長いあいだ並んですわっていた。耳に届くのは、雨が窓を打つ音だけだ。しばらくののち、伯爵は立ちあがって部屋を見まわした。

「ペリクレスのようすを見てくる。それに、この部屋に火を入れたほうがいいな。雨のやむ気配がないから」

「火を？　日が落ちるまでには、まだまだあるでしょうに」アンナは言った。とはいえ、じつのところ、ふたりは昼寝にしては長いあいだ小川のそばで休んでいたため、夕暮れどきにずいぶん近づいていた。「だいたい二時間以内に出発できれば、ロンドンまで帰れると思いますけれど」

伯爵が唇を引き結ぶ。明らかに言い争いをしたくないようだ。アンナは伯爵を見送った。この大雨のなかロンドンへもどろうとしたら、二輪馬車はだいなしになるだろう。やがて、伯爵がずぶ濡れになってもどってきた。ペリクレスは満足そうに干し草を食べ、仕切りのなかから雨を眺めているとのことだった。

つぎの一時間、ふたりは馬車から追加の毛布と薬などのはいったかばんを持ってきた。雨がやまないため、書斎の薪入れを薪でいっぱいにした。裏口の屋根つき玄関に積んであった薪を伯爵が割り、それをアンナが家のなかへ運びこんだのだ。ふたりは作業をつづけ、書斎の暖炉の脇に並ぶ薪入れはいっぱいになった。さらに伯爵は、つぎにだれかが火を起こさねばならなくなったときのためにかなりの量の薪を割り、積んでおいた。

伯爵が書斎にもどった。アンナは暖炉に薪を入れておいたが、まだ火をつけていなかった。

「寒いはずはないのだが」伯爵はつぶやいた。「数年ぶりに斧を使ったのだから。だが、少し寒気がする」

めずらしいことだと、アンナは思った。自分は寒くなかったからだ。しかも、薪割りの作業をしていない。けれども、伯爵が馬の世話をしにいったときに雨に濡れたのに対し、アンナはほとんど濡れていなかった。先ほど薪入れのなかから火打道具が出てきたことを、ありがたく思った。でなければ、伯爵は服をふたたび濡らして、道具を見つけてこなければならなかっただろう。

「火を入れましょう」アンナは言った。それを聞いた伯爵が微笑むのを見て、胸がいっぱいになった。

「わたしはマジパンを探そう」

「たくさんあるはずだわ」アンナは暖炉の前で言った。「レモネードもあります。あまり冷たくはないでしょうけれど」

伯爵はマジパンを見つけ、ふたつ手にとった。つづいて、レモネードも出した。

「どこで眠ったらいいだろうか」伯爵は部屋を見まわし、マジパンを食べた。

「できればタウンハウスで」

伯爵はアンナをなだめるような表情をした。「こんな天気は計画になかった」

「そうでしょうね。でも、ここでひと晩をふたりきりですごせば、わたしの評判は地に落ちてしまうわ」

「それでもわたしと結婚する気はないのか？」

「イングランドは広いわ。ロンドンで地に落ちた評判も、マンチェスターへ行けば、簡単にもとどおりになります」

「逃げるのか？」

「逃げざるを得ないでしょう」

「そうはさせないぞ、アンナ」伯爵は眉根を寄せて言った。「この状況のせいで、きみが窮地に立たされたら、わたしにきみを養わせてくれ」

「エリースを養ったように？」アンナは石造りの炉辺にすわった。「そうはいきません」
「もう一度、馬を見てくる」伯爵は言った。「馬車から残りの荷物もとってこよう。万が一、雨がやまなかったときのために」アンナは彼を見送った。伯爵が部屋を出たのは、アンナとこの状況に対して感じたいらだちを静めるためでもあることを、アンナはわかっていた。

ウエストヘイヴンは馬のようすを見たのち、みずからをなぐさめるために、厩舎の張り出し屋根の下へ出た。ブリーチの前を開き、彼自身を手にとった。話しつづけたせいでのどが荒れている。また、斧をふるったために腕も痛み、同じくらい不快だった。ふたりきりで足止めを食らっているため、アンナはそわそわしはじめているし、ウエストヘイヴンは怒りっぽくなっている。あまり愉快な時間ではなかった。

しかし、ウエストヘイヴンは下腹部を見おろし、今日感じた悦びを思い出して微笑んだ。アンナ・シートンには奔放な面がある。いずれ、その面がふたりにとって有利に働くだろう。ウエストヘイヴンはみずからを解き放ち、最後に二、三度愛撫してからブリーチの前を留めた。アンナを説得して、あのばかげた縁なし帽ではなくティアラを頭につけさせよう。必要ならば、たとえ破廉恥であっても、彼女の情熱的な面を利用してやる。

ウエストヘイヴンはペリクレスに干し草をひとかたまりほうってやった。水槽から水をくんでバケツをふたたび満たし、馬車から食べものをとる。屋敷へもどるとき、未来の妻を口説く計画を練りはじめ、薔薇を一本摘みとった。そのとき、あらたに雨足が強まった。

ふたりはかごに残っていたもので食事をすませ、レモネードを分け合った。暖炉のそばで話をしているうちに、あたりが暗くなってきた。ウエストヘイヴンはアンナの背中をさすり、手を握り、ふたりきりの家で夜をすごさねばならないという話は避けた。

アンナがクッションから立ちあがって伸びをする。「今夜はここで眠ることを、そろそろ認めなければならないわね。問題は、具体的にどこで寝るかってことかしら」

ウエストヘイヴンは神に感謝した。アンナは現実的に考えている。この状況に喜んではいないようではあるが。

「主寝室はどうだろう」ウエストヘイヴンは提案した。「あのベッドはつくりつけで、つぎの住人のために残されているようだ。部屋はじゅうぶんきれいだったが、火がないと寒いだろうな」

「薪をたくさん運びこんで、部屋を暖めればいいわ」アンナは言った。「でないと、ここの床で眠るしかなくなるもの。毛布は少ししかないから、そのベッドで一緒に寝たほうがよさそうね」

「そうだな」ウエストヘイヴンは同意した。火のそばにすわっているにもかかわらず、体の芯がまだ冷えていることに気づいた。「薪割りのせいで体がこわばっているから、ベッドには惹かれる」

「だったら、ベッドで寝ましょう」アンナはあきらめたように言い、薪入れから腕いっぱいに薪を集めはじめた。ふたりは薪と毛布と食べものを運ぶのに、何往復かしなければならなかった。作業が終わるころには夜が近づき、屋敷じゅうがうす暗くなってきた。

ウエストヘイヴンが寝室を出て、厨房から洗面用の水をバケツに一杯とってくるあいだに、アンナはベッドの下の抽斗をあさり、マットレスに合わせて縫ってあるシーツを見つけた。

「きみ用の水だ」ほどなく、ウエストヘイヴンは寝室にもどった。「宝探しが成功したようだな」

「ベッドを整えておきました」アンナが笑顔を向ける。「石鹸とタオルがあるけど、毛布は二枚しかないわ」

「それでじゅうぶんだろう」ウエストヘイヴンはあくびをし、あいた抽斗のそばに膝をついた。「きみがこのナイトシャツを着て、わたしがこっちのガウンを着たらどうだろう?」

「いいですね。ただ、何分かひとりきりにしてもらえないかしら。それと……」

「それと?」ウエストヘイヴンはふたたび長靴を脱ぎはじめたが、そのときふと気づいた。アンナにとって、一日の終わりに、暖炉のうす明かりのなかでそうした光景を目にするのは、とりわけ親密な出来事に感じられるのだろう。

「今夜は触れないでもらえますか? それに、あなたに触れることを期待しないでもらえますか?」

「触れるというのは、たとえばきみの膝がわたしの脛にあたることとか? あるいは、今日の午後に起きたようなことか?」ウエストヘイヴンは長靴を見おろして言った。

「今日の午後のようにです。あなたを蹴らないようにもしますけど」

「無理強いはしない」ウエストヘイヴンはアンナを見つめた。「だが、そうしたいとは思うだろうな」長靴を脇へやり、立ちあがる。頼まれたとおりに部屋を出て、アンナがひとりで洗面をすませ、ナイトシャツに着替え、ベッドの上の冷たいシーツのあいだにすべりこめるようにした。

ウエストヘイヴンは寝室へもどり、ベッドへ目をやった。アンナが眠ったふりをしているのがわかる。ベッドにはいったあとはおとなしくして、約束を必ず守るつもりでいた。馬車で移動し、屋敷の周辺を歩き、アンナと話しただけにしては、妙に疲れを感じた。

実際くたくただったし、雨に降られて体が冷えていたので、まぶたをあけているのがやっとだった。とはいえ、未来の公爵夫人を悩ませる機会を逸するつもりはなかった。ウエストヘイヴンはシャツとブリーチと靴下と下着を脱ぎ、バケツを持って暖炉のところへ行った。うす目をあけているアンナが見やすいように、明かりのなかに立ったほうがいいと思ったのだ。

正直言って、裸になってアンナと同じ部屋にいるのは心地がよかった。暖炉の上にタオルと石鹸があるのを見つけ、つま先から手の先までを拭いた。全身を清めたあと、二本の蝋燭を吹き消し、ガウンをベッドの足元にほうり、アンナのとなりにすべりこんだ。

数時間後、アンナは闇のなかで目を覚ました。伯爵の手が彼女の腰から尻へとすべり、また腰へもどるのを感じた。古いベッドがきしんでいることから、動いているのが手だけではないことがわかる。しかも、彼の呼吸の音が——ゆっくりだが聞きとれるほど荒い——アンナの考えが正しいことを証明している。

この人はまた、みずからをなぐさめているんだわ。男の人はみんな、こんなふうに欲望に苦しむものなのだろうか。アンナは不思議に思った。片方の手でいまのように繰り返しなでられただけで、アンナの肌にぬくもりが広がった。もし寝返りを打って伯爵にキスを浴びせるか、ただ抱擁を許せば、伯爵はほかにどのようにアンナを悩ませようとするのだろうか。

伯爵が鋭く息を吸った。深く息を吐き、ふたたび吸う。やがて、彼の手の動きが止まった。伯爵が身じろぎをし、上がけの奥へもぐりこむのがわかった。先ほどの手は、アンナの腰にまわされていて、アンナの背中は彼の温かい胸に包まれている。伯爵はアンナの頬にキスをして、ぴったりと身を寄せた。アンナは当惑すると同時に、妙に嬉しかった。

伯爵が自由に触れたいと思っているのは火を見るより明らかだったものの、それを許すわけにはいかなかった。とはいえアンナにとって、身を寄せ合って一緒に眠りにつくのは、彼には想像のつかないほど大きな贈りものだった。アンナは結婚するわけにはいかない男の腕のなかで、夢を見ずに深い眠りについた。

伯爵がガウンを着たままでいたら、もっとあとになってから彼の病気に気づいていただろう。翌朝、ふたりは遅くまで眠った。雨が降りつづき、いつ夜が明けたのかもはっきりしなかったからだ。空は灰色で、家のなかはうす暗い。アンナがまず感じたのは熱、それも極端な熱だった。もちろん、いまは夏だが、天候が変わったために屋敷のなかはとても寒かった。伯爵はまだアンナの背中に身を寄せている。アンナの感じた熱は彼の体から放たれていた。

アンナが身を離すと、伯爵が寝返りを打って背を向けた。

伯爵は水のはいったグラスに手を伸ばした。「ペリクレスのはじめての跳躍で、落馬したときのような気分だよ。ほかの馬たちが頭上を飛びこえていったときのようだ。このベッドにいると、やけに暑い」伯爵は毛布を押しやって起きあがり、しばらくマットレスの端にすわっていた。平静をとりもどそうとしているように見える。

「いや」伯爵はつづけた。「あのときよりもひどい気分だ。もちろん、きみのせいじゃないが」アンナは深く考えずに彼のほうへ寝返りを打ち、なにか言おうとした。すると、伯爵が生まれたままの姿で立ちあがり、室内用便器のほうへ行くのが見えた。

「おはようくらい言ってくれたらいいのに」アンナはつぶやき、自分が寝ていた側へ慌てて転がった。伯爵の裸を見て、本人のように平然としていたくはなかった。伯爵はベッドへもどり、水をひと口飲んで顔をしかめた。

「この物件を買おうと思ってはいるが」伯爵は考えながら言った。「このベッドは撤去してやる。目が覚めたあと、休んだ気にならなかったのははじめてだ」

夜のあいだに触れてきたことに対して、アンナは伯爵に文句を言いかけたが、ふと口をつぐんだ。伯爵は半身を起こして枕にもたれ、水のはいったグラスを膝の上でゆすっている。

「まあ、大変《マイ・ロード》だわ」アンナは小声で言い、三つ編みにした髪を背中へ払った。

「ご主人様《マイ・ロード》と呼ぶのはやめてくれ」伯爵は文句を言った。「いまは本当にそんな気分じゃない」

「ちがいます」アンナは言い、膝立ちになった。「どうしましょう、って意味で言ったのよ」手を伸ばし、彼の胸にさっと触れる。伯爵は自分の体を見おろした。

「ゆうべ、きみはうす目をあけてわたしを見ていた。服を着ていないわたしを見るのは、いまがはじめてじゃないだろう、アンナ・シートン」

「そうじゃないわ」アンナはいったん手を引っこめたのち、今度は彼の腹をかすめた。「大変」

「なにが大変なんだ」

「あなたよ」アンナはすわりなおし、信じられない思いでかぶりを振った。「水疱瘡にかかっているわ」水を打ったような静寂が広がる。やがて、伯爵が不愉快そうに鼻を鳴らした。

「そんなばかな。水疱瘡になるのは子どもだけだろうが。わたしは子どもじゃない」

「子どものころ、かからなかったでしょう」アンナは伯爵と目を合わせた。「そうでなければ、いまごろかかりはしないもの」

伯爵は上半身を見おろした。赤い小さな点が散らばっている。さほど多くはないものの、ゆうべはそれがなかったことに、ふたりとも気づいた。伯爵が腕を調べたところ、いくつかまた赤い点が見つかった。

「トリヴァーのせいだ」伯爵は言った。「どこか遠くへ送ってやる。スースーと一緒に」

「タウンハウスへもどらなければ」アンナは言い、のろのろとベッドの端へ行った。「水疱瘡は子どもがかかると、不快ではあっても、あまり深刻な症状にはならないんです。でも、大人がかかると、厄介なことになりうるわ」

「この雨のなか、病人に何時間もの旅をさせるつもりか？」伯爵は射貫くようにアンナを見つめたのち、ふたたび自分の腹を見おろした。「くそっ」

「ここにはお薬をほとんど持ってきていません。でも、治る前にもっと状態は悪くなるでしょうね。もっとずっと悪くなるかもしれない。だから、いま帰るのがいちばんよ」

「あの二輪馬車が、ぬかるんだ土手をすべり落ちたらどうするんだい、アンナ」伯爵は言い返した。「わたしが水疱瘡で死のうが、首の骨を折って死のうが、どっちでもいいんだな」

アンナはそれを聞いて彼に背を向け、窓際へ行き、天気のようすを見た。伯爵の言ったことには一理ある。相当いやな言い方ではあったが。外では篠つく雨が降っていた。ほぼ夜通し、そんなふうに降りつづけたようだ。

「悪かった」伯爵は言い、ベッドの端へにじり寄った。「病気のせいで、いらだっている」

「この状況のせいでしょう。近くに村は――お医者様か薬屋がいるような大きな村はありますか？」

伯爵はガウンをつかみ、肩をくねらせて袖を通した。そうするだけでも、つらそうに見える。「比較的近くにはなら。ウェルボーンの向こう、三マイルほど行ったところに、教会がある程度の村はある。だが、ロンドンとは逆方向だ」

「ウェルボーンは姪御様が住んでいらっしゃるお屋敷ね」

「アンナ、あそこはだめだ」伯爵はぎこちなく立ちあがり、顔をしかめて足を止めた。「アメリー子爵と奥方に負担をかけるつもりはない。おぼえているだろう。わたしはあの奥方と婚約していたことがある。みじめな短い婚約期間だった。あのふたりには、具合の悪い状態で絶対に会いたくない」

「わたしは会ってもらいたいわ。あなたが埋葬されるのを見るよりはましですもの」

「きみはわたしが傲慢なあまり、援助を受け入れないと言いたいのか？」

「強情なあまりです」アンナは腕を組んだ。「本当に具合が悪いことを、認めるのが怖いのね」

「きみが心配しすぎているんじゃないか、アンナ。水疱瘡がそれほど深刻な病のはずがないだろう？」伯爵はふたたびベッドにすわった。視線はアンナに据えたままだ。

アンナは顎をわずかにあげた。「いまさっき、目が覚めたあと、これほど不快な気分になったのははじめてだって言ったのは、どなたかしら」

「休んだ気分にならなかったのは、と言ったんだ」ウエストヘイヴンは訂正し、体の具合を自分で確認した。まさに地獄にいるような気分だ。大学時代、いちばんひどい二日酔いになったときも、これほどひどい気分ではなかった。流感にかかったときや、十三歳のときに腕の骨を折ったときとも比べものにならない。あらゆる筋肉が引きのばされ、骨という骨がくだかれ、すべての臓器が傷つけられたような気分だ。しかも、かっかとして、しつこく文句を言わずにはいられないことを考えると、やはり具合が悪いのだろうと思えてきた。

「ウェルボーンへ」ため息とともに言う。「まともな馬車と、丈夫な馬をひとそろい借りるだけだぞ。アメリー子爵に陰で笑われてたまるか。子爵夫人にも」

ウェルボーンへのわずか三マイルの移動でさえ、ふたりにとっても、馬にとっても厳しい試練となった。服に着替え、荷物を積みこみ、馬を馬車につなぐあいだにも、病状は悪化した。ふたりは並んですわった。ウエストヘイヴンはアンナに半ばもたれるようにして、なけなしの力を振りしぼり、どうにか座席で姿勢を保った。

ふたりはことばを交わさなかった。伯爵は意識を失わないよう懸命に努力し、アンナは足を引きずるように歩く馬を導いた。ウェルボーンの門が目にはいったとき、アンナは安堵のあまり泣きそうになった。濡れた服の層がふたりを隔てていたとしても、アンナには伯爵の熱があがるのがわかり、この移動が病人にとって負担であることがわかった。

厩舎の扉は完全に閉ざされている。アンナは中庭のほうへは行かなかった。ペリクレスをマナーハウスへ向かわせ、その前で止めた。

「ウエストヘイヴン様」アンナは伯爵を強く揺さぶった。「着きました。わたしが先におりて手を貸しますから、それまでまっすぐにすわっていてください」

伯爵は黙って従った。アンナに支えられ、倒れこみそうになりながらも馬車からおりる。ふたりで正面玄関の階段をのぼる途中、二回バランスを失いかけた。玄関前にたどり着いたときには、アンナはひと汗かき、息を切らしていた。

ノックをする前にドアがあいた。「これは大変だ、さあなかへ」

アンナの肩が軽くなった。伯爵の反対側の手が、シャツとベスト姿の金髪の男の広い肩にまわされたからだ。幸運なことに、その男は伯爵と同じくらい背が高く、アンナよりもずっと病人を運ぶのに向いていた。

「きみ」金髪の男が大声で従僕に言う。「ペリクレスを厩舎へ。湯でのばしたふすまを与えるよう伝えてくれ。それからそこのきみ」男は青い瞳で射貫くようにアンナを見た。「倒れる前にすわりたまえ」

アンナはふいを突かれ、金髪の男のあとを追いかけることしかできなかった。男は伯爵を半ば抱えるようにして客間へ連れていき、長椅子におろした。

「水疱瘡にかかられたんです」アンナはようやく声を出した。「伯爵様がここへいらしたのは、ただ屋根つきの馬車をお借りしてロンドンへもどるためです」

「ダグラス・アレン」男はお辞儀をした。「アメリー子爵だ。なんなりと申しつけてほしい」アメリー子爵は呼び鈴のひもを引き、長椅子の上で水をしたたらせている伯爵を見つめた。「ウエストヘイヴン?」

「アメリー?」

伯爵の声はかすれているものの、プライドがにじんでいる。

「その状態で出発すると言い張るなら」子爵は言った。「すぐにきみの父上に手紙を書いて、告げ口をする。そのうえ、ローズに悪い手本として会わせてやろう。そうすれば、事態はもっとまずいことになるぞ。妻が心配するからね。なにしろ、妻は幼い息子にとって——わたしの唯一の跡継ぎにとって、なくてはならない存在だ。妻を心配させたくないんだよ。いいか？」

「まいった……」伯爵は小声で言い、子爵を一瞥した。「きみは本気《シリアス》だな」

アメリー子爵は片方の眉をつりあげた。「水疱瘡と肺炎の併発に、ウィンダム家のプライドと傲慢さが加わったことも、同じくらい深刻《シリアス》な問題だと思うがね」

「ダグラス？」こげ茶色の髪をした長身の女が客間へはいってきた。その美しい顔に宿っていた好奇心が、やがて懸念へと変わった。

「グイネヴィア」アメリー子爵が人目もはばからずに妻のウエストに腕をまわす。「見てごらん。そこの長椅子にいるのは、きみの元婚約者だ。我々に水疱瘡をうつしにきたようだ」

「まあ、ウエストヘイヴン」アメリー子爵夫人が一歩前へ出たが、アンナは冷静に判断し、椅子から立ちあがると、夫人と伯爵のあいだにはいった。

「奥様」アンナは膝を折ってお辞儀をした。「伯爵様によれば、こちらのお屋敷には赤ちゃんがいらっしゃるとか。伯爵様にあまりお近づきにならないほうがよろしいかと存じます」

「そのとおりだ」アメリー子爵が眉根を寄せた。「ぼくは水疱瘡にかかったことがあるがね」

「わたしもよ」グイネヴィアは言い、夫の脇へもどった。「ローズもそう。ダグラス、ウエストヘイヴンを出発させてはだめよ」

「頭のはっきりした男が目の前にいるというのに」伯爵は長椅子からかすれ声で言った。

「第三者を利用して説得するとは、失礼だし腹立たしいかぎりだ」

「愉快じゃないか」アメリー子爵は言った。伯爵のようすを見に長椅子に近づく。手の甲を伯爵の額に押しあて、ひざまずいてすぐ近くから病人を観察した。ふたりとも同世代だが、子爵の仕草には、不思議と父親らしいところがあった。「燃えるように熱い。言うまでもないだろうが。きみが医者をまったく評価していないのは知っているが、フェアリーを呼んでもいいか？」

「父には知らせないでもらえるのか？」伯爵はアメリー子爵の目を見た。

「いまのところ。きみが聞き分けのよい子どものようにふるまい、回復するかぎりは。それも、ぼくのキリスト教徒としての寛容さよりも、正直であるべきだという気持ちが勝るまでの話だが」アメリー子爵は言い、妻をちらりと見た。

「フェアリーを呼んでくれ」伯爵は言った。「だが、フェアリーだけにしてもらいたい。公爵の主治医だと思いこんでいるやぶ医者どもは勘弁してほしい」

「フェアリーに対して、そんな失礼なことはしない」アメリー子爵は立ちあがった。「たとえきみを悩ませるためでも」

アメリー子爵が伯爵から医者を呼ぶ許しを得ようとしていたとき、子爵夫人は従僕と話を終え、アンナのほうを向いた。

「失礼ですけれど」レディ・アメリーは微笑んだ。「どなただったかしら、ミス……？」

「ミセス・シートンです」アンナは答え、ふたたびお辞儀をした。「ミセス・アンナ・シートンと申します。伯爵様のタウンハウスでメイド頭をしております。ここから三マイルほどのところにあるウィロウ・ベンドというマナーハウスまで、伯爵様のお供をしてまいりました。伯爵様が購入を検討なさっているのです」

「美しい場所だ」アメリー子爵はつぶやいた。「だが、病を治すのが先だな」

「裏手の寝室に伯爵をお通しする予定よ。いま部屋を整えさせていますわ」グイネヴィアはアンナに言った。「あなたも伯爵も熱いお湯につかって、食事をしたほうがいいでしょうね。乾いた服がなにかあるはずだわ。あなたもわたしと同じくらい背が高いみたいだから」

「さあ、ウエストヘイヴン」アメリー子爵は伯爵を引っぱって立たせた。「まずい薬をしつこく勧めて、枕元でまじないを唱えるぞ。気が変になる前にきみが治るように。ローズにいま会わせるべきかもしれないな。でないと、あの子はきみがもっと具合の悪いときにきみの部屋に忍びこんで、お気に入りの物語を読み聞かせるだろうから」

そう聞いて、身震いをすべきなのだろうとウエストヘイヴンは考えた。アメリーにさまざまなことを言われながら、引きずられるようにして階段をのぼり、寝室へ行った。自分はグイネヴィアとの結婚を阻止したアメリーのそばにいる。そして、こんなにも具合が悪く、無力な状態をふたりの目にさらしている。このうえない悪夢だと思うべきだ。

しかし、アメリー子爵に濡れた服を脱がされ、温かく香りのよい浴槽のなかに押しこまれ、ひどい味のする紅茶を飲まされながらも、自分が安心感をおぼえていることに気づいた。

「伯爵様は弟様にお知らせになりたいはずです」アンナは言った。心からありがたく思い、熱い紅茶を飲んだ。

「フェアリー様に連絡をするときに、弟様にも伝言を届けましょう」グイネヴィアは答え、バターを添えた温かいスコーンの載った皿をアンナに渡した。

「暗号を使ってください」

「なんですって？」グイネヴィアはカップを置き、説明を待った。

「公爵様が」アンナは言った。「あの方の密偵がそこここにいるんです。もしウエストヘイヴン様の重病について書かれた手紙が、だれかが読めるような場所に置かれていたとしたら、公爵様がすぐにこのお屋敷を尋ねていらっしゃいます。大騒ぎをなさって、あれこれ命令なさるでしょう」

「それはまずないだろう」アメリー子爵が客間の入り口から言った。その表情から、おもしろがっているのがわかる。「この家では、公爵様は騒いでもなんの得にもならない。ぼくも紅茶をもらえるかい、グウェン」子爵は妻の横にすわり、長椅子の背に腕を乗せた。

「ウエストヘイヴンの具合はどう？」グイネヴィアは夫に紅茶を入れた。

「眠っているが、つらそうだ。はじめは、きみがまちがっているのかもしれないと思ったよ、ミセス・シートン。ウエストヘイヴンの顔には発疹が見あたらないから。だが、きみはほかの部分を見てそう判断したようだね」

「子どものころ、重い水疱瘡にかかったことがあるんです」アンナは言った。「わたし、看病できますわ」

「ぼくも手伝おう」子爵は言った。「嬉しそうに看病してやるとするか。だがグウェン、きみは病人の部屋へ行くべきじゃないだろうな」

「そうね」グイネヴィアは言った。「赤ちゃんのためにも。それに、ウエストヘイヴンにとっては、苦しんでいるところをあなたに見られるだけでも、じゅうぶんつらいんじゃないかしら。わたしにまで嬉しそうに看病してもらいたくないと思うわ」

アンナは紅茶を飲みながら、子爵夫妻が笑みや視線を交わしたり、気軽に触れ合ったりするようすを見つめた。

「ウエストヘイヴン様は、みじめな婚約期間だったとおっしゃっていました」

「わたしたち三人ともにとってね」グイネヴィアは言った。「でも、すぐに終わったわ。ここへウエストヘイヴンを連れてきてよかったのよ。あの人は家族のようなものですもの。あの人とわたしが婚約していたことについて、わたしたち夫婦にわだかまりはないわ。ウエストヘイヴンの病気を喜んでいるわけでもないし」

「病状は深刻ですね」アンナは言った。「ともかく大人ですから。それに伯爵様は……具合が悪いとだいたい不機嫌になられます。わたしでしたら、本当にお医者様を伯爵様のそばに近寄らせないと思います。できるかぎり」

「途方もなくプライドの高い男だからな」アメリー子爵は言い、ティーカップに紅茶をなみなみとつぎ足した。子爵夫人はおかしそうに夫を見つめたが、なにも言わなかった。

「プライドのせいではないんです、子爵様」アンナは言った。「不安のせいです」

「不安」アメリー子爵は唇を引き結び、しばし考えた。「ヴィクターが原因か?」

「厳密にはちがいます」アンナは考えを——気持ちを整理しようとした。「伯爵様は生き残った跡継ぎですし、亡くなれば義務を放棄することになってしまいます。つとめを果たすのを楽しんではいらっしゃいませんが、無茶はなさらないでしょう。お父様の跡を継ぐという義務をヴァレンタイン様に押しつけ、ご家族を悲しませることになりますから。ただ、あの方はだれよりもお医者様のひどい処置をたくさん目にしていらっしゃいます。お兄様のご病気のときもそうでしたし、この冬にお父様が病床につかれたときもそうです」

「そういうふうには考えなかったな」アメリー子爵は言った。ふたたび妻を一瞥する。「グイネヴィア、どう思う?」

「デイヴィッドを呼びましょう」子爵夫人は言った。「あの人なら、ウエストヘイヴンのあつかいも、水疱瘡の処置も心得ているでしょう」

「デイヴィッドとは、フェアリー子爵のことだ」アメリー子爵は説明した。「グウェンの親戚でもあり、ぼくの友人でもある。フェアリーは腕のいい医者で、我々は信頼しているんだ。ウエストヘイヴンもそのようだが」

「そうですね。フェアリー様がいらっしゃらない場合、伯爵様は……」アンナは医者の名前を思い出そうとした。「ドクター・ピューかドクター・ハミルトンでもいいとおっしゃっていました。あとひとりいらっしゃるのですが、お名前を思い出せません」

「フェアリーに訊けばわかる」アメリー子爵はきっぱりと言った。「それにしても、ミセス・シートン、なぜきみとウエストヘイヴンはこんな時間に訪ねてきたんだい？　この大雨のなか、ロンドンからこのあたりに来るほど、ウエストヘイヴンが愚かだとはとても思えないが」

グイネヴィアは突然ティーカップを熱心に見つめはじめた。いっぽうアンナは、子爵の青い目で標本に釘づけにされている蝶になったような気がした。

「わたしたちがウィロウ・ベンドへ来たのは、昨日のことなんです」アンナは言った。「アメリー子爵は嘘を許すような男ではないだろう。「そして、突然の雨につかまってしまったというわけです。今朝、伯爵様の病気が判明してはじめて、わたしはこのお屋敷を訪ねましょうと、伯爵様を説得しました」

「そうだろうか」アメリー子爵は言い、膝のところで脚を組んだ。ふつうの男が同じことをしたら、神経質な仕草に見えたにちがいない。しかし、アメリー子爵の場合……優雅に見えた。「ウエストヘイヴンは常識と分別のある男だから、たしか昨日の午後、暗くなる前にきみを連れてここへ来たんじゃなかったか？　なあ、グイネヴィア？」

「そのとおりよ」レディ・アメリーはうなずき、澄ました顔をしてカップを揺らした。「昨日の夕食時、ウエストヘイヴンはずいぶん静かだったわね。ローズはあの人に会えて大はしゃぎだったけれど」

子爵はアンナを見た。その顔からはなんの感情も読みとれない。「あの子は好きな相手に対して夢中になる。母親そっくりだ。紅茶のおかわりはどうかな、ミセス・シートン」アメリー子爵はアンナに紅茶を注いだ。レディ・アメリーはそんな夫をにこやかに見守っている。アンナは子爵夫妻のあいだにある愛を強く感じるとともに、ふたりに心から感謝した。いつか自分も、こんなふうにだれかを愛したい――その男が訪問客に紅茶を入れることでさえ、彼をますますいとおしく思う理由になったり、彼のいる人生をありがたく思う理由になったりするほど深く愛したいと、アンナは考えた。


「フェアリーはきみを診られないんだと」ダグラスはウエストヘイヴンに対し、手紙をひらつかせた。「これまで水疱瘡にかかったことがあるかどうか、わからないかららしい」

「なんだって？　肌に発疹ができて豹の毛皮のようになるうえ、一週間前に豹に殺された動物のような気分になるんだぞ。それなのに、かかったかどうかわからないというのか？」

「フェアリーは六歳になるまで、スコットランドで母親に育てられたから、幼いころの病歴について、訊けないらしい。水疱瘡にかかった記憶もないから、慎重になっているんだろう」ダグラスはベッドの端にすわり、ウエストヘイヴンを観察した。

「なにをじろじろ見ている？」ウエストヘイヴンはいらだって訊いた。「顔にも発疹が出たか？」

「いいや、だが、そうなったところも見てみたいものだ。フェアリーはきみが楽になるような看病の仕方を詳しく書いてくれた。きみは熱を出しやすいから、とくに気をつけなければならないそうだ。瀉血はだめだときみに強く言えとも書いてあったぞ。それから、体をかくのもだめだと」

「かゆみはない。痛むんだよ」ウエストヘイヴンはふと考えた。アンナはこの部屋にいないとき、アメリー子爵夫妻にどのようにあつかわれているのだろう。ダグラスは少なくとも作法や礼儀に関して細かい男だ。とはいえ、みずからしきたりを少しばかり破り、グイネヴィアとウエストヘイヴンの結婚を阻止したことはある——いや、破ったしきたりは少しどころではなかった。

「クリベッジ（トランプゲームの一種）の相手をして、きみを負かしてやろうか？」ダグラスは提案した。

「それか、ローズを連れてこようか？」

「もうさっき来たよ。こいつを貸してくれたんだ」ウエストヘイヴンは小さな茶色いぬいぐるみのクマを掲げた。

「ミスター・ベアだ」ダグラスは顎でぬいぐるみを示した。「ぼくがサセックスで流感にかかったとき、ミスター・ベアはぼくの寝ている部屋でふんぞり返っていた。いいやつなんだが、あまり役に立つ助言をしない」

「その点なら、ローズがいるじゃないか」ウエストヘイヴンは思わず微笑みそうになった。

「レディ・アメリーに従えと言われたよ。そうすれば、よくなるんだと」

「グイネヴィアの言うことを聞かないのは、自然の力に逆らうようなものだからな。命の危険をともなう。あなどりがたい女なんだ」

「あなどりがたい公爵夫人になっていたかもしれないんだな」ウエストヘイヴンはそう言ったあと、失言に気づいた。「悪かった」

「なっていただろうな」ダグラスはうなずいただけだった。「だが、夫選びにおいて、彼女はひじょうに趣味がいい。いまはぼくの指輪をしている」

「気になるか？」ウエストヘイヴンはぬいぐるみを持ちあげ、ボタンでできた目を見つめた。

「わたしがここにいると」

「うぬぼれるなよ、ウエストヘイヴン」ダグラスは立ちあがり、部屋を横切って書き物机のところへ行くと、トランプ一組とクリベッジ・ボードを出した。「グウェンは説明してくれた。きみがグウェンに結婚を申しこんだのは、ひとえに、彼女に断る自由があると思ったからだと。それから、こうも言っていた。きみは幸せな結婚となるよう、懸命に努力をしていただろうとね。ぼくもそうだと思う。さあ、トランプを切ってくれ」ダグラスはボードとトランプをベッドの上に置いた。

「つまり、もう気にしないのか？」ウエストヘイヴンが二の札をめくった。ダグラスが顔をしかめて自分の引いた札を置く。「結婚していたら、わたしが彼女を幸せにしていただろうし、傷つけなかっただろうから？」

「グイネヴィアが過去のことを思い悩む理由はないと考えているのだとしたら、ぼくに思い悩むべき理由があるか？　ぼくはローズとジョンとグイネヴィアと一緒に、薔薇色の将来を送るんだぞ」

ろうか。

「わたしの番だ」ウエストヘイヴンは抑揚のない調子で言い、ゲームをつづけた。友のことばを反芻する。薔薇色だと表現できる将来が目の前にあるのは、いったいどんな気分なのだ

ゲームはウエストヘイヴンの惨敗に終わった。ダグラスはなんでも一生懸命にとり組み、ゲームも真剣にする。ボードが片づいたころには、ウエストヘイヴンのまぶたは重くなった。ダグラスはいつ退散しようかと考えているようだ。そのとき、ドアをノックする音が響き、アンナが看病を交代しにきたことがわかった。そこで、ダグラスは妻を捜しにいった。

「お友だちかしら」アンナはぬいぐるみを目で示した。

「わたしの守護者なのだと。ローズによれば」ウエストヘイヴンはぬいぐるみを顔のところへ持ちあげ、眉根を寄せて考えた。「こいつは厳しそうだな。ややおとなしくも見えるが」

「子爵様に似ているのかもしれませんね」

「ダグラスに？」ウエストヘイヴンはアンナの分析を聞いて微笑んだ。「ダグラスを過小評価しないほうがいい。わたしと父はそうしてしまったが。あいつは地所の管理をし、妻をあがめ、まるで清教徒のように厳格に見える。だが、ヒースゲートもグレイモアもフェアリーもみな、ダグラスが口を開くときには耳を傾けるんだ」

「たしかに子爵夫人をあがめていらっしゃいますね。わたしには、人を守ろうとするタイプの方のように思えたわ」

「人を守る？」ウエストヘイヴンはそのことについて考えようとしたが、体と同じく頭もう

まく動かなかった。「そうかもしれない。ダグラスがローズを溺愛しているのはたしかだ。だれかがローズを傷つけようとしたら、ためらわずにそいつの首を絞めるだろうな」

「でも、子爵様の記憶力には問題があるみたいです」アンナは塗り薬の瓶の蓋をあけ、においを嗅いだ。「奥様の記憶力にも」

「そうなのか？　それは初耳だが。どちらも頭が恐ろしくよさそうなのに」

アンナは瓶に蓋をした。「人に尋ねられると、わたしたちが昨日の午後、早めの夕食のときからこのお屋敷にいるとお答えになるんですもの。あなたはやや疲れ気味だったけれど、ローズ様はあなたに会えて喜んでいたと」

ウエストヘイヴンは眉を上下に動かした。

「グウェンがきみにこの話をしたのか？」驚きと喜びが心のなかでせめぎ合った。

「いいえ」アンナは言った。ウエストヘイヴンと同じく、信じられないといった口調だ。

「アメリー様が言い出されたんです」

「結局のところ、グウェンはわたしよりも善良な男と結婚したのかもしれないな」

7

「おやおや」アメリー子爵が顔をしかめた。ウエストヘイヴンの部屋へはいり、ドアを閉める。「ミセス・シートンはきみをこんな状態でほうっておいたのか？　そんな格好じゃ、隙間風やそよ風でさえ身にこたえるだろう？」

「ほうっておかれたわけじゃない」ウエストヘイヴンはため息をついた。最後に室内用便器をどこに置いたのだったか。「暑かったんだ。それに、きみのあのナイトシャツを着ていると、ひどくかゆくなる」

「ついたてのうしろだ」アメリーは言った。「腰かけ式便器と室内用便器がある。出ていってほしいなら出ていくぞ。手を貸してもいい」

「出ていく必要も手を貸す必要もない」ウエストヘイヴンは部屋を横切った。アメリーは無表情でウエストヘイヴンを眺めている。

「たくましくなったような気がしてたんだ」アメリーが言う。「近くで見ると、そのとおりだったとわかるな。以前のきみは、痩せすぎていた」

「そうだな」ウエストヘイヴンはついたてのうしろであくびをした。「だが、アンナが……ミセス・シートンが世話をして、食事を手配してくれる。以前、料理人に創造性がなかったのもわたしが痩せていた原因のひとつだ」

「で、ミセス・シートンのおかげで、その料理人が工夫するようになったのか？」

「アンナは……ミセス・シートンは母の料理人にどうすべきか相談しにいってくれた。その料理人は、家族ひとりひとりの好みを知っているというプライドの持ち主でね。それ以降、我が家でもメニューが工夫されるようになった」ウエストヘイヴンは、ついたてで仕切られた空間から出た。ベッドに目をやり、気力をかき集める。「それに、ミセス・シートンはわたしの食べっぷりが悪いと大騒ぎをする。厨房で働く使用人たちに失礼だと言うんだ」

「さあ行くぞ」アメリーはふいにウエストヘイヴンの発疹のある腕をとり、ベッドまで支えて歩いた。「じっとしていてくれ」ナイトシャツをウエストヘイヴンの頭からかぶせ、顔をのぞきこむ。「具合が悪そうだな」アメリーは息を吐いて言った。「横になったほうがいい。おとなしくしているんだぞ。今夜と明日の夜がいちばんつらいかもしれない。だが、そのあとは快方に向かうはずだ」

「アメリー？」ウエストヘイヴンはベッドの端にすわった。驚いたことに、アメリーは並んで腰をおろした。

「なんだい？」

「きみがグウェンに求愛していたとき」ウエストヘイヴンは枕と枕のあいだからぬいぐるみを見つけた。「きみは……」

「ぼくがなんだ？」アメリーはうながした。「ミセス・シートンがもうすぐ煎じ薬を持ってくるぞ。食べものも持ってきてくれるといいが。だから、早く言ってしまえよ。だいたい、ミセス・シートンはなかなかきみのそばを離れないから」

「そうか？」

「食事をしにいったが、ぼくがここにいないかぎり、ミセス・シートンはきみにつきっきりじゃないか」アメリーは答えた。「質問があるんだろう？」

「グウェンに求愛をしていたとき」ウエストヘイヴンはもう一度質問しようと試みた。「しょっちゅう……その、いつもあのことばかり考えて……」

「チャンスがあるたびに、彼女を抱いたよ」アメリーはウエストヘイヴンのことばを遮って言った。「グウェンのなかにはいれないときには、抱きしめるか、手を握るかした。あるいは、グウェンをただ見つめた。ごちそうを目の前にしているのにそれを食べられない、飢えた男のようにね。あれはとりわけつらかった。ぼくの人生には、あのときほど情熱が手に負えなかった時期はなかったから。性的な情熱も含めて」

「なぜわたしにそこまで話すんだ？　そういう秘密はなかなか人に言えないものだろう。しかもわたしに」

「世話を焼いているつもりだ」アメリーは青い目にユーモアをたたえて言った。「妻の了解はとってあるから、妻が知らない場合に比べれば、打ち明けるのは難しくはない」

「世話？」

「きみとミセス・シートンをあと押ししているんだよ」アメリーは説明した。「きみが喜ぶかと思って」

「そうだが、ミセス・シートンは喜ばない」

「だったら、彼女の気持ちを変えなければだめだ。そのためにゆっくり療養しなければならないのなら、そうしたまえ。どのみちきみはモアランド公爵の跡継ぎなんだから、無理をしてはいけないんだし」

ウエストヘイヴンは口元をゆがめて微笑んだ。「ゆっくり療養か……さすがだな。きみにはかなわない、そうだろう？」

「だといいが」アメリーが立ちあがる。「ぼくはきみのせいでたしかに恐怖を味わった。グイネヴィアとの計画をくじかれそうになったからね。だが、きみを敵だと思ったことはない。グウェンもそうだ。それより、ふたりとも公爵に迷惑していた」

アメリーは部屋を去るときに、トレーを持ったアンナをなかへ通した。子爵がいないときは、アンナが病人のそばにいることになっている。それからの一時間、アンナはどうにか食事をさせようとし、ウエストヘイヴンができるだけ居心地よく休めるように気を配った。ウエストヘイヴンはいつのまにか眠りに落ち、つぎに目覚めたのは夜明け前だった。

「アンナ？」かすれ声で言った。

「ここよ」アンナが椅子から立ちあがり、ベッドの上、ウエストヘイヴンの腰のそばにすわった。

「ひどい気分だ」

「熱があがっているみたい」アンナは手の甲を彼の額にあてた。「目が覚めたなら、スポンジで体を拭きましょうか。少し熱がさがるでしょうし、かゆみもましになるかもしれないわ」

ウエストヘイヴンがうなずくと、アンナはバスタオルと洗面器とスポンジをベッドのところへ運んだ。上がけに敷いたバスタオルの上にウエストヘイヴンを寝かせ、下半身を毛布で覆う。上半身はむき出しのままだ。

「フェアリー様が馬丁にこれを届けさせてくださったの。マンサクの抽出液や薬草の煎じ汁よ。皮膚の手当てにいいんですって」冷たいスポンジが肌に触れ、ウエストヘイヴンはため息をついた。背中へ、腕へ、肩へ、脇へと、アンナは何回もスポンジをすべらせ、毛布をずらして腿から足先までを拭いた。その作業を何度も何度も繰り返す。やがて、ウエストヘイヴンはほとんど気分がよくなり、熱がさがるのを感じた。日がのぼるころには、少なくとも病状は悪化していないと言えるほどになった。

ドアをそっとノックする音がしたかと思うと、アメリー子爵がはいってきた。さっぱりした顔をしていて、一日をはじめる準備ができているように見える。

「おはよう、ミセス・シートン。あるいは、アンナと呼んでもいいだろうか」アメリーは訊いた。「それから、おはよう、ウエストヘイヴン」病人の額に手をあてて顔をしかめる。「思ったよりよくなっているな」

アメリーはアンナをグウェンのところへ行かせ、男ふたりで残った。

「どういうわけなんだ」ウエストヘイヴンに尋ねる。「きみの熱は、アンナに触れられたときだけさがるのか、え？」

「うるさいな」ウエストヘイヴンは疲れた声で言った。「アンナは水になにかを入れて、体を拭いてくれたんだ。どうしても知りたいなら教えてやるが。それが効くんだろう」

アメリーにきれいなシーツを敷きなおしてもらい、朝の入浴をすませたころ、ウエストヘイヴンはふたたび眠気に襲われた。のどに柳の樹皮のお茶を無理やり流しこまれたあと、守護者のぬいぐるみとともに穏やかな眠りについた。

その日は、少し起きては寝るということを繰り返した。ヴァルが手紙を寄こし、まもなく見舞いに行くと伝えてきた。ウエストヘイヴンは父に手紙を書き、ローズの顔を見にウェルボーンを訪問中だと知らせておいた。たしかにローズには会った。しかし、ウエストヘイヴンはなにをしていても、だれと会っていても、十五分も経てば疲れてしまい、きまって用を足したり、昼寝をしたり、その両方をしたりする必要に迫られた。

夕方もゆっくりとすぎた。アンナはクリベッジでウエストヘイヴンを負かしたあと、カエサルの『ガリア戦記』の翻訳書を読み聞かせた。ウエストヘイヴンは夢うつつでぼんやりとしたまま、漫然とアンナの声だけを聞いていた。その声がやんだとき、現実へ意識が引きもどされた。目をあけたところ、アンナが黙って目を閉じているのが見えた。膝には開いた本が伏せてある。疲れているのだろうと考え、ウエストヘイヴンはアンナを起こさずに、自分も眠りのなかへもどった。

その夜は、ふたりにとって大変な夜だった。熱はふたたびあがり、ウエストヘイヴンは途切れとぎれに眠った。アンナは懸命に看病をしている。スポンジで体を拭いてもらうと気分はましになったが、ふたりが期待しているほどではなかった。

「頭のてっぺんからつま先まで冷たい水につかれば、気分がよくなるんじゃないかしら」夜中の二時にアンナは言った。

「そのためには動かなければならないだろう。アンナ、いまは息をするのもつらいんだ」

「でも、そうして熱をさげることができたら、それほどつらくなくなるでしょう」

「そう言うなら仕方ない」ウエストヘイヴンはひどく骨を折り、ベッドの端へ行った。しかし、浴槽にはいって水につかるために、アンナの手を借りなければならなかった。十分もしないうちに、歯が鳴りはじめた。しかし、水はぬるく感じられる。アンナはウエストヘイヴンが浴槽から出るのを手伝い、バスタオルで包むと、彼を暖炉の前にすわらせてタオルで髪を拭いた。

「明日の夜はもっと楽になるはずなんだな？」

「そのはずよ」アンナは言った。「水疱瘡は子どもがかかるよりも大人がかかったときのほうが、ずっと重い場合が多いんです」

「子どもはいるのか？」ウエストヘイヴンは、頭をタオルで包まれたまま訊いた。

アンナが手を止める。しかし、落ち着いた声で答えた。「いいえ。あなたは？」

「ひとりもいない。だがアンナ、わたしと結婚すれば、きみは子どもを産めるだけ産んでいいぞ」実際、アンナとの子どもを持つのは楽しそうだ。そのことを考えると、体はつらいにもかかわらず、ウエストヘイヴンの下腹部は反応した。

「結婚はしません」アンナは言い、背後に立った。ブラシで優しくウエストヘイヴンの髪をとかしている。「でも、あなたは子どもを持つべきだわ。すばらしい父親になりそうだし、あなたも子どもからいい影響を与えてもらえるでしょうね」

「どんなふうに？」ウエストヘイヴンは目を閉じた。地肌をなめらかにすべるブラシの感触を、もっとよく味わいたかったからだ。「わたしの父は、真似をしたいと思うような手本を示してこなかった」

「それはあなたがそう言っているだけでしょう」アンナは手を振って否定した。「あなたはお父様を、尊大で自己中心的で考えの古い貴族だと言うけれど、お父様は孫娘と連絡をとろうと、とてつもない努力をなさったみたいじゃない」

「ばかげた努力だ。詳しく話したいところだが、いまはとても目をあけていられない」ウエストヘイヴンは自力で立ちあがると、アンナはブラシを置いた。ベッドにすわったとき、ウエストヘイヴンはアンナの手をつかみ、自分の額にあてた。「この病気の一般的な経過をたどっているという、きみやダグラスの話を信じるべきなのだろうが、とくによくなっているとは思えない」

「でも、とくに悪くなってもいませんよね」

「そうだな」ウエストヘイヴンは目を閉じて、アンナの肌から立ちのぼる薔薇の香りを吸いこんだ。「万が一、悪くなったとしても、父がとり巻きのやぶ医者どもを寄こさないようにしてほしい。約束してくれ」

アンナは顔を寄せ、彼の額にキスをした。

「お父様に、あなたをわずらわせるようなことはさせません。だれかにお父様の干渉から守ってもらう必要があるなら、たとえば王妃様よりもアメリー子爵夫妻のほうが適任なんじゃないかしら」

「考えてみれば、きみの言うとおりだ。それに気づいたおかげで、これまでよりもよく眠れそうだよ」

アンナは上がけで彼を包むと、額に手をあて、髪をなでた。その呼吸が規則正しくなってから、蝋燭の火を消し、暖炉の火が長持ちするよう灰をかぶせた。あまった毛布を自分の肩にかけ、ベッドに頬を乗せる。すると、伯爵がゆっくりと何度もアンナの髪をなではじめた。その優しい触れ合いにふたりともなぐさめられ、アンナも眠りについた。

8

「公爵様、我が家の客を起こすのを許すわけにはいきません」

廊下からアメリー子爵の声がした。大声を出してはいるが、叫んではいない。アンナは目を覚まし、まばたきをした。ああ、困った。伯爵のすぐ横で、ベッドに頭を乗せていたところを公爵に見つかってしまう……。

アンナは飛び起き、伯爵の肩を強くゆすった。

「ご主人様」強い調子でささやいた。「起きて」伯爵がうめき、寝返りを打つ。上がけがすべり落ち、発疹の散ったむき出しの上半身があらわになった。「ご主人様！」伯爵は脇を下にして体を丸め、眉根を寄せた。

「ゲール・トリスタン・モンモランシー・ウィンダム、起きなさい！」

「起きている」伯爵は言い、いつものように毛布を脇へ押しやった。「しかも、気分は最悪だ。どいてくれ、このままでは見たくないものが見えるぞ」

「公爵様がいらしてます」アンナは言い、伯爵にガウンを差し出した。

「そこをどけ、アメリー」公爵の声が響く。権力者然とした、人を見下す口調だ。「父親を息子のベッドへ近づけないとはどういうことだ。訴えてやるぞ」

「急げ」ウエストへイヴンはガウンに腕を通した。父の声が頭に響いている。「ゆうべの本を探してくれ」そう命じ、ありったけの力を振りしぼって浴槽を押し、ついたての向こうへ隠した。アンナはすべり落ちた上がけをベッドへかけなおし、窓のカーテンをあけ、椅子を二脚、炉辺へ運んだ。

「ご子息は赤ん坊ではありません」アメリーの声にも軽蔑がにじんでいる。「父親にようすを見てもらう必要はないでしょう。どうか客人としての礼儀をわきまえて、客間でお待ちください。人を訪ねるのには無作法な時間ではありますが」

「爵位が上の者をばかにするのか、アメリー」公爵は怒鳴った。「父親の愛情のなんたるかが、鈍感なおまえにわかるものか。息子に会わせてもらう」ドアがいきおいよくあき、暖炉の火のようすを見ていたアンナは顔をあげた。火かき棒を持ったまま、ゆっくりと立ちあがった。

「ウエストヘイヴン」公爵は息子に近づいた。伯爵は炉辺でカエサルの本を読んでいる。

「こんな田舎でなにをしている。わたしの主治医の世話になるべきだというのに」

「具合が悪く見えますか?」伯爵は立ちあがり、片方の眉を悠然とつりあげた。父親のほうがずいぶん背が低い。「少なくとも、いつもと同じでしょうが。わたしはつねに疲れていますからね。しなければならないことが多いもので」

アメリー子爵はせせら笑いを噛み殺したが、すぐに顔をしかめた。太めの紳士がふたり、子爵を押しのけるようにして部屋へはいったからだ。階段の下にいる従僕たちを振りきってきたのは明らかだった。

「すぐに診察をいたします、公爵様」背の低いほうの紳士が言い、黒いかばんをあけた。

「そこのお嬢さん、部屋を出てもらえないでしょうか」

「出ていきなさい」公爵はアンナに大声で言った。

「公爵様はわたしのご主人様ではありません」アンナは強い口調で言い返した。「伯爵様はお疲れなのですから、休ませて差しあげるのがいちばんお体にいいですわ、公爵様。お連れの方々と一緒に、客間でお待ちになってはいかがでしょうか。さもないと、それこそアメリー子爵様に、不法侵入者として訴えられてしまいます」

公爵はアメリー子爵をにらんだ。「アメリー、おまえの使用人はずいぶん傲慢だな」

「いいえ、父上」伯爵がアンナの口調と似たような、冷ややかな調子で言った。「傲慢なのは、父上のほうです。わたしがここへ来たのは、姪を訪ねるためです。父上のいかなる干渉も受けるつもりはありません。いつものように、父上はほかの人々に迷惑をかけて大騒ぎをした。自分が満足するだけのために。お引きとりください」

「ぼくも引きとったほうがいいのかな？」ヴァレンタイン・ウィンダムが部屋へはいってきた。「兄上、大変だったな。兄上がここにいることを、父上がどうやって突き止めたのか、さっぱりわからないよ。親不孝者である証拠を、身をもって父上に示そうか？」

「それは見物しなければ」男らしい声が廊下から届いた。

黒っぽい髪と氷のような青い瞳を持つ長身の男が、ヴァレンタインのあとからぶらりと部屋へはいってきた。

「グレイモア」アメリー子爵は挨拶がわりにうなずきかけた。愉快そうに目を輝かせている。

「アメリー」グレイモアと呼ばれた男はうなずき返した。

「この男がここでなにをしている?」公爵が荒々しい声で言い、グレイモアをにらんだ。

「おおかた、おまえの道楽者の兄がしんがりをつとめているんだろうが」

グレイモアはかすかにお辞儀をした。「侯爵はまもなく来るかもしれませんが、昨夜は腹痛を起こした子どもの看病でほとんど眠っていませんので、どうでしょうか。こちらの――」グレイモアが片方の眉をつりあげて伯爵を見る。「友は腹の具合が悪いわけではなさそうですね」

「息子が健康だということを確認させてもらう。それもすぐに」公爵はきつい調子で言った。

「そこの女、部屋を出ていきなさい、さもないと、力ずくで追い出す」

「その娘に触れたら――」伯爵が静かな声で横から言う。「わたしの力がどれだけ強いかを思い知ることになりますよ、父上」だれに頼まれたわけでもないのに、アメリーとヴァレンタインとグレイモアが、炉辺にいるアンナと伯爵のそばに立った。

「冗談じゃない」公爵は怒鳴った。「男には、自分の跡継ぎが健康かどうかを知る権利があるんだぞ!」

「おじい様!」ローズが入り口から甲高い声で言った。「だめよ! おうちのなかでは怒鳴ってはいけないってきまりがあるでしょ。納屋で走ってはいけないってきまりもあるけれど」

祖父というものはそのくらい知っていて、きまりに従うのが当然だと言わんばかりの口調だ。

「ローズ」公爵は言った。急に声が小さくなる。「あっちへ行ってなさい、おちびさん。きみの叔父さんたちとわたしは、ちょっと言い争いをしていたんだよ」

ローズは痩せた胸の前で腕を組んだ。「怒鳴っていたのはおじい様だけでしょ。それなのに、ごめんなさいって言わないなんて」

みなが驚いたことに、公爵がウエストヘイヴン伯爵とアメリー子爵に軽く頭をさげた。

「紳士諸君、孫娘に聞こえるほどの大声を出してすまなかった」

「謝罪を受け入れましょう」伯爵は歯噛みをして言った。

「さあ、おちびさん」公爵はいかにも怒りを抑えたようすで言った。「わたしたちだけにしてくれるかい？」

「お父様？」ローズは継父であるアメリーのほうを向いた。子爵は手を差し出している。

「もうしばらくここにいていいぞ、ローズ」子爵は言った。ローズがはずむような足取りで継父のところへ行く。子爵はすぐにローズを腰のところへ抱きあげた。堪忍袋の緒が切れたらしく、公爵は荒い足音を響かせて部屋を出ていった。その際、指を鳴らし、おべっか使いの医者たちについてくるよう命じた。

グレイモアはドアを閉め、鍵をかけた。ヴァレンタインは兄を支えて椅子にすわらせ、アメリーはローズをベッドの上に軽くほうった。

「おじい様、怒ってたわ」ローズがマットレスの上で跳びはねる。「お首が赤かったもの。

お医者様たちが、きっと診察するのね」

「卒中を起こしてもらいたくはないな」とアメリー。「ローズ、そんなに高く跳んではだめだ。天蓋にぶつかってしまうよ」それを聞いて、ローズはますます高く跳び、天蓋にさわろうとした。そのとき、ヴァレンタインが兄を見て眉をひそめた。

「たしかに具合が悪そうに見えるぞ、兄上。そもそも、父上はどうやって兄上が病気だってことを知ったんだ？」

「知るものか」伯爵は弱々しい声で言った。

「密偵だよ」グレイモアが言う。「その話をする前に、ここにいる美しいお嬢さんにご紹介いただけないか？」

「すまなかった」アメリーは言った。「ミセス・アンナ・シートン、こちらはアンドリュー・アレキサンダー。グレイモアは爵位名だ。ミセス・シートンは、ウエストヘイヴンが回復するまでこの屋敷に滞在している」

「わたしには？」ローズがベッドにすとんとすわりこむ。「わたしにはお辞儀をしてくれなかったわ、アンドリューお兄様」

「きみがベッドからおりて、正式なお辞儀をしてくれよ」グレイモアが言う。「そうすれば、礼儀正しくお辞儀をし返そう」グレイモアは膝を折ってお辞儀をしたローズを抱きあげた。

「厩舎にいるマジックがきみに会いたがっているぞ」小声で言った。「きみのポニーのジョージに、いまごろそう話してるだろうな」

「ねえ、お兄様が帰る前に、マジックに会いにいっていい？」ローズは甘え声を出した。母のいとこの腕のなかで、すっかりくつろいでいる。

「もちろん。だが、まず大事な話をしなければならないんだ」グレイモアはローズと一緒にベッドに腰かけ、伯爵に問いかけるようなまなざしを向けた。「ウエストヘイヴン、いったいどうしたんだ？」

「水疱瘡なの」ローズが進んで答えた。「知ってるでしょ？ ほら、体じゅうにぶつぶつができて、かゆくて、いらいらしちゃうお病気」

「いらいらしているのは気づいたよ」グレイモアがうなずく。「症状が重いにちがいない。しばらく前から出ているんだから。それにしては、発疹が見あたらないな」

伯爵は答えるかわりにガウンの袖をまくり、発疹の散った前腕をあらわにした。毛深く男らしい腕だ。

「かわいそうに」グレイモアはつぶやいた。「わたしも七歳のときにかかった」

「我々全員が、水疱瘡は経験済みのようだな」ヴァレンタインは言った。「フェアリーをのぞいて」

伯爵は疲れたようすで言った。「わたしがやぶ医者なしで回復しているらしいとはいえ、これ以上父に干渉されないように、だれか先に下へ行ってもらえないか」

「わたしが一緒に行くよ、ダグラス」グレイモアがアメリー子爵に言った。「きみが公爵をどうもてなすのか見てやろう。ヴァル、兄君の世話を頼んでいいか？」

「もちろん」ヴァルが立ちあがり、アンナに片方の手を差し出す。「ミセス・シートン、兄は回復しつつあるようだ。ありがとう」アンナを立たせ、とりわけ温かい笑みを浮かべた。「アンナ？」伯爵が彼女の視線をとらえた。アンナは好奇の目で見つめ返した。「わたしも感謝している」アンナはうなずき、静かに部屋を去った。

「行こう、ローズ」グレイモアはローズを抱きあげた。「厩舎にいるハンサムな騎士二頭に会いにいかなければ」

ヴァルは友人たちが出ていったあと、ドアを閉め、兄と目を合わせた。

「アメリーの服を失敬してくる。それから話をしよう、兄上」

弟が出ていくや、ウエストヘイヴンはついたてのうしろへ行き、滅多にないひとりの時間を有効に使った。それにしても、ヴィクターは病人として、プライバシーも希望も回復の見こみもない状態で、どうやって何年もすごしたのだろうか。

つぎの一時間、ウエストヘイヴンはヴァルとアメリーとグレイモアにはさまれ、できるだけ健康そうな顔をして父とすごした。父のふるまいをコントロールしなければという気持ちと、公爵である父に払わねばならない敬意とのバランスをとろうとした。不愉快なことのほうが多い長い一時間をどうにかやりすごせたのは、グレイモアがときおり無作法な冗談を言って父の気を散らしてくれたからだ。しかもグレイモアは、公爵が本当に怒り出しそうになると、馬の話に切り替えた。

友人が去り、父とふたりの息子だけになったとき、公爵はウエストヘイヴンを険しい目で見つめた。

「おまえたちときたら」公爵がかぶりを振る。「ローズに関心を払ってくれることを、わたしがありがたく思っていないとは考えないでほしい。だが、おまえたちはなにかを隠している。それを知るまでは気を休めるつもりはない」

「訊きたいのですが」ウエストヘイヴンはうんざりした口調で言った。「母上はご存じなんですか？　父上がこの大雨のなか馬車を走らせ、奇妙な、しかも衝動的なふるまいでアメリー子爵に迷惑をかけたことを」

「エスターを必要以上に心配させるべきじゃない」

「あれはたしか、こんな天気のせいでしたよね？　父上が肺炎をわずらい、死にそうになった原因は」

「黙れ」公爵はきつい調子で言った。「エスターをやきもきさせるんじゃないぞ。もうその話はこれで終わりだ」

「まともなふるまいをしてください。そうすれば、告げ口をせずにすみますから。困ったことをされると、報告せざるを得ないでしょう」

「まともにふるまえ」公爵は顔をしかめた。「そんなことを、愛人も妻も婚約者もいない大の男から言われるとはな……まともにふるまえだと？　おまえこそ、まともなふるまいをしたらどうなんだ、ウエストヘイヴン。そして、跡継ぎをもうければいいじゃないか」

そう言い捨て、公爵然とした堂々たる足取りで部屋を出ていった。その背後で、ヴァルとウエストへイヴンはあきれて天井を仰いだ。父親に怒鳴られ、偉そうな態度をとられたあと訪れた静寂に、ふたりは深くなぐさめられた。

「すわったほうがいい」ヴァルは言った。「それとも、部屋へもどりたいかい?」

「上の部屋へもどるべきだろうな」ウエストへイヴンは答えた。「それにしても、ヴァル、父上はますますひどくなっているな。前よりも分別がなくなっている。ここへ来て、アメリーの屋敷へずかずかとはいってくるとは……。グウェンとアメリーは父を出入り禁止にしてもいいくらいだ」

「父上はローズの祖父でもあるからな」ヴァルは言った。ふたりは寝室へ着いた。「だが、兄上の言うとおりだ。ヴィクターが死んでから、それに、自分が病に倒れてから、父上は跡継ぎが必要だという思いにとりつかれたようになっている」

「おまえが頑張れよ」

「いや兄上が頑張ってくれよ」ヴァルは答えた。「すわろうか?」

「ああ。体力をずいぶん消耗した。休めばましになるが、長くは持たない。横になると、蝋燭の火が消えたようになるんだ」

「長靴を脱がせてやるよ」ヴァルはウエストへイヴンを安楽椅子にすわらせ、靴を脱がせ、使用人に朝食を持ってくるよう頼んだ。

「で、兄上は三晩をミセス・シートンとすごしたんだね」ヴァルは出し抜けに言った。

「ああ」ウエストへイヴンは認め、目を閉じた。「行儀よくしてたぞ、ヴァレンタイン」だいたいのところはそうだ。「アンナは慎み深い女だし、わたしはしつこく言い寄りはしない」

「言い寄る?」ヴァルの眉がつりあがる。「父上は、兄上とミセス・シートンに教会の通路を歩かせようとするぞ。兄上がそんなことをしていると知ったら」

「ミセス・シートンが歩くものか。わたしもだが。父上は一度、わたしに結婚を強いようとしたことがあるだろう、ヴァル。もう二度とそんなことはさせない」

「兄上に強いたし、グウェンにも強いた。グウェンには味方になってくれる家族や親戚が、ミセス・シートンよりもずっと多そうだったけれどね。だが、父上はヒースゲートとアメリーとグレイモアとフェアリーを出し抜けるくらいのやり手だ。だとしたら、父上に対抗できるチャンスが、一介のメイド頭にあるものだろうか」

「いやなことを指摘するな、ヴァレンタイン」ウエストヘイヴンは眉をひそめた。「だが父上が、グウェンにわたしのプロポーズを受けさせるのに使った手段は、おもに彼女の家族を脅すことだった。ミセス・シートンに家族がいないとしたら、父上のたくらみに負けるおそれは少ないだろう」

「ミセス・シートンと話し合えよ、兄上」ヴァルは立ちあがり、ドアのノックに応えにいった。「自分がどんな危険に立ち向かおうとしているのか、説明してやるべきだ。向こう見ずな父上が兄上を結婚させるために、どんなことをしかねないのかについて」ヴァルはドアをあけ、朝食の載ったワゴンを運んできた従僕を部屋へ入れた。

ふたりで紅茶とトーストとオレンジのうす切りの朝食をとりながら、ウエストヘイヴンは弟の言うとおりだと考えた。アンナ・シートンに弱みやつけこまれやすい点があるならば、知らせておいてもらうのがいちばんいい。いつか、公爵がそれらの弱点を知るようなことがあれば、つけこもうとするだろう。

アンナとは夫婦としてうまくやっていけそうだ。それでもウエストヘイヴンには、どんな状況下であれ、父の悪だくみでがんじがらめにされたアンナ・シートンを、妻としてめとるつもりはなかった。

遅々とした回復ではあったが、病状は快方に向かった。なによりも必要なのは睡眠だというアメリーの意見に、ウエストヘイヴンは同意せざるを得なかった。子爵家へ来て三日目、公爵が去った日に雨はやんだ。四日目、ウエストヘイヴンは昼夜つづけて眠った。五日目、家へ帰りたいと思いはじめ、部屋でひとりになったときに考えを整理した。そのとき、ローズがたくみに甘え、ウエストヘイヴンを厩舎へ連れ出した。ウエストヘイヴンはどうにか愛馬にブラシをかけてやり、アメリー子爵の思い出話をしてローズを楽しませた。

しかし、そのちょっとした外出が体にこたえたらしく、その後、ベッドで休まざるを得なくなった。ウエストヘイヴンは心底うんざりした。ローズに別れを告げ、語り聞かせた話を絵に描いたらどうだと言って見送ったあと、横になることにした。

なにかが心に引っかかった。これではいけないような気がしてならない。ウエストヘイヴンは服をすばやく脱ぎ、マットレスの上に寝そべった。それでも、なにかが足りないような感覚は消えなかった。

アンナだ。洗いたてのシーツのあいだにすべりこんだときに思いついた。この二、三時間、ずっと彼女に会っていない。それが頭の片隅に引っかかっていたのだ。ウエストへイヴンは目を閉じた。これで、ロンドンへもどったほうがいい理由が増えた。いつもの生活にもどれば、ウェルボーンですごしたような、始終一緒にいる生活が長引かずにすむ。

結局のところ、女とベッドをともにしたいからといって――あるいは、たとえ結婚を申しこむからといって、その女といつも一緒にいたいと考えるのはまちがっている。頭がまともであるかぎり、男がそんな感情を抱くはずがない。

9

アメリー子爵の屋敷に一週間滞在したあと、ウエストヘイヴンとアンナとの関係は確実に変わった。サリーにいるあいだ、やむをえなかったこともあり、ウエストヘイヴンは彼女に手を出さないようにしていた。そうして無理に行儀よくしていたところ、不思議なことに見返りがあった。

たとえば、アンナに触れてもらえた。しかも、メイド頭が主人に対してするような触れ方ではけっしてなかった。アンナはウエストヘイヴンの入浴を手伝い、ひげを剃り、髪をとかし、着替えに手を貸したうえ、大きなベッドに眠るウエストヘイヴンのかたわらでうたた寝さえした。熱がさがるや、身のまわりの世話のほとんどをほかの者にまかせたが、アンナの体面はすでに汚されたようなものだった。

というより――ウエストヘイヴンは長靴を履きながら考えた――自分たちが一歩前進したということだ。

また、子爵の家では、アンナを以前より長いあいだ観察することができた。ウエストヘイヴンはアンナがほかの人々とどう接するかを注意深く見守った。ところが、観察すればするほど混乱した。小さな手がかりが集まり……アンナはただのメイドではないという結論に達した。

「いったいなぜそんなしかめ面をしている？」継兄のデヴリン・セントジャストが、タウンハウスのウエストヘイヴンの寝室へはいってきた。乗馬服を着て、いつものように魅力的な笑みを浮かべている。

「とある淑女のことを考えていてね」ウエストヘイヴンは答え、もう片方の長靴を求めてベッドの下を探った。

「それなのに顔をしかめていたのか。で、ベッドの下でなにを探しているんだい、ウエストヘイヴン。その淑女か？」

「長靴だよ」ウエストヘイヴンは言い、行方不明だった靴を引っぱり出した。「ブライトンへ行ったヴァルに、ステンソンをついていかせたんだ。しばらくひとりになれるようにね。だが、そのせいで、自分で自分のものを管理しなければならなくなった」長靴を履き、身を起こして微笑んだ。「訪ねてくれるとは、どうしたんだ？」

「ヴァルに言われたんだよ。きみのことをよろしくって」デヴがベッドの端に腰をおろす。

「ステンソンを屋敷から連れ出したのは、きみの健康状態が公爵家に知られないようにするためだと言っていた」

「わたしが水疱瘡にかかったということは、どう見ても明らかだからな」ウエストヘイヴンは認めた。「少なくとも、服を脱いだときはそうだ。だからステンソンを家から出した」

「父上が立ち寄って、わたしを質問攻めにした」デヴは両肘をついてうしろにもたれた。

「なにも知らないから、なにも言えなかったがね。公爵はずいぶん機嫌が悪かったぞ、ウエストヘイヴン。喧嘩でもしているのか？」

「暑さに耐えられないんだろう」ウエストヘイヴンは部屋を見まわし、クラバットを探した。ふだんならアンナを呼ぶところだ。アンナは主人の服がどこにあるのか、本人よりもよくわかっているらしいからだ。しかし、デヴリンがそばにいるいま、呼ぶわけにはいかなかった。

「公爵も、もっと楽な格好をすれば暑さをしのげるだろうに」デヴリンは言った。「炎天下の午後二時に盛装してたぞ。公爵夫人が夫にそんな格好をさせておくとは驚きだな」

「母上は闘うべきときを選ぶんだ」ウエストヘイヴンは言った。衣装戸棚のなかにきれいなクラバットが二本あるのを見つけた。「結んでもらえるか？　凝らなくていい」クラバットを差し出すと、デヴはベッドから立ちあがった。

「それで、どこへ行くんだ？　顎をあげてくれ」デヴリンはあっというまに、シンプルで優雅で完璧に左右対称な結び目をつくった。

「波止場だ。不運なことに」ウエストヘイヴンは言い、今度はベストを探した。

「なぜ不運なんだい？」デヴは衣装戸棚のなかをかきまわす継弟《おとうと》を眺めた。

「この暑さだ、耐えがたい悪臭がする」ウエストヘイヴンは軽い生地のベストをとり出した。うす緑色と金色のペイズリー柄のものだ。

「それは考えつかなかった。跡継ぎのおもな仕事は壁の花全員と踊ることと、隔週の火曜に、父上を怒鳴って従わせることかと思っていたよ」

「一緒に来る気はないだろうね？」ウエストヘイヴンは尋ね、つぎはクラバットに似合うタイピンを探した。

「わたしは三十年以上生きてきたが」デヴは金色のタイピンを鏡台からつまみあげた。「残念なことに、耐えきれないほど暑い日の波止場のにおいを嗅いだことがない。わたしの無知をどうにかすべきだな。じっとしてくれ」

デヴリンは器用にピンを留め、一歩さがってウエストへイヴンの装いを眺めた。

「それでいい」うなずいて言う。「現地に着く前に上着を着るなよ。そんな頭のおかしいやつとは縁を切る」

「縁など切れるものか。公爵の子として正式に認知されているだろうが」

「だったら、公爵夫人に告げ口をしてやる」デヴは言い、自分の上着をつかんだ。「しかも、きみが病気だったことも伝えるとするか」

「勘弁してくれよ、デヴ」ウエストへイヴンは足を止め、デヴリンをにらんだ。「冗談で言うのでさえやめてくれ。フェアリーによれば、成人の男が重い水疱瘡にかかった場合、まれに生殖能力を失うことがあるらしい。父上がこのことを知ったら、だれかにわたしの服をはぎとらせて、大事な場所を観察させるだろうよ」

「まさか。きみが許さないだろう。わたしもヴァルも、そんなことをさせはしない」

「父上ならやりかねない」ウエストへイヴンは言い、デヴと一緒に廊下を進んだ。「きみによれば、父上はいらだっているし、わたしが思うに、だんだん体面を気にしなくなっているからね」

「父上は死を恐れている」デヴは言った。「公爵家が存続すると確信しておきたいんだろう。それと、公爵夫人を喜ばせたいと思っているのかもしれない」

「それはありうる」ウエストヘイヴンは認めた。ふたりは厩舎へ着いた。「だが、気が滅入る話はもうたくさんだ。きみのいとしいブリジットは元気か？」

「おっと」デヴリンは目をくるりとまわした。「最近嫌われてしまってね。というより、彼女がほかの男に熱をあげたと言うべきか」

「どっちなんだ？　詳細を聞きたいものだ」

「わたしにもよくわからないんだが」デヴリンはまくりあげていた袖をおろし、ふたたびまくりあげた。「ブリジットは未来の夫候補をウィンザーで待たせていたらしくてね。道義上、本物の愛の邪魔をするわけにはいかないだろう。ブリジットに足りないものは、それ相応の結婚持参金だけだった」

「きみは愛人に結婚持参金を持たせたんだな。ウィンダム家の男らしい話だ」ウエストヘイヴンは言った。「きみはウィンダムの姓を名乗ってはいないが、気にかけている女を冷たくあしらえないところは、父上そっくりだよ」

「そこが父上の唯一のとりえかもしれないな」デヴリンは言った。「やあ」厩舎から出てきたモーガンに声をかけた。モーガンは子猫を抱いている。ふたりになおざりなお辞儀をしたが、いつものように黙って通りすぎた。

「鈍い子なのか？」

「ちっとも」ウエストヘイヴンはペリクレスに乗り、デヴリンが踏み台を使って騎乗するのを待った。「あのメイドはしゃべらない。というか、発音が不明瞭なんだ。耳がほとんど聞こえないらしい。ヴァルはそう言っている。だが、熱心に働くし、年上の使用人たちにかわいがられている。何カ月か前に、メイド頭と一緒に我が家へやってきた子だ」

「アメリーのところにきみと滞在していたメイドのことか？」デヴはわざとらしいほど無関心なようすで訊いた。

「ああ、そうだ」そんな口調にだまされるものかという目つきで、ウエストヘイヴンはデヴを見た。「正確にはなにを知りたいんだ？　ヴァルから聞き出せなかったことがあるんだろう？」

「そのメイドをどこで見つけたんだい？　わたしも手に入れたいくらいだよ」

「つきない魅力を武器に、この屋敷で働くよう誘いこんだんだ」ウエストヘイヴンはそっけなく言った。

「魅力はたしかにある」デヴは言った。ふたりは並んで馬を走らせている。「きみには女といちゃつく余裕がないだけだ」

ウエストヘイヴンはデヴに笑顔を向け、自分を理解し、支えてくれることをありがたく思った。また、その午後ずっと、同行してくれたことにも感謝した。今回のおもな用件だったアイルランドとイングランド間の物資の輸送について、デヴは詳しかったからだ。

「この件に片がついて本当によかった」ふたりで厩舎へ馬を乗り入れたとき、ウエストヘイヴンは言った。「きみが家畜をフランスへ輸出していたとは、知らなかったよ」

「ナポレオンが世界を半周するほど遠くへ流刑されたあと、大陸では馬の需要が途方もなく多くなっている。一八一二年にモスクワまで遠征したフランス騎兵隊が、馬を何万頭も連れていったせいだ。どう計算しても、あの一年、大陸にいたまともな馬の数は、二千頭にも満たなかっただろう。あそこでは、蹄が四つあって、くつわをつけられる馬なら、買い手は見つかる」

「商魂たくましいな。ところで、夕食はどうする？」ウエストヘイヴンは訊いた。ふたりは馬からおりた。「実際、きみの屋敷にはいま、メイドがいないだろう。しばらくどうするつもりだ？」

デヴリンの顔にはなんの表情も浮かんでいなかったが、やがて目が曇った。デヴリンは戦地へ赴いたあと、ありがたいことに帰還した。しかし、半島戦争の主要な戦いすべてに参加し、百日天下（ナポレオンが流刑地から脱出、百日間フランスを再支配した）やワーテルローの戦いも経験した者として、デヴリンは魂の一部を大陸じゅうへ置いてきたのだった。

「〈プレジャーハウス〉へ繰り出そうというのなら断る」

「そういう趣味はない」ウエストヘイヴンは首を横に振った。「ヴァルによれば、あの店は以前ほど魅力的ではなくなったらしいぞ。ともかく、遊びにいこうと誘ったわけじゃない。わたしとヴァルのいるこの屋敷へ越してこないかと言うつもりだった」

「それは寛大な申し出だ」デヴは唇を引き結び、考えこんだ。「厩舎に入れてもらわねばならない馬が、少なくとも三頭はいる。つぎの春に調教済みの馬として売るなら、定期的に面倒を見なければならないんだ」

「スペースはある」ウエストヘイヴンは言った。「知りたいんだが、きみの育てる馬は、それほど人気があるのか？ 馬を売った収益で食っていけるほど？」

「その収益だけで食っているわけじゃない」デヴは答えた。ふたりがこれほど個人的な話をしたのは、はじめてのことだ。「だが、この商売全体を一度見てもらえると、ありがたい。きみにその気があればだが。きみにはもっと有力なコネがあるから、それを使って商売を効率化できるかもしれない」わたしが見すごしている点でね」

ウエストヘイヴンは継兄を一瞥した。しかし、デヴは感情をうまく隠していた。いまのは気軽な提案にすぎないといわんばかりに。

「喜んで協力するよ」

「きみはヴァルにもそういう提案をしてもいいんじゃないか」デヴは言った。「ヴァルは大陸のあちこちから楽器を輸入しているし、自分でもピアノ工房をふたつ持っている。だが、商売のことでさまざまな質問をして、きみに面倒をかけたくないと、ずっと思っていたらしい」

「面倒をかけたくないだって？ デヴ、きみはどうなんだい？ これまでわたしに面倒をかけたくないと思っていたのか？」

デヴはウエストヘイヴンをまっすぐに見つめ返し、うなずいた。

「わたしもヴァルも、きみがすでにいろいろと抱えこんでいると考えていてね。これ以上負担をかけるのはどうかと思っている」

「なるほど」ウエストヘイヴンはつぶやき、眉根を寄せた。「だが、きみはわたしに面倒をかけるだけだろうか。負担を？　アイルランドのロスレア港について、わたしより詳しかったのは、きみのほうだろうが。フランスのカレーの港についてもそうだっただろう？」

「ウエストヘイヴン、我々はきみの手をなるべくわずらわせたくないと思っている。負担を増やさないようにするつもりだ」

「ご主人様？」アンナ・シートンがかたわらにいた。あのばかげた縁なし帽でつややかな髪を覆い、おずおずとしたようすで立っている。ウエストヘイヴンはデヴの話に驚いていたあまり、はじめアンナに気づかなかった。

「ミセス・シートン」アンナに微笑みかけた。「継兄のデヴリン・セントジャストを紹介してもかまわないだろうか。デヴリン、こちらはメイド頭のアンナ・シートンだ。花に詳しいうえ、ときには病人の看病までしてくれる」

「閣下」アンナは膝を折ってお辞儀をした。デヴリンは会釈をし、さほど温かみのない微笑みをかすかに浮かべた。

「閣下と呼ぶほどの男じゃない、ミセス・シートン。公爵家に属する者のはしくれだが、公爵のおかげで世に受け入れられている」

「デヴリンに、この屋敷に住んではどうだと勧めたんだ」ウエストヘイヴンはデヴと目を合わせた。「受け入れてくれるかどうかはわからないが」

「本人は受け入れるそうだ」デヴはにやりとして言った。「追い出されるまでは世話になる」

「ヴァルのピアノに慣れるのに、少し時間がかかるかもしれない」ウエストヘイヴンは注意をうながした。「だがミセス・シートンは、わたしとヴァルの世話を本当によくしてくれる。このひどい暑さのさなかでも」

「ヴァレンタイン様といえば」アンナが言った。

「どうした？」ウエストヘイヴンはペリクレスを馬丁に渡し、片方の眉をつりあげた。アンナの縁なし帽はばかげているというより、まったく困った代物だ。それにしても、アンナは緊張しているように見えた。

「お手紙が届きまして、明日、ブライトンからおもどりになるそうです。ミスター・ステンソンに別の用事を考えておいたほうがいいと、伯爵様に警告なさっていますわ」

「ステンソンのことは、わたしが引き受けよう」デヴが言った。「わたしが最近まで雇っていたメイドには、裁縫の腕がまったくなかった。だから、ミスター・ステンソンにはわたしの衣類一式を繕ってもらえばいい。少なくとも二、三日は忙しくさせておける」

「それは助かる。アンナ、なにかほかに言いたいことがあったのかい？」

「夕食はおふたりぶん用意すればよろしいのですよね。テラスで召しあがります？」

「それでいい。食事を待つあいだ、レモネードをもらえるだろうか。それから、デヴにはどの寝室を使ってもらえばいいかな」

「裏手の寝室はいかがでしょうか、ご主人様。夕方までには整えておけるでしょう」

ウエストヘイヴンはうなずいた。アンナを行かせたものの、彼女が庭にある木戸を出るまで、そのうしろ姿から目を離せずにいた。やがてデヴのほうを向き、好奇の視線を向けられていることに気づいた。

「なんだよ」

「あの子と結婚しろ」デヴはきっぱりと言った。「メイドにしておくには惜しいほど美しい。しかも、愛人にしておくには惜しいほど上品な話し方をする。あの子なら公爵の脅しに屈することはなさそうだし、いつも清潔なリネンとおいしい食事を用意してくれそうだ」

「デヴ」ウエストヘイヴンは首をかしげた。「本気か?」

「ああ。きみは結婚せねばならない身だ、ウエストヘイヴン。できるなら立場を替わってやりたいが、現実は現実だ。あの子ならすばらしい妻になるだろうし、その辺のメイドよりも育ちがよさそうだ。それだけは言える」

「なぜわかる?」

「まず、あの身長だ」デヴリンは説明した。ふたりは家へ向かった。「階級の低い者に、背の高い者は滅多にいない。あれほどいい歯をしている者も。話し方がまともなだけじゃなく、発音も明瞭だ。肌にしろ、礼儀作法にしろ、淑女のようじゃないか。それに、手を見てみろ。手を見れば淑女かどうかがわかると言うが、本当だな。あの手は淑女の手だよ」

ウエストヘイヴンは眉をひそめ、黙っていた。アメリーの屋敷に滞在中、アンナを観察し、まさにデヴと同じ結論を出した。たしかにアンナは淑女だ。たとえ、はたきを使い、縁なし帽をかぶっているとしても。

「だが、アンナによれば、祖父は商売をしていたらしい」ウエストヘイヴンは厨房に着いたときに言った。「花を育てて売っていたそうだ。そのせいか、アンナは屋敷じゅうに花を飾る。そのうえ、食品貯蔵室にはじゅうぶん蓄えがあるし、わたし用のマジパンは常備されている。きみの好きな菓子も置いてもらおう。わたしのぶんをくすねられては困るからね」

「そんなことするものか」デヴは言った。ウエストヘイヴンはクッキーをひとつかみぶんとった。

「それから、食事前の間食も許してもらえる」ウエストヘイヴンは言った。「そのピッチャーと砂糖壺とグラスをふたつ持ってきてくれないか」

デヴは言われたとおりにし、日陰になった裏側のテラスへあとからついてきた。ウエストヘイヴンは背の高いグラスふたつにレモネードを注ぎ、自分のぶんにたっぷり砂糖を入れた。

「レモネードなんて、子どものころ以来だな」デヴはグラス半分ほどをひと息に飲んだ。

「さわやかな気分になる」

「砂糖を多めに入れるともっとうまいぞ。ヴァルはアイスティーを加えるんだ。わたしのを試してみろよ」

「水疱瘡にはかかったことがあるから、大丈夫だな」デヴはウエストヘイヴンのグラスからひと口飲んだ。「砂糖壺をくれ」

ふたりは和やかに夕方をすごした。食事をしつつ語り合い、妹たちの結婚の見通しや、モアランズでのハウスパーティや、イングランド政府のことを話題にした。

その夜遅く、ひとりで書斎にいたとき、ウエストヘイヴンはふと考えた。なぜもっと早く、デヴリンをタウンハウスに招かなかったのだろうか。そうすれば、公爵家の屋敷に住まなくたって、ふたりとも妹たちの近くにいられるし、互いに話し相手になれただろうに。

ウェルボーンでは、アンナが話し相手だった。しかし帰宅した週には、ふたたび目立たぬメイドにもどってしまった。ウエストヘイヴンが同じ部屋にはいると、アンナは去る。食事の席では、アンナはどこにも見あたらない。ウエストヘイヴンが自室へ引きあげるとき、すでにアンナは部屋の掃除と整頓を終え、どこかへ姿を消している。

そのとき、ドアが小さな音を立てた。ウエストヘイヴンの思考に呼ばれたかのように、アンナが素足のままはいってきた。しかも、身につけているのは、ナイトドレスと化粧着だけだ。

「アンナ」伯爵が立ちあがり、彼女の化粧着姿に目を走らせた。

「ご主人様」アンナがそう言うと、伯爵は怒ったように眉根を寄せ、近づいてきた。

「アンナ、なぜそんなふうに呼ぶんだ」

「ふたりきりかどうか、わからないからですわ」アンナはそう言ってからしまったと思い、まばたきをした。「それに、なれなれしい呼び方をするのは賢明なことだと思えません」

「へえ」ウエストヘイヴンはうしろにさがり、机にもたれると、腕を組んだ。「きみがなぜ心変わりしたのか、話し合おうか？　ロンドンへもどってから、きみはわたしを避けている。否定はするなよ」

「もう病気ではないからです」アンナは顎をあげた。「それに、自分で着替えられるでしょう」

「どうにかだ」伯爵は鼻を鳴らした。「教えてくれ。きみがわたしのいる部屋にとどまろうとしないのに、わたしはどうやって求愛すればいいんだ？　どうやって結婚を説得すればいい？　きみはだれかがまわりにいるときにしか、わたしに近づかないじゃないか。きみのしていることはフェアじゃないぞ、アンナ」

アンナは警戒して伯爵を見つめ、これ以上主人を怒らせない答えを考えようとした。伯爵がここにいると知っていたら――闇のなか、ひとり静かにすごしていると知っていたら、きっと反対方向へ行っていただろうに。

「おいで」伯爵は声を落とし、片方の手を差し出した。

「好きなようにするつもりね」アンナは腕組みをした。「あなたに気を持たせるつもりはないの。あなたの努力は実を結ばないって警告したでしょう」

問題は自分がなんの努力もしていないことだと、アンナはひそかに認めた。ほかの働き口を確保しようとも、別の人物になりすます準備をしようとも、新しい逃げ道を探そうともしていない。祖父の飼っていた、ふわふわの毛をした羊のように漫然と歩きまわって仕事をし、花を切り、寝具に空気をあてている。そして、自分にこう言い聞かせている。近いうちに伯爵に推薦状をもらおう。近いうちにモーガンに状況を説明しよう。近いうちにあちこちの職業斡旋所に問い合わせを書こう。

一週間がすぎたのに、アンナはすべきことをなにもしていなかった。またもや七日間、求めてはいけない男を恋しいと思いながらすごしただけだ。

「わたしの努力を認めてくれるだろう？」伯爵は小さな笑みを浮かべた。机にもたれるのをやめ、静かに近づいてくる。「そうすべきだ」

伯爵の腕に包まれたとき、アンナはただ下を向いた。彼のキスと不道徳な愛撫と心安らぐ抱擁のせいで自分が麻痺してしまうことは、わかりすぎるほどわかっている。伯爵は温かくて、生き生きとしていて、力強い。彼にそんなつもりがなくとも、アンナは伯爵になら守ってもらえるかもしれないと考えずにはいられなかった。

「抱きしめさせてくれ」伯爵がささやく。「そうさせてもらえないのなら、もう一度水疱瘡になって、きみがそばで看病せざるを得ないようにしてやる」

「水疱瘡は一度かかったら、もうかかることはできないわ」

「実際はかかることもあるようだ」伯爵は言った。その手がアンナの背中にそっとまわる。「フェアリーによれば、滅多にないことらしいが。力を抜いて、アンナ。わたしはただ、きみを腕のなかに感じたいだけだ。いいだろう？」

アンナは身をこわばらせたままでいることはできなかった。彼が大きな手で、たくみに背中をなでている以上は。馬に触れているかのような触れ方だ。アンナの体が心の同意なしに伝えようとしていることを、感じとろうとしている。

「もっと食べなきゃだめだ。わたしの体重を増やしておいて、自分の面倒は見なかったな」

「あなたこそ、病気のせいで痩せたでしょう」アンナは言い返した。思ったより眠そうな声が出てしまう。「それに、こんなことはやめなければ」

「なぜだ？」アンナは伯爵の唇がこめかみにあたるのを感じ、わずかに彼に体重を預けた。

「だって、あまりにも気持ちがいいんですもの。このままでは、あなたはわたしにキスをして、手をさまよわせるわ。そして、わたしはそれを許したくなってしまう」

「それはいい」伯爵は言った。その声にはユーモアのほかに、別のものが含まれている。手から感じとれるほど、リラックスしてはいないようだった。「たしかにきみにキスをしたいと思っている。何日もそうしたかった。だが、きみは野良猫のようにたくみにわたしを避けた」彼の唇に頬をかすめられたとき、アンナはなけなしの警戒心が崩れ去るのを感じた。

「こんなこと、すべきじゃないわ」ことばとは裏腹に、彼の胸にすり寄った。気まぐれな伯爵自身から、守ってもらえるとでもいうように。

「むしろ、すべきだと思う」伯爵は静かに反論した。「わたしは、これほどキスを必要としている淑女に会ったことがない」彼の唇はいま、アンナの顎のところで動いている。やがて、首をくすぐった。ああ、なんてひどい人……。アンナは頭を斜めうしろにのけぞらせ、次回はもっとうまくあらがおうと心に誓った。最初の抱擁を許さなければいい。でもいまは……。

自分は不道徳な女だ。強情で変わっていて恩知らずだと、兄に言われたことがある。つまり、不道徳だということだ。こんなふうに伯爵に道をあやまらせてはいけないし、気を持たせてはいけない。その気にさせて楽しんでいるなんて、もってのほかだ。けれども、彼に触れられると、孤独も不安も恐怖もどこかへ去った。慎みや常識とともに。アンナはとろけ、彼を信頼し、進んで協力していた。

「やめるんだ」伯爵はうながした。アンナの肌に優しく歯を立てる。「考えるのはやめろ。きみに、我々ふたりに、悦びを与えさせてくれ」

「ウエストヘイヴン……」アンナはささやいた。いまも彼を止めよう、断固として道理をわきまえさせようとしていた。伯爵は無理強いをしないと言った。頼まれればすぐにやめると。

それなのに、自分がそれを頼めないなんて。アンナがあきらめとともに思ったとき、唇と唇がそっと重なった。

アンナは身を引こうとした。愛撫もキスも気に留めないようにしたが、これまで性的な衝動を自制するという経験をしたことがなかった。手がひとりでに這いあがり、伯爵の顎や首を愛撫した。体は恥ずかしげもなく彼の体に密着している。ただ彼に近づきたい、ほかのことはどうでもいいといわんばかりだ。そのうえ、唇がため息とともに開いた。

「困るわ……」伯爵が彼女の体に下腹部を押しつけて揺らしはじめたとき、アンナは唇を離した。しかし、腕のなかにとどまり、彼の胸に額をつけた。「その気になってしまったのね。すぐにでも破廉恥なことをするつもりでしょう」

「ぜひきみと破廉恥なことをしたい」

「それはだめ」アンナは泣き声を出した。「あなたはわたしがどんな状況に置かれているか、すべてを理解していないのよ、ウエストヘイヴン。これは愚かな行為にすぎないわ。やめなければ」

「すぐにやめる」伯爵は請け合うように言った。「きみの貞操を奪ったりはしないよ、アンナ。今夜は大丈夫だ。ただ、きみに悦びを与えさせてくれ」

「みだらなことをしたいのね」アンナはふたたび非難し、彼の腰を押さえた。

「きみに求められないかぎり、服を脱ぎはしない」伯爵は答えた。アンナの口調よりも落ち着いた口調だ。

「約束してくれる？　ズボンの留め具もはずさないでもらえる？」アンナは顔をあげ、暖炉の火に照らされた彼の顔を見た。

「ズボンの留め具ははずさない」伯爵が緑色の瞳でアンナの目を見据えて言う。どことなく、おもしろがるような目つきだった。「きみを抱きしめ、キスをするのを許してくれ。悦びを与えさせてほしい」

伯爵がズボンを穿いたままならば、自分もさほどふしだらなことをしたくはならないだろうと、アンナは考えた。彼に触れたくなったり、驚くほど硬いのになめらかな彼自身を、指や……唇や舌で探りたくなったりはしないはずだ。彼がズボンを穿いたままでいれば、自分も分別を失わずにすむ。

アンナは背伸びをして伯爵にキスをした。いつのまにか抱きあげられ、大机の端におろされていた。

「ここへ」伯爵は椅子と足乗せ台を引きずってくると、宙ぶらりんになったアンナの足をそれぞれに乗せた。「なにかにつかまりたくなったら、わたしにつかまるんだ」

唇と唇が重なったとき、アンナは彼にしがみついた。明らかな目的が感じられるキスだ。舌が侵入し、ゆるやかなリズムで動いている。それと同じリズムで、彼はアンナの脚のあいだに腰を押しつけては引いた。さらに身を割りこませてくる。アンナは熱いものが、なにかを強く求める気持ちが、みぞおちのあたりで目覚めるのを感じた。伯爵は片方の手でアンナの背をしっかりと支えているが、自由なほうの手を彼女の腰のあたりにさまよわせている。そして、触れた場所に、熱と欲求を残していった。

「さわってくれ、アンナ」伯爵がかすれ声でささやく。うながすような、誘いかけるような口調だ。「好きなようにさわっていい」

アンナは喜んで彼の胸に手をすべらせたが、上等な麻のシャツをさわりたいわけではなかった。唇を離さずにシャツの裾を引き出し、片方の手をすべりこませ、あばらのあたりに触れた。肌のぬくもりを感じ、なんともいえない安心感をおぼえた。

「やめないでくれ」伯爵は言った。アンナはシャツの裾をまくりあげ、彼のウエストをあらわにした。引き締まったなめらかな背中へ手を這わせ、さらに満足する。こんなふうに肌にじかに触れて、アンナはうっとりすると同時に興奮した。触れずにはいられず、どう触れてもまだ足りなかった。

「ああ」アンナが彼の乳首をかすめたとき、伯爵は声をうわずらせた。アンナは指を止め、彼の唇に歯を立てた。「なんて気持ちがいいんだ」伯爵が腰の角度を変えたとき、アンナはあえいだ。硬い彼自身が脚のあいだにあたり、純粋で熱い欲望が送りこまれた。

「わたしも気に入ったよ」伯爵は小声で言った。ふたたび腰を押しつけたが、ズボンの前を開こうとはしなかった。「脚を広げて、いとしい人。もっと感じるようにしてやる」

アンナはことばの意味を理解し、言われたとおりにした。彼の胸や首や腹の形や敏感な場所を、手で貪欲に学んだ。肌に唇を押しつけたいのに、シャツのせいでできない……。

「シャツを脱いでちょうだい」アンナはそう言うや、彼の舌を思いきり吸った。気が触れそうなのに、なにがほしいのかがわからない。ただもっとほしかった。ふたりの唇は一瞬だけ離れ、伯爵は頭からシャツを脱いだ。それから、ふたたび舌を使って深いキスをはじめた。伯爵は背中にまわしていた手を動かし、やわらかいナイトドレスとガウンの裾をつかむと、膝の上へまくりあげた。

すてき。アンナはただただ彼に近づきたかった。ふたたび伯爵が脚のあいだに身を割りこませてきたとき、アンナは彼を抱き寄せることしかできなかった。あの場所を――伯爵の体の重みと硬い彼自身が悦びの衝撃を与えた場所を――もう一度探りあててほしかった。

「わたしを使ってくれ」伯爵はうなり声で言った。「自分を解き放つんだ」アンナは彼のことばを理解できなかったものの、腰を彼に密着させたまま揺らした。さっき見つけた場所を探りつづけた。

「見つからない……」アンナはあえぎ、どうにかことばを発した。彼の手が下へ下へとすべっていく。

「わたしが見つけてやれる」伯爵はささやき、アンナの秘めやかな部分へ指をすべらせた。彼のタッチはいやになるほどたくみで軽い。アンナをからかい、狂わせるようなタッチだ。やがて、伯爵は手の角度を変えた。親指でまさにその場所を押し、指先をなかへもぐりこませ、アンナの苦痛をやわらげた。

「ウエストヘイヴン……」アンナは息を切らして言った。「ああ、いったいなにを……?」

伯爵はあいたほうの手でアンナのナイトドレスの前を開き、胸の頂を見つけた。優しく力を加えてそこをうずかせる。それだけでじゅうぶんだった。胸に触れられ、指で脚のあいだを愛撫されただけで、アンナの体は大きな悦びの震えに襲われた。

アンナは静かにのぼりつめ、彼に寄り添ったまま、長いあいだ体を激しく震わせた。それがおさまったとき、伯爵にもたれかかり、荒い息をした。やがて、余波に包まれてふたたび身を震わせ、彼の心臓の上に頬を押しつけた。

ウエストヘイヴンは屹立した彼自身をアンナのしっとりとした熱い体に沈めたくてたまらなかった。そして、怒りに駆られた雄牛のように突きあげたかった。しかし直感は、いまはそのときではないと告げている。先ほどの反応を見るかぎり、アンナはあまりにも営みのことを知らないようだった。そのうえ、自分の反応を予測して制御することもできないようだ。

アンナはあまりにもうぶだ。

そこで、ウエストヘイヴンは彼女を胸のところで抱き、髪をなでた。アンナに注意を向け、激しくうずく股間を無視しようとした。

「いまさっき、なにが起こったのかわからないわ」アンナはささやいた。

「だれもきみに悦びを与えてくれなかったのか?」ウエストヘイヴンはアンナのこめかみにキスをした。笑みを噛み殺しきれず、口調にあらわれてしまった。アンナは女学校を出たての無垢な乙女ではないのだろうが、自分が彼女に悦びをはじめてもたらしたのだと思うと、嬉しかった。夫は権利を行使し、愛人は悦びを与えるものだ。

「悦び」アンナも同じことを考えていたらしい。酔ったような声だった。「深い悦びだったわ」

「それならよかった」ウエストヘイヴンは低い声で言った。「久しぶりだった、そうだな?」

アンナの髪を耳のうしろへ払いのけ、慎重に表情を観察した。アンナはとまどったような顔をし、彼の腕のなかでぐったりとしている。そのようすを見て、ウエストヘイヴンの胸の奥から、いとおしい気持ちがこみあげた。

「わたしも少しだけ悦びを得たい」ウエストヘイヴンはささやき、アンナにまわした腕に力をこめた。「願いをかなえてくれるか?」

「願いをかなえる?」アンナは理解できないようだった。ウエストヘイヴンは微笑みをこらえるのに苦労した。

「きみの体の上で果てたいんだ」アンナに言った。声に悦びへの期待がにじむ。「長椅子でじゅうぶんだろう」抗議の声が聞こえないので、ウエストヘイヴンは机からアンナを抱きあげ、大きな長椅子に寝かせた。

「すばらしい」そう小声で言い、長椅子に体を横たえた。

ありがたいことに、とうとうアンナを組み敷くことができた。

ウエストヘイヴンは体重をかけすぎないよう注意し、彼女に覆いかぶさった。半裸のままこうして一緒に横たわるのははじめてだ。唇で唇を探りあて、手を乳房にさまよわせた。

「すてき」アンナがため息とともにそう言ったような気がする。アンナは腰を浮かせ、ふたたび脚のあいだを彼自身にこすりつけようとした。

「落ち着いて」ウエストヘイヴンは小声で言い、アンナの耳たぶをついばんだ。「きみが求めないかぎり服を脱がないという約束は守った。きみもわたしの願いを聞き入れてくれ」

とはいえ、彼女の体の上で達する前に、少年のように下着のなかで果ててしまいそうだった。ところが、アンナがズボンの前を開き、彼自身を引き出した。

「そのほうがずっといい」ウエストヘイヴンはかすれ声で言った。服というじましめがなくなったいま、下腹部が余計に昂ったのがわかる。

ウエストヘイヴンは時間をかけた。それにしても、長くいらだたしい一週間だった。どうやら、どちらにとっても。急がずにことを進めているのは、どこか仕返しの意味もあった。

あえてゆっくりとした優しいキスをし、腰の重みを徐々にかけ、ようやく自分自身をアンナの下腹部に押しあてた。しかし、アンナのほうもそれなりの仕返しをしているようだった。手を自由に彼の背中や胸にさまよわせている。髪に指を通したり、顔の造作を指でたどったりした。アンナに乳首を探りあてられ、ウエストへイヴンはうめいた。いっぽうの頂を唇で覆われ、もういっぽうに指で触れられたとき、ふたたび静かなうめき声をあげた。

「ああ、いとしい人、それはまずい……アンナ……」

アンナはひるんだが、完全にやめはしなかった。やがて、ウエストへイヴンはアンナが腰を浮かせ、彼により密着するのを感じた。もっと体重を預けるようにと、ウエストへイヴンを腕でうながした。

「すてきだわ」アンナはささやき、彼の頬にキスをした。「あなたの重みが好き。あなたに包まれて、組み敷かれているのが」

そのことばにも、かすれた声にも励まされて、ウエストへイヴンはさっきよりも狙いを定め、腰を押し出した。腰の位置をずらしたい、熱く濡れた彼女のなかに身を沈めたいという誘惑を、断固として退けた。アンナの舌がふたたび彼の乳首を探りあてる。今回、ウエストへイヴンはアンナがやりやすいように背をそらした。

「きみの口はすばらしい、アンナ」うなり声で言う。「頼む……ああ」

アンナは彼のウエストに脚を巻きつけた。彼の乳首を吸い、尻を手でつかむ。ウエストへイヴンは強く腰を押し出した。温かい精をアンナの腹へ放ったとき、アンナはさらにきつくしがみついた。ウエストヘイヴンは肘で体重を支え、火明かりのなかでアンナを見つめた。

その体勢は長くは持たなかった。アンナが彼の首に手をまわし、引き寄せたからだ。ウエストヘイヴンはアンナの静かな要求に従った。ほどなく、ふたりは呼吸でリズムを刻んだ。長年にわたって、毎晩愛し合ってきたように自然なことに思える。アンナは彼の背中に指で模様を描いたり、髪をすいたり、ときおり耳たぶを口に含んで歯を立てたりした。

「どちらかが」ウエストヘイヴンは言った。「起きなければならない。きみが先に起きてくれ」

「いいわよ」アンナは眠そうにつぶやいた。「でも、いまはその気になれないわ」

「ということは、わたしか」ウエストヘイヴンは息を吐いた。まず腕を伸ばして半身を起こし、立ちあがった。半裸でリラックスしきったアンナを見おろす。長いあいだ見つめていると、アンナは気まずくなったのか、脚を閉じた。

「動くな」ウエストヘイヴンは言った。そんな言い方をしてしまったが、頼んでいるつもりだった。「頼む。きみはきれいだから」そう言いながらも、そこを離れた。アンナは無防備な姿をしていたため、身なりを整えるのに時間がいるだろうと思ったからだ。しばらくのちにアンナのほうを向き、ブリーチを引きあげた。しかし、ボタンは留めずにおいた。アンナの体がまだ服に覆われていなかったので、ウエストヘイヴンは原始的な悦びを感じた。アンナは起きあがってもおらず、しどけない姿のまま横たわっている。

「わたしにまかせてくれ」ウエストヘイヴンはアンナの腰の横にすわり、水を含ませたハンカチでその体を優しく拭きはじめた。官能のゲームをするように、冷たい布を腹から乳房の下へとすべらせ、つぎに脚のつけねまでを拭いた。ささやかな慎みを保とうとしたのか、アンナが化粧着を整える。ウエストへイヴンは腿の内側を拭き、手にそっと力をこめた。

「まかせてくれ」そう繰り返した。ハンカチを見せると、アンナは目を閉じた。暖炉の明かりのなかでも、彼女が顔を火照らせているのがわかる。

「アンナ・シートン」ウエストへイヴンは頭をさげ、アンナの心臓のあたりにそっとキスをした。「きみと分かち合えた悦びは……」それ以上なにも言わなかった。営みのせいで、妙に落ち着きを失っていた。ハンカチを脇へ置き、ナイトドレスや化粧着をふたたび大きく開き、またもやアンナに覆いかぶさった。

起きあがって、上階のベッドへ引きあげるのはまだいやだった。かといって、読み残した何通かの手紙を読む気にもなれなければ、ブランデーを注いで自室のバルコニーへ行く気にもなれない。まったく自分らしからぬことだが、ただアンナのそばにとどまり、抱き合っていたかった。

ふたりとも同じように感じていたらしく、アンナは彼の肩に腕をまわした。彼の頬にキスをし、手を頭に添えて、自分の肩へ引き寄せる。ウエストへイヴンはされるがままになり、意志の力でどうにか目をあけていた。

アンナとの状況は、望んでいるよりも複雑だった。エリースと一緒だったら、いまごろはドアの外にいるところだ。アンナは願いを受け入れてくれた。だが、振り返って考えてみると、エリースとの大きなちがいはそんなことではない。エリースはアンナのように髪に指を通さなかったし、円を描くような愛撫もしなかった。より密着できるように、尻をつかもうともしなかった。それに、エリースならウエストヘイヴンの乳首を口に含みはしなかっただろう——たとえ頼まれたとしても。

もちろん、エリースにそんな頼みをすることは、まずないだろうが。

〝頼まなくてもよかったのに〟アンナの甘い声が聞こえるような気がした。とはいえ、自分の空想だとわかってはいた。

アンナはやはりちがう。ウエストヘイヴンは認めた。最初にプロポーズをしたとき、どうちがうのかは、厳密にはわからなかった。アンナは一定の距離を保ったのち、あるいは保とうとしたのち、奔放にウエストヘイヴンの望みを受け入れた。あまりにも大きな悦びを得て、ウエストヘイヴンは当惑した。

「アンナ？」前腕で上体を支え、彼女の額から髪を払った。「どうした？　ずいぶん静かだから、男としては不安になる」

「だって……ことばにできないんですもの」アンナがウエストヘイヴンを見あげて微笑む。どんな思考がアンナの頭のなかでうずまいているか、わかるような気がした。この成り行きには当惑し、悩み、うろたえるにちがいない。いまそうではないとしても、すぐに悩むことだろう。だが、まだいい。アンナの体が悦びで——ウエストヘイヴンの与えた悦びでぐったりしているいまは。

ウエストヘイヴンは彼女の額にキスをした。「いい意味で、ことばにできないのならいいのだが」

「そうよ」アンナは深く息を吐き、伸びをした。腰が彼の腰にあたる。

「もうそれはいい」ウエストヘイヴンは微笑み、アンナの首に鼻をこすりつけた。体をずらして両膝をつき、彼女の胸の頂を口に含んだ。アンナはただ彼の頭を抱き、ふたたび息を吐いた。

「次回は」ウエストヘイヴンはアンナの胸に頭を預けてつぶやいた。「どこからはじめたらいいかわかる。きみの胸は敏感だな、アンナ。嬉しくなるほどだ」

「もうそれはいいわ」

「なにが？」ウエストヘイヴンは顔をあげ、困惑してアンナを見た。

「次回の話」アンナは説明した。「これはちょっとしたあやまちですもの」

ウエストヘイヴンはアンナを見おろし、考えをめぐらせた。下腹部の意見は無視しながら。

「話し合う必要があるな。そのためには、それなりに体を覆ってもらわなければ」

「そうなの？」

ウエストヘイヴンは重く温かい体をアンナから引きはがした。彼女の声に落胆がにじんでいるのがわかり、勇気づけられた。

「そうだ」アンナの腰の横にすわり、彼女の服を整えはじめたが、ふと手を止め、脚のあいだの茂みに親指を走らせた。「〝もうそれはいい〟というその次回が訪れたとき、わたしはここにキスをする」秘めやかな場所を手で覆った。「きみはきっと気に入る。わたしはその倍以上は楽しむだろうが」

驚きと興味がアンナの顔をよぎる。ウエストヘイヴンはナイトドレスのボタンを留めてやり、リボンを結んだ。アンナは過去に絶頂を味わったことも、口で愛されたこともないようだ。それもすべて、いまは亡き夫、ミスター・シートンの責任だ——神よ、怠惰で思いやりがなく、不器用でつまらない男の魂を休ませたまえ。

「さあ起きて」ウエストヘイヴンはアンナを引っぱり起こし、その横にすわった。片方の腕を彼女の肩にまわす。アンナは彼の胸に頭をもたせかけ、むき出しの腹にそっと手をやった。

ウエストヘイヴンはあくびをした。「意味のある話し合いをするつもりなら、シャツを着なければ」

「その必要はないわ」アンナは請け合うように言った。「さほど時間はかからないもの。こうしたことはやめるべきだと伝えるだけだから」

「約束を破るのか、アンナ?」ウエストヘイヴンは顔を寄せて彼女のこめかみにキスをし、ふたたび髪の香りを吸いこんだ。

「夏が終わるまで、別の働き口を探さないという約束はしたわ」アンナが思い出させるように言う。歯切れのよい一語一語を聞くたびに、ウエストヘイヴンは心地よい満足感が体のなかから少しずつ消えていくのを感じた。「でも、尻軽女になる約束はしていません」

「もしきみが処女だったとしても、まだ純潔は汚されていないことになるだろうが」

「でも、このままだとそうもいかないでしょうね」

ウエストヘイヴンは心からとまどった。「わたしは無理強いなどしないぞ、アンナ」

「無理強いをされなくても」アンナは言い返した。「わたしは進んで脚を広げてしまいそうだわ。今夜のように」

「そうすれば、きっと今夜と同じ悦びを味わえる。だが、話が互いにかみ合っていないぞ、アンナ。なぜわたしの求愛を楽しもうとしない？　本当の問題はそこにある。なにか重大な理由があるのなら——たとえば、どこかに夫がいるとか、営みをひどく恐れているとか、伯爵はメイドと結婚しないものだというばかげた思いこみのほかに理由があるのなら、求愛をやめることも考えよう」ウエストヘイヴンはそう言ったのち、彼女の首にそっとキスをした。

「キスはやめてください」アンナは身を引いたものの、長椅子から離れようとはしなかった。

「考えられなくなるもの。あなたがキスをしはじめて、手をさまよわせはじめると、なにが正しくてなにがまちがっているのかさえわからなくなるわ。あなたにそんなつもりがなくても、わたしはなにもできなくなって、混乱して……。なにを言っているのか、わからないでしょうね」

「正直に言うと」ウエストヘイヴンはふたたび頭をもたせかけるよう、アンナをうながした。

「わかるよ。アンナ、きみは驚くだろうが、わたしはきみとの仲がこんなふうになって、仰天している。ものごとに驚くたちではないのだが」

「だったらなおさら」アンナは憤慨したように言った。「これほど懸命に求愛しなくてもいいでしょうに」

「それはどうかな」ウエストヘイヴンはふたたび唇で彼女のこめかみをかすめた。まったくなにも考えずにしたことだ。「そもそも、きみはわたしと結婚できない理由を、ひとつも言っていない。じつは修道女なのか?」

「いいえ」

「わたしと寝るのが怖いのか?」

アンナは鼻を彼の肩に押しつけ、なにかつぶやいた。

「つまり、ちがうということだな。だれかと結婚しているのか?」

「いいえ」ウエストヘイヴンは訊きたかった答えを、聞き出そうとしてきた答えを得られたため、アンナの口調に含まれていたためらいを聞きのがした。

「だったらなぜだ?」アンナの耳たぶをそっと噛んだ。「言っておくが、キスはしていない。噛んだだけだ。これまで、我々はたいしたことはしていないが、大きな悦びを与え合えることはもうわかったはずだ。なぜゲームをしようとする?」

「これはゲームじゃないわ。人に言えない事情があるんです。あなたにも、ほかの人にも言えない事情が。だから、妻らしくあなたにつくすことはできないのよ」

「そうなのか」ウエストヘイヴンはいまや真剣に耳を傾けていた。アンナの口調には決意がにじんでいる。「秘密を無理に聞き出すつもりはない。だが、わたしを信じてもらうために、あらゆる努力をしよう。男が結婚すると、妻のものは夫のものになるが、重荷も夫のものになるんだぞ」

「理由は言ったわ」アンナは頭をあげ、まじまじとウエストヘイヴンを見つめた。「もうそっとしておいてもらえますか？　求愛をあきらめてもらえる？」

「きみが重い秘密を抱えていると知ったいま、我々が結婚すべきだという思いはずっと強まった。きみの悩みを解決してやれる」

「いい人ね」アンナはウエストヘイヴンの頬に触れた。その表情は真剣でもあり、悲しそうでもある。「でも、あなたはわたしの夫になれないし、わたしはあなたの妻にはなれないわ」

「合意したとおり、とりあえずきみの求愛者でいることに満足しよう。だが、アンナ・シートン、今後はわたしを信頼してもらうために、きみを説得することにしよう」ウエストヘイヴンは、そのことばを強調するようにアンナの手のひらにキスをした。「最後にもうひとつ質問があるんだ、アンナ」彼女の手を握ったまま言う。「秘密にしている問題がなかったとしたら、わたしとの結婚は考えてくれるのか？」

すぐにノーと言われることはあるまい、せめて少しは自信を持たせてくれるだろうと、ウエストヘイヴンは考えた。以前よりも親密な関係になっているからだ。しかし、そう思うと同時に……不安でもあった。

「考えるでしょうね」アンナは認めた。「でも、申し出を受けるという意味ではないわ」

「わかっている」ウエストヘイヴンは微笑んだ。「公爵でさえ、結婚できて当然だと思ってはいけないものだ」

やがて、アンナは眠りに落ちた。ウエストヘイヴンの腕にしっかりと抱かれ、こめかみに唇を押しあてられたままで。ウエストヘイヴンは彼女を寝室へ運びながら、考えをめぐらせた。次回はないと言いきったのにもかかわらず、今回、たしかにアンナはことを終わらせるのをためらっていた。

いい兆候だ。ウエストヘイヴンはそう考え、アンナをベッドに寝かせてその額にキスをした。いますべきなのは、アンナの信頼を得て、彼女がひとりで抱えこんでいる問題を解決することだ。だいたい、ひとりのメイドが、複雑な問題を抱えているはずがあろうか。

翌朝、アンナは甘い余韻のなかで――ひそやかな悦びの余韻のなかで目を覚ました。うしろめたさはなかった。ずいぶん妙なことに、希望すら感じていた。ウエストヘイヴンとの関係をどうにか平和裏に終わらせることができるかもしれないという希望だ。ウエストヘイヴンは宣言どおり、アンナに悦びを与えている。それは想像を絶する悦び、彼のもとから去ったのちも、長きにわたり思い出として残るような悦びだ。たとえつらい別れ方をしたとしても、アンナはその思い出を絶対に汚さないようにするつもりでいた。

じつは、その希望の裏で、アンナが存在を認めてすらいない別の希望が翼をはためかせ、道理や義務という鳥かごから逃げ出そうとしていた。夏の終わりに、あるいは近い将来に、ウエストヘイヴンのもとを去らずにすむかもしれないという希望だ。彼と結婚できないのは承知しているものの、かといって、彼のもとをとても去れないのではないかと、アンナは考えていた。だとしたら、ほかにどのような選択があるというのか。

アンナはそもそも現実的な女だ。そこで、その問題をあとで考えることにし、ベッドから出て服を着替え、いつものように一日をはじめた。しかし、ゆうべの記憶で頭がいっぱいだったので、地味なレースの縁なし帽をかぶり忘れた。

しかも、スカートに干し草をつけていたモーガンをたしなめるのを忘れたうえ、伯爵の朝いちばんのレモネードに、砂糖を多めに入れるのを忘れそうになった。ウエストヘイヴンとふたたび顔を合わせるつもりはなかったが、彼の姿をひと目見たくてたまらなかった。

ウエストヘイヴンにしろ、彼の求愛の方法にしろ、本当に厄介だ。

「あなたにお手紙です」ジョン・フットマンが汚れたうすい手紙をアンナに手渡した。ヨークシャー渓谷の人里離れた場所にある宿から届いたものだ。アンナは嬉しくなると同時に、今日という日への希望が、恐怖の種へ変わるのを感じた。

「ありがとう、ジョン」アンナは表情を変えずにうなずき、自分用の居間へ行った。ふだん、ここのドアを閉めることは滅多にない。この部屋が、使用人がひそかに集まれる数少ない場所であるような気がしているからだ。とりわけ、偽善者のミスター・ステンソンが足を踏み入れることがないからでもあった。

しかし今日は、手紙を読む前にドアを閉めた。鍵をかけてから長椅子にすわり、火のはいっていない暖炉を凝視して、勇気をかき集めようとした。

そんなことをしても意味はない。アンナはそう悟り、慎重に封印をあけ、短い文を読んだ。

『要注意、所在地を知られた可能性あり』

書かれていたのは、注意をうながす一文だけだ。アンナは何度か読みなおし、手紙を細かくちぎった。夕方になったら燃やそうと考え、別の紙に包んで炉辺に置いた。

〝要注意、所在地を知られた可能性あり〟

仕方がないとはいえ、あいまいな警告文だ。所在地を知られた可能性があるということは、知られていない可能性もあるわけだ。所在地といっても、南イングランドなのか。ロンドンか。メイフェアなのか。それともウエストへイヴン伯爵の家か。アンナはさまざまな可能性を考えたのち、少なくともロンドンに来たことまでは知られてしまったのだろうと判断した。ということは、メイドとして働いていることや、モーガンと一緒に働いていることも知られているかもしれない。

ともかく、災難が忍び寄っているのはたしかだ。つまり、夏が終わるまでウエストへイヴンとたわむれるというばかげた考えを自分が抱いているとしても、これでおしまいだということだ。アンナはドアの鍵をあけたのち、筆記用具を出し、職業斡旋所への問い合わせの手紙を三通書いた。モーガンと一緒にマンチェスターを通ったときに、住所を書きとめておいた斡旋所だ。バースも試す価値はある。ブリストルもいいかもしれない。港町のほうが、内陸の町よりいいだろう。

そんなつもりはなかったのに、アンナは足取りを隠す者として、抜け目がなく、冷静で、感情に左右されない女になっていた。フランばあやと別れ、ふたたびモーガンを無理に連れ出し、ウエストヘイヴンのもとを去るのをつらいと思っている場合ではない。アンナは自分に言い聞かせた。見つかったら、長きにわたり、もっとずっとつらい思いをするのだからと。部屋のなかを見まわした。自分が持ってきたものと、ロンドンで購入したわずかなものを頭のなかにリストアップする。身元がわかってしまうものを、いっさいあとに残すわけにはいかない。けれども、伯爵家を出るときには、ほとんど荷物を持ってはいけないだろう。

これまでに二回、似たようなことをした。手配し、荷造りをし、逃亡する。そういうものだと考えるしかなかった。モーガンに知らせなければならない。しかし、モーガンはことの成り行きを気に入りはしないだろう。無理もない。モーガンにとって、口の利けないばかな女としてあつかわれなかったのは、ウエストヘイヴンのこの屋敷がはじめてだからだ。使用人たちは保護者のようにモーガンに接した。ヴァレンタインも同じような思いでモーガンに接していたのではないかと、アンナはひそかに考えた。

こんな生活の仕方があるだろうか。そう思ったものの、ほかに選択肢はなさそうだからと心のなかで反論した。イングランドに身を潜める場所がなくなったら、アメリカへ行く手もある。とはいえ、故郷からそれほど遠いところへ行くことを思うとうんざりした。

「失礼します」ジョン・フットマンがドアのところに立っていた。微笑んでいるということは、ありがたいことに、伯爵の呼び出しではないのだろう。「昼食の時間です。トレーを運んできましょうか？」

「食べにいくわ、ジョン」アンナはジョンに微笑みかけた。「少し時間をちょうだい」

手紙をしあげてレティキュールに入れた。職業斡旋所と連絡をとっていることを、屋敷の者たちに知られてはだめだ。どの町の斡旋所かを知られるのは、もっとまずい。動揺していると悟られるのも。ウエストヘイヴンが約束した推薦状のあるなしにかかわらず、近々出ていくつもりだが、そのことをみなに知られてもいけない。

アンナは昼食の時間をどうにかやりすごした。心が凍りついている気がする反面、ひどくとり乱してもいた。ここで何カ月か働くうちに、この屋敷に愛着を抱くようになり、その管理と外見に誇りを持つようになった。ステンソンはともかく、使用人のことも大切に思っている。もっとも、ステンソンは自分の仕事を忠実にこなしてはいるのだが。善良な者たちばかりで表裏もない。人をだますこともなく生活している。そんな生活を、自分は長いあいだ彼らと一緒に送るわけにはいかないようだ。

「モーガン？」昼食の席から立ったとき、アンナは小声で言った。「少し時間をもらえる？」

モーガンはうなずいた。アンナは彼女の腕をとり、裏庭へ連れ出した。確実にふたりきりになれる唯一の場所だ。日陰になったテラスへ出ると、アンナはモーガンを正面から見た。

「おばあ様から手紙が来たの」アンナはゆっくりと、しかし明瞭にことばを発した。「ロンドンまでの足取りを知られたかもしれないという警告よ。ここを出なきゃいけないわ、モーガン。それもすぐに」

祖母から連絡があったと知り、はじめモーガンは嬉しそうだった。やがて、悪い知らせかもしれないと悟り、不安げな顔をした。最後に怒りをあらわにし、顔をひどくしかめて首を横に振った。

「わたしだって出ていきたくはないのよ」アンナはモーガンの視線をとらえて言った。「ほかに道があるのなら、出ていきはしない。でも、こうするしかないの。わかるでしょう」

モーガンはアンナをにらみ、こぶしを振った。

「闘って」声を出さずに言う。「本当のことを言って」

「なにと闘えというの？」アンナは言い返した。「だれに本当のことを言うわけ？　裁判所？　裁判所は年老いた男の人たちが運営しているのよ、モーガン。法律はわたしたちを守ってはくれない。それにヨークシャー渓谷から出られなくなれば、裁判所にだって行けないわ。あなただってよくわかっているでしょう」

「まだだめ」モーガンが口を動かした。いまだにきつくにらんでいる。「こんなすぐ、いやだもの」

「ここに来てからもう何カ月か経ってるわ」アンナはため息をついた。「もちろん、いますぐには行けない。伯爵様に推薦状をもらわなければならないし、別の働き口を見つけなければいけないもの」

「わたしを置いていって」

「置いていきません」アンナはかぶりを振った。「そんなことをするのは、愚の骨頂だわ」

「ふた手に分かれよう」モーガンはあきらめない。「あの人たちに必要なのは、どちらかひとりでしょ」

アンナは驚いてモーガンを見つめた。最後のことばが唇の動きだけで伝えられたというより、ささやきに近かったからだ。聞きとれるほどはっきりと発せられた。

「あなたをそんな目に遭わせはしない」アンナは言い、モーガンを抱きしめた。モーガンがしゃべれたことに、大騒ぎをするのはやめようと考えた。「いざとなったら、一緒に闘いましょう」

「ヴァレンタイン様に言って」モーガンが提案する。さっきよりも聞きとりにくい声だった。

「伯爵様にも」

「ヴァレンタイン様も伯爵様も、信用できるかどうか。あの人たちだって、男ですもの」アンナは首を横に振った。「気づいてないなら言っておくけれど」

「気づいた」一瞬、モーガンのきつい表情がやわらぎ、かすかな微笑みが浮かぶ。「ふたりともハンサムだもの」

「モーガン・エリザベス・ジェームズ」アンナは微笑み返した。「恥を知りなさい。ハンサムかもしれないけれど、あの人たちに法律は変えられないわ。こっちから、法を破ってと頼むわけにもいかない」

「もういや」モーガンはアンナの肩に頭をもたせかけた。唇の動きを見せるあいだ、顔をあげて姉を見つめる。「おばあちゃんに会いたい」

「わたしもよ」アンナは妹を強く抱きしめた。「必ず再会しましょう。約束するわ」

モーガンはただかぶりを振り、一歩うしろへさがった。その顔にあきらめの色が宿る。この突拍子もない計画を実行に移したのは、二年以上も前のことだ。「別の方法を思いつくまでの我慢よ」そのときはそう言ったものの、すでに二年がすぎ、職場を三度変え、何マイルも旅したのに、いまだになにも思いつかない。この二年間、たとえばジェントリ階級生まれの娘ならば、耳が不自由で口が利けない娘であっても、求愛者や舞踏会用のドレスのことを考えているはずだというのに、モーガンは暖炉の掃除をし、炭入りの重いバケツを運び、ベッドのシーツを替えている。

アンナは立ち去るモーガンのうしろ姿を見つめた。妹の落胆ぶりを思うと心が重い。アンナ自身もがっかりしていた。自宅と家族のだんらんなしですごすには、二年は長すぎる。しかもその間、危害を加えようとする者がいないかと、つねに背中に気をつけていた。これほど長くなるとは考えていなかったが、残りの人生を思うときに目に浮かぶのは、さらなる逃亡と潜伏、あとに残していくもの、そして、本当に大事な人々との別れだけだった。

10

「きみのメイド頭には秘密がある」

デヴリンは書斎の長椅子にいきおいよくすわり、長靴を脱いだ。長身の体で伸びをし、息を深く吐く。「きみの看病をしたわりには、ずいぶん美しいメイドだな」

「看護人は醜くなければいけないとでも？」ウエストヘイヴンはペンを無造作に置いた。デヴはヴァルとはまたちがうタイプの同居人だ。ヴァルのように音楽室へ何時間もこもりはしないし、人を直接わずらわせることなく、自分の存在を屋敷じゅうの者に知らせもしない。デヴは自由に屋敷内をうろつき、本を手に書斎にいるか、厨房で料理人やフランばあやとたわむれている。自分の馬をここの厩舎へ移すのを監督したあと、継弟の問題に首を突っこむ時間がたっぷりあるようだ。

「看護人の女は醜くなければだめだ」デヴは目を閉じた。「愛人は美しくなければいけない。で、メイドは一般に美しくはないはずだが、きみのミセス・シートンを見てみろ」

「手を出すな」

「わたしがか？」デヴは顔をあげ、ウエストヘイヴンを見た。「きみのメイド頭に手を出すなと言ってるのか？」

「そうさ、デヴ。手を出すな。しかも、これは頼みなんていう生易しいものじゃない」

「なんだかきみは父上に似てきたんじゃないか？」デヴはふたたび目を閉じ、胸の前で手を組み合わせた。「命令する必要はない。行儀よくするよ。なにしろ、相手はウィンダム家に雇われた女だからな」

「デヴリン・セントジャスト」ウエストへイヴンの長靴が床で音を立てる。「きみは自分のメイドとできていなかったか？　どこの馬の骨ともわからない婚約者を、ウィンザーに待たせていた女と」

「そんなところだ」デヴは穏やかな表情でうなずいた。目は閉じたままだ。「で、道義上、仕方なくおもちゃを手放したというわけだ」

「なんの道義だろうな。一般に、紳士になにが求められているかは理解しているつもりだが、メイドと関係を持つときにどうふるまうべきなのかを、わたしは学びそこねたにちがいない」

「きみはずいぶん熱心にことを進めていたじゃないか」デヴは片方の目をあけて言った。

「ゆうべ、わたしはこの部屋へおりてきたんだよ。本を探そうと思ってね」

「そうなのか」

「長椅子の上で」デヴはことばを継いだ。「愛の狂宴が繰り広げられているところへ、わたしはお邪魔したようだ」

「そんなんじゃない」

「だったらなにをしてた？」デヴは眉根を寄せた。「彼女を温めようとしていたとでも？

舌で彼女の歯の数を数えていたとか？　馬にまたがって乗る方法を教えていたのかい？　どう見てもあれは、きみといとしいミセス・シートンとの愛の行為そのものだった」

「ちがう」ウエストヘイヴンは強い口調で言った。立ちあがり、暖炉のところへ行く。「それに近い行為ではあったが、そのものじゃない」

「なるほど」デヴは言った。「それは大きなちがいだな。たとえ、愛の行為そのものに見えて、まさにそんな音がして、おそらくそんな味がしたとしても」

「デヴ……」

「ゲール……」デヴは立ちあがり、ウエストヘイヴンの肩に手を置いた。「悦びを得るなと言うつもりは毛頭ない。だが、この屋敷に一日しか滞在していなかったわたしが、うっかりその場へ踏みこんだということは、ほかの者にも同じことが起こりかねない」

ウエストヘイヴンはうなずいた。たしかにそのとおりだ。

「きみとミセス・シートンがいちゃつくのは、わたしにとってはどうだっていいことだ。だが、きみがドアに鍵をかけ忘れるほど夢中になっているとしたら、心配になる」

「忘れてなど……」ウエストヘイヴンは手で顔をこすった。「たしかに鍵をかけ忘れたな。だが、我々はきみが目にしたことを、しょっちゅうしているわけではない。今後、頻繁にするつもりもないが、そういうことがあれば、鍵をかけることにするよ」

「それはいい考えだ」デヴはうなずき、にやりと笑った。「だいたい、たいした女だと認めざるを得ないな。きみに愚かなことをさせ、だれに見られてもおかしくない場所でズボンをおろさせたとしたら」

「深夜、自分の書斎にいれば、プライバシーが保てると思ったんだよ」ウエストヘイヴンはぶつぶつと言った。

デヴが真剣な表情をする。「プライバシーがあると思っていい場所など、どこにもないんだぞ。第一に、きみの使用人の半分は父上が雇った者たちで、もう半分を父上は買収することができる。第二に、世間では、きみは結婚相手としてもっともふさわしい男だと思われている。わたしがきみなら、自分にプライバシーなどまったくないと考えるね。たとえ自宅にいるとしても」

「そのとおりだな」ウエストヘイヴンは息を吐いた。「きみが正しいとわかってはいるが、気に入らない。まあ、互いに気をつけよう」

「気をつけるべきなのは、きみのほうだろうが」デヴが注意をうながす。「そういえば今日、自室のバルコニーにいたとき、あのメイド頭と耳の不自由なメイドが、なにやら真剣に話し合っているのが見えたぞ。ミセス・シートンはメイドに警告していた。きみとヴァルは男だから、信用できるかわからないし、法を破ってと頼むわけにはいかないと。きみに知らせておくべきかと思ってね」

「教えてくれて感謝する。だが、前後の話もわからず伝え聞いたことばに反応して、軽率な行動をとりたくはない。ある村では、人前で杖を振りまわしてはいけないという法律があるらしいし、別の村では、日曜日に酒を飲んではいけないという法律があるらしい」

「あのメイドがしゃべれないというのは、たしかなんだな？」デヴは確認するように言った。「ミセス・シートンの夫になにがあったのか、本当にきみは知っているのか？　ふたりの結婚予告はどこで公表された？　そもそも、ミセス・シートンを推薦したのはだれなんだ？」

「もっともな質問ばかりだが、ミセス・シートンがこの屋敷を見事に管理していることには、疑問の余地がないだろう」

「たしかに見事だ」デヴは同意した。「しかも、きみと書斎で密会までしてくれる」

「彼女といますぐに結婚すべきじゃないと言っているのか？」ウエストヘイヴンは冗談めかして尋ねたものの、自分が半ば本気で訊いていることに気づいた。

「いずれ、結婚せねばならなくなるかもしれないぞ。ゆうべの出来事がその兆候だとすれば」デヴは言い返した。「ともかく、密会相手の素性をきちんと確認することだ。父上にうわさを嗅ぎつけられる前に」

デヴリンとそんな話をしたあとでは、仕事が手につかないだろうと考え、ウエストヘイヴンは書斎を出てアンナを捜しにいった。今回も、避けられているのかどうかはよくわからなかった。そもそも今日はまだ顔を合わせていない。やがて、ウエストヘイヴンはメイド頭用の居間にいるアンナを見つけた。部屋にはいり、ドアを閉めると、アンナは立ちあがり、膝を折ってお辞儀をした。

「お辞儀なんてしてもらいたくない」ウエストヘイヴンは言い、アンナに腕をまわした。とたんに、アンナは身をこわばらせた。

「こんなこと、してもらいたくないわ」アンナが言い返す。ウエストヘイヴンがキスをしようとしたところ、アンナは顔をそむけた。

「わたしに抱きしめられるのがいやなのか？」ウエストヘイヴンは訊いた。結局、彼女の頬にキスをした。

「あなたには、ふたりきりの部屋のドアを閉められたり、好きなようにふるまわれたり、言い寄ってもらいたくないんです」アンナは歯を食いしばって言った。ウエストヘイヴンは抱擁を解き、まじまじとアンナを見つめた。

「どうした？」

「どうしたって、なにがですか？」アンナは腕組みをした。

「ゆうべは喜んで言い寄られていたじゃないか、アンナ・シートン。それに、雇い主がメイド頭とふたりきりで話をしても、まったくおかしくはない。デヴから聞いたよ。昼食後、きみとモーガンは熱心に話しこんでいたらしいな。なにか悩みがあるのか？　きみがゆうべ話していた秘密と関係があることとか？」

「あなたには、あの話をするべきでさえなかったわ」アンナは腕組みを解いた。「わたしが別の働き口を探すつもりでいることをご存じでしょう、ご主人様。もう例の推薦状は、書いていただけましたか？」

「ああ。ヴァルがまだ帰っていないから、まだわたしの机のなかにはいっている。だが、きみは夏の終わりまで時間をくれると約束したんだぞ、アンナ。こんなに早く、その約束を反故にするのか?」

アンナが背を向ける。ウエストヘイヴンにとって、それがじゅうぶんな答えとなった。

「わたしはまだここにいるでしょう」

「アンナ……」ウエストヘイヴンは静かに近づき、背後からアンナのウエストに腕をまわした。「わたしはきみの敵じゃない」

アンナはこくりとうなずいたのち、ウエストヘイヴンの腕のなかで向きを変え、彼ののど元に顔をうずめた。

「わたし……どうしていいかわからないだけ」

「仕方がない」ウエストヘイヴンは小声で言い、アンナの背中をさすった。「この暑さで、だれもがいつもの自分ではなくなっている。わたしが病気だと言って、一週間ゆったりと休んでいるあいだも、きみはほとんど起きているよう求められたから」

アンナは言い返さなかった。しかし、息を深く吸い、数歩うしろへさがった。

「きみを混乱させるつもりはなかった」ウエストヘイヴンは微笑みかけた。アンナが笑みを返したとき、ドアがいきおいよくあいた。

「ご主人様、失礼いたしました」ステンソンが低い背を伸ばし、アンナに冷ややかな一瞥を投げたのち、ふたたびドアを閉めた。

「ああ、どうしよう」アンナは長椅子にへたりこんだ。「よりによってこんなときに」

ウエストヘイヴンは不思議に思って眉をひそめた。「わたしはきみに触れていなかったぞ。

我々のあいだは、たっぷり二フィートはあいていたし、無作法だったのはステンソンのほうだろう。

「あの方はノックをすべきだった」

「ノックをしたことがないのよ」アンナは息を吐いた。「わたしたちは見つめ合っていたでしょう。メイド頭と雇い主のようには見えなかったはず」

「わたしが微笑みかけたからか?」

「わたしも微笑み返したわ。雇い主へ向ける笑顔じゃなかった」

「そうかもしれないが、ただの微笑みだ」

「あなたには執事が必要よ、ウエストヘイヴン」アンナが立ちあがり、近づいてくる。

「来客の応対など、どんな従僕にだってできる。なぜ、食わせねばならない使用人をまたひとり増やす必要がある?」

「執事は、あのおべっか使いより位が上だからよ。あなたに忠実で、公爵様に買収されることはないでしょうし、男性使用人をうまくまとめもすると思うわ」

「たしかに」

「それか、単にミスター・ステンソンを辞めさせるか」アンナはつづけた。「あるいは、弟様にひっきりなしに田舎を旅してもらって、ミスター・ステンソンにお供をさせるとか」

「ステンソンがもどっているということは、ヴァルもまもなくのはずだな」ウエストヘイヴンは言った。

「ヴァレンタイン様がいなくて、寂しかったわ」アンナはそう認めたあと、気まずくなったようだったが、それ以上なにも言わなかった。

「わたしもだ」ウエストヘイヴンはうなずいた。「あいつの演奏や不遜な態度や冗談も恋しくなる。ところで、デヴはこの屋敷でくつろいでいるだろうか？」

アンナは部屋を横切り、ドアをあけてから質問に答えた。

「ええ、それなりに」キスゲの花を整える。「でも、あまりお眠りにならないし、やや手持ちぶさたなようすです」

「そのうちこの屋敷の生活に慣れるだろう」ウエストヘイヴンは言った。「ヴァレンタインがもどったら、知らせてくれるか？」

「その必要はない」ヴァルが部屋へはいってきた。「ただいま。帰ってこられて嬉しいよ。旅をするには暑すぎる。それなのに、ステンソンは夜間に移動するのを好まないんだ。あまり従順な使用人じゃないな。だが、泥で汚れた長靴の手入れは最高にうまい」

「ヴァル」ウエストヘイヴンは弟を抱きしめた。「もう遠出はなしだ。おまえの音楽が流れていない屋敷では、みんなどうすごせばいいのかわからないんだよ。それに、陽気なおまえがいないと、やる気が出ない」

「もうふらふらするのはやめるよ」ヴァルは言い、身を引いた。「少なくとも、暑さがましになるまでは。ところで、ミス・モーガンを捜しにきたんだが」

「厨房かもしれません」アンナは言った。「それか、納屋で読書をしているのかも。最近、夕食が遅いので、夕方に時間ができるみたいです」

「ヴァル？」ウエストヘイヴンは、立ち去ろうとした弟の腕に手を置いて引き止めた。「言っておかねばならないことがある。おまえの留守中に、わたしはデヴにこの屋敷に滞在するよう勧めたんだ。デヴはしばらくメイドなしで暮らしていたし、ここにはあき部屋があるから」

「デヴリンがここに？」ヴァルの顔に笑みが広がる。「なんと、すばらしいアイディアじゃないか、兄上。この暑さのなか、ロンドンにとどまらねばならないとしたら、せめて話し相手にそばにいてほしいし、ミセス・シートンに行き届いた世話をしてもらいたいからな」

ヴァレンタインは笑顔のアンナと兄を残し、部屋を去った。

「無事にもどってくれてよかった」ウエストヘイヴンは言った。

「では、夕食は三人ぶん、テラスに用意すればいいですね？」アンナは言った。どこまでも使用人然とした態度だ。

「三人ぶん頼む。それから、きみとちょっと事務的な話をしたい」

「夕食の話はとても事務的だと思いますけれど」

「まあそうだが……その」ウエストヘイヴンはドアのほうを一瞥した。「ウィロウ・ベンドのために、かなりの数の家具を注文したんだ。だが、カーテンと絨毯なども必要だ。きみに用意してもらえないかと思ってね」

「わたしに注文をしろとおっしゃるんですか？　お母様か妹様におまかせすべきでは？」

「母上はロンドンとモアランズを行ったり来たりして、夏のハウスパーティの準備をしている。妹たちは家のことに詳しくない。わたしにはこうしたことで妹を手伝うほどの忍耐もなくてね」

「でもご主人様、妹様のおひとりが、いずれあの家にお住みになるわけでしょう。お会いしたことのない方の趣味と、わたしの趣味が一致するはずがありません」

「そうだろうな」ウエストヘイヴンは微笑んだ。「きみのほうがずっと趣味がいいから」

「そんなこと、言ってはいけませんわ」眉をひそめていたアンナが、ますます険しい顔をする。「紳士らしくありません」

「兄としての意見だし、事実なんだ。わたしでさえ、サーモンピンクと紫色が合わないのをわかっているのに、妹たちときたら、そうした色使いを〝大胆〟だのなんだのと考える始末だからね。しかも、妹たちはわたしにいつまでもつきまとうだろう。だが、きみが主人の指示をほとんど仰がなくとも、屋敷を居心地よくできることを、わたしはよく知っている」

「では、お引き受けしますわ」アンナは言い、顎をあげた。「でも、あのお屋敷の内装が、むかしのカールトンハウスのようにちぐはぐになってしまったら、責任をとってくださいね。それで、どんな家具を注文なさったんですか?」

「つづきは書斎で話さないか?」ウエストヘイヴンは言った。「そうすれば、リストにできるし、絵も描ける。それに、あらゆる使用人やヴァルやデヴに聞かれずに話し合える」

「でしたら、何分か時間をください。料理人と話をしたあとに、書斎へまいります」

「では二十分後に」ウエストヘイヴンはアンナの居間を出て、寝室へ向かった。きっと寝室では、ステンソンが一週間ぶんの仕事をこなそうと躍起になっているだろう。「ミスター・ステンソン？」ノックをせずに寝室へはいったところ――ノックの必要があろうか――案の定ステンソンがいて、鏡台に投げ捨てられていたクラバットのにおいを嗅いでいた。「わたしの部屋でなにをしている？」

「わたくしはご主人様の近侍でございます」ステンソンは深々と頭をさげた。「当然ながら、ご主人様のお部屋にいなければなりません」

「この部屋にはいらないでくれ。かわりに、ヴァルやセントジャスト大佐の世話をするんだ」

「ミスター・セントジャストの？」ステンソンが大声を出す。敬称を省いたうえ、〝あの庶子の？〟と言わんばかりの無礼な口調だ。しかしウエストヘイヴンは、ステンソンに身のほどを思い知らせてやるのを、あとできっとデヴが心から楽しむだろうと考えた。そこで、使用人がノックをせずにドアをあけて部屋へはいるのは無作法だと注意するにとどめ、部屋を去った。

書斎へ行ったあと、ウィロウ・ベンド用に注文した家具のリストづくりに、すぐにはとりかからなかった。そのかわりに指示書を書いた。上階の部屋すべてのドアの錠を替え、それぞれの鍵をふたつだけつくらせるという内容だ。ウエストヘイヴンとヴァルとデヴが自室の鍵を一本ずつ持ち、アンナには合鍵を持ってもらう。

よりによって、クラバットのにおいを嗅ぐとは。いったい、ステンソンはなにをしようとしていたのか。

やがてその疑問は忘れ去られた。ウエストヘイヴンは二時間かけて、アンナとウィロウ・ベンドのことについて楽しく話し合った。その後、兄弟でとった夕食も、同じくらい楽しかった。食事中、ウエストヘイヴンは、ヴィクターが亡くなってから、兄弟三人で食事をするのははじめてだということに気づいた。

「ふたりで馬の調教を手伝ってくれるか？」食後のチョコレートとブランデーを楽しんでいたとき、デヴが頼んだ。

「いいよ」ヴァルはブランデーグラスを持ちあげ、口元で止めた。「正直なところ、ブライトンから帰ってきたせいで、尻が痛いけれどね」

「喜んで協力する。この暑さのなか、ペリクレスにあまり負担をかけないほうがいいだろうし。だが、朝早いのなら――」ウエストヘイヴンは立ちあがった。「わたしはもう寝たほうがいい。ミスター・ステンソンを忙しくさせてくれて、ふたりには感謝する。まあ、本人は担当を変えられて、厳密には喜んでいないだろうがね」

「わたしのシャツは喜ぶさ」デヴは言った。「シャツの縫い目がほころびかけているからといって、始終上着とベストを着ていなければならないのは、相当に気まずいものなんだ」

「ぼくはブライトンからの道中で、ありとあらゆるぬかるみを通ってきたよ。ミスター・ステンソンが仕事に困らないようにね」

「いい兄弟を持って、わたしは幸せだ」ウエストヘイヴンは笑みを浮かべて立ち去った。

「本当のところを教えてくれ」デヴはヴァルのほうへデカンターを押しやった。「きみが馬に乗るのに同意してくれたのは、ゲールのためになると思ってのことなんだろう？　ミセス・シートンがあいつにいい影響をおよぼしているように」

ヴァルは微笑み、麻のテーブルクロスの上でグラスをゆすった。「一緒に住み、一緒にすごすのは、ぼくら全員のためになる。たとえ短期間だけだとしても。それにしても、すわったまま夜風にあたりすぎたかもしれないな」立ちあがり、デヴに向かって片方の眉をつりあげる。「月明かりのもとで散歩はどうだい？」

「弟よ」デヴリンはにやりと笑った。「きみのうわさを聞いたぞ」

「だろうね」ヴァルはさらりと言った。ふたりでテラスを離れる。「きみのうわさに比べれば、かわいいものだろう」

「うわさはたいてい真実だ」デヴはきっぱりと言った。厩舎が近づいてくる。「ところで、我々はなぜ、こんなところで夜の散歩をしているんだ？」

ヴァルは横を向き、月光に照らされた継兄を見た。「ここでなら、ひとこと伝えられるからだ。だれに聞かれるかわからない場所で、ミセス・シートンや、彼女とウエストヘイヴンとの関係について、評判にかかわるようなことを口にしないほうがいい。ウエストヘイヴンの最後の愛人を利用して、父上がなにをしようとしたかは知っているだろう？」

「エリースの話なら聞いた。ということは、きみはゲールとミセス・シートンの関係を知っているんだな？」

「兄上はミセス・シートンとの結婚を考えている」ヴァルは言った。「ぼくはそう思っているんだ。ともかく、ふたりは互いに興味を抱き合っている」

「興味を抱き合っているどころではないと思うが」デヴは言い、顎をこすった。「ゆうべ、ふたりが一緒のところを偶然見てしまったんだ。子づくりをしそうないきおいだった」

「おやおや。ぼくは今日の午後、メイド頭用の居間でふたりを見たよ。ドアがあいていたんだ。とくにまずいことはしていなかったけど、互いを見つめるあの目つき……さまよえる子羊ってところだな」

「父上が大喜びするだろう」

「父上には」ヴァルは言い返した。「絶対に知られてはだめだ。そうなったら、兄上の気持ちが一気に冷めてしまう」

「ゲールはそんなに愚かではないと思うが、強情だからわからないな」デヴは打ち解けたようすでヴァルの肩に腕をまわした。「これからずいぶんおもしろくなりそうだ。なあ？　ゲールの求愛が快く受け入れられているのかわからないが、ともかくあいつは人目をはばかって求愛しなければならない。父上に感づかれないようにミセス・シートンを勝ちとらなければならないわけだ。で、我々はそのようすを最前列で見物できる」

「ぼくらは幸運だな」ヴァルは同意した。「しかし、子どもをつくらんばかりだったなら、男の求愛を受け入れているってことじゃないのか？」

デヴの微笑みが、ゆがんだ笑みに変わる。「いいか、それはこの世をさまよう雄羊のあいだでよくある誤解というものだ。それに対して、雌の羊はどうか。雌羊は、雄羊を惑わせるのが好きなんだよ」

「これは伝声管っていうんだ」ヴァルは説明した。モーガンが片方の眉をつりあげると、ヴァルは請け合うように微笑んだ。「ブライトンには、病人が大勢、海辺の空気を吸いにきている。だから、あそこでは医学界がずいぶん発達しているんだ。きみの耳が不自由だってことを医者に相談して、フェアリーにも話した。フェアリーはきみを診察したいそうだ。まあ、聴力を専門にしているわけではないが」

モーガンは目に感情を浮かべないようにしたが、なかなか難しかった。ことばで伝えられないことを、目で伝えるのに慣れてしまっているからだ。しかも、ヴァルに少なからず惹かれている。ヴァルは親切で寛容で、耳が不自由なことを受け入れてくれ、兄や妹に対して優しい。兄弟の手本のような男だ。しかも、上品で、他人思いで、思慮深くてユーモアのセンスがある。

「試させてくれるかい？」ヴァルは訊き、その管のようなものを掲げた。むかし使われていた角杯に似た、ねじれた円錐のような形だ。ヴァルはモーガンの肩を持ってそっと横を向かせ、髪を払いのけた。モーガンは管の端が耳にあてがわれるのを感じた。

「やあ、モーガン。聞こえるか？」

モーガンはくるりとヴァルのほうを向き、あんぐりと口をあけた。

「聞こえる」信じられない思いでささやいた。「あなたのことばが聞こえます。もっと言って」モーガンはふたたび横を向き、伝声管があてがわれるのを待った。

「ピアノで試してみよう」ヴァルが提案する。今度もことばが聞こえた。以前よりもずっとよく聞こえる。伝声管を使うとヴァルの口元は見えないのだから、声が聞こえているということだ。耳のなかをくすぐられるような、でも、それだけではない感覚がする。

「懐かしい」

「しゃべり方をおぼえているんだな」ヴァルは管に向かって言った。「そうかもしれないと思っていたよ。ともかくおいで。きみのためにピアノを弾かせてくれ」

ヴァルに手をとられ、モーガンは読みかけのサー・ウォルター・スコットの作品を干し草のなかに残してついていった。ふたりは屋敷に向かって走った。ヴァルは音楽室へ行き、ドアを閉め、モーガンをスツールにすわらせた。モーガンはそのスツールを、自分の特等席だと思うようになっていた。酒場にある椅子のような背の高いスツールで、そこにすわると、ピアノの上面に頭をもたせかけられる。ヴァルは管の幅の広い端をピアノに置いた。それから頭をさげ、狭いほうの端に耳をつける真似をした。

「こうしてごらん」

モーガンはスツールにすわり、慎重に管に耳をつけた。ヴァルがピアノの椅子にすわり、ベートーベンの曲を——語りかけるような優しい調べをゆっくりと奏ではじめる。そして、数小節弾いたあと、モーガンと目を合わせた。

「聞こえるか？」

モーガンはうなずき、目を輝かせた。

「だったら、これも聞いて」ヴァルは言い、明るく楽しい最終楽章を弾きはじめた。モーガンは笑った。嬉しそうなかすれた笑い声を聞き、ヴァルがますます演奏に熱を入れる。モーガンは耳に管をあてて目を閉じ、音楽にさらわれる覚悟をした。

さっきはまちがっていた。自分はヴァレンタイン・ウィンダムに惹かれているのではない。畏敬の念を抱いている。ヴァルは音楽と、ほとんど忘れていた感覚――耳のなかで人の声が響く感覚をもたらしてくれた。それに必要だったのは、単純な金属の管と配慮だけだった。

「いったいどうなっているんだ？」デヴが書斎の向こうからウエストヘイヴンを見た。「あの天才になにが起きた？」

ウエストヘイヴンは手紙から顔をあげ、屋敷じゅうに響く和音に意識を集中させた。

「幸せなんだろう」ウエストヘイヴンは微笑んだ。「ヴィクターが死んで以来、あれほど幸せそうな音を出すのははじめてだ。ひょっとしたら、それ以前を含めても、今回がはじめてかもしれない……。あいつがベートーベンを弾くことはほとんどないが、わたしの思いちがいでなければ、あれはベートーベンだ。すごいな……」

ウエストヘイヴンは手紙を置き、ただ耳を傾けた。ヴァルは涙を誘うような優しくせつない曲を弾くことができる。鍵盤から美とユーモアと気品を引き出す、すばらしい室内演奏家になれるだろう。しかも、あらゆる酒宴の歌、クリスマス・キャロル、讃美歌、民族音楽を知っている。だが、いま弾いている曲はとくに激しく、感情や伝えたいことであふれている。それに、なんてうまいのだろう。ウエストヘイヴンは仰天した。弟に才能と熱意があることは知っていた。だが、ヴァルは光り輝いている。ウィンダム一族のなかに、これほどなにかに秀でた者はいなかった。弟は並はずれた才能に恵まれている。

「驚いたな、うまいじゃないか」デヴは言った。「うまいなんてもんじゃないぞ」

「この演奏を聞くことさえできれば」ウエストヘイヴンは言った。「父上は我らが弟を二度と悪く言わないだろうに」

「しーっ」デヴは額にしわを寄せた。「ただ聞こう」

ふたりは耳を傾けた。ヴァルはつぎからつぎへとひたすら曲を弾きつづけ、あふれんばかりの喜びを表現している。厨房では夕食の準備が、庭では草むしりが中断した。厩舎では、馬丁が熊手によりかかって驚嘆した。やがて、もっと穏やかな美しい曲が流れはじめた。静かな喜びを表現している。裏庭に斜陽が射すころ、とうとうピアノの音がやんだ。とはいえ、屋敷全体がヴァルの歓喜にのみこまれていた。

音楽室で、モーガンは顔をあげて微笑んだ。それを見て、ヴァルは不思議な気持ちになった。これは、医者がだれかの命を救えたとき、あるいは命の誕生を助けたときに感じる気持ちだろうか。喜びと気恥ずかしさがふくらんで、体におさめておくことができないほどだ。

「ありがとう」モーガンが明るい笑顔でささやいた。「ありがとう、ありがとう」

両腕を投げ出すようにしてヴァルにまわし、強く抱きしめる。ヴァルも彼女の背中に腕をまわした。この世には、ことばがいらない瞬間が存在する。ヴァルは華奢な体を抱きしめながら、伝声管を手にとるよう導いてくれた気まぐれな神に、ただただ感謝した。抱擁を解くと、モーガンは管を差し出した。

「きみのものだ」ヴァルは言った。ところが、モーガンは首を横に振った。

「もらえません」明瞭に言う。

「だったら、ここに置いておこう」ヴァルは提案した。「少なくとも、ぼくと話すときや、ぼくの演奏が聞きたいときに使える」伝声管をピアノの上に置いた。モーガンが管をもらいたがらなかったことに当惑したものの、気分はちっとも害されはしなかった。この管をモーガンに買おうとはじめて思ったのは、ブライトンで散歩中の老婦人ふたりを見かけたときのことだ。ふたりは鎖につけた伝声管をオペラグラスよろしく首からさげていた。

モーガンは大まじめにうなずき、伝声管をピアノの椅子の座面にある物入れにしまった。

「だれにも知られたくないのか?」ヴァルは言った。

「ええ、まだ」モーガンは言い、閉じた座面を凝視した。「一回、聞こえたことがあります」声が小さくなったので、ヴァルは顔を寄せて聞かなければならなかった。「ペナイン山脈を越えたとき、ここになにかが起きて」モーガンが左耳を示す。「でも、翌朝、起きたら聞こえなくなっていました。明日、また一緒にその管を試してもらえますか?」

「ああ」ヴァルは理解し、微笑んだ。「高度のせいで、耳のなかが開いたのかもしれない。

下山したら、また閉じてしまったんだろう」

モーガンは困惑した表情をし、顔をそむけた。

「もし、明日聞こえないとしても――」その恐ろしい可能性を考え、モーガンはうなだれた。

「今日のこと、感謝してます、ヴァレンタイン様。ご親切は忘れません」

「役に立てて本当に嬉しいよ」ヴァルはにっこりと笑った。「フェアリーの診察を許してくれるか？」

「診察だけなら」モーガンはさらにうなだれた。「治療はいやです。それに、そのとき一緒に来てもらえますか？」

「ああ、付き添うよ。ウエストヘイヴンが医者として信頼している男なんだ。そう言えば、よくわかるだろう」

「すぐに診てもらわなければならないんです」モーガンは唇を噛んだ。

「二、三日で連絡をとる。最近、フェアリーは家にいることが多い。だから、ぼくはよくピアノを弾きにいくんだ」

モーガンはうなずき、部屋を出た。姉の計画を思い出し、喜びが色あせるのを感じた。祖母からの手紙をアンナが受けとってから、ほぼ一週間になる。暑かったものの、とても楽しい一週間だった。アンナがいつもより明るかったのは伯爵に関係があることを、モーガンはわかっていた。もちろんアンナはまだ悩んでいたが――生まれつき悩むタイプなのだ――ときおり鼻歌を歌ったし、ほかに人がいないときはモーガンを抱きしめたし、微笑みもした。

ただ、それ以外のときは、空《くう》を見つめて不安そうにしていた。

ああ、どうしたらいいのだろう。モーガンは立ち止まった。姉になんと伝えればいい？一日、二日は伝えるわけにはいかない。耳が一時的によくなっただけかもしれないからだ。ひどい嵐のときに耳の聞こえがよくなることがある。けれども、天候が変わると、また調子が悪くなってしまう。しかし、耳が聞こえなくなることよりもいやなのは、しゃべれなくなることだ。

聴力と話す能力が結びついていることに、耳が聞こえなくなってようやく気づいた。聴力を失うと同時に、自分の声の大きさを測ることができなくなった。ふつうに話しているつもりでも、ささやいていたり――もっとひどいときには、怒鳴っていたりすることがあったのだ。やがて、話すことをあきらめ、ことばを口にするのが怖くなってしまった。しゃべると唇や歯や舌に違和感さえおぼえるようになった。

けれども、これからすべてが変わるかもしれない。明日も伝声管の効果があれば、いまの状況が一変する可能性がある。

この一週間はとても順調だったと、アンナはベッドから起きあがって考えた。うだるような暑さだとはいえ、今日もまた美しい夏の日がやってきた。ウィロウ・ベンドの内装の手配に、アンナは楽しんでとり組んでいる。あの屋敷は街から隠居する老紳士の住居になるわけではない。ウエストへイヴンが選んだ家具は驚くほど美しく、使いやすそうで、そうした田舎屋敷にぴったりだった。

予想どおり、ウエストヘイヴンは内装についてほとんど口を出さなかった。「紫は使わないでほしい」だとか、「エジプト風の装飾はやめてくれ。妹たちは想像力が豊かすぎるくらいだから」と注文したくらいだ。伯爵は、飾り気はなくとも、明るい雰囲気の居心地のいい部屋が好きらしかった。その点はアンナの好みとちょうど同じだ。そうした部屋は用意するのも掃除するのも維持するのも簡単なうえ、なによりも住みやすい。

ウエストヘイヴンにとって大切な、別のだれかがあの屋敷に住むことを思い、かすかな嫉妬をおぼえたとしても、アンナはその気持ちを押し殺した。そして、祖母の警告によってかきたてられた不安をも抑えこみ、自分自身と固く約束をした。職業斡旋所から手紙が届くまでは、ウィロウ・ベンドの内装に集中しよう。いつどこへ自分たちが向かうのかがはっきりするまでは、モーガンをそっとしておいてやろう……。

こうして、アンナの生活が自分との果たせぬ約束でいっぱいになっていくかに見えるいっぽう、屋敷の生活は淡々とつづいた。

毎朝早く、ウエストヘイヴンたちは兄弟そろって公園へ乗馬をしにいった。ペリクレスは、ある日は若い馬たちをエスコートし、ある日は厩舎の仕切りで休み、干し草を楽しんだ。兄弟たちは腹を空かせ、たいていは意気揚々と帰宅した。

デヴリン・セントジャストは人をからかうのがうまい男で、屋敷へ越してきたときから、その能力はほかの者にも伝染した。といっても、同居人はウエストヘイヴンとヴァルだけだったが。ともかく、三人が共有する悲しみは、どこまでもドライなユーモアだけを残して、どこかへ追い払われたようだった。三人のあいだではデヴを中心に、駄じゃれや冗談、冷やかしやあてこすりが飛び交うようになった。アンナにとって、そうしたきつめの冗談は、屋敷にときおり飾る花と――人の目を楽しませ、屋敷の片隅やむき出しのテーブルに温かみを添える花と似たようなものだった。

ただ、デヴリン・セントジャストは、探るような目でアンナを見た。ウエストヘイヴンやヴァルには見られない目つきだ。デヴリンは庶子であり、アイルランド人の血を引いてもいる。いずれかが負担となり、そのことに悩まされてもおかしくはなかったが、父親が公爵であるため、人々に受け入れられている。

受け入れられはしても、歓迎されてはいないと、アンナは考えた。そのちがいのせいか、デヴリンには継弟たちよりも近寄りがたい面がある。彼なりによそ者だと感じているのだ。アンナは同情したいと思ったが、デヴリンがアンナを見るとき、どこまでもよそよそしい目つきをするため、感じるのは……不安だけだった。

とはいえ、デヴリンはウエストヘイヴンに協力的だし、ヴァルの音楽の才能を誇りに思っているようだ。使用人にも好かれている。出された料理は残さず食べ、フランばあやと恥ずかしげもなくたわむれ、語りかけるような陽気なバリトンで料理人のために歌うこともある。ひとことで言えば、デヴリンは魅力的だった。モーガンに対しても感じよくふるまい、たわいもないことを話しかける。そんなとき、モーガンはそそくさと部屋をあとにするのだった。

「やあ」ウエストヘイヴンがアンナの居間へはいってきた。閉めたいと言わんばかりの目つきでドアを一瞥する。

「おはようございます」アンナは立ちあがった。そんなつもりはなかったのに、思わず笑みがこぼれる。なにしろ目の前にいるのは、ウィンダム兄弟のなかでいちばんハンサムな男であり、公爵の跡継ぎであり、アンナと結婚したがっている男だ。「これほどお天気のいい日に、なぜこんなところへ?」

「家のことで話し合っておくべきことがあるんだ」彼の笑顔が消えた。「すわってもいいか?」

「お茶のトレーを持ってきましょうか?」アンナは眉をひそめた。ウエストヘイヴンはゆっくりしていこうと思っているらしい。そうしてはいけない理由だらけなのに。

「いや、いい。ありがとう」ウエストヘイヴンは長椅子の中央にすわり、腕を椅子の背に乗せ、脚を組んだ。「ウィロウ・ベンドの内装の進み具合は?」

「カーテンと絨毯と鏡をたくさん注文しました。ナイトテーブルや足乗せ台など、こまごました調度品も」アンナは答えた。単純な話題にほっとする。「相当なお金がかかりますから、覚悟してくださいね。でも、すばらしい出来になりますわ」

「それはいい。いつ終わりそうかな?」

「ほとんどの品がすでに届いています。残りも、あと二、三日で届くでしょう。お急ぎなんですよね」

「ああ。秋までに終わらせたい。そのころには、父に田舎へ連れていかれる可能性があるからね。狩りかなにかのために」

「狩りに行きたくないのでしたら、デヴリン様やヴァル様となにか計画なさるのがいちばんですわ。お父様から呼び出されても、別の用事があることになるでしょう」

「すぐに計画しよう」

「ところで、新しい執事探しはすぐにはじめていただけました？　ミスター・ステンソンを厳しく監督する者が、これまで以上に必要なんです」

ウエストヘイヴンはそれを聞き、大声で笑った。かぶりを振って立ちあがる。

「候補者を何人か連れてきてくれ。いちばんの条件は、父上の買収を退けられるかどうかだ。来週、月曜と水曜なら家にいる。だが、火曜日は立てつづけに予定がはいっている。それから、木曜日にウィロウ・ベンドへ一緒に来てほしい」

「わたしに？」アンナの脳裏にさまざまな記憶がつぎつぎに浮かぶ。書斎の床で、ボトルに口をつけてシャンパンを飲んでいたウエストヘイヴンの姿、夜の闇のなか、アンナのむき出しの尻に触れた彼の手、彼が摘んできた一輪の薔薇……。「賢明なことだとは思えません」

「もちろん賢明なことだ」ウエストヘイヴンは言った。「でなければ、どのテーブルをどの部屋へ置けばいいか、わたしにはわからないだろう？　どのカーテンをどの部屋にかけるかも」

「紙に書けますわ」アンナは提案した。「それか、あなたがいらっしゃらないときにわたしが行くとか」

「屋敷の持ち主はわたしだぞ、アンナ」ウエストヘイヴンは驚いた顔でアンナを見おろした。

「きみの意見にわたしが反対だった場合はどうするんだ。意見の相違がなくなるまで、互いに別々の日に、馬車を転がしてあの屋敷へかよわなければならないのか？」

さすがにそれはばからしいとアンナは認めたものの、口には出さなかった。

「不安なのか？」彼は首をかしげ、眉根を寄せた。「我々がまた大雨に降られる可能性は低いが、屋根つきの馬車で行ってもいい。それできみが安心するなら」

「お天気がどうなるか、見てみましょう」たしかにアンナはきれいに整った屋敷を見たかった。「だれが家具を運びこむんですか？」

「いまごろ屋敷のまわりには、金を稼ぎたくて伯爵の指示を待っている地元の者たちがむらがっていることだろう。我々が到着する前に、ほとんどの作業は終わるはずだが、ともかく、しあがった屋敷をきみに見てほしいんだ」

「わかったわ。木曜日ですね」

「それから、きみに訊こうと思ってたことがある。セントジャストが部屋にいると、なぜきみはいつも口を閉ざす？」ウエストヘイヴンはアンナに近づき、答えを待った。

「わたし、あの方にあまり好かれていないようなので。そうと言われたわけではありませんけど、その点ははっきりしています」

「あいつはきみを気に入っている」ウエストヘイヴンは頭をさげ、アンナの頬にキスをした。

「信用してはいないかもしれないがね。いや、わたしをただ妬んでいる可能性のほうが高いな。わたしのほうが先にきみと出会ったものだから」

アンナは驚いて両の眉をつりあげた。しかし、ウエストヘイヴンはすぐに部屋を去った。ベーコンやスコーンやオムレツのにおいと、とりわけ兄弟たちの笑い声に惹かれ、朝食の間へ行ったのは明らかだった。

11

「おはようございます、公爵夫人」

アンナは敬意をあらわし、膝を折って深くお辞儀をした。身分の高いレディの前では、こうしたお辞儀をするよう求められる。「客間でお待ちになりますか？　それとも、朝食の間か、家族用の居間か、書斎がよろしいでしょうか」

「気持ちのいい朝ね」公爵夫人は言った。「お庭で待つのはどうかしら？」アンナは思わず微笑み返した。庭のほうがいい。二、三日つづけて暑さがひどくなったあと、ゆうべは湿気が引き、さわやかな朝が訪れた。

「冷たいレモネードをお持ちしてもよろしいでしょうか？」アンナは日陰にあるベンチへ公爵夫人を案内し、そう尋ねた。「伯爵様とデヴリン様とヴァレンタイン様はいつも、この時間に朝の乗馬からおもどりになって、朝食の間に直行されます」

「本当に？」公爵夫人はしばし押し黙り、スカートを整えた。一度だけまばたきをする。

「しばらく一緒にすわってもらえるかしら、ミセス・シートン」

「もちろんです」アンナは同じベンチに腰をおろした。夫人から、かすかにいい香りが漂ってくる。上品でシンプルな薔薇の香りに、スパイスの香りが混ざっている。アンナの考える、公爵夫人らしい香りとはちがうにおいだった。思ったよりも堅苦しさがない、華やかで甘くて愛らしい香りだ。

「ウエストヘイヴンの兄弟が、定期的に朝食をとりにくるのですか？　ヴァレンタインがここに滞在中なのは知っていたけれど、セントジャストまで〝朝食クラブ〟の仲間なの？」

「はい」アンナは不安になった。ウエストヘイヴンはデヴリンがここに住んでいることを、公爵夫人に知らせてもいいと思っているだろうか。

「まさか、セントジャストもここに滞在しているとか？」公爵夫人は薔薇に目をやり、かすかに眉根を寄せた。美しい女性だ。たとえ、眉をひそめているとしても。たおやかで、金色の髪は亜麻色に変わりつつある。緑色の目はやや切れ長で、顔の輪郭は優美だ。

「奥様、そのご質問は伯爵様にしていただけると、ありがたいのですが」アンナは言った。

驚きからくる沈黙がしばしつづいたのち、公爵夫人の当惑顔が笑顔へ変わった。

「ウエストヘイヴンを守ろうとしているのね。あるいは、三人を。感心だこと。そういうところ、少しわたくしに似ているわね。教えてちょうだい、ミセス・シートン、ウエストヘイヴンはどうしているのかしら？」

アンナは質問を吟味し、答えてもいいと考えた。正直に、しかし、あたりさわりなく。

「本当に、本当に、お忙しくしていらっしゃいます」アンナは答えた。「公爵領にかかわるお仕事は複雑らしくて、ずいぶん時間を割かなければならないようです。でも、だいたいにおいて、伯爵様はものごとをとり仕切ることを楽しんでいらっしゃると思います」

「公爵は細かく気を配るべき仕事に、必ずしも気を配らなかったの。その点、ウエストヘイヴンはずいぶんよくやっているようね」公爵夫人らしい控えめな表現だと、アンナは思った。公爵夫人が夫に忠実なのは、驚くことではない。

「それで、ウエストヘイヴンの健康状態は？」

「お元気にしていらっしゃいます」アンナは答えた。現在形で言えば、少なくとも嘘ではない。「よく体を動かされるだけに食欲旺盛で、料理人が喜んでおりますわ」

「息子のあなたに対する待遇はどう、ミセス・シートン？」公爵夫人はさりげなくアンナを見たものの、質問は率直だった。

「伯爵様はとても善良なご主人様です」アンナは言った。困ったことに、しかも、自分らしからぬことに、話し相手がいたらどんなにいいだろうとふいに考えた。公爵夫人は美しくて上品で、年輩の女性として理想的だ。しかし、公爵夫人と聞いてまず思い浮かぶのは、八人の子を産み、夫がもうけたふたりの庶子を受け入れ、息子ふたりを亡くした女性だということだ。公爵夫人はひとりの母親、〝母上〟と呼ばれる存在だ。アンナは母に会いたくて会いたくてたまらなかった。公爵夫人と話したことによって自分の望みを思い出し、厄介なことに、のどにかたまりがつかえるのを感じた。

公爵夫人はアンナの手をそっと叩いた。「善良な主人が、自己中心的で思いやりがなくて愚かな男であってもおかしくはないのよ、ミセス・シートン。わたくしは息子たちを愛していますけれどね、あの子たちは自宅以外の場所でも泥だらけの靴で部屋にあがるでしょうし、メイドとたわむれるでしょうし、使用人たちの面前で父親と口論をするでしょう。つまり、あの子たちも人間であって、ときには人に大変な思いをさせるということなの」

「ウエストヘイヴン様のもとで働いていて、大変な思いをしたことはありません」アンナは言った。「まじめに働けば、きちんとお給金を払ってくださいます。無理はおっしゃいませんし、親切にしてくださいます」

「母上？」ウエストヘイヴンが笑みを浮かべ、厩舎のほうから歩いてきた。「お会いできて嬉しいです」頭をさげて母の頬にキスをし、そっとアンナにウインクをする。「ナプキンのたたみ方について、ミセス・シートンに熱弁でもふるっていたのですか？」

「最近、あなたがきちんと食事をしているかどうか、聞き出そうとしていたのよ」公爵夫人は立ちあがり、息子が差し出した腕をとった。ウエストヘイヴンがアンナに微笑みかけ、もう片方の腕を差し出す。「ミセス・シートン？」アンナは騒がないことにし、その腕をとった。

「たしかに元気そうだこと、ウエストヘイヴン。この春は痩せすぎていたものね。あなたらしくなかったわ」

「使用人がよく世話をしてくれるんですよ。そうそう、デヴリンとヴァレンタインもこの屋敷に滞在しています。すぐに来ると思いますが、わたしが厩舎を出たとき、ふたりは言い争いをしていましてね」

「大声は聞こえなかったわ」公爵夫人は言った。「きっとたいした口論じゃないのね」

「デヴはヴァルに馬の商売を手伝ってもらいたがっているんです。ヴァルはうんと言わない」ウエストヘイヴンは説明した。「あるいはデヴにもっと説得させようとしているか。父上と妹たちは元気ですか？」

「あの子たちはモアランズにいてよかったと思っているみたい。なにしろこの暑さだから。ただ、フェアリー様の舞踏会に出るために、ロンドンへもどってくるかもしれないわ」

「朝食の席で詳しく聞かせてください。ご一緒していただけますね、母上。いやとは言わせませんよ」

「喜んで」公爵夫人は息子に微笑みかけた。あまりにも温かい、愛情のこもった笑顔を見て、アンナは顔をそむけずにはいられなかった。ウエストヘイヴンも同じような表情をしている。彼にとって、母親ほど大きな味方はいないのだろう。少なくとも公爵夫人は、公爵がからむ問題をのぞいては、なんでも息子の味方をしそうだ。

「ご主人様、公爵夫人」アンナはウエストヘイヴンの腕から手を抜いた。「失礼いたします。厨房にお客様がお見えだと伝えてまいりますわ」

「おかまいなくって伝えてちょうだいね、ミセス・シートン」公爵夫人は言った。「どんなときも、息子たちと一緒にいられるだけで、じゅうぶんなごちそうになるのよ」ウエストヘイヴンはアンナにかすかにお辞儀をした。公爵夫人にはわからないように。

「ミセス・シートンは、あなたに対してとても献身的ね」アンナが去ったあと、公爵夫人は言った。

「我々兄弟三人によくつくしてくれます。とてもまじめで、我々が快適にすごせるよう、考えつくかぎりのことをしてくれますよ。食品貯蔵室には、わたしのためにマジパンを、ヴァルのためにチョコレートを、デヴのためにスミレの砂糖漬けを常備してあります。どの部屋にも花が飾られているし、タオルやシーツはラベンダーかローズマリーの香りがするし、この暑さのなかでも、部屋は涼しく保たれています。よくここまでできるものだと思いますよ」

公爵夫人は屋敷の裏口の階段で足を止めた。「ミセス・シートンは、ヴァレンタインやセントジャストが来る前からそんなふうにつくしてくれていたのでしょう？」

「ええ、わたしがいまになって、いろいろ気づくようになっただけです」

「悲しみは人を内に向かわせかねない」公爵夫人は静かに言った。「あなたのことを心配していたのですよ、ウエストヘイヴン。公爵が家の財政状態をめちゃくちゃにしたことはわかっています。この春、あなたはお父様の尻拭いにほとんどの時間を費やしたようね」

「財政の問題はまだ解決されていません。わたしにまかされたとき、わたしと父はあまりうまくいっていませんでしたしね」

「我が家は困窮しているの？」公爵夫人は慎重に聞いた。

「いいえ。ただ、そうなる一歩手前でした。ある意味、ちょうどヴィクターの死後、喪に服したために、遊行費を節約できました。モアランズでハウスパーティを開くのにかかる費用はばかになりませんからね。舞踏会を開く費用とは比べものにならないんですよ」

「あなたはそう言いますけれどね、ウエストヘイヴン、今度の舞踏会はフェアリー子爵と子爵の義理のご両親の主催なの。だから、わたくしに対して眉をひそめる必要はありませんよ」

「それは失礼しました」そのとき、庭の小道のほうからデヴとヴァルの声が聞こえ、ウエストヘイヴンたちは振り向いた。

「おーい！」デヴが声をかけ、にっこりと笑う。「なんだろうか、あの薔薇の茂みの向こうで輝く光は。おはようございます、公爵夫人」ロミオの台詞を真似て言い、継母の手をとって低く頭をさげた。デヴが一歩うしろにさがるや、ヴァルがふたりのあいだに割りこむようにして、母の頬に口づけた。

「母上」ヴァルは母を見おろして微笑んだ。「朝食をぜひ一緒に。来てくだされば、兄上たちが末の弟に対する態度をあらためる」

「ええ、行くわ。目の保養になりますからね。なにしろロンドン屈指の美男子たちがそろっているんですから」

「心にもないことを」ウエストヘイヴンは言った。「きっとあとで我々を尋問するつもりでしょう」

公爵夫人は軽い足取りで屋敷にはいった。片方の手でウエストヘイヴンの腕に、もう片方の手でヴァルの腕につかまっている。デヴは三人のうしろ姿を眺め、その絵のような情景に微笑んだ。そのあと、塀沿いの花壇のほうを向き、薔薇を切るアンナを見つめた。

デヴは石造りの花壇の低い仕切りに片方の脚を乗せた。「公爵夫人の尋問は、どの程度厳しかったんだい?」

「おはようございます、セントジャスト大佐」アンナは膝を折ってお辞儀をし、仕切りに載せてあるかごにはさみを入れた。「公爵夫人はとてもお優しかったですわ」〝あなたとはちがって〟と、アンナは心のなかで言い添えた。「失礼してよろしいですか?」

「いや、だめだ」デヴリンは答えた。そのことばを強調するかのように、アンナの腕に手を置く。アンナはデヴリンと目を合わせ、非難がましく視線を腕に落とした。ふたたび彼の顔を見て、問いかけるように片方の眉をつりあげた。

「好いてもらう必要はありません」アンナは言った。「でも、敬意は払っていただきたいです」

「払わなかったらどうするつもりだい、アンナ・シートン」デヴリンが顔を近づけると、髭剃りあと用のローションのにおいがした。ミントの香りに野草の香りが混ざっている。アンナは体をこわばらせた。騒ごうものなら、ウエストへイヴンが外へ出てきてしまう。おそらく、公爵夫人と一緒に。

「あなたは意地の悪い方ではありません。ほかにさまざまな欠点があるとしても」

デヴリンはあとずさり、眉根を寄せた。

「言ってくれるじゃないか、ミセス・シートン」しばらくののちに言う。「こっちとしては、確認したいだけなんだが。きみが腹黒くて身勝手で、身分をわきまえずに気取る女であることを。だが、どうもそうではないような気がする」

アンナはうろたえてデヴリンを見た。「いったいなぜ、そんなひどい女だときめつけるんですか？　あなたも似たような偏見に苦しんでこられたでしょうに」

「ほら、それだよ」デヴリンは微笑まんばかりの表情をした。「わたしが言いたいのはきみのそんなところだ。きみはきめつけられたことを否定せず、お返しに鋭い非難のことばを浴びせる。もしかしたら、わたしはきみが単なる金目当ての女であってくれればいいと思っているだけなのかもしれない。そうすれば、継弟のなわばりで密猟ができるのにと」

「あなたはそんなことをする方ではありません」アンナは言った。デヴリンがどの程度こけおどしをしているのかが見えはじめた。「意地悪ではありませんもの。そう見せかけようとなさっていますけれど」

「まあそうだが――」デヴリンは微笑んだ。「きみだって、ただの献身的なメイド頭ではないだろう。そう見せかけようとしているが」

「わたしの過去はデヴリン様には関係ないでしょう。あるんですか？　それとも、なんの関係もないのに、ただいやがらせをなさっているんですか？」

「関係」デヴリンはぽつりと言った。「わたしがときに塞ぎこんでいたり、軽々しくふるまったり、人をばかにした態度をとったりするのが見せかけなのは、きみの推測どおりだ。そんなことをするのは、ひとつは公爵がわたしに期待しないようにするためだ。だが、この点だけはまちがえないでもらいたい。わたしはなにがあっても、ためらわずにウエストへイヴンを守るつもりだ。どんな形であれ、きみがあいつを裏切ったり、もてあそんだりすれば、わたしはきみにとって最悪の敵になるだろう」

アンナはかすかな笑みを浮かべた。「あなたがこうしてメイドを脅すのを、ウエストヘイヴン様が喜ぶとでも思っていらっしゃるんですか?」

「理解はしてくれるかもしれない」デヴリンは言った。「もうひとつ、きみに伝えておかねばならないのは、あいつがきみを大切にするかどうかによって、わたしの態度もきまるということだ。あいつが自分の人生においてきみを大切な人だとみなすなら、わたしはなにがあっても、ためらわずにきみを守る」

「なにをおっしゃりたいんですか?」

「きみは問題を抱えているだろう、アンナ・シートン。この家には、きみの過去を知る者がいない。家族もいないようだし、良家に生まれた淑女のような雰囲気と気品があるのに、働いて糊口をしのいでいる。モーガンと話をしているのを、わたしは見たぞ。きみはたしかになにかを隠している」

アンナは顎をあげ、デヴリンをひたと見据えた。「だれにだって秘密くらいあるものですわ」

「どちらかを選んでくれ、アンナ」デヴリンは驚くほど優しくアンナの名を呼んだ。「ウエストヘイヴンを信頼して問題を解決してもらうか、あいつをそっとしておいてやるか。善良な男だから、自分の屋敷にいる者に利用されたらかわいそうなんだよ。すでに自分の父親にひどい仕打ちをされたことがあってね。きみが同じようなことをしたら、わたしが許さない」

アンナはかごを持ちあげ、デヴリンに冷ややかな笑顔を向けた。「まるで公爵様のようですね。人に干渉したうえ、意地悪を言って脅して、ウエストヘイヴン様の生活についてあれこれきめつけるなんて。しかも、そうするのはウエストヘイヴン様を愛しているからだとご自分に言い聞かせていらっしゃるんでしょう。実際は、どう愛せばいいのか、そもそもよくおわかりになっていないというのに。さすがは公爵様の息子さんですね」

アンナは皮肉たっぷりのようすでお辞儀をし、歩み去った。スカートの揺れ方から、いらだちが伝わってくる。

デヴリンは仕方なしに笑みを顔に張りつけ、朝食をとりにいった。やはり勘はあたった。アンナ・シートンは秘密を抱えている。自分でそう認めたようなものだ。

だが、あの尋ね方はまずかった。ウエストヘイヴンの興味を引いた女なのだから、相当気が強いにきまっている。脅すべきじゃなかった。あるいは、アンナのことばを借りれば、意地悪を言うべきじゃなかった。まあ、公爵夫人との朝食がすんだらすぐに、どうにかできるだろう。

「口数が少ないな」ウエストヘイヴンが言った。アンナが彼と一緒に馬車でウィロウ・ベンドへ向かっていたときのことだ。

「黙っていれば、まだベッドにいるんだって、思いこめるもの。ひんやりとした気持ちのいいシーツの夢を見てるんだって」実際は、毎晩のように彼の夢を見ているけれど。

「きみを酷使しすぎだろうか？」ウエストヘイヴンはアンナを一瞥した。

「いいえ。人は暑いとなかなか眠れないものよ」

「継兄や弟は迷惑をかけていないか？　デヴは几帳面だが、ヴァルはずぼらだからな」

「ヴァレンタイン様の罪といえば、毎日午後、モーガンを二、三時間ほど音楽室に呼んで、ピアノの練習につき合わせることだけですわ」

「信用していい、ヴァルはモーガンに対して紳士らしくふるまう」

「あなたのことは、信用してもいいのかしら？」

「していいとも」ウエストヘイヴンは答えた。「きみに言われれば、なんでもやめるし、故意にきみを傷つけたり、話を聞く前になにかをきめつけたりはしない。それに、知っているかぎり、真実を話す。それでいいかい？」約束はそれですべてらしかった。とはいえ、アンナの人生のなかで、これほど多くを進んで約束してくれた男ははじめてだ。

「ええ」それで満足すべきだ。

ウエストヘイヴンはウィロウ・ベンドについて実際的な話をしはじめた。現地では、一時的に雇った地元の村人たちが忙しそうに家具を運んだり、カーテンをつるしたり、シーツや食器類を箱から出したりしていた。前回ウィロウ・ベンドを訪れたときの光景とはまったくちがう。荷車が並び、大勢の人々がいて、そこかしこで賑やかな音がする。

少年がひとり、厩舎から出てきたかと思うと、ペリクレスを引きとった。ウエストヘイヴンはアンナを正面玄関へいざなった。

「妹の目に映る屋敷の姿を見たいんだ。使用人や商人の目ではなく……」ウエストへイヴンは玄関のドアをあけ、アンナをなかへ通した。「ウィロウ・ベンドへようこそ、ミセス・シートン」

人目を意識した挨拶だったので、アンナはほっとした。実際に人の目があったので、さらに胸をなでおろした。大工とガラス職人と労働者と見習い工が、あわただしく行き来している。金槌の音が響き、ときおり上階から大声がする。少年たちが道具やさまざまな品を手に、そこらじゅうを走りまわっている。

「伯爵様」中背のずんぐりした男が近づいてきた。

「やあ、ミスター・アルバートソン。ミセス・シートン、現場監督のアレン・アルバートソンだ。ミスター・アルバートソン、こちらはミセス・シートン。きみたちの仕事に最後のしあげをする予定だ」

「マダム」アルバートソンは微笑み、丁寧な挨拶をした。「これはまた、完璧な内装を手配されましたな。どこからご案内しましょうか、ご主人様」

「マダム？」ウエストへイヴンがアンナのほうを向く。敬称で呼ばれ、困ったことにアンナは頬が赤くなるのを感じた。

「厨房から」アンナは言った。「いちばんに使いやすくしておきたい場所ですし、上階に住む者にとっても、使用人にとっても、大事な部屋ですもの」

「では厨房へ、ミスター・アルバートソン」ウエストヘイヴンは手でそちらを示し、アンナに腕を差し出した。

三人は各フロアの部屋を見てまわった。空だった棚には、いまはティーカップやグラスや重ねられた皿が整然と並び、タオルやテーブルクロスや蝋燭もしまわれている。アンナはスパイス棚を作業台近くに移すことと、厨房の壁際に長椅子を置くことを頼んだ。使用人用の通路にも長椅子を置いてもらい、壁には釘を打った板をとりつけさせた。上着やケープやコートをかけるためだ。

「長靴の泥落としも必要ね」アンナは指摘した。「ここは厩舎とお庭からいちばん近い出入り口だから」

「書きとめておいてくれるか、ミスター・アルバートソン」ウエストヘイヴンはうながした。

「はい」アルバートソンはうなずいた。女にしか思いつかないことだと言わんばかりに、目をくるりとまわす。

昼が近づくなか、三人は部屋から部屋へとめぐりつづけた。交換の必要があるカーテンや、まちがった居間に置かれているテーブルや、絨毯を互いに入れ替えるべき寝室がふたつ見つかった。音楽室で、アンナはハープにカバーをかけさせ、ピアノの蓋を閉めさせた。

「ミスター・アルバートソン、案内はここまででいい」最後の寝室に向かっていたとき、ウエストヘイヴンは言った。「そろそろみんなの昼休みだろう?」

「はい。重労働をするにはだんだん暑くなってきますから。ただ、暑さがましになれば、すぐ仕事にもどります。では失礼、マダム」アルバートソンは会釈をし、立ち去った。階段につく前に、柄杓はないかと怒鳴っている。

「あの男はややデリカシーに欠けるな」ウエストヘイヴンは言った。「だが、実直だし、仕事をやりとげようとしている」

「しかも、いいお仕事をしているわ」アンナは言った。「このお屋敷、とてもすてき」

「この部屋を最後にとっておきたかった」ウエストヘイヴンは言い、寝室のドアをあけた。以前、ふたりで夜をすごした部屋だ。そこへはいるよううながされ、アンナは鼓動が乱れるのを感じた。

「ウエストヘイヴン伯爵が水疱瘡を発症した、記念のお部屋ね」軽い口調を心がけ、からかうように言った。

「それはさておき、この部屋の出来はどうだ?」

アンナはこの寝室を男性らしい部屋にしようと考え、落ち着いた緑色を基調にし、ところどころ青をアクセントに使って飾りつけてもらった。比較的地味な家具を配し、内装にはフリルや派手な飾りをほとんど使っていない。ベッドの天蓋を深緑色のベルベットにし、ベッドカバーはそれに合う色に染めてあった。カーテンは同じ色合いでやや明るめにし、それらすべてがベッドの木枠の濃い茶色と、板敷の床のそこここに敷いてある、色彩豊かなペルシア絨毯を引きたてている。

「口数が少ないな」ウエストヘイヴンは言った。「部屋の変化に喜んでくれると思ったのに」

「喜んでいるわ」アンナは微笑んだ。「女主人用のお部屋じゃないわね」

「もちろんちがう。女性用の部屋はもう見ただろう。わたしが抱いている思い出にぴったりの部屋になってくれればいいと思っていた」

「ウエストヘイヴン……」アンナはため息をついた。「あの夜、とてもお行儀よくしてくれたわね」

「ああ、努力を評価してくれて嬉しいよ。ここ何日か、わたしはきみをそっとしておいた。まさか、今回もわたしがなにもしないだろうと考えて、ここへは来なかっただろうね」

「ここへ来たのは」アンナは布張りの揺り椅子にすわった。「内装の終わった屋敷を見てほしいというあなたの依頼に応えるためよ。もうそれはすんだから、ロンドンへもどれるわ」

「で、一日でいちばん暑い時間に、ペリクレスを走らせるのか？」

アンナはウエストヘイヴンを軽くにらみ、立ちあがった。「わたしの評判よりも、愛馬の体調を優先しないでもらいたいわ。よりによってまた。ペリクレスはロンドンまでもどれるでしょう。ここでのわたしたちの役目は終わったんですもの」

「役目は終わったかもしれない」ウエストヘイヴンがまっすぐに見つめ返す。「だが、我々の取引は終わっていない。こっちへおいで」アンナの手をとり、窓下の長椅子へいざなった。

並んですわらされても、アンナはあらがわず、手を握られたままでいた。

「話をしてくれ、アンナ」ウエストヘイヴンはもう片方の腕をアンナの背中へまわした。

「最近、きみがなにを考えているかわからない。わたしには妹が何人もいるから、それがよくないことだとわかっている」

「わたしにプライバシーをくださらないのね」とはいえ、ウエストヘイヴンが脚を伸ばし、ふたりの腿と腿が触れ合ったときも、アンナは身を引かなかった。

「あの屋敷のなかで、きみほどプライバシーのある者はいないと思うが」ウエストヘイヴンはたしなめるように言った。「わたしの指示だけに従えばいいわけだし、屋敷の切り盛りをまかされているし、四階ぶんある屋敷のなかで、わたしのほかに専用の居間を持っているのはきみだけだろう。だいたい――」アンナの手の甲にキスをする。「きみは時間稼ぎをしている」

アンナは彼の肩に頭をもたせかけ、目を閉じた。こめかみにウエストヘイヴンが鼻をこすりつけるのがわかる。

「いとしい人」ウエストヘイヴンはささやいた。「悩みを打ち明けてくれ。デヴはきみの瞳が翳っていると言う。わたしも同意せざるを得ない」

「あの方」アンナは顔を起こした。

「あいつがなにかしたか？　フランばあやをからかいすぎたか？　料理人を怒らせたか？」

「わたしを、です」アンナはため息をついた。「といっても、あの方に腹を立てつづけることはできないわ。デヴリン様はあなたを守っていらっしゃるだけだもの」

「父は同じ口実を使って、わたしの姪の家族を破滅寸前に追いこんだ。エリースを買収したときも、父はわたしを守っているつもりだった。母が認めないほど行きすぎたことをするときも、だれかを守っているつもりでいる」

「わたしも同じことをデヴリン様に申しあげたわ。あの方が、あなたをもてあそぶなとわたしに警告なさったときに」

「きみがもてあそんでくれないから、わたしは自分で自分をなぐさめ、気が変になりかけている」ウエストヘイヴンは言った。アンナはそのことばに思わず微笑んだ。横を一瞥したところ、彼はわざと妙な目つきをしてみせた。

「あいつはほかになにを言った？」しばらくののちに真顔になって訊いた。

「あなたがわたしを大切にするなら、デヴリン様もそうすると。どういう意味かよくわからなくて。あの人の考えは読みにくいわ」

「きみを我が家へ歓迎するという意味だよ。あいつ、わたしにひとことも言わなかった」

「あれで歓迎なさっているつもりなら、あの人に脅されると思っただけで、体が震えるわ」

「デヴはきみが上流階級の女性で、秘密を抱えていると言う。わたしは反論できなかった」

「上流階級に属していた時期もありました」アンナはウエストヘイヴンと目を合わさずに言った。「でも、いまは人に仕える身よ」

「きみはわたしの求愛を受け入れずに、いまの身分でいることを選ぶのか。わたしのキスも富もわたし自身も、花に水をやることや銀器を磨くことに比べて魅力がないとは、まったくがっかりするよ」

「そんなふうに思わないで！」アンナは目をあげてウエストヘイヴンを見た。自信を失ったような真剣な口調にぞっとしたのだ。「自分自身の問題だとわたしが言うときには、信じてくださらないと。女ならだれでも、あなたに興味を持ってもらえたら嬉しいわ」

「女ならだれでも?」ウエストヘイヴンは自嘲するような笑みを浮かべた。「グイネヴィア・アレンはまったく喜んでなかったぞ」

「あの方は子爵に夢中だったからでしょう。子爵もあの方に心を奪われていたわけだし」アンナは反論し、立ちあがった。「ともかく、そんなふうに考えてはいけないわ。あなたはここ三年のうちに社交界にデビューした令嬢のなかから、お相手を選び放題でしょう」

「ああ、なんという幸運」ウエストヘイヴンも立ちあがった。「つまりわたしは、初夜を怖がり、わたしに誘われるのを恐れる若い娘を腕につかまらせて、気取って歩けるんだな。やがて、その娘はわたしの父の陰謀によって身動きがとれなくなる。当然ながら、娘の両親も片棒を担ぎ、娘をいけにえの子羊よろしく舞踏会へ送りこむというわけだ。まともな男ならだれだって、そんな娘を妻にしたくはない。どうした?」ウエストヘイヴンはふたたびアンナのそばへ来た。「きみがいまぞっとしているのか、茫然としているのか、ひょっとしたら感動しているのか、見当もつかないな」

「あなたはわかっているのね」アンナは言い、彼を見あげた。「いけにえの子羊になるのがどんな気分か」

「ああ」ウエストヘイヴンはうなずいた。「ほかにもわかっていることはあるぞ、アンナ・シートン。いま、この瞬間、きみを味わえないのなら、どうなっても責任は持てない」そう言って彼女の唇を唇でかすめた。「男たちは休憩に行って、暑さがましになるまでもどってこない。せっかく時間ができたのだから、有効に使いたいんだ」

「あなたとは寝ません」アンナは首を横に振った。「そんなことをしては……いけないもの」

「だったら、寝ない」ウエストヘイヴンはふたたびキスをした。さっきよりも長く。「だが、ふたりで悦びを得よう。頼むから反論しないでくれ、アンナ」伯爵が彼女のウエストに腕をまわす。「きみには悦びが必要だ。わたしと同じくらい強く。それに、我々を止めるものはなにもない」

「わたしがいるわ」アンナはそう言いながらも、キスを返していた。

「だったら、あとでわたしを止めればいい」ウエストヘイヴンは提案し、肩をすくめてベストを脱いだ。そのあいだも、唇をアンナの首にすべらせる。「できれば、ずっとあとで」今度はもっと深いキスをした。自分でも驚いたことに、アンナにはあまり抵抗する気はなかった。ウエストヘイヴンは熱心に誘惑した。

何日ものあいだ、アンナは肉の悦びははかないものであって、いまの状況では足手まといになるだけだと、自分に言い聞かせてきた。数少ない機会に彼と分かち合ったものを――キスと愛撫、想像を絶する歓喜と親密な触れ合いを――恋しがってはいけないのだと。

しかし、ウエストヘイヴンが恋しくてたまらなかった。大地が春と花々と太陽を恋しがるように。戦い前後の夜、兵士が故郷を恋しがるように。どれだけ恋しかったことか……。

「そうだ」アンナが彼の腰に両の腕をまわしたとき、ウエストヘイヴンは優しく言った。

「もうことばはいらない、アンナ。きみをどうやって悦ばせればいいのかを伝えるとき以外は」

ウエストヘイヴンは長く深いキスをした。アンナの反論を制し、意思を盗み、自分のものにする。アンナはたしかに悦びを分かち合いたかった。ほかの男とではなく、これからも彼と一緒に。ウエストヘイヴンのもとを去りたくはなかった。とはいえ、いつかは去らねばならない。

アンナは背伸びをし、彼の体に体を押しつけた。ウエストヘイヴンがさらにアンナを抱き寄せる。アンナの慎みと自制心のすべてが窓から飛び去り、あとに欲求だけが残った。彼を求める気持ち、彼に近づきたいという気持ちだけが。

「あなたの服」アンナはささやき、背をそらした。

「きみも」ウエストヘイヴンもささやき返した。すばやくドレスの背中側のボタンをはずす。そのあいだも、アンナは彼の唇を味わいつづけた。ウエストヘイヴンはドレスの短い袖を肩からすべらせ、頭をさげると、彼女の肩を唇であがめはじめた。

「すてき」アンナは言った。「あなたのその触れ方」

「ここも」ウエストヘイヴンが小さな声で言い、唇を下へ這わせる。「日の光のような味がする。甘くて女らしい味だ」

アンナは彼のシャツをウエストから引き出そうとした。けれども、キスをしながら両手を動かすことができない。大きくあえぎ、一歩うしろへさがった。

いらだって彼を見た。「無理だわ。お願いだから、服を脱いで。いますぐよ、ウエストヘイヴン」

ウエストヘイヴンは微笑んだ。〝きみが頼みごとをするなんてめずらしい〟と言わんばかりの笑顔だ。それから、彼女の目の前でシャツを頭から脱いだ。片方の眉をつりあげ、ズボンの前に手を伸ばす。アンナはうなずき、彼の視線をとらえつづけた。ウエストヘイヴンは時間をかけて長靴と靴下を脱ぎ、ブリーチから足を抜いた。その後、興奮した体で平然とアンナの前に立った。

「まあ……」アンナは目を大きく見開き、彼を眺めた。「ずいぶんその気になっているのね」

ウエストヘイヴンはアンナに近づいた。男の証しが、引き締まった腹に向かって屹立している。「そう言うきみは、ずいぶん服を着こんでいる。脱げよ、アンナ。全部」

アンナはうなずいた。服を脱げば、ふたりであらたな領域へ足を踏み入れることになるのはわかっていた。これまで、彼の前で一糸まとわぬ姿になったことはない。しかも、これほど明るい昼間に。

「鍵をかけて」アンナは唾をのんだ。ウエストヘイヴンが口元をゆがめて微笑み、言われたとおりにする。服を脱げと、彼は命令口調で言った。だからアンナも、わざと似たような口調を使ったのだった。

「ためらうなよ、アンナ」さっきよりは優しい、おもしろがるような調子だ。ただ、彼の声から、強く自制しているのがわかった。アンナは時間をかけてボディスをずりさげ、腰の下まで落とした。ドレスから足を抜き、海からあがるヴィーナスさながら、うねるスカートを踏んで立った。ウエストヘイヴンは数フィート離れたところでそのようすを眺めている。アンナは身をかがめ、長靴と靴下を脱いだあと、シュミーズを床のドレスの上に落とした。

「さっきよりいい」ウエストヘイヴンが片方の手を差し出す。「ずっと、ずっといい」

アンナは一歩前に出たところでためらった。ウエストヘイヴンが残りの距離を詰め、アンナを抱き寄せると、彼女の顔を自分の首元に押しあてた。

「恥ずかしいのか？」ふたたびおもしろがるような口調で言った。

「わたしたち……なにも着ていないわ」アンナは胸から顔へと赤みがのぼるのを感じた。

「はじめてね」

ウエストヘイヴンは頭をさげてキスをし、手で彼女の尻を包んだ。アンナがそれに反応してさらに顔を赤らめる時間はなかった。抱きあげられ、ベッドの中央にほうり出されたからだ。

「動くなよ、恥ずかしがるんじゃないぞ」アンナが両肘をうしろについて半身を起こしたとき、ウエストヘイヴンは言った。「うっとりとしたかわいい顔をしている。キスをたっぷりされた顔、わたしと一緒にいたいという顔だ。なにしろ、きみは自分の知らないことを、わたしに教えてもらう必要があるからね。どんな男も、もうきみから純潔を奪うことはできないが、きみの無知をどうにかすることならできる。本当は、ミスター・シートンがそうしておくべきだったんだが」

「無知？」アンナはベッドに乗った彼を見つめた。「ウエストヘイヴン……」

「ことばはなしだ、アンナ」ウエストヘイヴンはたしなめるように言った。「話していいのは、どうされたら嬉しいのかを伝えるときだけだ」

「こんなことをされても、ちっとも嬉しくないわ」アンナはきっぱりと言った。「こんなふうにあつかわれて……うっ！」ウエストヘイヴンがアンナにまたがり、優しくベッドへ押し倒した。「なにをするつもり？」

「しーっ」ウエストヘイヴンはアンナの首に鼻をこすりつけ、彼女に覆いかぶさった。「説教をするには暑すぎる。体力を温存しておくべきだ」

ベッドに乗ってから、ウエストヘイヴンがことを急ぐのをやめたのに、アンナはふと気づいた。こうして体を重ね、なにをするでもなく彼自身をアンナの腹に押しあてていれば、アンナは逃げ出さない。それをわかっているせいか、彼は穏やかになった。キスのペースがゆるやかになるなか、ふたりのまわりに静寂の帳がおりた。

「きみはそのうち」ウエストヘイヴンは鼻でアンナの胸をかすめた。「速く荒っぽくしてほしがるようになる。わたしに黙ってほしいと思うようになって、服が破れようが、ドアの鍵があいていようが、騒ごうが、どうだっていいと考えるようになる」

「本当にそんな日が来るの？」アンナは背をそらし、彼にもっと近づこうとした。

「来るとも。きみが望むだけ、何度もそんな日が訪れると請け合うよ」ウエストヘイヴンはアンナの胸の頂に舌を這わせ、ふくらみに頬を押しあてた。「一睡もしないのに、熟睡したときよりも力がわきあがる夜が来ることも請け合える。好きなようにすごす官能的な長い午後も来る。そんなときには、わたしもきみも、自分のいるべき場所やすべきことをすべて忘れてしまうだろう」彼が頭の向きを変え、胸の蕾を口に含む。それによって引き起こされた悦びは、耐えがたいほどだった。

「いいわ」アンナはかすれ声で言った。本当に口に出して言ったのか、ことばを体の隅々で感じただけなのかがわからない。ウエストヘイヴンは胸の頂を強く吸い、手でもう片方の蕾をもてあそんだ。キスをやめ、アンナと目を合わせた。

「自分のペースを守っていいぞ、アンナ。ゆっくりする時間はあるし、きみに対するわたしの欲求にはかぎりがないから」

「どういう意味かわからないわ」アンナは言い、彼の髪に指を通した。「自分のペース？」

「ふたりのペースだ」ウエストヘイヴンは目を閉じた。ふたたび頭をさげ、何分もかけて口でアンナを興奮させ、悦びを与えた。胸がすばらしく敏感になっている。アンナはなにも身にまとっていない状態を――彼が自由に触れられる状態を、恥じらわずに楽しんだ。

「ウエストヘイヴン……」しばらくののち、アンナはじっとしていられずに背を弓なりにした。「耐えられないわ」

「まだまだ」ウエストヘイヴンは片方の手を彼女の胸の下へすべらせた。そのゆっくりとした動きで、ふたりには時間がじゅうぶんにあるのだと、暗黙のうちに伝えているかのようだ。アンナの腹をのんびりと愛撫し、ときおり胸の頂をいじったり、指を脚のつけねへさまよわせて、茂みをかすめたりした。

「細くなったな」ウエストヘイヴンはアンナの乳房にキスをした。「これ以上痩せないでくれ。健康的でいてほしいんだ」

「毎年、夏には体重が減るもの」アンナは言った。ウエストヘイヴンの気分が、さっきベッドへ彼女を連れてきたときとは一変したのがわかる。「水疱瘡、治ったわね」アンナは彼の腹に手をすべらせ、肌が完全に癒えたことに驚嘆した。

「看護人が優秀だった」ウエストヘイヴンがアンナを見つめて微笑んだ。「それに、ゆっくり体を休めたから」彼の手が茂みのなかへもぐりこむ。アンナは満たされぬ欲求が高まるのを感じた。お返しをするのがフェアというものだ。そう考え、硬くなった下腹部を手で探った。

「どれくらいの時間、この状態でいられるの？」アンナは彼自身に指を巻きつけ、上下にすべらせた。

「思春期には、つねに下腹部が興奮したような状態ですごす男も多い」ウエストヘイヴンは目を閉じた。「わたしもそうだった。大学にはいったあとはましになった。一日に何度か自分をなぐさめるだけでなく、実際的な方法で悦びを得られるようになったからね。もっと力を入れてくれ、いとしい人。そうだ」深く息を吐き、降参したようにあおむけに横たわった。

アンナは微笑んだ。勝ったような気がして嬉しかった。半身を起こし、彼の腰の上にまたがり、ふたたび探索をはじめた。

「あなたみたいに恵まれたものを持っている人は多いの？」アンナは訊いた。あいたほうの手を上へすべらせ、彼の乳首をかすめた。

「わたしほど恵まれている男はいないだろうな」ウエストヘイヴンの目はまだ閉じられている。「きみはあらゆる女にうらやましがられるぞ。わたしたちが本当にベッドをともにしたら、きみはがにまたになってしまうかもしれない」

「まじめに答えて」アンナはたしなめ、彼自身をそっと引っぱった。

「まじめにか……」ウエストヘイヴンはかすれ声で言った。「ああ、気持ちがいい……。実際はだれが恵まれていて、だれが恵まれていないかを知るのは難しいんだよ。ほかの男の興奮した姿なんて、ふつうは目にしないから。もちろん、目にはいってしまうことはあるが、わたし自身、自分のもの以外で、臨戦態勢にある男の性器を見たことはほとんどない」

「興奮した男の人自体は見たことがあるの？」

「たいていの男は、朝、こういう状態で目覚めるものだ」ウエストヘイヴンは説明した。

「ペースをゆるめてくれ、アンナ。さもないと、長くは持たない」アンナは手を動かすスピードをわずかに落としたが、頭をさげて彼の乳首のまわりを舌でたどった。

「アンナ」警告するような口調とは裏腹に、彼はアンナの頭のうしろを手で包んだ。

「んん？」アンナが乳首を吸いはじめると、ウエストヘイヴンはうめき声をあげた。アンナの手の動きに合わせて腰を浮かせている。

「あとでお返しをしてやる」

「やめてほしい？」アンナは手を止め、彼の額から髪を払った。ウエストへイヴンが目をあける。おもしろがるような表情をしているので、アンナはほっとした。

「きみを口で愛してやるつもりだ。きみは悲鳴をあげてわたしを求め、悦びのあまり自分の名前を忘れるだろう」

アンナはそれを聞いて眉をひそめた。前にもこうしてあからさまな予告をされたことがある。そのことを思い返して眠れなくなる夜が、これまで何度かあった。

アンナは落ち着いて彼の目を見つめ返した。「わたしがあなたを口で愛したいと言ったら？」

「おいで」ウエストへイヴンはアンナを脇へおろし、腕で包んで引き寄せた。「こんなふうに一緒にいるとき、きみがなにを頼んでも、なにをほしがっても、わたしが怒ることはない。なにをしても、なにを考えついてもいいんだ。きみの口に含まれるのは大歓迎だ。きみがわたしを縛りたがったり、目隠しをしたがったり、ペニスを青く塗りたがったりしても、わたしはきみを拒否しない」

「どうして？」

「信用しているからだ」ウエストへイヴンは言った。アンナはそのことばに衝撃を受けた。

「信用すべきじゃないわ」小さな声で言った。その正直な答えを受け止めるウエストへイヴンのようすを見て、いまの短いことばのせいで彼の好意を失っただろうかと考えた。

「なぜ信用すべきではないんだ？」ウエストへイヴンは尋ねた。アンナの体をなでる手の動きと同じくらい、ゆったりとした口調だ。

「だって、わたしはあなたを失望させるでしょうし、そうすれば互いにきまりが悪くなって、怒りを感じるわ」アンナは彼の首に向かって言った。ふたたびウエストヘイヴンに覆いかぶさる。彼の腕がまわされるのを感じ、胸にもたれた。

「ベッドで失望させるというのか?」ウエストヘイヴンは探るように訊いた。

「ベッドでもがっかりさせるかもしれないわ」アンナは彼の胸に鼻を押しつけた。

「きみはいまだに、わたしのもとを去ろうと考えているんだな」ウエストヘイヴンは言った。背骨に沿って手を動かし、アンナの背中をなでている。

「そうよ」アンナは先ほどよりもはっきりと言った。ことばを強調するように彼の乳首に歯を立てる。これでいい。できるかぎり正直に伝えた。

「結婚するつもりがないから、約束どおりわたしのしつこい求愛に耐えたあと、わたしのもとを去らねばならないというんだな」

アンナは上体を起こし、きつい目で伯爵を見た。「メイドとして一貫した態度をとっていたとは言わないけれど、あらゆることに臨機応変に対応するとも言っていないわ。ともかく、あなたとは結婚できません」

「できないのか、するつもりがないのか、どっちだ?」ウエストヘイヴンはアンナと目を合わせ、視線をとらえた。

「できないんです。どうしても無理なの。これからもずっと」

とはいえ、アンナは彼の乳首をもてあそぶのをやめることもできなかった。

「アンナ、もし選択できるとしたら——」仕返しのつもりか、ウエストヘイヴンは手を伸ばし、彼女の胸の頂をそっと引っぱった。「どちらを選ぶ？　きみが秘密にしている義務を果たすのか、わたしと結婚するのか、どっちだ？」

「あなたを選ぶわ」アンナは顔をあげてキスをした。「そうする自由があれば、あなたを選ぶ」

結婚や自由や地位や安定ではなく、彼を選ぶ。アンナはふたたびウエストヘイヴンの唇を唇でかすめた。それまでのキスとはちがい、甘くせつないキスだった。一緒にいる男に強い思いを抱いている女のキスでもあった。

選べるのだったら、彼を選ぶ。それだけは伝えられる——そこまでは言ってあげられる。

アンナはウエストヘイヴンを見つめた。「さっき、あなたは言ったわ——」

「わたしはいろいろなことを言うからな」ウエストヘイヴンは微笑んだ。優しい表情に見えた。母親を見つめたときの表情に少し似ている。

「あなた……」アンナはまだ恥ずかしさをおぼえることに当惑し、ふいに顔をそむけた。一糸まとわぬ姿で、硬くなった彼の下腹部の上にまたがっているというのに。「口に含まれるのは大歓迎だって言ったわよね……あなた自身を」

「ああ」ウエストヘイヴンの手の動きが止まる。「そうだ」

「どうするものなの？」アンナは訊いた。体に赤みが広がるのがわかる。しかし、ほっとしたことに、ウエストヘイヴンはからかわなかった。なにも言わずに待っている。アンナはふたたび彼のほうへ顔を向けた。

「好きなようにすればいい」ウエストヘイヴンは静かな声で言った。「自分がしたいようにすればいいだけだ」

「どうすればいいか教えて。あなたと一緒にしたいの」

「楽な姿勢になって」ウエストヘイヴンがベッドの端へ行く。「いやになったらすぐにやめるんだぞ。時間をかけて、したいことをすればいい」

「あなたを傷つけてしまったら?」アンナは体をずらし、彼の下腹部に頬を乗せ、彼自身を手にとった。

「傷つきはしない。わたしを噛んで出血させないかぎりは。だが、そうした行為も、ある程度は官能的と言えるだろうな」

ウエストヘイヴンは彼女の頭に手を添えた。アンナは清潔なシーツと男の香り、期待の香りを吸いこみ、屹立したものに舌をつけた。どんな味がするのかを試すようにそっと。ウエストヘイヴンが彼女の髪に指を通し、うなじをなでたとき、アンナは体の力を抜き、いましていることに集中した。ためらいながらも全体に舌を這わせ、からかうように動かした。子猫の毛づくろいをする母猫のように。そうしているうちに、アンナの体の奥に火がついた。好奇心を満たしていいと許されたことも、ベッドに横たわる彼の裸身も、その火勢を強めた。

アンナは彼自身を口に含んだ。体のなかの小さな炎が、あっというまに燃え広がる。アンナは奥にはいるまで口をすべらせたり、浅く含んだりして、さまざまなことを試した。ウエストヘイヴンは無言でゆっくりと腰を動かしはじめた。アンナを驚かせたくないと思っているらしい。アンナは時間をかけ、彼の腰の動きに合わせて口を動かす方法を学んだ。体のなかで長いあいだ冷えきっていた部分を、炎で温める方法も。しっとりと濡れた彼のものに指を巻きつけると、ウエストヘイヴンは静かな悦びのうめき声をあげた。情熱を感じてほっとしたかのようだ。それはアンナも同じだった。

「それ以上は無理だ、アンナ」ウエストヘイヴンがかすれ声で警告する。「果ててしまう……」

そのための行為ではないのだろうか？　ウエストヘイヴンがアンナの指と口に向かってなめらかに腰を突き出し、短く深い息をしはじめたとき、アンナは彼を思いきり吸った。

「ああ……アンナ……まずい……」ことばとは裏腹に、腰の突きが激しくなる。ウエストヘイヴンが手でアンナの頭を包んで引き寄せると、口のなかで彼自身が実際に脈打った。アンナには容赦するつもりはなかった。

「まずい……」ウエストヘイヴンがふたたびささやく。しかし、そのあいだも、彼の体は長い絶頂を求めていた。「ああ……」荒い声で言う。目を閉じたまま、頭をのけぞらせ、腰を悦びで大きく震わせた。「まいったよ……アンナ」

彼の体の震えがほとんどおさまった。手はいまだにアンナの髪をゆっくりとなでている。

「これでもきみは」ウエストヘイヴンは静かに言った。「信用すべきじゃないと言う」彼自身が口からすべり出る。アンナは目に涙が浮かぶのを感じた。信用すべき女ではないにもかかわらず、彼は心から信用してくれた。世慣れていなくても、そのくらいはわかる。

「おいで」ウエストヘイヴンは体を伸ばし、アンナを脇へ引きあげた。「きみがあんなことをしたのが信じられない。自分がしたのも。男はふつう、女の口のなかで果てはしないというのに。紳士らしくもない」

「女のおなかの上で達するのは、紳士らしいことなの？」アンナはとまどって訊いた。「それか、体のなかで達して、庶子をもうけるのが？」

「きみはさっき、なんて言った？」ウエストヘイヴンは彼女の鼻にキスをした。「一貫した態度をとってはいないけれど、そこまで臨機応変には対応できない、だったか？　同じことが体位にもあてはまる」

アンナは眉をひそめつづけた。「あなたが女の口のなかで果てないことにしているのは、井戸に用を足すように無作法なことだからなの？」

「おやおや、きみにはたしかに男兄弟がいるな？　だが、厳密にはそうじゃない。客のためにとっておいたデザートを食べてしまうようなものだと思う。あるいは、王の宝石を盗んでおいて、ほかの人の罪になるのを黙って見ているとか。ともかく……うますぎる話というか、身勝手すぎるというか」

「そうなの？」アンナはまだ困惑していた。「ごめんなさい。でも、やめたくなかったの。それに、わたしがやめたいときにやめればいいって、あなたは言ったわよね？」

「いとしい人」ウエストヘイヴンは深く息を吐いた。「たとえ、ヴァルが跡継ぎにふさわしい双子の男の子の父親になったと告げられたとしても、あそこまでの悦びは感じなかっただろう。あれほどのことを、これまでだれかにしてもらったことはなかった。少し休んだら、きみにたっぷりお返しをしよう」

アンナはそれを聞いて納得し、質問するのをやめた。目を閉じて、彼の肩にもたれてまどろんだ。ウエストヘイヴンは所有者のように、アンナの髪に指をからめたまま眠りに落ちた。

アンナは甘い満ち足りた気分で目を覚ました。ウエストヘイヴンと書斎ですごしたあとに味わったのと同じ感覚だ。アンナはいま、彼の腕にすっぽり包まれていた。背中は彼の胸に密着している。微風があいた窓から流こんできた。

彼の片方の手が、アンナの乳房を優しく包んだ。しかし、息遣いに変わりはない。アンナは目を閉じて、そのささやかな愛撫がもたらした悦びが体をめぐるのを感じた。ふたたび同じことをされ、息を深く吐いた。ほどなく、胸の頂を親指でかすめられた。すぐにもう一度。

時間をかけようと言ったのは、ウエストヘイヴンのほうなのに。

彼の手が上下へさまよいはじめる――背中へ、尻へ、ふたたび胸へ。アンナは前回、このベッドで一緒にすごしたときのことを思い出した。あのときも、じっと寝たふりをしていた。ひと晩を無駄にしてしまった。アンナはため息をつきながら思った。

「起きているな」ウエストヘイヴンが小声で言い、アンナの耳たぶを口に含んだ。

「ええ」アンナは言った。彼の口が感覚のさざ波を全身へ送る。「でも、起きて午後を楽しむ気になれないわ」

「起きなくていい」ウエストヘイヴンは言い、彼女の脚のあいだへ手をすべりこませた。「きみが楽しむものはわたしだけだ。あるいは、わたしが与え返すべき悦びだけだ」

アンナは首をひねって彼の顔を見ようとした。

「あなたはわたしに借りなんてないのよ」

「それが、あるんだな」ウエストヘイヴンはアンナをうつ伏せにした。「だいたい、紳士は必ず借りを返すものだ」

アンナはふだん、うつ伏せで寝ることはないため、やや違和感があった。ウエストヘイヴンの顔を見ることができず、彼の手が背中と尻を上下になでるのを感じるだけだった。

「力を抜いて、アンナ」ウエストヘイヴンがうなじにキスをする。「しばらくかかる。脚を開いてくれ。ただ楽しむんだ」

アンナは目を閉じ、肌の上で踊るそよ風のような愛撫を感じた。すばらしい感触だ。ウエストヘイヴンは触れる場所と力加減をわかっている。じらすタイミングや、満足させるタイミングも。うしろから指でアンナの秘めやかな場所を探り、背骨の両側をたどった。筋肉の張り具合をたしかめるかのように、じっくりと尻を愛撫し、うなじや肩にキスの雨を降らせた。

こんなことを許してはいけないのにと、アンナは思った。ただ、午後は何度もやってくるけれど、ふたりですごせるわけではない。今日の午後は自分たちのものだ。この午後だけは。やがて自分は去り、あれだけの信頼を裏切ることになる。ウエストヘイヴンが払ってくれた敬意を、彼の顔に投げ返すことになる。

「あおむけになって、アンナ」ウエストヘイヴンは耳元でささやいた。アンナがものうげに従うと、彼はまたもやアンナの全身を愛撫しはじめた。同じように手を這わせ、体を探り、もてあそぶ。けれども今回、彼の手は乳房へ、顔へ、脚のつけねへ、首や肩へとさまよい、ふたたび乳房へもどった。

「脚を広げてくれ」ウエストヘイヴンはうながした。しかし、アンナが応じても、彼はまだ満足そうに彼女の胸をいじっている。なめらかな動きで、手を徐々に下へ向かわせただけだ。やがて、彼の手が脚のあいだを覆った。ウエストヘイヴンが体勢を変える。アンナは目をあけなかったものの、彼が覆いかぶさったのがわかった。胸の頂を口に含まれたからだ。

じらされているのだと、アンナはぼんやりとしながら考えた。気だるさと興奮に襲われ、どちらにもあらがうことができない。あらがいたいと思う理由があるだろうか。胸を吸われ、アンナは彼の髪に指をからめた。感情が官能的な気だるさと混ざり合う。いとしかった。この瞬間も、彼のことも、この感覚すべてが……いとしかった。

ウエストヘイヴンが唇を離し、下のほうへ移動した。アンナの腹に頬を押しつけたかと思うと、腕で上体を支え、枕をひとつ手にとった。

「腰をあげて」そう言って枕をアンナの体の下へはさむ。「理由はすぐにわかる」やがて、ウエストヘイヴンは彼女の腹に鼻をこすりつけ、乳房の下側をついばみ、腿の内側をなでた。

「きみがしなければならないことは」さらに下へ体をずらす。「ただ楽しむことだ。やめてくれと言ったらやめるが、聞こえにくいかもしれない。わたしも楽しむつもりだからね」ウエストヘイヴンのことばが、意識のなかに漂ってきたかと思うと、すぐにどこかへ行った。

アンナはまどろんでいた。体の力が完全に抜けている。

けれども、眠っていたわけではなかった。愛撫をされて体じゅうがざわめいていたからだ。乳房は彼の口や指を求め、尻は彼の手を求め、脚のあいだは彼のすべてをほしがっている。いま頼まれたら、アンナは応じて彼とひとつになっていただろう。興奮と後悔と気だるさのあいだで、アンナは引き裂かれていた。

広げた腿にキスをされ、一瞬、アンナは我に返った。ウエストヘイヴンに見られてしまう。自分で見たことすらない場所を、これほど明るい昼間に。

「きれいだよ」ウエストヘイヴンはアンナの気持ちを読みとったかのように言った。「そそられる」

そこにキスをされたとき、えも言われぬ快感が広がった。それまでの愛撫がもたらした甘く優しい興奮が、脚のあいだに凝縮されたかのようだ。はじめのキスは優しく、これから与える悦びをほのめかすだけだった。ウエストヘイヴンは唇で吸い、舌を襞に這わせ、秘めやかな場所を悦びで彩った。

ところが、つぎのキスはもう少し強かった。アンナはやわらかいうめき声を漏らした。

「動きたければ動いていいぞ」ウエストヘイヴンは彼女の腿に腕をまわして支えた。「動いてごらん、もっと気持ちがよくなる」

アンナはためらいがちに動き、ゆっくりとまわすように腰を揺らした。それによって、うずきがやわらいだり強まったりする。リズムをきめてふたたび腰を動かし、彼と一緒に悦びをつくりあげようとした。しばらく切望の混じった歓喜の時間がつづき、やがて切望が強まって欲求となった。

「ウエストヘイヴン？」男がふつう、女の口で果てないのなら、女は男の口によって悦びを得てもいいのだろうか。アンナは彼に尋ねたかったが、悦びに酔いしれていて訊けなかった。

「乳房に触れてごらん、いとしい人」ウエストヘイヴンはささやいた。「もっと気持ちがよくなる。こんなふうに」長い腕を伸ばし、アンナの胸の頂をそっとつまむ。つづいてアンナの手をとって同じようにさせ、アンナの指ごと外から力を加えた。

直接の愛撫ではないものの、彼は重ねた手を動かしつづけ、歓喜をもたらすのに協力した。アンナが彼の唇の動きに意識を集中させたほうがいいと考え、手の動きを止めたとき、ウエストヘイヴンは思い出させるようにそっと彼女の指を握った。

「ウエストヘイヴン」アンナはかすれ声で言った。やめて。そう言いたかったが、ことばが出なかった。彼があおりたてる感覚が……体のなかの快感が高まり、歓喜が容赦なく迫ってきた。でも――ああ――そのスピードがまだ足りない。

「こうすれば楽になる」ウエストヘイヴンは言った。彼の指が一本、体のなかに浅めにすべりこんだ。慎重に、ためらうようにそっと。ある一点から先へ進みたくないと思っているかのようだ。しかし、そのおかげで、アンナは悩みのもとを意識することができた。彼の指を包む場所に力を入れると、ウエストヘイヴンが動きを止めた。

「いけない娘だな」小声で言い、もう一本指を入れた。けれども、浅くてやはりもの足りない。ウエストヘイヴンは肩の角度をずらし、ふたたび脚のあいだにキスをした。

「お願い、ウエストヘイヴン、お願い……」

アンナは彼の口に向かって腰を浮かせた。ほしい、ほしい、ほしい。ことばを失っていなければ、懇願していただろう。かわりに、アンナは体で懇願した。彼の髪に指をもぐりこませ、静かな泣き声を漏らした。

迫りくる悦びに、体が応えはじめた。腰が浮き、体が震え、歌を歌う。ようやく歓喜がはじけて全身に広がった。スピードも強さも深さもじゅうぶんだった。ウエストヘイヴンは口と手と意志の力で悦びの瞬間を長引かせ、ためらうアンナを容赦なく高みへと押しあげた。アンナはうめき声をあげ、彼の唇に向かって激しく身を震わせた。

「ウエストヘイヴン」アンナは彼の髪をかき乱し、もう一度名を呼んだ。ウエストヘイヴンが与えてくれた悦びに満足し、低い声が出る。

「ここだ」ウエストヘイヴンはつぶやいた。頬をアンナの腹に乗せている。

「体を覆って」アンナが言うと、ウエストヘイヴンはシーツに手を伸ばした。

「ちがうの」アンナは彼の髪を軽く引っぱった。「あなたに覆いかぶさってほしいの、お願い」

妙な頼みだったにもかかわらず、ウエストへイヴンは四肢をついて体を起こし、アンナに覆いかぶさり、胸と胸を重ねた。

「全身で覆って」アンナは目を閉じ、彼の肩や背中に手をさまよわせた。ウエストへイヴンはアンナの脚のあいだに脚を伸ばし、彼女に体重を預けた。硬くなったものはアンナの腹の上におさまっている。アンナが満足のため息をついたとき、ウエストへイヴンは彼女の頭を顎の下に引き寄せ、呼吸のリズムを合わせた。

「ありがとう」アンナはささやいた。「すべてに感謝しているわ。これにも。ありがとう」

12

「きみがあれこれ考えているのが、手にとるようにわかる」しばらくののち、ウエストヘイヴンはアンナの頭の上から低い声で言った。

「あなたのしたこと」アンナは言った。ぴったりと抱き寄せているので、彼女の顔は見えない。「あれは……？」

「あれは、につづくことばはなんだい？」ウエストヘイヴンは心から優しい気持ちになって微笑んだ。「合法かって？　ああ、合法だ。親密な行為のなかには、違法なものもあるが。聖書の教えに沿っているかって？　それは断じてちがうな。で、なにが訊きたい？」

「あなたは愛人とああいうことをしたの？」

「なあ、アンナ」ウエストヘイヴンは両の肘をついて身を起こし、眉をひそめてアンナを見おろした。「会ったこともない女のことを、なぜ気にする？」

「その方を気にしているわけじゃないわ」アンナは見つめ返し、顔を真っ赤にした。「あなたのことが気になるの。あれって、男の人が好きなことなの？　それか、あなたが好きなこと？」やや変わってはいるが、答えやすい質問だ。ウエストヘイヴンはふたたび寝そべった。

「若い男にとっては」アンナの額から髪を払った。「経験しておきたいことではある。不道徳な禁断の行為だし、相手の女に悦びをもたらすと言われているからね。だが、わたしはこれまでほかの女にしたことはない。大学生の男を教育するという、人にあまり知られていない職業の女たちがいて、わたしはそうした女たちといろいろ試したことはある。だが、今回のようなことはなかった」

「気に入った？」

「気に入ったのは」ウエストヘイヴンはアンナに微笑みかけた。「きみに悦びを与えたことだ。きみの反応を見て、のぼりつめたときに、きみに近づけたような気がしたことだ。女のなかには、きみが経験した情熱を知ることなく一生を終える者がいるんだぞ。きみは愛らしいから、わたしはあの行為を大いに楽しんだ」

ウエストヘイヴンは恥ずかしくなるような突飛な質問をされるだろうと身構えたが、ありがたいことに、アンナは黙っていた。

「わたしも楽しんだわ。わたしの口であなたに悦びをもたらしたなんて……とても親密な行為ね」

「信頼も関係してくる行為だからな」ウエストヘイヴンが信頼について考えたのは、何年かぶりだった。「どちらにとっても」アンナはうなずき、目を閉じた。

〝きみはわたしを信頼している〟と、ウエストヘイヴンは指摘したかった。心からではないかもしれないが、たしかに信頼している。アンナに口に出してそれを認めてほしかった。しかし、アンナが抱いたと言っていた親近感を壊すのはいやだったので、話をするかわりに、のんびりとくつろいだ気分でアンナにキスをしはじめた。

「どうすればいいの……？」アンナが言いかける。ウエストヘイヴンは彼女の口を塞いで質問をやめさせ、顔をあげた。

「わたしが動く。たいしたことはできないが」ウエストヘイヴンは言った。「きみはリラックスしていればいい。体が痛くなってはいけないから」

ウエストヘイヴンはアンナと抱き合ったまま、腰を揺らしはじめた。アンナは彼の体が悦びを求めてどんなふうに動くのかを学び、それに合わせてかすかに体を動かした。腰をわずかに浮かせ、彼により密着する。ウエストヘイヴンはアンナの首に顔をうずめた。

ほどなく、歓喜が高まるのを感じた。とろりとした熱い奔流が背中から四肢の先へと伝わっていく。ウエストヘイヴンは流れに身をまかせ、自分を抑えずに、五回ほど腰を激しく彼女に押しつけた。やがて、アンナのうなじに向かって長々とため息をついた。

「ああ、アンナ」ウエストヘイヴンは彼女から身を離した。「きみといると我を忘れてしまう」裸のまま部屋を横切り、上着からハンカチをとり出す。それをナイトテーブルに載ったピッチャーの水で湿らせ、彼自身をきれいに拭くのに使い、洗面器ですすいで絞った。その後、ベッドの端にすわり、彼女の体についた精をぬぐい、アンナと目を合わせた。

「きみのことが好きだ。それ以上の思いを抱いているかもしれない。なにか困ったことがあるのなら、アンナ、わたしに手助けをさせてほしい」

「あなたの手には負えないわ」アンナの表情は謎めいている。

ウエストヘイヴンはなにも言わず、ベッドへあがった。アンナのとなりに横たわり、頭の下で手を組んだ。ばかな告白をしてしまった——よりによって、好きだと言うとは。そんなことばを聞きたがる女がいるだろうか。自分はエリースのことも好きだったし、ローズのポニーのジョージのことも好きだ。好きだと言うのは、愛していないと言うようなものではないか。だが、アンナを愛していないというのは、事実に反しているかもしれない。

ということは……。ウエストヘイヴンは答えを出すのを避け、アンナへ意識を向けた。アンナは事実上、問題を抱えていることを認めた。一歩前進したと考えていいだろう。なにも明かさない状態から、困っていると認めたのだから。デヴの言ったとおりだ。つまり、屋敷を去るかもしれないということだ。育ちのよいアンナのことばを、もっと真剣に受け止めねばならない。それにしても、若くて美しくて若くて美しくて育ちのよいメイドが、どんな問題を抱えているというのか。

アンナにはたしか、兄がいる。妹を守るのは兄のつとめなのに、当の兄は必要とされているときにどこにいるのか。だが、兄といえども、夫がからむ問題には口を出す権利がない。

「もう一度たしかめさせてもらいたい」ウエストヘイヴンはアンナを一瞥した。「この世に夫はいないんだな」

「この世に夫はいないわ」アンナは繰り返した。とはいえ、今回、ウエストヘイヴンは注意深くアンナに耳を傾け、疑わしげに片方の眉をあげた。

「本当よ」アンナは強い調子で言った。「わたしたち、単に情を通じているだけ。不貞を働いてはいないわ」

ウエストヘイヴンは苦笑いをした。「いとしいきみ、我々は情を通じてさえいない」

「まだそうね」アンナが似たような笑みを返す。

「きみは重い罪を犯して有罪判決を受けたのか？」ウエストヘイヴンは考えをめぐらせながら言った。

「知っているかぎり、有罪になったことはありません」アンナは言った。「尋問はもういい
わ、ウエストヘイヴン。わたしもあなたのことが好きよ」

アンナは起きあがり、膝を抱えた。どことなく、涙を流すまいとこらえているように見える。最後に女が泣くのは、男の誘惑の仕方がまずかったというなによりの証拠ではないだろうか。ウエストヘイヴンは手を伸ばし、アンナの優美な背中をなでた。

「わたしを好いてくれているのに、結局は去るというんだな」アンナが背を向けたまま、こくりとうなずく。ウエストヘイヴンの胸は張り裂けた。アンナを背中から優しく引き寄せ、彼女が涙を流すあいだ、抱きしめていた。


かごが積みこまれたあと、アンナは厩舎のなかでウエストヘイヴンの横に立ち、ペリクレスが馬車につながれるのを待った。

「なにを考えている？」ウエストヘイヴンは静かな声で言った。我ながらアンナにわずかに近寄りすぎているような気がした。しかし、若い馬丁以外に人目はなく、嬉しいことに、アンナのほうから距離を詰めた。

「すてきなところだって思っていたの」アンナは言った。「妹様のためにここまで世話をす

はずばらしいわ」

うらやましそうでもあり、絶望感が漂っているとも言える口調を聞き、ウエストヘイヴンは確信した。アンナ・シートンは兄に失望させられたことがあるか、裏切られたことがあるにちがいない。ふたたび、以前から考えつづけていることに意識を向けた。どうすればアンナの問題を知り、助けることができるだろうか。

「妹たちを愛しているから。兄ならば当然のことだが」

「必ずしもそうではないわ――つまり、兄が妹を愛するとはかぎらない」アンナは言い、一歩離れた。「お金のほうが大事な兄もいれば、お酒や、都会的で派手な生活をより愛する兄もいる。ときとして、妹なんて、さほど得な立場ではないものよ。妻と同じく」

「正しい兄を選ばねばならないってことだな」ウエストヘイヴンは優しく微笑んだ。「あるいは正しい夫を。ここでは楽しいひとときをすごせたよ、アンナ。きみもそうだといいのだが」

「泣いていたけれど――」アンナの声にはあきらめが強くにじんでいる。「あなたとここにいられて嬉しかったわ、ウエストヘイヴン。あなたはわたしを信じなくなるでしょうけれど、それだけは信じて」

ウエストヘイヴンは馬車に乗るアンナに手を貸したあと、いったいどういう意味だろうと考えた。ロンドンまであと半分というところで、暑さのなか、アンナが大胆に身を寄せてきた。考えをめぐらせていたウエストヘイヴンは、ようやくあることに思い至った。

アンナが言いたかったのは、こういうことだ。〝あなたのもとを去らなければならないから泣いていたけれど、あなたとここにいられて嬉しかったわ……。わたしが勇気を奮いおこして出ていくとき、あなたはわたしを信じなくなるでしょうけれど、それだけは信じて〟

美しい夏の日が、ふいに不気味な一日に変わる。ウエストヘイヴンは、アンナに触れられていない部分が冷たくなるのを感じた。

フェアリー子爵のタウンハウスを出たあと、モーガンはヴァルの脇に立ち、耳をよく澄ました。フェアリーは奇跡を起こした。モーガンの耳を優しく、しかし徹底的に掃除し、瘢痕《はんこん》（傷などが治癒したのちに残る痕）のせいで音を聞きとるのが難しくなっていること、これからも障害は残ることを説明した。子爵はなにを言っているのだろうと、モーガンは考えた。なにもかもが聞こえたからだ。

「大きな音」モーガンは驚嘆して言った。「でも心地いい音です。あなたの音楽みたいに。音という音が一緒になって、なにかを伝えているわ」

「ハイド・パークを通って家に帰ろう」ヴァルは提案し、腕を差し出した。「鳥の歌と、サーペンタイン池の水音と、遊ぶ子どもたちの声が聞こえる……公園でこれほど幸せな音がするなんて、これまで気づかなかったよ」

「いろいろな音がするわ……」モーガンは深く息を吸い、ヴァルの横に並んだ。「よく知らない場所へは絶対に行かないことにしていたんです。人に道を訊けないから。これまで、アンナが連れていってくれる場所か、だれかにつき添ってもらえる場所にしか行かなかった。道に迷うわけにいかなかったし、人に助けを求められなかったから」

「これからはちがう。一日のうち、何度か道に迷っても大丈夫だな。だれかに道を教えてもらうために迷ってもいいくらいだ。耳は痛むかい？」

「耳は……」モーガンは眉根を寄せた。「子爵の治療のせいではありませんけれど、音が響いて痛いような気がします。あなたの声を聞けて、ことばでは言えないほど嬉しいです、ヴァレンタイン様」

「ヴァルだ」彼は気軽な調子で言った。「きみがぼくの名前を言うのを聞きたいな」

「ヴァレンタイン・ウィンダム」モーガンは微笑みかけた。「音楽家にして、耳が不自由なメイドの友」

「フェアリーに、治療の効果は一時的なものだって尋ねたか？」

「ええ。気をつけないと、また同じ状態になるみたいです。とくに、いんちきなお医者様に耳をつつかせてしまうと、ばい菌に感染したり、出血したり、傷ついたりしてしまうと。子爵様は耳の洗浄器と名刺をくださいました。なにか疑問が出たときのために。あのような方と、どうしてお知り合いになったのですか？」

「共通の友人がいてね」ヴァルは言った。「あまり愉快な知り合い方ではなかったが」

「公爵様のおせっかいのせいですか？」

「またフランばあやが、余計なことをしゃべったな」ヴァルはあきれたように目をまわした。

「ばあやはしょっちゅうおしゃべりをしてますもの。おかげで、ばあやのまわりの人の口の動きを読みとるのが、ずっと速くなりました。わたしに聞こえていないとみんなが思っているせいか、知ってはいけないこともわかってしまう場合が多くて」

「たとえばどんなことだい？」ヴァルは訊いた。モーガンの声の高低の幅は広がりつつあって、イントネーションにしろ、抑揚にしろ、耳が正常に聞こえる女並みになってきている。

「従僕は下品な話ばかりしています」モーガンは言った。「フランばあやも料理人も、同じくらいひどいですけれど」

「父に余計なおしゃべりをした者はいるかい？」

「いいえ、わたしの知るかぎりでは」モーガンは眉をひそめた。「使用人のほとんどは、伯爵様にとても忠実です。公爵様が若い使用人たちを解雇なさっていたときに、伯爵様が働き口をくださったと、みんな話しています。これからはもうみんなの話が聞こえるんですね」

モーガンはため息をつき、ヴァルの腕に少し体重を預けた。「聞こえるなんて。今夜は長いあいだ神様にお祈りをします。これから毎晩。いつか歌を歌える日は来るのかしら？」

「歌が好きなのか？」

「ええ、とても」モーガンはにっこりと笑った。「むかしは母と一緒によく歌ったんです。アンナも加わりましたけど、しょっちゅうではありませんでした。成長して声が低くなったころだったし、わたしがひとりでも歌えるようになったから。それに、アンナは歌がそれほど得意ではなかったんです」

「ということは、きみはアンナと血がつながっているんだな?」ヴァルは尋ねた。モーガンは彼の腕から手を抜いた。「モーガン」ヴァルがたしなめるように言う。「きみを屋敷へ連れてきたのはアンナだろうが。耳が不自由になる前のきみを知っていたと、アンナはウエストヘイヴンに認めたそうじゃないか。それに、デヴはきみとアンナがこそこそと真剣な話をしていたのを見たらしいぞ」

手遅れだ。モーガンはしゃべったゆえに墓穴を掘ったことに気づいた。耳が不自由で、口が利けなかったから、これまでは質問をされずにすんだのに。なにかを知っているからといって、責められることもなかった。

ヴァルはモーガンの顔をのぞきこんだ。公園が近づいてくる。「デヴはアンナが秘密を抱えていると言うんだよ。ぼくもそうだと思う。きみと共通の秘密じゃないか?」

「事情がこみ入っているので、わたしは話すべき立場にはないんです」モーガンはゆっくりと言った。「それが、わたしの耳が聞こえるようになったことを、だれにも言ってほしくない理由のひとつでもあるんです」

「ぼくは嘘をつくのが好きじゃないんだ、モーガン。ウエストヘイヴンにはとくに。兄の使用人に関することでもあるわけだからね」

「伯爵様はわたしの耳が不自由なことを承知で雇ってくださいました」モーガンは指摘した。「だから、このことを黙っていても、伯爵様をだましたことにはなりません。こう言ってあなたの気が楽になるかはわかりませんけれど、わたしはアンナにさえ耳が聞こえることを打ち明けるつもりはありません」

「きみの耳が聞こえるようになったことを、アンナが喜ばないと思うのか？」

「そうは思いませんけれど」モーガンは首を横に振ったのち、にっこりと笑った。「頭を振ると、音がするものなんですね」ふたたび頭を振ったのち、真顔になった。「アンナとわたしの話にもどりますけれど……。この二年間、わたしがとうのむかしに耳を傾けるのをやめた音の世界に、わたしを結びつけてくれたのはアンナだけでした。たぶんあなたがお考えになっている以上に、わたしはアンナに借りがあるんです。アンナはわたしという荷物があったから、自分がしっかりしなければならなかった。わたしがあれほど助けを必要としていなければ、アンナはわたしの世話をあきらめて、望んでもいないある選択をしていたかもしれないんです。ともかく、この聴力がしばらくつづくとわかるまで、耳が聞こえることを人に知らせたくありません」

「そういうことならわかる」ヴァルは言った。「一時的なものじゃないとわかるまで、どのくらい時間がかかるだろうか？」

「まあ、聞いて！」モーガンは満面の笑みを浮かべ、足を止めた。「ガチョウ。大きな声で鳴いているわ。なんて不思議でおかしな声かしら。まの抜けた音ね。あそこに子どもたちもいる。歓声をあげているわ。ああ、ヴァレンタイン様……」

ヴァレンタインの名を呼ぶモーガンの声には、驚嘆と喜びと感謝がにじんでいる。ヴァルの胸の奥に火が灯った。最愛の兄が死んでから光を失っていた場所だ。子どもの笑い声に耳を澄ますモーガンの姿を見て、ヴァルの心に音楽が鳴り響く。洗練された調べでもなければ、品のいい調べでもなかった。華やかな調べでもない。それは大きくはずむ躍動感のある歓喜の調べ、終わりなき感謝の調べだった。

少しずつ命をむしばむ恐ろしい病気で死ぬ者もいる。田舎の酒場で愚かな決闘をして命を落とす者もいる。ピアノの才能に恵まれているのに、手をひどく痛める者もいる。しかし、モーガンのように、子どもの笑い声が聞こえるようになる者もいる。

陽光と新鮮な空気のなかで、ヴァルはモーガンの横にすわり、公園と街の音に、そして人生の音に、ただ耳を傾けていた。

「紳士諸君」朝の乗馬の帰り道、ウエストヘイヴンはデヴリンとヴァレンタインに向かって言った。「きみたちの手を借りねばならない」

ヴァルとデヴが、はっとして視線を交わす。

「もちろん」デヴは言った。

「どんなことでもするよ」ヴァルは言い足した。「なんでもするし、どこへでも行くし、いつでもいい」

ウエストヘイヴンはデヴに割りあてられた、栗毛で細めの去勢馬の手綱をいじった。冷やかされるか、からかわれるか、興味本位で質問をされるかもしれないと考えていたが、無条件で頼みに応じてもらったことに驚いた。

デヴは微笑みかけている。おもしろがるような笑みではなく、優しい笑みだった。「我々はきみを愛しているし、なにしろきみは、父上とのあいだに立ってくれる唯一の人間だからな。なんでも言ってくれ」

「同じように思ってくれていると知って嬉しいよ」ウエストヘイヴンは言い、何気ないそぶりで空を見あげた。

「どんな助けを必要としているのかは」ヴァルは言った。「ここで話し合ったほうがいいだろう？　屋敷でだれかの耳に入れたくないだろうし」

「察しがいいな」ウエストヘイヴンは応じた。「ミセス・シートンのことなんだ。デヴの指摘どおり、彼女はただのメイドじゃない。夫から逃げているわけではないし、逃亡中の犯罪者でもないと言うんだが、問題を抱えている。それがなにかは打ち明けてくれないんだ。人に言えない問題らしい。そのせいで、近いうちにわたしの屋敷を去らねばならないという」

デヴは片方の眉をあげた。「我々はミセス・シートンがなぜ困っているのか、なぜ去らねばならないのかを探り出せばいいんだな？」

「慌てないでくれ」ウエストヘイヴンはデヴに微笑みかけた。デヴは兄弟のなかで、もっともこぶしやナイフを使って問題を解決しそうなタイプだ。「情報収集をはじめる前に、知っていることを教え合っておいたらどうかと思う」

三人は屋敷へもどり、レモネードを手に――ヴァルはアイスティーを手に――書斎へはいり、ドアに鍵をかけた。一時間ほど話し合い、アンナに関する情報をまとめた。ほとんどが、アンナを推薦した職業斡旋所から得たものだ。

アンナ・シートンは二年前、北部からロンドンへやってきた。メイド頭として働くのは今回が三軒目だという。はじめは年老いたユダヤ人のもとで働き、つぎに、裕福な商人の家で短期間だけ働き、その後、約半年前にウエストヘイヴンの屋敷へやってきた。どの屋敷でも、モーガンが使用人として雇われている。アンナは兄と妹がいること、両親を亡くし、花屋を営む祖父に育てられたことを認めている。

「ずいぶん成功した花屋にちがいないな」デヴは言った。「きみはたしか、アンナが数カ国語を話せると言っていなかったか？　家庭教師を雇うのは——とりわけ少女のためだったら、ずいぶん高くつく」

「アンナはピアノも弾く」ウエストヘイヴンは思い出した。「ということは、さらに金がかかっていることになる。ピアノを所有して、レッスン代も払う余裕があるわけだから」

「もしかしたら」ヴァルはゆっくりと言った。「アンナが話した妹というのは、モーガンのことじゃないか」

「その可能性はあるな」ウエストヘイヴンは眉根を寄せた。「ふたりはとくに似ているわけではないが、似ていない姉妹は大勢いる」

「笑い方が同じだ」ヴァルは言い、ふたりを驚かせた。「なんだよ。モーガンだって笑えるさ。ばかじゃないんだから」

「わかっている。だが、妙なことに気づくものだと思って」ウエストヘイヴンは弟がモーガンをかばっているだけでなく、それ以上の感情を抱いているという印象を受けた。「だが、おかげで思い出したよ。アンナによれば、ご両親が亡くなったのは、馬車が横転して土手をすべり落ちたせいらしい。妹のためのポニーを買いにいく途中だったとか。で、おまえによれば、モーガンは水につかって身動きがとれなくなったんだろう。ということは、おまえはパズルのピースを正しくはめたことになるな、ヴァル」

デヴはグラスの縁を指でなぞった。「北部へだれかを行かせて、年老いた裕福な花屋を捜してもらう必要があるな。二年前に亡くなった可能性もあるし、まだ生存している可能性もある者を。孫が三人いて、息子を馬車の事故で亡くし、そのせいで孫のひとりが聴力を失ったという老人だ。そんな条件にあてはまる老人が、いったい何人いると思う？」

「爵位を持つ者を除外してはだめだ」

「爵位？」ウエストヘイヴンは顔をしかめた。どこかの公爵の娘とたわむれていたかもしれないと、考えたくはなかった。それはまずすぎる。

「以前、アンナにからかわれたことがある。ぼくが……人と接するときの癖について」ヴァルは言った。

「つまり――」デヴがにやりと笑う。「気取った舌足らずな話し方をするってことか？」

「ほかにもいろいろとね」ヴァルはうなずき、手をひと振りした。「こんなことを言われた。あなたはただの気取っためかし屋さんですね。わたしも伯爵の孫娘にすぎませんけれどって。母上も伯爵の孫娘だから、おぼえていたんだ」

「心に留めておこう」ウエストヘイヴンは言った。「少なくとも、この先しなければならないことの五割については、直感に頼らねばならないだろうから。ほかになにかあるか？」

「ある」デヴが長椅子から立ちあがり、伸びをした。「仮に、メイド頭の正体がわかって、彼女が悪事に手を染めた疑いがあるのに、我々がそれを見のがすとする。そこまでするのは、きみがしばらくマジパンに困らないようにするためなのか？　マジパンを確保するなら、もっと簡単な方法があるだろう」

ウエストヘイヴンは机から離れた。「我々がこんなことをするのは、近いうちに父上が我々と同じように嗅ぎまわりはじめるからだ。父上のやり方には、分別も慎重さもデリカシーもないからな」

「我々のやり方はどうなんだい？」ヴァルも立ちあがった。

「正反対だ。慎重にことを運ばねば、努力する意味がなくなる。アンナ・シートンの過去を我々が探りまわっていることを、だれかに気づかれたら、そいつがアンナになにかしかねないからな。それを許すわけにはいかない」

「わかった」デヴは胸をかいてうなずいた。「花屋を営む老人を捜す作業については、おくびにも出さずに進めよう」

「静かにことを進めるよ」ヴァルは同意した。そのとき、彼の腹が大きな音で鳴った。「静かにするのは、朝食がすんでからになるが」

「たしかに、朝食をとってもいいころだな」ウエストヘイヴンは微笑んだ。「あとでもう少し話し合おう。ただし、人に聞かれないと確信できるときに」ドアの鍵をあけ、朝食の間へ向かった。残ったふたりは、目を丸くして視線を交わした。

「さて」ヴァルは期待をこめた目で継兄を見た。「我々はメイド頭の私事をひそかに調べるわけか。だが、なんのために？」

「ウエストヘイヴンがその話を避けたことに、きみも気づいたか？」デヴは顎をこすった。「察しがいいな。おそらく、我々は美しい乙女を救おうとしているウエストヘイヴンに手を貸しているんだと思う。今回だけは、あいつは退屈な仕事を我々にまかせ、楽しい部分を自分に残してあるんだよ」

「妙なときに人間くさいことをするんだな」

「アンナはきみの趣味じゃないだろう」デヴは口元をゆがめて笑い、ヴァルの肩に手をまわした。「わたしが思うに、きみはあのもの静かなメイドにのぼせている。耳が不自由なはずなのに、音楽室で何時間もすごし、きみの演奏を眺めているメイドに」

「朝食をとりにいこう」ヴァルはぶっきらぼうに言い、継兄を肘で小突いた。デヴのほうこそ察しがいい。公爵に情報を流す使用人の目をごまかすだけでも大変だが、デヴにしても、どんな小さなことも見逃さない。それをモーガンには警告しなければ。

一週間以上前にウィロウ・ベンドへ行ったとき以来、アンナはウエストヘイヴンが決闘相手の力量を――あるいは、いちかばちかの賭けトランプの相手の力量を見定めるような視線を向けていることに気づいた。ウエストヘイヴンはアンナを観察してはいるが、郊外へ出かけたときのことも、結婚のことも口にしようとしない。手を出さないでいるものの、ふたりで同じ部屋にいるかのような目つきで見つめている。

これでいいのだと、アンナはみずからに言い聞かせようとした。ウエストヘイヴンは距離をとり、屋敷ではふだんの気持ちのよい生活が営まれている。毎朝早く、兄弟三人は乗馬へ出かけたあと、朝食をともにする。その後、ウエストヘイヴンはトリヴァーと書斎へこもり、午前中のほとんどを費やす。ヴァルはいつものようにピアノのところへ行き、デヴは厩舎か競りですごす。ときおり、三人そろって屋敷で昼食をとるが、たいていの場合、三人がふたたび顔を合わせるのは夕食のときだ。

夕食後、三人がよく書斎に集まることに、アンナは気づいた。ブランデーやクリベッジを楽しむためか、ただ話をするためだけなのか。そんなときには、ドアが閉められ鍵もかかっている。

一糸まとわぬ姿でアンナとすごしたとき、ウエストヘイヴンは鍵をかけようとすらしなかった。このためアンナは、それほどのプライバシーを必要とするなんて、三人はなにをしているのだろうと不思議に思った。公爵に知られたくないことがあるのはたしかだ。

ウエストヘイヴンの秘密を知らせてもらえないことも、彼の腕のなかにいられないことも、ちょっぴり悲しかった。

しかし、生活はつづくものだ。マンチェスターの職業斡旋所からは、転居してこないかぎり、ロンドン在住の者に職業は斡旋しないという手紙が届いた。バースでは少なくとも二カ所の働き口があるようだったが、いずれも比較的年のいった独身の紳士の屋敷で、ふたりともずいぶん〝賑やかな〟社交生活を営んでいるらしかった。そのうちのひとりをアンナは知っている。女好きの放蕩者だという評判だ。もうひとりも同じくらいいかがわしい男なのだろう。アンナはほかに嬉しい知らせが届くことを期待して毎日をすごしていたので、ある日、ジョン・フットマンが手紙を持ってきたときは嬉しかった。

ところが、手紙を一瞥するや、よからぬ知らせだとわかった。遠いヨークシャーからの手紙が、よい知らせのわけがない。

『本当に心配です。男がひとり、近所で根ほり葉ほり人に質問をしていたようです。その男は南へもどったとき、まちがいなくだれかに尾行されていました。細心の注意を払うこと』

男が質問……。ああ、自分のせいだ。秘密があると伝えておいて口を閉ざし、主人であるウエストヘイヴン伯爵に詳細を打ち明けるのをためらったせいだ。ウエストヘイヴンは公爵のやり方を真似て、いま以上の問題を――危険を引き起こしている。本人は想像もしていないような問題と危険を。アンナが昼も夜も抱いていた不安が、独断的なウエストヘイヴンに対する怒りと憤りへと変わった。手紙を握りしめたまま自分の居間を飛び出したところ、デヴリン・セントジャストにぶつかりそうになった。

「どこにいらっしゃいます？」強い調子で訊いた。

「ウエストヘイヴンのことか？」デヴリンは一歩うしろにさがったものの、アンナの二の腕をつかんだままでいた。「なにか手を貸そうか？」慎重にアンナのようすをうかがう。縁なし帽をかぶっていないことも、目に決意を宿らせていることも、見てとったにちがいない。

「あなたの？」アンナは不信と軽蔑をこめて言った。「気取っていて皮肉屋で、人を脅すような方の手を？　もうたくさんですわ。いったい伯爵はどこです？」

「書斎だ」デヴリンが手を離し、さらにあとずさる。アンナは足音荒く去った。

「アンナはきみに怒っているのかい？」ヴァルが厨房からぶらりと出てきた。クッキーを手に持っている。

「はなっから折り合いが悪くてね。わたしのせいなんだ」デヴは言った。「だが、いま神に祈るべきなのは、ウエストヘイヴンのほうだな」

「最前列で見物といくか？」ヴァルはクッキーをデヴリンに分けた。ふたりは足音を忍ばせてアンナのあとから階段をのぼった。


「少しお時間をいただけますか、ご主人様」アンナは静かな声で言ったが、目つきは穏やかではなかった。

机の前で立ちあがった。ウエストヘイヴンはひと目見て、嵐が来つつあることを悟った。「トリヴァー、席をはずしてもらえるか？」アンナの表情を見て、トリヴァーはウエストヘイヴンに同情のまなざしをすばやく寄こすと、部屋を去った。

「すわったらどうだ?」ウエストヘイヴンは礼儀正しく言い、ドアを閉めて鍵をかけた。

「すわる気なんてありません」アンナはきつい声で言い返した。「それに、鍵をあけてちょうだい、ゲール・トリスタン・モンモランシー・ウィンダム」

名を呼ばれ、ウエストヘイヴンの体に妙な興奮の震えが走る。話し合いに適した表情をつくるのが難しくなった。とはいえ、それなりに落ち着いてはいたので、鍵をかけたままにし、アンナを眺めた。

背筋を伸ばしたその姿は、はっとするほど美しかった。アンナはひどく怒っている。ウエストヘイヴンに対して。

「わたしがなにかしたか?」

「あなた……」アンナが近づいてきた。手には紙が握りしめられている。「わたしのことをだれかに調べさせているでしょう。おかげで、計画にもとづいてそれなりの職に移れたかもしれないのに、よく考える時間もなく、大急ぎで逃げ出さなければならなくなったわ、ご主人様。陰でこんなことをされるなんて、信じられません。わたしにひとことも言わずに」

「その手紙になんて書いてあったんだ?」ウエストヘイヴンは困惑して尋ねた。たしかにアンナのことを探らせたいと考えたものの、じゅうぶん慎重な方法がまだ見つかっていない。

「故郷でわたしのことを尋ねまわっている男がいると書いてあります」アンナは手紙を振った。声は静かなままだ。「その男はロンドンへもどるとき、尾行されていたそうです」

「わたしが雇い主なのではない」ウエストヘイヴンはただそう言い、眉をひそめて考えをめぐらせつづけた。「だが、だれが雇ったのかは、ほぼ確信している」

「あなたがしたことじゃないの？」アンナは背筋をこわばらせた。

「きみを助けるのに適した方法を見つけようとしていたところだ。きみの秘密がからんでいることも、慎重に慎重を重ねてことを進めねばならないのもわかっている」

アンナの目にさまざまな感情がうずまいている。アンナの身辺を探りたいと認めるウエストへイヴンへの怒り、彼が正直に話すことへの驚き、そして、ウエストへイヴンの分別が勝ったことへの安堵の気持ち。

「公爵様ね」アンナは言った。その態度から、急にとげとげしさが消えた。「あなたのお父様は、どこまでおせっかいなのかしら。ミスター・ステンソンにあおられたんだわ」

「日が沈むまでにあいつを解雇する」ウエストへイヴンは請け合った。「父にも抗議する。ただ、ひとつだけお願いがあるんだ、アンナ」

アンナはまっすぐに見つめ返した。まだ怒ってはいるが、怒りをほかの対象へ向けようとしているのは明らかだ。

「わたしがもどったとき、この屋敷にいてくれ」ウエストへイヴンは目を合わせて言った。

アンナは大きく息を吐き、こくりとうなずき、視線を落とした。

「ここにいてくれよ」ウエストへイヴンはアンナに近づいて腕をまわした。ほっとしたことに、アンナは進んで彼にきつくしがみついた。「荷造りをしたり、モーガンに警告したりするんじゃないぞ。旅費の工面をするのもなしだ。慌てないでくれ。ここにいて、わたしをどうにか信じようとしてほしい」

ウエストヘイヴンはアンナが落ち着いたことを確認し、書斎のドアをあけた。すると、デヴとヴァルがそろって廊下の壁にもたれ、クッキーを食べていた。

「ふたりとも、アンナとモーガンの世話を頼む。わたしを待たずに食事をしていてくれ」ウエストヘイヴンはその場を去り、大声でペリクレスの用意を命じた。残されたアンナは、身を震わせてデヴとヴァルのあいだに立っていた。

「案外つまらなかったよ」デヴは言い、クッキーを一枚アンナに手渡した。「なにも聞こえなかった。きみがウエストヘイヴンを叱りとばすだろうと確信していたのだが。あいつを厳しく叱る者がいなくてね。公爵夫人もそうだし、父上もペリクレスもあいつに甘い」

「ローズなら叱れるんじゃないかな」ヴァルはアンナに飲みものを差し出した。「さあこっちへ」アンナの肩に手をまわす。「クリベッジでイカサマをする方法をふたりで教えてあげるよ。かわりに、ぼくらがなにを聞きのがしたのか、教えてくれないかな」

「クリベッジでイカサマをする方法は、もう知ってます」アンナは手にしたクッキーと飲みものをじっと見つめた。

「いまはメイドの学校で、そんなことを教えているのか」デヴはふたりにつづいて書斎にはいり、ドアを閉めた。「だったら、品のない歌を教えてやろう。おっと、アンナが泣くぞ、ヴァル。ハンカチを用意しろ」

「泣いたりしません」アンナは肩をこわばらせて言ったが、息をのむような妙な音を立てた。

刺繍のほどこされたハンカチを差し出されるや、ヴァルのたくましい肩に顔をうずめ、声をあげて泣いた。デヴリンはアンナの手からクッキーと飲みものをとった。

「母上」ウエストヘイヴンは母の手をとり、頭をさげた。「母上に言われたことを、もっとよく聞いておくべきでした」

「どんなことをされたとしても、子どもからそのことばを聞くのは、母として嬉しいわ」公爵夫人は答えた。「でも、いったいなんのことだか、さっぱりわからないわ」

「先日、朝食のときにわたしにあることを伝えようとなさいましたよね」ウエストヘイヴンは髪に指を通した。「父上がまた突拍子もないことをはじめていませんか？」

「そんなのしょっちゅうですもの」公爵夫人は言った。「ただ、わたくしはとくにあなたになにも警告しませんでしたよ。使用人に対して、あるいは個人的な行動については慎重を期すべきだと言っただけ」

「メイド頭に対してということでしょう」ウエストヘイヴンは片方の眉をあげた。「ろくでもない《バスタード》父が、アンナ・シートンのうわさを嗅ぎつけて、人に探らせているんですよ」

「ウエストヘイヴン」公爵夫人の態度が冷たくなる。「お父様のことをそんなふうに言うものじゃありません」

「ああそうか」ウエストヘイヴンは顔から感情を消した。「庶子《バスタード》である継兄を侮辱することになりますからね。高潔な人物なのに」

「ウエストヘイヴン！」公爵夫人の表情が一変する。傷ついた顔というより驚いた顔だった。

「母上、お許しを」ウエストヘイヴンは頭をさげた。「言いたいことは父に言うべきですね」

「そういうことなら」公爵があらわれて言った。居間の入り口に大げさなそぶりで立った。

「わたしを捜す必要はない。話を聞こうじゃないか」

「父上はアンナ・シートンのことを人に調べさせていますね」ウエストヘイヴンは言った。

「そんなことをすれば、彼女の身に危険がおよぶ可能性が高いというのに」

「だったら結婚すればいいだろうが」公爵は言い返した。「夫は妻を守ることができる。裕福で爵位があり、頭がよくて、有力な縁故のある夫ならとくに。エスターからは、この縁組に異存はないと聞いている」

「嗅ぎまわったことを否定しないんですね？　父上が汚いやり方でたくみに人を操ろうとするせいで、どれだけの被害がおよぶか、おわかりですか？　ミセス・シートンはひどく不安がっているんですよ。自分の身と親戚の娘の身が心配で怯えきっている。それなのに、父上は人を導くために地上におりたった全能の神よろしく、彼女の生活にずかずかとはいりこんでいる」

公爵は部屋のなかを歩きまわった。顔が赤くなる。

「十年近くも相手を探しておきながら、妻をめとる気になれない男にしては、ずいぶん偉そうなことを言うものだ。いったいおまえはどうなっているんだ、ウエストヘイヴン。おまえが女を満足させることができるのはわかっているし、このアンナ・シートンという娘といい仲なのも知っている。きれいな娘じゃないか。働き者のようだし、子を産むのにちょうどいい年齢だ。もっと前にあの娘のことを調べさせておくべきだった。そうすれば、祭壇へ連れていく方法が見つかったかもしれないのに」

「それはもう試したことがあるでしょうが」ウエストヘイヴンは言った。「グウェン・アレンがまともな人だったからこそ、親戚は我々を完全に破滅させずにおいてくれたんですよ。父上の計画が失敗したにもかかわらず。わたしはあなたの息子であることが恥ずかしい。もっと恥ずかしいのは、あなたの跡継ぎであることだ。わたしは父上のせいで恥をかいています。相続権をとりあげてもらえたらどれほどいいか。子を産む女を見つけなければ、父上が相続権を奪ってくれるかもしれないと、期待しているくらいですからね」

「ゲール！」公爵夫人が立ちあがった。ぞっとしたような顔をしている。「お願いだから謝ってちょうだい。公爵はミセス・シートンを調べさせていないわ」

「エスター」公爵はなにか言おうとしたが、公爵夫人は激怒した息子だけを見つめていた。

「調べさせたにきまっているでしょう」ウエストヘイヴンは強い調子で言った。「常套手段じゃないですか。グウェンやエリース、社交界にデビューしたての不運な娘たちや、ずる賢い未亡人を巻きこんだときと同じです。もう心底うんざりですよ、母上。我慢の限界です」

「エスター」公爵はふたたび話しかけようとした。

「静かにして、パーシー」公爵夫人はみじめそうな口調で言った。まだ視線は息子に向けられている。「公爵がミセス・シートンを調べさせたんじゃないのよ」そこでことばを切り、視線を落とした。「わたくしなの」

「エスター」公爵はあえぎ、木のようにソファーに倒れこんだ。「頼む、助けてくれ」

「あの男はロンドンの上流階級の紳士のために働いているようです」ユースタス・チーヴァースは雇い主に告げた。「名はベンジャミン・ハズリット。ロンドンにいるその紳士のために、ずいぶんいろいろな仕事をしているようです。雇い主の名前を明かそうとはしませんが、かなり身分の高い紳士のようです」

「爵位があるのか？」ヘルムズリー伯爵が口元をこわばらせて尋ねた。

「その可能性は高いです」チーヴァースはうなずいた。「ロンドンでは、比較的階級意識が強いものですから。爵位のある者に仕える連中は、市民や郷士や成金のために働きたがりません。ハズリットの事務所は一等地にありますし、馬も上等ですし、仕立て屋も一流のところしか使わない。爵位のある者に仕えていると思いますね、ええ」

「ということは、メイフェアに住む者に限定されるじゃないか。だろう？」伯爵は偉そうな口調で言った。どんな愚か者でも、そのくらいの結論は導き出せると言わんばかりだ。

「ともかぎりません」チーヴァースは言った。「裕福な者と爵位のある者はメイフェアに住みますが、周辺だって、別に貧しい住宅街というわけではありませんから。それなりに金を持つ者も住んでいますよ」

爵位に見合うほど有力な伯爵ならば、ロンドンですごす時期がそれなりにあるものだ。チーヴァースは慇懃な態度を完全に保ちつつ考えた。だが、この若き伯爵は――というより、中年とはまだ呼べない伯爵は――ロンドンではあまり力がないらしい。金がないのだろう。チーヴァースは心のなかでため息をついた。ヨークシャーでは、ヘルムズリー伯爵が仕事を依頼してきたら、金を前払いしてもらうべきだと言われている。

老伯爵が生きていたころは、こんなふうではなかった。地所では花々が咲き乱れ、女たちは幸せそうで、請求書はつねに支払われた。いまや、ほとんどの庭園が人の手に渡り、屋敷の壁には、むかし価値のある絵がかかっていたと思われる白い部分がそこここにある。私道は荒れ、垣根は曲がり、噴水には水がない。そのうえ、伯爵未亡人は二年前に卒中で倒れたのだが、以来、だれもその姿を見ていなかった。老伯爵の孫娘たちがどこへ行ったのかを知る者もいない。

「で、それしかわからなかったのか？」ヘルムズリーは立ちあがり、軽蔑のこもった口調で言った。「わかっているのは、男の名前と、そいつが裕福な顧客を持つ玄人の探偵だということなんだな？　それだけか」

「書類にまとめてあります」チーヴァースは立ちあがった。「男の住所と、男が話をした者たちの名、その話の内容などです。男はたいした情報を得ていないと思いますよ。この辺の人々は、都会から来た怪しい者を警戒しますから」

「それはそうだな」ヘルムズリーがうなずき、なにかをたくらむような顔をする。チーヴァースは伯爵の顔を眺めた。なにを考えているのだろうか。だれかにとって、よからぬことなのだろう。ヘルムズリーは見ようによってはハンサムだった。背は高く、洗練された顔立ちをしていて、豊かな黒っぽい髪には白いものがほとんど交じっていない。人を見る目を持つチーヴァースは、伯爵が三十代前半なのではないかと考えた。しかし、実際はもっと老けて見える。ワインとこってりした食事を偏愛していることが、外見にあらわれはじめている。ヘルムズリーの鼻は丸みをおび、毛細血管が浮き出て見える。腹はたるみ、反応が遅い。なによりも、グレーの瞳には、なにかにとりつかれたような意地の悪い光が宿っている。そのせいで、伯爵が人に嘘をつく、たちの悪い男だとわかる。

かかわるのはよそう。チーヴァースは結論を出し、ひとりで伯爵の屋敷を出た。世のなかには、金に執着するヨークシャー人でさえ進んでやめたくなるような取引があるものだ。

13

「どうなった?」

第九代ヘルムズリー伯爵ウィルバーフォース・ハモンド・ジェームズは慎重に表情をつくり、書斎のドアをあけてはいってきた男のほうを向いた。いい眺めではなかった。スタル男爵へドリー・アーバスノットは、背が低いほうだとはいえ、背丈と同じくらい横幅がある。さらに不快なのは、スタルがだらしのないことだ。クラバットにはしみがついていて、昼食にチキンをワインで流しこみ、嗅ぎ煙草で荒れる胃をなだめようとしたことを語っている。胃が荒れるのも無理はない。おそらくひっきりなしに動いているのだろう。

とはいえ、スタルには——少なくとも十歳年上のこの男には、長所が二点ある。外見と品のなさとすぐにげっぷをすることは、この際関係ない。第一の長所は、目的を果たすためには金を惜しみなく使うところだ。第二の長所は、ブルドッグのように一途なところだ。

「なにがどうなったと言うんです?」ヘルムズリーは糸くずがついているかのように袖を払った。

「あの娘たちはどこだ」

「メイフェアです」ヘルムズリーは言い、それが事実であることを祈った。

「だったら、荷造りをすべきだな」スタルは獲物のにおいを嗅ぎつけた犬のように鼻をひくつかせた。「いざ、メイフェアへ」

「伯爵が出かけてから何時間も経ったわ」

アンナは歩きまわるのをやめ、デヴを見つめた。思ったとおり、デヴは印象よりも優しい男だ。ヴァルは繊細で敏感だが、妹たちのお気に入りのエスコート役として、女が感情的になるとどうなるかを正しく把握している。

「待たずに食事をしてくれと言っていたくらいだからな」デヴは説明した。「あいつは食事《ミールズ》と複数形で言ったぞ、アンナ。昼食だけではないってことだ。父上が雇った探偵の話も聞きにいったかもしれない。あるいは、ペリクレスを走らせにいったか」

「伯爵は今朝、すでにペリクレスを走らせにいきました。比較的涼しい時間に」アンナは指摘した。「わたしの機嫌をとろうとしなかった以前のあなたのほうが好きだったわ」

「父上の屋敷へ行って、ようすを見てくるよ」ヴァルは言った。「ふつう、父上と兄が喧嘩をすると、怒鳴り合いになって険悪な雰囲気になる。ずけずけとものを言い合うしね。アンナの言うとおりだ——これほど長くかかるのはおかしい」

ヴァルは同情をこめた目つきで継兄を見た。デヴが調べにいくと申し出ないことは、わかっていた。デヴは招かれるか頼まれないかぎり、公爵の屋敷を訪ねはしない。ヴァルには、その習慣を破ってほしいと頼むつもりはなかった。

そのとき、書斎のドアがあいた。ウエストヘイヴンがはいってきたので、三人とも驚いた。

けた。


「どうした？」デヴは訊いた。「父上が勝ったなんて、言わないでくれよ」

「そんなところだ」ウエストヘイヴンは言った。まっすぐにウイスキー入りのデカンターのところへ行く。一杯注ぎ、ひと息に飲みほし、もう一杯注いだ。

「兄上？」ヴァルは警戒したようすで尋ねた。しかしウエストヘイヴンは、アンナに話しかけた。

「今回だけは、父のせいじゃなかった。きみを調べたのは、ベンジャミン・ハズリットという男だ。徹底した仕事ぶりと慎重さで有名な男でね。モアランド家から報酬を支払われていたが、依頼者は母であって、父ではなかった。そうと知る前に、わたしは父を大声でののしり、あらゆる汚いことばを使っていらだちをぶつけた。わたしが狭量で勝手な証拠だな。わめいて怒鳴りちらして、父に……」

水を打ったような静けさのなか、ウエストヘイヴンはウイスキーを凝視した。

「父の息子であることが、跡継ぎであることが恥ずかしいと言ってしまった」

「おやおや」ヴァルがデカンターのところへ行く。「だが、そろそろだれかが父上の考えを正してもいいころだ」みなにウイスキーを配ってまわった。デヴは顔をしかめてウエストヘイヴンを眺めている。

「口の達者な父上のことだ、とどめのことば《ラストワード》を言い放ったんだろう？」デヴが言う。アンナは不安に思いながら黙っていた。

「心から願うよ」ウエストヘイヴンが心配そうな顔でアンナを見つめる。「あれが父の臨終のことば《ラストワード》ではないことを。ハズリットに調査を依頼したのは自分だと、母が説明していたとき、父は心臓発作を起こしたんだ」兄弟三人が押し黙り、父の寿命や死というものに思いを馳せるなか、アンナはウエストヘイヴンを眺めた。

「生きていらっしゃるのよね？」そう言うと、三人の目がアンナのほうを向いた。

「わたしが屋敷を出たとき、父はかかりつけ医を呼ぶようにと怒鳴っていた」ウエストヘイヴンは言った。「ピューとハミルトンを呼んで、いくら父にわめかれても脅されても、瀉血をするなと厳しく命じておいた」

「本物の発作だったのか？」デヴは訊いた。「父上なら芝居をしかねないと思うが」

「ぼくもそう思う」ヴァルは言い、兄の顔を見た。

「たしかに本物だったと思うが、どれだけ深刻だったのかはわからない。きっと父は、あのまま死ぬと思ったんだろう。当然、そうなる可能性はまだある」

「いつかは死ぬよ」ヴァルは言った。「だれもがそうなんだから。で、なぜ芝居じゃなかったと思うんだい？」

「これまで、不機嫌な父上、陽気な父上、怒った父上なら見たことがある。母上に優しい父上さえも」ウエストヘイヴンは答えた。「だが、三十年間の記憶を探っても、今日のように不安げな父上の姿を思い出せないからだ。まったく驚いたよ」

「バートとの口論を思い出す」ウエストヘイヴンはつづけた。机に尻を乗せてすわる。「あれほど父上にいらだつなんて、バートはどこかおかしいのではないかと、わたしは考えたものだ。なぜ、ただ父上の言うことを聞き流さないのだろうとね。だが、気づいたんだ。父上と口論するときには、覚悟しておかねばならないことがある。父上は引きさがらないし、容赦しないし、ひるまない。自分の非も認めないんだ。なにがあろうとも」

「頑固だよな」デヴは認めた。「つねにだれかを怒らせている」

「だが、つねに公爵然としている」ウエストヘイヴンは言った。「公爵らしからぬ態度をとるところや、自信を失った姿を人に見せたことがない。自分らしくふるまう権利を神から与えられたと信じつづけている」

ヴァルは思案顔でウイスキーをひと口飲んだ。「父上が亡くなったらどうなる?」

「公爵様が長生きなさいますように」アンナは言い、一瞬ウエストヘイヴンの視線をとらえた。「夕食をトレーに載せて、ここへ運ばせます。そのあと、公爵様のお見舞いに行かれますよね。フランばあやを連れていったらどうかしら。看護人として優秀ですし、公爵夫人もなぐさめられるでしょうから」

ウエストヘイヴンはただうなずいた。アンナが現実的な問題に対処したことに、ほっとしたようだった。

アンナの予想どおり、夕方になるころには、三人はそろって公爵の屋敷へ見舞いに行き、母を支えた。どの医師に診てもらうかで、ウエストヘイヴンは公爵ともめた。

ヴァルは公爵家にとどまることにし、父の容体に変化があれば、すぐに伝言を送ると同意した。デヴは公爵が心臓発作で倒れたことを、継妹のマギーへ知らせにいった。夜遅く、ウエストヘイヴンがタウンハウスへもどったとき、アンナは玄関番の従僕をさがらせ、みずから主人の帰りを待っていた。

アンナはナイトドレスとガウンと上靴だけの姿でウエストヘイヴンを迎えた。人の目や耳があるかもしれないのを気にせずに、ウエストヘイヴンが手の届くところへ来るや、彼に腕をまわした。

「父は憔悴していたよ、アンナ」ウエストヘイヴンは彼女の首に顔をうずめた。「ついに老けて見えた。もっと悲しいのは、母も年老いて見えることだ。妹たちは怯えている」

「あなたも不安なのね」アンナは言い、身を引いた。「帽子と手袋をちょうだい、ウエストヘイヴン。それから食事を用意するわ。夕食をろくに食べていないんでしょう。公爵夫人から気をつけるように言われているのよ。心配ごとがあるとき、あなたは食べないって」

「母はほかになにを言った？」ウエストヘイヴンは帽子や手袋を脱がされるままになった。

アンナはそれだけで手を止めず、上着を脱がせてクラバットとカフスボタンをはずし、シャツの袖をまくりあげた。

「きちんとした格好をするには暑すぎるわ」アンナは言った。「夜も遅いし」

玄関広間で、彼は疲れた少年のように立ちつくし、世話を焼かれるままになっている。アンナは脱がせた服を片方の腕にかけ、彼の指に指をからめた。ウエストヘイヴンは静かな屋敷のなかを、おとなしく手を引かれて進んだ。

ウエストヘイヴンはアンナの手のぬくもりを感じ、一日でいちばんいい知らせを聞いたような気分になった。

「ほんの二年ほど前、祖父が亡くなったの」暗い屋敷のなか、アンナはウエストヘイヴンを導きながら言った。「長生きしてくれて、わたしはとても幸運だったわ。祖父のことは大好きだったから。でも、祖父は慢性の病に苦しんでいた。だから、亡くなったときはほっとしたわ。祖父は祖母のために耐えに耐えたの」

「父も同じことをしているのがわかるよ」ウエストヘイヴンは握った手にそっと力をこめた。

「あのときの恐怖を思い出すわ」アンナはつづけた。「祖父が眠りに落ちるたびに、死んでいるのではないかと不安になった。死人のような顔をしていることもあったんだもの。わたしにはそう見えたのよ。そのうちに、本当にわたしの目の前で亡くなった。祖父が他界して三週間後、今度は祖母が卒中で倒れたの」

「おばあ様は相当なショックを受けられたんだな」ウエストヘイヴンは言った。ふたりは厨房へ着いた。

「わたしたちみんながそうだった」アンナは言い、ウエストヘイヴンをテーブルの前へすわらせた。「家じゅうに張りつめた空気が漂っていた。みんな、希望を捨てずになにかを待っていた。わたしたち……どうしたらいいかわからなかった」

ウエストヘイヴンは厨房を歩きまわるアンナを見つめた。レモネードを用意し、あきれるほど砂糖をたっぷりと入れ、トレーに夜食を並べている。いつものようにきびきびと動くアンナを見て、ウエストヘイヴンは安心し、少し自分をとりもどせた。公爵家では、母も妹たちも使用人も医師も、だれもがウエストヘイヴンに指示を仰いだ。

ウエストヘイヴンはそれに応じ、道に藁を敷くよう命じた。とはいえ、公爵の屋敷は敷地のずいぶん奥まったところにあり、街の騒音が病人をわずらわせる可能性は低かった。そう指示したのは、使用人たちがなにかせずにはいられなかったからだ。彼らは公爵が快適に心地よくすごすために、自分たちは貢献しているのだと考える必要があった。

だから、ウエストヘイヴンはあれこれと指示を出した。公爵の寝室のひとつを病室に変えさせたり、モアランズへ伝言を送らせたり、フランばあやに医療品のリストをつくらせたりした。また、妹たちにはごく親しい知り合いや親戚に手紙を書かせ、母には、連絡をとってほしい友人の名と連絡の内容を父から聞き出してもらった。医師たちとも話し合い、父の病状についてフェアリーと相談するよう頼んだ。マギーに知らせるようデヴを送り出したあと、不安そうな顔で指示を仰ぐ者がようやくいなくなり、我が家へ帰宅したのだった。

このタウンハウスを我が家だと感じるのは、建物を所有しているからでもなく、ここで働く者たちに給金を払っているからでもない。兄弟と一緒にここに住んでいるということですら、理由にはならない。

我が家だと思うのは、アンナがここにいて、帰りを待っているからだ。ウエストヘイヴンの世話をするために。アンナは自分が世話をしてもらうことも、問題を解決してもらうことも、この先どうすべきか教えてもらうことも期待していない——それどころか、ウエストへイヴンがそうすることを許してすらくれない。

自分は彼女を愛しているのだと、ウエストヘイヴンは考えた。アンナがテーブルの中央にある花瓶からヒナギクを一本抜き、夜食のトレーに載った一輪挿し用の花瓶にそれを挿す。トレーを持ってきて、目の前に置いたとき、ウエストヘイヴンは彼女の腰に腕をまわし、腹に顔を押しつけた。

「こんなふうにあなたの頭の傷の手当てをした時期があったわね」アンナは言い、彼の髪をかき分けて傷跡を探した。「あなたを殺さずにすんでよかったわ」

「わたしの頭は硬すぎるんだ」ウエストヘイヴンは顔をあげた。「これを食べろと言うのか？」

「食べないなら、また頭を殴るわよ」アンナはそう言い放ち、腕組みをした。「それに、ペリクレスに告げ口をするわ。あなたに対してにらみが利くみたいだから」

「一緒にすわってくれ」ウエストヘイヴンは言い、微笑もうとした。

アンナがとなりに腰をおろすと、ウエストヘイヴンの気持ちはさらに落ち着いた。

「お医者様はなんとおっしゃっているの？」アンナが彼の肩に頭をもたせかける。

「妙だな」ウエストヘイヴンはサンドイッチを手にとった。「だれもわたしにその質問をしなかった。母上でさえ」

「公爵夫人はわかっていらっしゃるんじゃないかしら。どれだけ公爵様の容体が深刻かを。ご自分では認めていらっしゃらないかもしれないけれど。わたしの祖父母も似たような感じだったわ。なぜか本能的に通じ合っていた」

「愛し合っていらしたんだな」ウエストヘイヴンはサンドイッチを食べ、考えをめぐらせた。自分とアンナはどうなのだろうか。ウエストヘイヴンには、同じように通じ合っているかに思えた。でなければ、アンナはこうして横にすわり、食事をつくり、そばにいてくれはしないだろう。家族ですらそうしてくれないときに。

「たしかに愛し合っていたわ」アンナは言った。「祖父は祖母のために花を育てていたんですもの。わたしとモーガンのためでもあったけれど、なによりも妻のためだった」

「モーガンはきみの妹君なんだな」ウエストヘイヴンはサンドイッチの最後のひと口を食べた。すぐ横でアンナが身をこわばらせた。

「きみたちの血がつながっていることはわかっている」レモネードを飲み、アンナにも勧めた。「きみはモーガンを気にかけている。ただの親戚ではないだろう」

「なぜわかるの?」

「きみのことを理解しているから」ウエストヘイヴンはただそう言った。「それに、我々は同じ屋根の下で暮らしている。そういった親密さを隠すのは難しい。なにしろ、モーガンの身の安全のために、きみはわたしを進んで殺そうとしたくらいだからな」

「あの子は妹よ」

「ヴァルがあてたんだ」ウエストヘイヴンは言い、ひと切れのりんごにかじりついた。「あいつはモーガンのことが好きなんじゃないかな」

「モーガンを？」アンナは眉根を寄せた。「一時的にのぼせているだけじゃないかしら。たぶん、ヴァレンタイン様にとって、モーガンはなにかを象徴する存在なんでしょうね。音楽か、あの人の選んだ人生に関係のあるなにかを。モーガンがヴァレンタイン様の優しさに惹かれているのは知っているわ。まあ、わたしはふたりを信用していますから」

「あいつはベートーベンの曲を一人前の男のように弾く。少年のようにではなく」

「そうした解釈については、わたしよりあなたのほうが詳しそうね」アンナはウエストヘイヴンが差し出したりんごをひと切れ受けとった。「わたしにも、最近あの人のピアノが情熱的になったように思えるわ。そのせいか、すばらしい音が出ている」

「そうなんだよ」ウエストヘイヴンは答えた。りんごを噛みながら、ふたたび考えこんだ。

「お医者様がなんとおっしゃっているか訊いたのに、答えてくれなかったわね」アンナはウエストヘイヴンの背中をさすった。

「はっきりしたことは言えないようだ。父の症状は――馬が胸にすわりこんでいるような感覚がして、思うように息ができず、首の左側から左腕にかけて痛みがあるらしいんだが――典型的な心臓発作の症状だとか。ただ、痛みはすぐおさまるらしいし、父はそもそも元気な男でね。とくに疲れを感じたことがないし、いまもひどく苦しんでいるわけじゃない。これまで、胸の痛みを訴えたこともなかった。完全に回復して、あと二十年生きる可能性もある。これから数週間、しっかり休ませて、ごく軽い運動だけをさせるのが肝要らしい」

「でも、それって公爵様が今夜亡くなる可能性もあるということよね。本当に、これまで似たような症状が出たことはないのかしら。それとも、公爵様は公爵夫人のために、健康だと見せかけていらっしゃったの？」

「デヴにも同じことを訊かれた。で、兆候があったとしたら、気づくのは母だけだろうという話になった」

「その場合、公爵夫人は口外なさらないわね。公爵様とふたりになったときはその話をされるかもしれないけれど。もっとも、これからはふたりきりの時間なんてほとんどなさそうね」

「いくらかはあるようだが」ウエストヘイヴンはアンナを一瞥した。「きみのおじい様とおばあ様のようすから、そう思ったのか？」

「祖母のようすからよ。祖母はときどき、自分たち以外の者を病室から追い出して、祖父とふたりきりになった。おかげで、わたしたちみんながひと休みすることができたし、祖母たちもしばらく一緒にすごせたの」

「別れを告げる時間ができたわけだな」ウエストヘイヴンはふたたびレモネードを飲み、グラスをアンナにまわした。「ああ、アンナ。今日わたしが父に言ったことを考えると、たまらない気持ちになる」

「謝ることはできるでしょう」アンナはただそう言った。「いろいろな人との関係を修復するときですもの、公爵様もきっと謝りたいと思っていらっしゃるわ。だいたい公爵様は、たくさんの人との関係を壊してこられたでしょうし」

ウエストヘイヴンは不安とうしろめたさと疲労を感じていたにもかかわらず、彼女の辛辣なもの言いを聞いて含み笑いをした。「きみは無情なほど現実的な女だな、アンナ・シートン」

「マジパンを召しあがって」アンナが命令口調で言う。「わたしは現実的に考えることを学んできたの。今夜は、わたしのほかに、あなたに常識的なことを言う者はいないでしょう。公爵様ほどのお年の方が生きていらっしゃるなんて、幸運なことよ。しかも、さまざまな問題を起こすほどお元気だなんて。公爵様が発作で倒れられたのは、あなたのせいじゃないわ、ウエストヘイヴン。その点については、いっさい反論しないでちょうだいね」アンナは身を寄せて彼の頬にキスをし、マジパンをひとつ手渡した。「さあ食べて」

ウエストヘイヴンは従った。食事と飲みものと会話のおかげで、想像できなかったほど元気をとりもどせた。

「これから一週間は」ウエストヘイヴンはマジパンをほおばりながら言った。「大変だと思う」

「公爵様の跡継ぎであるゆえに、これまでずっと大変だったわね」

「ああ」ウエストヘイヴンはグラスをいじった。「だが、わたしは状況を好転させつつあるんだ、アンナ。まもなく相応の収入がはいってくるようになるし、土地差配人たちも、以前より組織的にまとまりつつある。妹たちも母も、それから父さえも、出費を予算内におさめることを学んでいる。夏が終わるころには、わたしはトリヴァーと、いまほど一緒にすごさずにすむようになるだろう。父にそれをわかってもらいたかった」

「感謝の気持ちを示してほしかったのね。それか、せめて少し自慢して、あなたがあらゆる努力をしたことに、公爵様に気づいてほしかったんでしょう」

「そうかもしれない」ウエストヘイヴンは二個目のマジパンをつまみあげ、それを眺めた。「情けない話だろうか？　大の男になってもまだ、父親に認めてもらいたがるのは」

「情けないとしたら、認められたいという気持ちに疑問を持つことだわ」アンナがもう一度ウエストヘイヴンの頬にキスをする——自然で気分の安らぐ行為だ。それから立ちあがると、厨房を片づけはじめた。

「あなた、この騒ぎで、ミスター・ステンソンを解雇するのを忘れたんじゃないかしら。新しい執事に仕事をはじめさせるのも」

「スターリングか」ウエストヘイヴンはうなずいた。「たしかに忘れた。あの男で大丈夫だろうか。くすねられたらわかるように、銀器を数えておいたか？　それに、そう、ステンソンに話をするのも忘れた」

「だったら、公爵様のお屋敷へ送り返せばいいじゃない」アンナは提案した。「ヴァレンタイン様がいらっしゃるし、セントジャスト大佐の衣類もすべて繕われたみたいだし」

「デヴリンはきみに名前で呼ぶよう言ったんじゃないか」アンナとデヴが親友になることはなさそうだが、アンナの口調には、しばらく前に潜んでいたとげとげしさはなかった。

「あの方、公爵様によく似ていらっしゃるわ」アンナは言い、立ち止まってトレーを持ちあげた。「ぶっきらぼうで気持ちを人に伝えられないことがあるけれど、心が優しくて一本気なところのある方ね」

「そうなんだよ。デヴは大人になっても、見知らぬ人と話すとき、うまくしゃべれないことがあった」

「吃音のことは、ヴァレンタイン様から聞いたわ」アンナはきれいな布巾を手にしてもどってきた。テーブルを拭こうと腕を伸ばす。ウエストヘイヴンは優しく、だがしっかりと彼女の手をつかんだ。

「アンナ？」彼女はゆっくりと背を伸ばし、ウエストヘイヴンと目を合わせた。「今夜、一緒にすごしてくれ」

アンナはウエストヘイヴンの目に、いつもとちがう光が宿っているのを見てとった。挑戦と激情が混ざっているが、その奥に純粋な傷つきやすさが見える。〝今夜、一緒にすごしてくれ〟とウエストヘイヴンは言った。その飾り気のない率直なことばには、さまざまな複雑な意味が含まれている。

アンナは目を閉じた。彼の要求に対して、それから、要求を受け入れたいという激しい気持ちに対してあらがおうとする。いまはだめ。アンナは必死で自分を抑えようとした。とにかくいまはだめだ。アンナのことを調べていた男についても、早く逃げなければならないことについても、ウエストヘイヴンとまだ話し合っていない。

「行儀よくするよ」ウエストヘイヴンは言い、アンナの手首を離した。「疲れすぎていて、とても……まあ、そこまでは疲れていないかもしれないが、あまりにも……」そこで口をつぐみ、眉根を寄せる。「無茶な頼みだったな。タイミングも悪い。忘れてくれ」

アンナが目をあけると、ウエストヘイヴンはもう見つめてはいなかった。立ちあがり、伸びをし、アンナを一瞥する。アンナは布巾を持ったまま、身じろぎもせずに立っていた。

「悪いことを言ったな」ウエストヘイヴンは言った。「わたしはただ……。明日の朝、ここにいてくれるか？」

その質問をことばにしたくなかったのだろうと、アンナは思った。朝、ここにいてほしいと頼みたくなどなかったのだろう。

「いるわ」アンナは言った。やめろと叫ぶ常識の声に、耳を傾けることはできなかった。「あなたのベッドに。あなたが望むなら」

ウエストヘイヴンはただうなずいた。彼女の手から布巾をとり、テーブルを拭く。そのあいだに、アンナは洗った皿をしまった。そのひとときはほっとするほど家庭的で、ふたりにしっくりくるように思えた。一緒にいるとき、ウエストヘイヴンは尊大にふるまわないし、つねに伯爵然としているわけではない。いまのように、単にゲール・ウィンダムでいるだけ――どこまでも愛すべきすばらしい男でいるだけだ。

ウエストヘイヴンはアンナが片づけ終わるまで待った。テーブルから蝋燭を一本とり、片方の腕を差し出す。その優雅な仕草を見て、アンナは妙なことに祖父母を思い出した。ああ、この人と一緒に年をとれたら……。そう考えながら彼の腕の内側に手をすべりこませた。

彼の寝室へ着いても、安らいだ家庭的な雰囲気に変わりはなかった。アンナがウエストヘイヴンの服を脱がせたあと、彼はアンナをベッドへ横たえた。それから、炉辺に多めに置いてある洗面用の水を使いはじめた。バルコニー側のドアはあいていて、新鮮なそよ風が部屋に漂ってくる。アンナは水を使うウエストヘイヴンを眺め、蝋燭一本の明かりに照らされた彼を、ただただ美しいと思った。感じたのは、性的な魅力というより所有欲に近い。体つきが美しいのはもちろん、もの思いに沈んだような表情も、アンナにとっては美しかった。

さまざまなことが心配なのだろう。そんなところは、ウエストヘイヴンと公爵との唯一の共通点なのかもしれない。

ウエストヘイヴンが濡れたタオルを絞り、背筋を伸ばしたとき、アンナはラベンダーの香りのするシーツをめくった。「ベッドへ来て」

「マダム、ナイトドレスは？」ウエストヘイヴンが片方の手を差し出す。「余計なものを着たままでいるには暑すぎるぞ、アンナ。きみをわずらわせはしないと約束する」

「さっきもそんなことを言ったわね」アンナは頭からナイトドレスを脱ぎ、彼に渡した。

「ドアの鍵はかけた？」

「おっと」ウエストヘイヴンはうす闇のなかを歩いていき、鍵をかけた。蝋燭の火を吹き消し、アンナのとなりにもぐりこんだ。

「夜、猫《キャット》のほかにだれかと一緒に寝るのがいつ以来か、思い出せないわ。ウィロウ・ベンドであなたとすごした夜をのぞいて」アンナは言った。

「わたしもだ」ウエストヘイヴンは枕のまんなかにこぶしを沈めた。「性悪女《キャット》のほかに、だれかと寝るのがいつ以来か思い出せないよ。おっと失礼」謝ったのは、アンナの枕をうっかり引っぱったせいだ。しかしアンナは、いまの冗談に対する謝罪でもあると考えることにした。

アンナは腹の上で手を組み合わせた。ふたりともあおむけに横たわっている。「明日はどうするの？」

「父の見舞いに行く」ウエストヘイヴンは言った。「ステンソンにあれこれ指示を出し、たぶんマギーを訪ねるだろう。それから、トリヴァーにたっぷり仕事を与えて、おくれをとらないようにする」

アンナはウエストヘイヴンの手をとり、彼の腹からおろして指をからめた。「まず、ヴァレンタイン様とデヴリン様に伝言を送って、いつもの乗馬をすべきじゃないかしら」

「父が生きているかどうかをたしかめる前にか？」暗闇のなかでも、ウエストヘイヴンが眉をひそめているのがわかる。彼が手に力をこめたのが、はっきりと感じられた。

「夜のうちに亡くなれば、すぐに知らせが来るわ。ヴァレンタイン様が手配してくださるでしょうから。あなたは乗馬をとても楽しんでいるわよね。日にもよるんでしょうけれど、あなたが義務感からではなくて好きだという理由で行動するのは、乗馬のときだけじゃないかしら。ペリクレスだって、いつまでも元気なわけじゃないわ」

「アンナ、わたしの馬の健康を引き合いに出すのか？」

「それに、ヴァレンタイン様とデヴリン様は、公爵様が動けなくなってもあなたは大丈夫なんだって、知る必要があると思うの。あなたが公爵様の死を恐れてすごしてばかりいるわけじゃないって。あなたは不安に押しつぶされるほど弱くはないし、さまざまな責任を果たせるってことを知らせるべきだわ。だれにでも死は訪れるもの。それは悲しいことよ。でも、公爵様は長くて幸せな人生を送られた。公爵様の死を悼む人は多いでしょうけど、亡くなるのは自然の摂理だわ。あなたもそのときが来れば死ぬんだし」

ウエストヘイヴンはため息をつき、言われたことについて考えた。

アンナを愛しているのは、この自分に対して正直に接してくれるからだ。ほかの者たちが機嫌をとろうとするときも、アンナは真実を伝えようとする。いま、同じベッドにいながらも、ウィンダム家待望の跡継ぎをはらもうとせず、ただ手を握っていてくれる。

「乗馬へ行くよ」

「よかったわ」アンナは寝返りを打ち、ウエストヘイヴンのほうへ身を寄せた。マットレスの上でアンナが身じろぎをするのが感じられる。アンナは彼の額にキスをし、深く息を吐いた。「さあ眠って、ゲール・トリスタン・モンモランシー・ウィンダム。あなたが目覚めるときに、ここにいるって約束するわ」

アンナはウエストヘイヴンをうながし、もっとも眠りやすそうな体勢をとった。腕を彼の首の下へ入れ、頭を自分の肩にもたせかけるようにした。ウエストヘイヴンによくしてもらうように、ゆっくりと彼の背中をなでる。やがて、アンナの耳に、穏やかな寝息が聞こえてきた。

ウエストヘイヴンが目覚めるときにはここにいようと、アンナは考えた。それにしても、あとどれだけ長くこの屋敷にいられるだろうか。

北部へ送りこまれた探偵のせいで、屋敷を去る時期を早めなければならなくなった。公爵がこれほど具合の悪いいま、アンナはウエストヘイヴンに頼りたい気持ちをすべて抑えこんだ。ウエストヘイヴンはメイドが持ちこんだ問題ではなく、自分の問題に対処しなければならない。

アンナは未来のモアランド公爵を腕に抱きながら、彼の幸せと自分の身の安全を心から祈った。

その後の数日間、ウエストヘイヴン伯爵家では、夜も昼も住人のすごし方にいくらか変化があった。それまで、兄弟たちは必ず朝の乗馬へ出かけるわけではなかったが、その習慣が定着した。また、ステンソンが屋敷から去ったことで、みなが胸をなでおろした。クインビー公爵その人から推薦された、スターリングという比較的年輩の穏やかな執事がやってきて、従僕たちがまとまるようになった。

そして夜は……。

ウエストヘイヴンは毎朝、休息の足りた状態で目覚め、あらたな一日に立ち向かった。アンナが同じベッドで休んでくれたからだ。理由ははっきりとはわからないものの、アンナが必要だった。その気持ちには欲望が混ざっている。だが、アンナを誘惑したいと思うほどではなかった。彼女がそばにいるという安らぎのほうが、一時的な悦びよりもずっと大切だった。

アンナがともに夜をすごしてくれるのは、近いうちに屋敷を去る決意がこれまでになく強まっているからにすぎないことを、ウエストヘイヴンは感じとっていた。公爵が四日間、胸の痛みを訴えずにすごしたので、公爵家の人々は警戒をしつつも安心しはじめた。いま、眠るアンナを見つめながら、ウエストヘイヴンは顔をしかめた。公爵の容体が急変することはないとみなされた場合、アンナは行ってしまうのではないだろうか。

そうはさせるものか。絶対に。ウエストヘイヴンは、今週早くにハズリットに会う時間をつくらなかった自分を責めた。今日は必ず会おう。たとえ、ハズリットをスラム街のセブン・ダイヤルズまで徒歩で追わねばならないとしても、かまうものか。

「起きているのね」アンナが微笑みかける。ウエストヘイヴンは笑みを返した。微笑みを交わして一日をはじめるという単純なことが嬉しかった。顔を寄せ、アンナにキスをした。

「ずるいわ」アンナは体にかけていたシーツを押しやった。「もう歯を磨いたのね」彼女はベッドを出て、ガウンを羽織り、部屋の隅にあるついたての向こうへ行った。

アンナはあまり細かいことにこだわらない。ついたての裏からあらわれ、ウエストヘイヴンの歯磨き粉と歯ブラシを使い、鏡に映る自分を見つめた。

「その辺の生垣のなかを、うしろ向きに引きずられたみたいな姿だわ。わたしを見て、よく笑わずにいられるわね」ウエストヘイヴンは鏡のなかのアンナを眺めた。三つ編みはほどけ、枕の縫い目の跡が頬についている。

「すごくかわいらしく見えるが。ベッドへもどれよ」

「もうすぐ外は明るくなるわよ、ご主人様」アンナはウエストヘイヴンを軽くにらんだ。

「こんなに遅くまで寝たなんて、びっくりだわ」

「今日は、デヴがサリーまで馬を連れていかねばならないんだ。ヴァルはフェアリーのところで遅くまでピアノを弾くと言っていた。かわいそうだが、ペリクレスを朝の乗馬へ連れていくのはやめる。だからベッドへもどれよ、アンナ」

有無を言わせぬ口調だった。グレーのうす闇のなか、ふいにアンナは人生を左右する瞬間を迎えたのを感じた。あのベッドへもどることはできる。そうすれば、今度こそついに、彼と愛を交わすことになるだろう。女が愛人のにおいを嗅ぎ分けるように、母親が赤ん坊の泣き声を聞き分けるように、アンナははっきりとそのことを悟った。

あるいは、微笑んで首を横に振り、一日のために身支度を整えはじめることもできる。

アンナはゆっくりとガウンの腰ひもをゆるめ、一糸まとわぬ姿でベッドへ近づいた。

「月のものは？」ウエストヘイヴンは訊き、アンナを見つめた。「つぎはいつはじまる？」

「二、三日で」アンナは立ち入った質問に驚きもせずに答えた。この数日間で、ふたりはある意味で愛人よりも親密になっていた。ふたりでひとつの歯ブラシを使い、ウエストヘイヴンは彼女の髪をとかした。アンナは彼の着替えを手伝い、ウエストヘイヴンは侍女のようにアンナの世話をした。一日のはじまりと終わりに、ふたりは穏やかに話をし、ベッドで手を握り合ったり、抱き合ったりした。

その一瞬一瞬を、アンナは記憶にとどめた。自分は豊かな富と力を持つハンサムで非凡な男を、もうしばらくだけ愛することができる。想像を絶するほどすばらしい特権に思えた。そしていま、ウエストヘイヴンも、最後の思い出を一緒につくりたがっている。

自分の欲望を抑えることはできても、もう彼を拒むことはできなかった。

「きみはまだ、わたしのもとを去ろうとしているな」アンナがベッドへ行ったとき、ウエストヘイヴンは言った。「正直言うと、わたしは見つかるだけの武器を使って、きみを止めようとするだろう。それが高潔なことであろうとなかろうと。行かないでほしいんだ」

ウエストヘイヴンがそう口にしたのは、今回がはじめてだった。アンナをベッドにもどすことによって伝えたいのは、そのことなのだろう。

「行かないでほしい」ウエストヘイヴンはさっきよりも強い口調で言った。

「わたしはここにいるでしょう」アンナは言い、彼と目を合わせた。「いまはあなたとこのベッドにいるわ」

ウエストヘイヴンはうなずき、目を半ば閉じた。「そこにいてもらう。きみの気が変になるほど悦びを与えてやるから」傲慢なもの言いに、アンナはウエストヘイヴンを見あげて微笑んだ。そして、彼の額から髪を払いのけた。

「そうなりそうね、きっと」

ウエストヘイヴンが口元をゆがめて微笑む。にもかかわらず、安心したような笑みだった。

「先を急ぐのはなしだぞ」警告するように言った。

「なにかを約束するのもなしよ」アンナは切り返し、自分から彼の体の下にもぐりこんだ。

「お説教もなし」彼のウエストに脚を巻きつけ、顔をあげてキスをした。ウエストヘイヴンはうなり声をあげて彼女に腕をまわし、そのまま一緒にベッドの上を転がった。

「きみがどうにかなるまで抱いてやる」そう言ってアンナを自分の上にまたがらせた。

「いいわよ」アンナは笑顔でウエストヘイヴンを見おろした。「でも、ちょっと待って」彼から逃れようとしたものの、足首をつかまれ、二度ほど尻をぴしゃりと叩かれた。ウエストヘイヴンが困った女だの、生意気なメイドだのと言いながら、背中からアンナを抱き寄せる。アンナは彼のそんな面に――いたずらっぽい陽気な求愛をする彼に惹かれ、喜びを感じた。尻を叩かれても、いやだとは思わなかった。ウエストヘイヴンがそこをそっとなでて、痛みをとり去ってくれるときはとくに。

「あなたがいけないことをしたら、ぶってあげましょうか?」ウエストヘイヴンに組み敷かれたとき、アンナは訊いた。

「そうしてくれ」ウエストヘイヴンは言い、頭をさげてアンナにキスをした。「何度でも強く叩いていい。きみが相手だと、いくらでも悪さをしたくなるからな」

話は終わったらしいと、アンナは思った。彼が舌でアンナの口のなかを探り、手で胸を包んだからだ。誘惑しているというよりは、アンナを興奮させ、自分のものにしようとしているようだった。〝きみはわたしのものだ〟ウエストヘイヴンの手が語っている。〝わたしはきみのものだ〟彼のキスがそう繰り返す。〝すべてがわたしのものだ〟男の証しがアンナの腹を執拗につつき、そう宣言する。

〝わたしはあなたのものよ〟アンナは頭のなかで言った。彼に脚を巻きつけ、脚のあいだを硬いものにこすりつけた。今日だけは、いまだけは、ウエストヘイヴンは自分のものだ。

「急ぐな」ウエストヘイヴンがかすれ声で言う。手を止めたかと思うと、彼女の胸の頂を指先でつまんだ。

「約束はできない」アンナは言い返した。「わたしがそうしたければ、急がせてもらうわ」指で彼の乳首をかすめ、下腹部を彼に押しつけた。

「くそっ、アンナ」ウエストヘイヴンは小声で言った。「慎重にことを進めようとしているのに……きみときたら……」

けれどもアンナは、慎重さを忘れるほどウエストヘイヴンに夢中になってほしかった。みぞおちの下のほうで熱が広がっていく。ときに、不安と孤独から来るむなしさと絶望を感じる場所だ。いま感じるのは欲望の熱だ。彼に対する欲望、自分を捧げたいという欲望だ。長いあいだなにかが欠け、むなしかった場所を、ウエストヘイヴンは満たしてくれる。

「なかに来て」アンナは静かな声で懇願した。彼の顔を手で包む。「あとで慎重にしていいから、約束するわ。いまはただ、お願い……あなたが必要なの」

「せかすな、アンナ。せかしたら、あとでどうなっても知らないぞ」ウエストヘイヴンが言う。しかし、先端を彼女の脚のあいだに近づけ、入り口を探りはじめたので、アンナはほっとした。彼はそのままのんびりと探り、狙いを定めるようすもなく突いている。ときおり中心に近づくものの――わざとそうしているにちがいない――右へそれたり、上へそれたり、左へそれたりした。

「あなた……意地悪をしているのね」

「だったら導いてくれ、アンナ」ウエストヘイヴンがうながす。「どこにほしいのか、教えてくれ」

ウエストヘイヴンのせいでアンナは濡れていた。そのため、彼自身も濡れている。アンナはそれに指を巻きつけ、まっすぐに導いた。彼がその場所に近づくまで手を引っこめなかった。先端が秘めやかな部分におさまったものの、アンナはまだ貫かれずにいた。

「これはわたしにまかせてくれ」ウエストヘイヴンは前腕で体を支え、アンナの視線をとらえた。「頼む、アンナ。わたしは小さくはないが、きみは……ああ」最後はうめき声のようになる。ウエストヘイヴンはわずかに腰を前へ突き出した。「すごい」かすれ声で言い、顔をアンナの首の部分にうずめた。「なんてすばらしいんだ……」

ウエストヘイヴンが体と体をひとつにしている。アンナは驚嘆した。妙なのにすばらしい感覚だ。それに、腹立たしいほどスピードが遅い。

「ウエストヘイヴン」アンナはおずおずと腰を浮かせた。すると、彼が身をこわばらせた。

「だめだ」絞り出すように言う。「ちくしょう、わたしにまかせろ。一度でいいから、きみの面倒を見させてくれ、アンナ。ともかく……まかせてくれ」

アンナは彼の荒っぽいもの言いと、汚いことばと、断固とした態度が気に入った。しかし、なによりもすばらしかったのは、慎重にすべりこんでくる彼自身の感覚だった。

やがて、その感覚が苦痛へと変わりはじめた。

「わたしにつかまるんだ。つかまって、体の力は抜いていろ、アンナ。きみが力を抜くまで動かないぞ。キスをしてくれ」ウエストヘイヴンは頭をさげ、ゆっくりと軽いキスを彼女の頬や顎やまぶたに浴びせた。アンナが荒い息を整え、キスを返したとき、ウエストヘイヴンは手を乳房にさまよわせた。ふくらみをもみ、もてあそび、愛撫する。アンナの口からため息が漏れた。全身から力が抜けるのがわかる。ウエストヘイヴンは少しずつ腰を押し出した。

そして、またなにかにつかえて止まった。

ウエストヘイヴンはアンナの尻の下に片方の手をすべりこませ、しっかりと支えた。警告なしに、いきおいよく腰を突きあげる。アンナは顔をしかめ、彼の下で身をこわばらせたものの、声をあげなかった。

「もう楽になる」ウエストヘイヴンは請け合うように言い、さっきよりもずっと優しく動いた。「痛かったらそう言ってくれ」

さっき、アンナは痛みを感じた。とはいえ、驚くほど一瞬のことだった。もう痛みはなく、ウエストヘイヴンが深く身を沈めるたびに、快感が増した。

「すてき」アンナは悦びを感じて息を切らし、悩ましげに言った。「やめないで、ウエストヘイヴン。いいわ」

「一緒に動いてくれ、アンナ。つらい部分は終わった。あとはもう悦びを得るだけだ。どうにかなるまで……」ウエストヘイヴンは軽い口調で言った。しかし、穏やかな声の奥に、どこか思いつめたような響きがあった。やがて、突きが意図的になった。

アンナは彼の動きに合わせて腰を揺らそうとした。ウエストヘイヴンはアンナがリズムをつかめるよう、スピードをゆるめた。しかし、そのぶん突きは強くなった。

「そうだ」ほどなく、ウエストヘイヴンはささやいた。「そんなふうに動いてごらん……アンナ、ああ」

アンナはのみこみが速かった。ウエストヘイヴンとともに動き、手を彼の脇へさまよわせ、乳首を探りあてた。彼の腰のゆっくりとした動きに合わせ、彼の胸の先端を親指でかすめる。やがて力を加え、官能的な円を描くようにしてこすった。

「アンナ……」ウエストヘイヴンは彼女の尻を包んでいる手に力をこめた。「慌てるな……だめだ……。ああ、やめないでくれ、いとしい人」

「あなたもやめないで」アンナはもう片方の乳首を舌でなぞった。「お願いだからやめないで」

アンナはふたりのリズムを速めようとしたが、ウエストヘイヴンはゆっくりとしたペースを頑なに保ちつづけた。

「ウエストヘイヴン、お願い……」アンナは低い声で泣くように言った。「ゲール……」

情熱的に名を呼び、懇願した結果、望みどおりの効果があった。ウエストヘイヴンがテンポを速めたのだ。ほどなく、アンナは身を震わせ、歓喜の悲鳴をあげた。それでも彼は動きを止めようとしない。頭をさげてアンナの胸の頂を口に含み、強く吸いあげた。アンナは夢中で腰を揺らし、彼の胸に向かって何度も何度も彼の名を呼んだ。脚を彼にきつく巻きつけたままで。

ウエストヘイヴンは顔をあげ、アンナの腰の下に手をついた。アンナが体の奥で熱いものが広がるのを感じるや、彼の突きがゆるやかになり、深くなった。ウエストヘイヴンが彼女の耳元で低くうめく。彼の体の動きが止まった。

「アンナ」しばらくののち、ウエストヘイヴンはかすれ声で言った。「きみはすばらしい」

ウエストヘイヴンが硬さを失いつつあるものをアンナの体からそっと引き抜き、立ちあがる。ふたりの体が離れる感覚に、アンナは顔をしかめた。しかし、なにも言わず、夜明け間近のうす闇のなか、ただ潤んだ目で彼を見つめた。ウエストヘイヴンは洗面用の水を使ったあと、湿らせた布をベッドへ持ってきた。

「脚を開いてくれ」アンナは従った。そのひととき、どんなに親密なことを求められてもあらがえなかった。ああ、彼がもたらす感覚ときたら……。布は冷たく、火照った肌を冷ましてくれる。と同時に、アンナは彼がたくみに興奮をかきたてていることをわかっていた。

「時間をかけてちょうだい」アンナは小声で言った。「先を急ぐ必要はないわ」

「みだらだな」ウエストヘイヴンは満足そうに微笑んだ。「だが、痛むだろうから、今朝はもう、これ以上のお楽しみはなしだ」

「あなたは痛まないの？」

「どうかな――」ウエストヘイヴンが湿った布を洗面器のなかへほうる。「痛くなるかもしれない。きみのせいだぞ」

「そうかしら」

「アンナ？」ウエストヘイヴンはアンナと体を重ね、前腕で自分を支えた。真剣な顔で見つめる。「言ってくれないのか？」

「ことばにする必要がある？」アンナは彼を見つめ返した。満足感が悲しみで曇っていく。

「ことばって？」ウエストヘイヴンの優しい目のなかに警戒が浮かんだ。

「わかったわよ」アンナはため息をつき、彼の額にかかった髪をかきあげた。「もちろん、あなたを愛しているわ」脚をあげ、彼の体に巻きつけた。「どうしようもないほど愛しているわ。でなければ、もうここにはいないでしょうね。それに、これから去ろうともしないでしょうね。愛しているわ、ゲール・ウィンダム。たぶん、これからもずっと。さあ……これでふたりとも、気まずくてたまらなくなったかしら？」

「わたしは気まずいと思ってはいないぞ」ウエストヘイヴンはささやき、顔を彼女の首元にうずめた。「むしろ……感動している。ことばにならないほど。きみはすばらしい、アンナ・シートン。信じられないほどすばらしい」

もっと気持ちを伝えるべきだと、ウエストヘイヴンは思った。しかし、またもや心臓が早鐘を打ちはじめた。アンナはしがみついているから、その鼓動を感じとれるだろう。愛していると伝えるべきだ。たしかに愛しているのだから。そう思ったものの、口を利けなかった。体のなかで暴れる感情をことばにできなかった。

「ウエストヘイヴン？」

アンナは彼の背中をなでた。心配そうな口調だ。「大丈夫？」

「だめだ」自分でも驚いたことに、涙がこみあげてのどが詰まる。ウエストヘイヴンはアンナをきつく抱きしめた。「大丈夫とは言えないな。きみと愛し合ったせいで……どうにかなりかけている」

まさにそれが本音だった。

「あれは彼女じゃないか」スタル男爵が甲高い声で言った。「あの娘たちのことは知っているんだぞ、ヘルムズリー。あれはわたしのモーガンだ」

「あなたが最後にモーガンに会ってから、もう二年も経っているんですよ」ヘルムズリーは忍耐力をかき集めて言った。「あの年ごろの女は変わりやすい。しかも、大きく変わる。だいたい、モーガンのはずがないでしょう。あの娘は笑っているし、大声を出しているし、連れの男と話している。公園じゅうに声が響き渡っていますよ。モーガンにそんなことができるはずがない」

「あれはどう考えてもモーガンだ」スタルは言い張った。「腕を組んでいる野郎と、モーガンを尾行すれば、わたしのアンナも見つかるはずだ」

「この暑さのなか、あの娘を追いかけたいのなら、好きなようにすればいいでしょう。どう見てもぼくの妹とは思えませんがね、まあ、たしかに似ているところはある。ただ、モーガンの髪はあんなに明るい色じゃない。それに、あれほど背が高くはないはずだ」

「さっき、きみも言ったじゃないか」スタルは反論した。「わたしの意見では、十五から十八の娘は変わるものだ。美しくね」

「どうぞ。モーガンだと確信しているなら、追いかけてください。直感の正しさを証明すればいいでしょう」

スタルは意地悪そうな目つきでヘルムズリーを見つめた。気味の悪いほど太った少年が、からかわれたときに見せる目つきだ。それから、スタルは息を深く吐いた。

「暑すぎる」そう認めた。「あの娘がここらに住んでいるのなら、また来るだろう。このみじめな街で、まともな空気を吸えるのはこの公園だけだからな。のどがからからだよ。ワインか白ビールでも飲みにいかないか。喜んで給仕してくれる娘を見つけようじゃないか」

「ちょうど、一、二杯やりたいと思っていたところです」ヘルムズリーは言った。金離れがよく、こうときめたら譲らないスタルのことだから、酒代は払うだろう。「妹たちが公園にあらわれるかどうかを、見張ってくれる者が見つかるかもしれない。ぼくはいまだに、細密画を持っていますからね」

「いい考えだ。目立たない男に頼めばいい。作戦は我々が練ろう。あの宿の名はなんだった？　あの胸の大きな娘がいる……」スタルは両の手を胸の前へ持っていき、眉を動かした。「〈ハッピー・ピッグ亭〉」ヘルムズリーはため息をついた。あの宿のことだろう。「目の利く男がひとりは見つかるでしょう。ひとりどころではないかもしれない」

アンナにとって、その週はあまりにも早くすぎつつあった。アンナはひそかに、この一週間で公爵の容体は好転するか悪化するかのどちらかになるだろうと考えていた。日中、たいていウエストヘイヴンは出かけ、母や妹とすごしたり、仕事をしたり、ウィロウ・ベンドへ行ったり、兄弟との朝の乗馬を楽しんだりした。

しかし夜は……ふたりが愛人どうしになってから、ふた晩がすぎた。アンナは屋敷内をうろつき、働いているふりをすることしかできなかった。ゲール・ウィンダムに夢中だったからだ。彼の優しさと、情熱と、ユーモアと、ベッドでの寛容な態度に。彼はアンナが早い段階で、しかも何度も悦びを得られるようにしてくれる。愛の行為の前後には、話しかけてくれる。アンナをからかい、なぐさめ、興奮させたうえ、どうすれば気持ちがいいのかという質問をするほかは、なにも訊かないでいてくれる。

そのふるまいのすべてが嬉しかった。アンナは花を見て顔をしかめ、ため息をついた。いまは書斎にある一段高くなった暖炉に、花を飾ろうとしているところだ。ふだんは、なにも考えなくても、思ったとおりに花を活けられる。花の形がただ自然に整うのだ。今朝はヒナギクもアヤメも思いどおりにならなかった。それは、彼の手に尻を包まれたときのことがアンナの脳裏に浮かんでいるせいだが、ほかにも理由はたくさんあった。

ドアがあく音がした。アンナはモーガンが新しい水を持ってきたのだろうと考え、振り向かなかった。

「いい眺めだ。まさか、ボディスのボタンが暖炉ガードに引っかかりはしないだろうな?」アンナはかかとに尻を乗せ、すぐそばに立つウエストヘイヴンを見あげた。ウエストヘイヴンは手を伸ばし、アンナを引っぱりあげて立たせると、ぴったりと抱き寄せた。

「やあ、いとしい人」そう言って微笑み、アンナの頬に軽いキスをする。「寂しかったか?」

アンナは彼に身を預け、腰に腕をまわした。

「お父様の具合は?」いつものように訊いた。

「よくなってきていると思う」しかし、アンナがなにも言おうとしないので、ウエストヘイヴンは目に不安の色を浮かべた。「ハズリットという男に会った」そう言って抱擁を解く。

「そうなの?」

「だが、なにもわからなかった」ウエストヘイヴンは長椅子に腰をおろし、長靴を脱ぎはじめた。「興味深い男だ。漆黒の髪に、浅黒い肌をしている。うわさによれば、祖母がユダヤ人だったとか。スコットランドの貴族の血を引くというわさもある。金が腐るほどあるといううわさも」長靴を長椅子の脇に並べる。「正直言って、あの男は冷静そのものだ。二、三日のうちにまた訪ねてくるようにと言っただけで、あとはいっさいなにも教えてくれなかった。まったく。まず母を訪ねて、わたしが信頼のおける人間かどうかを直接訊くんだと」

「公爵夫人は調査の記録を見せてくださらなかったの?」二、三日も待っている余裕はないのに。アンナは心のなかで言った。

「あの男は調べたことを記録しないそうだ」ウエストヘイヴンは説明した。「母と面会する約束をとりつけたあと、父が病に倒れたらしい。ハズリットは訪問する日をきめなおすと言っている。母はすぐにハズリットに会うことになるだろう」

「その日に同席すればいいじゃない」

「で、わたしが母を脅して面会させているような印象を与えるのか?」ウエストヘイヴンが反論する。「ことが単純だったらいいのだが、あの男は簡単にはしゃべらないぞ」

「そんな風変わりな人が、どうやって強情なヨークシャーの人たちから秘密を聞き出すのかしら」

「きみはヨークシャー出身なんだな」ウエストヘイヴンが言うや、アンナは口を手で覆った。

「アンナ……」疲れのにじんだ声だった。彼の目には深い悲しみと忍耐が浮かんでいる。

「ごめんなさい」アンナは涙がこみあげるのを感じ、顔をそむけた。「月のものが近くなると、すぐ涙が出てしまうの」

「おいで」ウエストヘイヴンは片方の手を差し出した。アンナはいつのまにか彼に近づき、並んで長椅子にすわっていた。ウエストヘイヴンがアンナの肩に腕をまわす。ふたりはしばらくもの思いに沈み、そのあいだ、ウエストヘイヴンは彼女をただ抱きしめ、背中をなでつづけた。「わたしは一両日中にハズリットともう一度会うつもりだ。あの男が知っていることは、いずれわたしも知ることになる。どうせなら、直接きみから聞きたい」

アンナはうなずいたが黙っていた。なにを話していいものか、そのほかの部分をどうやって伏せておけばいいのかを、考えていたのだ。アンナが揺り椅子へ移っても、ウエストヘイヴンはなにも言わなかった。そのほうがいい。触れ合っていないほうが、まともに頭が働くからだ。

「一部なら話せるわ」アンナは慎重に言った。「すべてを話すのは無理なの」

「レモネードを持ってくるから、そのあいだに考えをまとめるといい。きみが話そうと思うことは、なんだって聞くよ、アンナ」

ウエストヘイヴンが飲みものを持ってもどったとき、アンナはゆっくりと椅子を揺らしていた。落ち着いた表情をしている。

「きみは美しい」ウエストヘイヴンはアンナにグラスをひとつ渡した。「砂糖を入れたんだが、わたしのよりは控えめに入れた」ドアに鍵をかけ、長椅子にすわり、愛する女を――ウエストヘイヴンを信用できない女を眺めた。

数日前、はじめて愛を交わしたとき以来、アンナは愛していると言っていない。ウエストヘイヴンは彼女が処女だったことを指摘しなかった。タイミングのいいときがなかったうえ、説明してもらう必要があるかもわからなかったからだ。未婚のメイドの多くが、ミセスという敬称をつけて呼ばれるものだ。唯一たしかなことは、アンナが純潔を捧げる相手として自分を選んだということだ。この自分を。

「で、話せることはなんだい？」ウエストヘイヴンは椅子の背にもたれ、アンナを見つめた。美しいが、疲れた顔をしている。ウエストヘイヴンはアンナを遅くまで寝かさなかったし、同じベッドでアンナが深く眠っていないことはわかっていた。アンナは彼にしがみついて眠る。ときおり体勢を変え、ウエストヘイヴンが背中から彼女を抱いて寝たり、アンナが背中から彼を抱いて寝たりする。

眠るときだけは、アンナは自分を信頼してくれるらしい。ウエストヘイヴンはそう考え、かすかなむなしさをおぼえた。

「祖父が亡くなって、祖母が倒れたとき」アンナは話しはじめ、グラスを凝視した。椅子を揺らしている。「家でさまざまな問題が出てきたの。祖父はものごとの管理がうまくて、抜け目のない人だったから、じゅうぶんなお金を遺した。正しく管理されればの話だけれど。でも、兄はそういうタイプではなかったの」

ウエストヘイヴンは待った。アンナのことばに耳を傾け、愛らしい声に気を散らさないようにした。

「祖母はわたしにモーガンを連れて逃げるよう勧めたわ。少なくとも、祖母が弁護士に会って、兄をコントロールする方法を見つけるまで逃げろって。でも、祖母は卒中を起こしたあと、とても弱ってしまったの」

「それで、南へ来たのか？」ウエストヘイヴンは眉根を寄せて考えた。育ちのいい若い娘ふたりが、つき添いなしで故郷からこれほど遠いところへやってきたとは。とりわけモーガンは少女にすぎず、なじみのある場所から離れるのに人の支えを必要としただろう。

「ええ」アンナはうなずいた。「祖母はわたしのために、どうにか推薦状を用意してくれたわ。祖母の古い知り合いで、子どものころのわたしを知っている人たちに書いてもらった。わたしはそこで職業斡旋所に登録したの。偽名を使って」

「アンナ・シートンは本当の名前なのかい？」

「だいたいは。わたしの名前はアンナだし、妹の名はモーガンよ」

ウエストヘイヴンはそれ以上追及しなかった。少なくとも、情熱に駆られたときに偽名で彼女を呼んでいないことがわかって安心した。「それで、働き口を見つけたんだな」

「だれもが敬遠した仕事を引き受けたわ。ミスター・グリックマンという、ユダヤ人の老紳士のメイドとして働いたの。その人は奇跡だったわ。まるで神様のお告げのようだった。おまえはひとりぼっちじゃない、すべては神の御旨どおりだって伝えるための」

「その老紳士はまともなあつかいをしてくれたんだね？」ウエストヘイヴンは尋ねた。逃げると決断したばかりに、どんな犠牲を払わねばならなかったにしろ、アンナがこの自分と分かち合うまで純潔を保ったことを思うと、ことばでは言いあらわせないほど嬉しかった。

「ミスター・グリックマンに言わせれば、すぐにわかったんですって。わたしとモーガンがだれかから逃げているのが。あの人にも心の傷があったのよ、ウエストヘイヴン。人に偏見を持たれて、悪意あるふるまいをされたせいで。つまらない言いがかりをつけられて投獄されたこともあれば、村から村へ追われたこともあれば、殴られたこともあったみたい……。

ものかをわかっていた。自分の経験をわたしたちのために役立てようとした。そうした状況のなかで生き抜くルールを教えてくださったの。わたしたち、そのルールに助けられたわ」

だからミスター・グリックマンは、つねに背後を気にして、不安とともに暮らすのがどんな

「だれも信用するなというのは、ルールのひとつなのか？」

「そんなところね。ただ、ミスター・グリックマンのことは信じたわ。あれほど早く亡くならなければ、もっとわたしたちを助けてくださったかもしれない。ただ、あの人は大変な人生を送って、体が弱かったの。でも、わたしたちを励ましてくださって、主人に信頼されていた使用人にとってふさわしい、ささやかな遺産をくださったのよ。あのお金は天からの贈りものだわ。あの人がそうだったように」

アンナは押し黙った。ウエストヘイヴンはいま語られた話について考えた。大変な、悲しい話ではあるが、悲劇というほどではないと自分に言い聞かせる。とはいえ、起こりえたかもしれない出来事を思うとぞっとした。もし、だれもが敬遠する仕事が、好色な男のもとで働くことだったら、どうなっていたことか。もし、アンナとモーガンがロンドンに来たとき、どこかの女子修道院長に拾われて世話をされていたとしたら？　もし、モーガンの耳が不自由なせいで、ふたりが仕事を紹介してもらえなかったとしたら？

「つづけてくれ」ウエストヘイヴンは言った。もっと話を聞きたいというよりは、恐ろしい想像を終わらせたかった。

「グリックマン家での仕事が終わったあと」アンナはつづけた。「裕福な商人の家で雇って

もらえたの。でも、長男が信用ならない男だったから、ほかの仕事を探して、あなたの家での仕事を見つけたわ。本当はほかの女性が選ばれたんだけれど、土壇場になってその方がひどい流感にかかって、働けなくなったらしいの。職業斡旋所としては、ほかの候補者を面接してあなたを待たせるよりは、わたしを送りこむことにしたのよ。わたしにはたいした経験も地位もなかったけれど」

「よかった」ウエストヘイヴンは小声で言った。アンナの運命は、社会的な偏見や流感、悲劇に立ち向かったときの決断など、さまざまな偶然が重なってきまったのだ。

「きみのお兄様はどうなったんだ？」ウエストヘイヴンはシャツの袖を折り返した。「どうやら、お兄様は問題のひとつのようだな。問題の解決に役立っているのではなく」

「そうよ」アンナは言った。その辛辣な口調を聞くかぎり、ウエストヘイヴンが疑っていたとおりのようだった。

「だが、あとの話はしないつもりなのか？」

「できないの。口外してはいけないと、祖母にきつく言われているわ。家名がスキャンダルで汚されるのがいやなのよ」ウエストヘイヴンはあきれて天井を仰ぎたいという衝動を抑えこんだ。一族のプライドのために、個人を犠牲にすることの愚かさを声高に主張したいという気持ちも。

「アンナ」ウエストヘイヴンは前に身を乗り出した。「きみはわかっていない――その辺の男たちに、はした金で体を売らずにすんでいるのが、どれだけ幸運なことかを。モーガンも同じだ。梅毒で命がむしばまれていただろうからね。きみをロンドンのほうへ行かせたとは、ひどく愚かなことだ。きみのおばあ様がそんな計画を立てたのは、絶望的な状況だったからとしか考えられないな」

「実際にそうだったわ」アンナは言った。「それに、わたしはわかっているわ、ウエストへイヴン。そうした女たちなら見てきたもの。スカートを背中までまくりあげられて、死んだような目をした女たちを。あの人たちの人生はすでに終わっていた。酔った男たちはそんな女たちを前かがみにさせて、ことをすませる。それから最後に一杯引っかけて、千鳥足で家路につくのよ」

アンナがそうした場面をまのあたりにする状況に置かれていたとは……とんでもないことだ。

「抱きしめさせてほしい」ウエストへイヴンは立ちあがり、アンナを引っぱって立たせた。「きみの心の準備ができたときに、残りの話を聞くよ、アンナ。わたしといれば安全だ。大事なのはそれだけだろう」

アンナは進んで彼の腕のなかへ身を寄せた。しかし、ウエストへイヴンには、アンナが心の奥であらがい、疑問を持ち、信じるのをためらっているのがわかった。そこで、手をつなぎ、アンナを上階へいざなった。情熱でしか彼女を自分に結びつけておけないのなら、そうしてやろう。

体を重ねるたびに、ウエストへイヴンはアンナにあらたな悦びを教えた。新しいタッチや動きも。今夜はアンナに手と膝をつかせ、ベッドのヘッドボードにつかまらせ、背後から深く身を沈めた。彼女は突きに突きで応えてくる。アンナが歓喜に身を震わせて彼をしめつけたとき、ウエストヘイヴンは耐えきれなくなった。種馬のようにアンナにぐったりと体重を預け、背中にもたれ、頰を押しつけた。

「うつ伏せに寝て」あえぎながら言った。説明のつもりで、足を下へずらすよううながす。アンナが脚を伸ばし、腹をベッドにつけると、彼自身がすべり出た。ウエストヘイヴンも脚を伸ばし、アンナの背中を重い体で覆った。

「大丈夫か？」アンナの頰にキスをし、耳たぶを吸った。

「力がはいらないわ」アンナはささやいた。「でも、これが好きなの」

「これってなんのことだ？」ウエストヘイヴンは彼女の首に鼻をこすりつけた。

「終わったあと、あなたが喜んで抱きしめてくれること」

「男にしてはめずらしいほうなんだ」ウエストヘイヴンはきっぱりと言った。「わたしのほかにもうひとり、愛情を恥ずかしがらずに示す者がいる。このベッドのなかに」脚をアンナの体からおろして少し横にずれ、彼女のうなじにキスをした。

「きみはわたしを信頼している」首に軽く歯を立てながら言った。

アンナはなにも言わない。ウエストヘイヴンはベッドからおり、洗面器と水を使った。手と腿のつけねをきれいにし、ベッドのそばへもどると、眉根を寄せて長いあいだアンナを見つめた。

「きみはたしかにわたしを信頼している。愛を交わすときだけは」ウエストヘイヴンはふたたび言った。「きみはわたしの好きな場所で、好きなように奪わせてくれる。しかも、好きなだけ頻繁に」

アンナはあおむけになり、両肘をついて半身を起こした。不安そうな表情をする。「ベッドであなたを信頼してはいけない理由はひとつもなかったわ。あなたといると安全だもの」

「心の底からそう思っているわけじゃないだろう。わたしから危害を加えられることはないと思っているだけだ。一部の男とはちがって、わたしが暴力や身勝手なふるまいによってきみを傷つけはしないとね。だが、わたしと一緒にいると安全だと、信じているわけじゃない」

ウエストヘイヴンは打ちのめされたように絶望的な口調で言った。そのためアンナは、これがふたりですごす最後の夜になりそうだということに、どこかほっとした。朝になれば、ウエストヘイヴンは兄弟との待ち合わせに馬で出かけていくだろう。そのあと、アンナは荷物をまとめてモーガンを連れ、マンチェスター行きの馬車に乗る。今夜だけは、彼の腕のなかで眠り、彼を抱きしめ、彼の香りにひたり、彼を愛そうと思っていた。しかし、そうするのも今夜かぎりだ。明日のいまごろは、ずっとずっと遠くにいる。

単純なのに、耐えられそうもない計画だった。

14

「ご主人様！　ご主人様、起きてください！」

寝室のドアの外から大声が聞こえ、ウエストヘイヴンはどうにか目を覚ました。アンナに肩を激しく揺さぶられている。

「ゲール」アンナは強い調子で言った。「ゲール・トリスタン・モンモランシー・ウィンダム！」こぶしを握って振りあげる。ウエストヘイヴンはとっさにその手をつかみ、甲にキスをした。

「お願いです！　起きてください！」スターリングはほとんど涙声を出している。ウエストヘイヴンは、ただため息をついた。いまから死ぬまで〝公爵様〟と呼ばれるのだろう。

「上がけにもぐりこめ」静かな声でアンナに言い、ガウンに手を伸ばした。父の訃報を聞くとき、ひとりでいなくてすむことに、心のどこかで感謝していた。

「なんだい、スターリング」ウエストヘイヴンは落ち着き払ってドアをあけた――公爵らしく見えるように。

「伝言です、ご主人様」スターリングがお辞儀をする。「アメリー子爵様からです。使いの者の話によりますと、ご主人様がお買いになったばかりの物件で、火事があったようです」

公爵様と呼ばれなかった。ウエストヘイヴンは胸を大きくなでおろした。まだ公爵と呼ばれずにすむらしい。

だが、ウィロウ・ベンドで火事があったとは。

ペリクレスを二輪馬車につないでくれ」ウエストヘイヴンは命じた。「食べものをかごに詰めて、それから、継兄と弟に伝言を——ヴァルは公爵の屋敷にいるはずだ。デヴはマギーのところだろう。なにがあっても、このことを父の耳に入れないようにしてくれ、スターリング」デヴが継妹のところにいるよう願った。しかし、種馬の飼育場にいるかもしれないし、戦友とどこかにこもっているかもしれない。ウエストヘイヴンはアメリーからの手紙に目を走らせた。

『いま、ウィロウ・ベンドの厩舎が燃えている。いまのところ死者はいない。事態がおさまるまで、現場にとどまるつもりだ。アメリー』

疑問がつぎからつぎへと浮かんでくる。火の出どころは？　アメリーはどうやって火事のことを知ったのか。屋敷は無事だろうか。それに、なぜいまこんなことが……？

「どうしたの？」アンナがベッドから起き出した。ガウンをまとい、音もなく近づいてくる。

「ウィロウ・ベンドで火事が起きている。アメリーからの手紙によれば、燃えているのは厩舎だけらしい。現地へ行ってくる」

「一緒に行くわ」

ウエストヘイヴンはベッドにすわり、脚のあいだにアンナを立たせた。「その必要はない」

「火事があったということは、怪我人がいるかもしれないわ。手伝えるし、あなたにひとりで行ってほしくないの」

ウエストヘイヴンもひとりで行くのはいやだった。ウィロウ・ベンドはアンナとの思い出の場所だし、アンナの指摘はもっともだ。ここから救急用品を持っていかないかぎり、現地にはじゅうぶんな医療品がないだろうから、消火作業で負いかねない火傷や怪我の手当てができない。

「お願い」アンナがウエストヘイヴンの首に腕をまわす。「行きたいの」

ウエストヘイヴンはアンナに身を寄せた。やわらかい胸にいっとき顔をうずめ、なぐさめを得る。連れていくべきではないという思いと、長いあいだ彼女のかたわらを離れていたくないという思いのあいだで引き裂かれた。

どちらの道を選んでも、悪いことが起きる可能性はある。

「急いで着替えてくれ」ウエストヘイヴンは言い、アンナの尻を軽く叩いた。「着替えを持ってくるように。火事場へ行くと服が汚れる」

アンナがうなずき、ドアへ走る。一瞬だけ立ち止まり、廊下に人気《ひとけ》がないことをたしかめると、闇のなかへ消えた。アンナのいなくなった部屋で、時計の鐘が十二回鳴った。

「少なくとも、アンナがいま、どこにいるのかはわかりましたね」ヘルムズリーは朝食のべーコンを食べながら言った。

「ああ」スタル男爵が脂で汚れた唇を満足げに鳴らす。「だが、まさか伯爵がメイド頭を火事場へ同行するとは思わなかったな」

「ひょっとすると、伯爵にとって、メイド以上の存在なのかもしれない」ヘルムズリーは言った。スタルがはっとして顔をあげる。餌を奪われそうになった犬のような表情だ。

「冗談じゃないぞ、ヘルムズリー」スタルは鼻を鳴らした。「中古品に金を払うつもりはない。もしアンナが道をあやまったのなら、後悔させてやる」

ヘルムズリーは平静を保った。スタルとのみじめな計画を実行するほかに、選択肢があればよかったのにと考えたのは、今回がはじめてではない。といっても、実際、ほかの選択肢があったか？　男には金が必要だ。だが、紳士にとって、金を得る手段はかぎられている。

ロンドンでは時間を有効に使えた。職業斡旋所を調べるよう提案したのはチーヴァースだ。そこで、ヘルムズリーはほかの者たちに公園を見張らせ、妹たちの細密画を手に斡旋所をまわった。三軒目で、アンナの細密画を見せるや、見覚えがあると認めた者がいた。アンナの件が特殊だったせいで、おぼえていたらしい。若い娘で、職業経験がとくになかったものの、明らかに品がよかったため、斡旋所は公爵の跡継ぎの屋敷での仕事を紹介することができた。アンナの働きぶりは、雇い主を満足させているという。

満足させすぎていないことを、ヘルムズリーは願った。スタルは自分の計画に邪魔がはいると、ひどく機嫌をそこねかねない。ゆうべ、ヘルムズリーが目撃したとき、アンナは伯爵に対して打ち解けているように見えたが、なれなれしいようすはなかった。伯爵があまりアンナに興味を持っていないといいのだが。

モーガンは別の場所に匿われているにちがいない。おそらく、アンナが稼いだ金をつぎこんで、どこかに住まわせているのだろう。例の職業斡旋所は、進んで情報をくれた――金はかかったが。それによると、伯爵は新しいメイドを求めているとのことだ。今回は、サリーで買ったばかりのウィロウ・ベンドという屋敷で働かせるためらしい。

スタルの計画によれば、伯爵をウィロウ・ベンドへ向かわせ、そのあいだに自分たちはロンドンへ急ぎ、アンナを屋敷から拉致する予定だった。アンナをとらえれば、簡単にモーガンの居場所を聞き出すことができただろう。しかし、いつものように、スタルの計画はうまくいかなかった。おかげで、いまは当局が放火犯を捜しはじめてしまい、無視できない問題となっている。

たとえ厩舎が燃えただけであっても、放火は縛り首を課される重罪だ。ただ、自分たちの場合、おそらく貴族院で審議され、国外追放となるだろう。何度考えてもわからないのは、よりによってこの自分の妹が、なぜあれほど強情で、ずる賢く、変わっているのかということだ。まもなくふたりから手が離れそうではあるが。

欲張りなスタルは、妹を両方ともほしがった。ヘルムズリーは妹たちのためには、そのほうがいいだろうと考え、同意したのだった。この災難が終わったあと、どちらかの妹と暮らすはめになるよりは、ふたりともスタルにやったほうがいい。とくにモーガンは耳が不自由だから、選択肢がかぎられている。たとえ伯爵の孫であっても。

スタルがナプキンで唇を拭き、エールをぐっと飲んだ。満足そうにげっぷをする。「公園を見張っている者たちにようすを聞いて、そのうちのひとりにウエストヘイヴン伯爵のタウンハウスを見張らせたらどうかな、え？　遅かれ早かれ、メイド頭なら市場へ買い出しに行ったり、ちょっとした用事をすませに出かけたりせねばならないだろう。半日勤務の日もあるだろうし。そのときにアンナをさらえる。伯爵には気づかれずに」

「名案です」ヘルムズリーは同意し、立ちあがった。実際は自分の案だった。伯爵が所有する田舎の物件に火をつけるという案のかわりに提案したのだが、スタルは思いこんだら人の意見にほとんど耳を貸さない。

スタルは両手をもみ合わせた。「そうすれば、いちばん暑いときに横になって休めるな。そのあと、夜、どこへでも遊びにいけるってものだ。そうだろう？」

「すばらしい」ヘルムズリーはどうにか微笑んだ。ロンドンでは、ヘルムズリーやスタルのような男たちは、比較的質のいい売春宿に入れてもらえない。爵位を持っているものの、ヘルムズリーは貴族院に顔を出したことがないし、スタルは男爵になってから、議会で二度しか投票していない。要は……どちらにも人脈がないのだ。自分たちは風刺画に出てきそうなあか抜けない貴族であって、社交術も知らなければ、肉体的な魅力にも欠ける。

ともかく、少しでも運に恵まれれば、まもなく妹たちをとりもどし、北部への家路につくことになるだろう。スタルの金で懐を潤し、死なない程度に酒をしこたま飲み、良心を麻痺させよう。

「旦那、そんな娘、いやしねえよ」汚らしい小男はことばを吐き出すように言い、ひとことごとにヘルムズリーをうんざりさせた。

「いるはずだ」ヘルムズリーは憤慨して両の手のひらを上へ向けた。「男たちに屋敷の表玄関と裏口を見張らせたんだろうな？」

「ガキどもだ、男じゃねえ」小男は答えた。「ガキのほうが安いんでね。あてにできるし、酒もたいして飲まなけりゃ、退屈だからってどっかへ行っちまうこともない」

「それで、四日間、おまえの雇った……少年たちは持ち場を離れなかったというんだな？」

「一分たりとも。娘なんていなかったそうだ。少なくとも、旦那の持っていた小さい絵の娘に似た女など、だれもいやしなかったと。メイドも洗濯女も見たが、旦那が見せてくれた絵の娘はいなかった。で、おれの金は？」

「スタル！」ヘルムズリーが大声で言うと、男爵が自分の部屋から足音を響かせて居間へ出てきた。この居間はふたりで使っている。「この男が報酬をほしいと言っています」

スタルは眉根を寄せ、となりの自室へ行き、ふたたび姿をあらわした。手にベルベットの袋を持っている。しまった、とヘルムズリーは思った。ウエストヘイヴンの屋敷を見張らせるためにふたりが雇った男は、すでにスタルの財布を鋭い目つきで見つめていた。

「報酬だ」スタルは慎重に支払う金を数え、数インチ上から男の手に硬貨を落とした。「さあ、帰ってくれ。あの娘は屋敷にいる。それはわかっているんだ。おまえの仕事は、いつその娘が出かけるかを我々に教えることなんだぞ」

「まあまあ」男はにやりと笑った。「向こう四日のぶんも払ってくれねえか、旦那。おれがまた、このお屋敷に姿を見せてもいいってなら、話は別だがね」

スタルはさらにひと握りぶんの硬貨をしぶしぶと数えて渡した。

「どうも」男は隙間のある歯を見せて笑った。「娘を見かけたら、使いを出す」

男が去ったあと、スタルは肩をすくめた。ヘルムズリーはほっとした。

「なんとしても見つけてやる」スタルは言った。「アンナはまともな仕事についている。おそらくモーガンを養えるほどの金をもらっているんだろう。それは褒めてやってもいい。だが、アンナが伯爵のタウンハウスから少しでも顔を出したら、彼女をさらって、街を出る。さて、〈ハッピー・ピッグ亭〉へちょっと遊びにいってくる。一緒に来てもいいぞ。かわいいベティを口説くのに力を貸してくれ」

ヘルムズリーはうっすらと笑みを浮かべ、帽子と手袋へ手を伸ばした。アンナはまたしても、うまく逃げたのだろうか。ヨークシャーを出て数週間後、リヴァプールからまんまと逃げ出したように。また二年間、妹を追ってイングランドじゅうを駆けずりまわり、まずいエールを飲み、スタルが抱いた不潔な女給を抱くなんて、まったく冗談じゃない。

アンナは書面で約束した。約束は果たしてもらう——命にかけて。アンナが約束を果たそうが死のうが、この自分にとっては同じことだ。いずれにしろ、自分の悩みもアンナの悩みもなくなるだろうから。

15

「そろそろ家へ帰る潮時では」ヘルムズリーは言った。そう提案するのは四度目だ。

「もうすぐだというのに、だめだ」スタルは小声ながらもきつい調子で言った。「公園を見張っていた者たちが、またあの娘を目撃した。モーガンに似た娘だ。連中はその娘をメイフエアまで尾行したらしい。ウエストヘイヴンの屋敷の数ブロック手前まで。ふたりとも見つかったんだよ」

「モーガンは耳が聞こえないし、口も利けない」ヘルムズリーは反論した。「そんな娘は、メイフェアの立派な屋敷に住まわせてもらえませんよ。だいたい仕事がない。従僕ですら、容姿がよくなければ雇ってもらえない世界だ」

スタルはむっとしてにらみ返した。「きみはわたしに妹君を見つけてほしくないんじゃないか。庇護者もなしに、ロンドンのスラム街をうろつかせておきたいようだな。わたしの世話になれば、不自由はさせないというのに。きみはいったいどういう兄なんだね、ヘルムズリー。いまになってあの娘たちを追うのをやめようとするとは。ようやくとりもどせそうなところまで来たんだぞ」

ひどい兄にきまっていると、ヘルムズリーは思った。スタルにそんなことを訊かれるとは、ばかばかしいかぎりだ。だが、別に愚かな兄というわけではない。借金を帳消しにできるのなら、アンナとモーガンを見つけ、スタルに引き渡さなければ。あとは姉妹でどうにか切り抜けてもらわねばなるまい。ふたりはやけに頭がいい。わずかな金で、二年間も国内を逃げまわっていたことからもわかる。

だが、兄の仕打ちをアンナが知るときに、自分は本当にその場に居合わせたいだろうか。モーガンが泣きくずれるときに。兄にひどく裏切られたことを、ふたりが知るときに。

「なにを隠しているんだ、ヘルムズリー」スタルが挑むような顔をした。「老伯爵が死んだとき、我々は手を組んだじゃないか。いまさら方向転換できると思うなよ。すぐに治安判事に泣きついてやる。そうすれば、貴族のなかに、きみを守れる者はいなくなる」

朱に交われば赤くなると、祖父は口癖のように言っていた。

「どうせぼくはあなたとはちがいますからね、スタル」ヘルムズリーは椅子に身を沈め、意気消沈しているように見せかけた。「この旅では、あなたにとってぼくは単なる足手まといだったし、金のかかる連れでしかなかった。だが、ぼくにはぼくのプライドがある」適度に恥じ入ったような顔をし、スタルと一瞬目を合わせる。鈍い男爵にも、それは伝わったらしい。

「公園と伯爵の屋敷を見張らせる者たちを見つけたのも、あなただ」ヘルムズリーはつづけた。「あの火事によって、ウエストへイヴンを田舎へ誘い出す案を考えついたのも、計画を実行に移す費用を負担したのもあなただ。その間、ぼくはただ横で見ていただけですからね」

「少しは大目に見てやるさ」スタルは言った。「だが、北へ帰りたいのなら、あとはまかせてくれてもいい。あの娘たちをつかまえたら、伝言を送る。そのほうがいいかもしれない」

スタルが目を細めた。先ほど考えていたことを思い出したようだった。

「わたしのことを判事に密告しようと考えているんじゃないだろうな、ヘルムズリー。老伯爵の遺産と妹たちの持参金を使いこんだのは、きみなんだぞ。わたしはそのことを忘れてはいない。いまさらわたしにたてつくなよ」

「そんな愚かなことはしませんよ、スタル」ヘルムズリーはかぶりを振った。「あなたはぼくの弱みを握っていて、ぼくはあなたの弱みを握っている。ふたりにとってなにがいちばんいいのかを、互いにわかっている」

「そのとおりだ」スタルはうなずいた。顎の肉が揺れる。「さて、下へ行って、昼食をとろうじゃないか。いずれにしろ、きみは今日出発できないだろう。恐ろしく暑いし、ゆうべ出会ったフランス娘に、今夜は別れを告げなければならないからな」

「たしかに今夜はロンドンにいてもいい」ヘルムズリーは同意した。「明日の朝いちばんに、北へ向かうことにしますよ。今回のことは、有能なあなたにすべてまかせます」

「それがいい」スタルはうなずいた。「娘たちが見つかったら、伝言を送ろう」

「道楽者のご帰館か」デヴリンが微笑んで言った。アンナとウエストヘイヴンが、タウンハウスの庭から裏口へはいったときのことだ。「ウエストヘイヴン」デヴが片方の手を差し出すと、ウエストヘイヴンは継兄を引き寄せてすばやく抱擁をした。ウエストヘイヴンの肩越しに、デヴが当惑顔でアンナを見る。アンナはただ微笑み、かぶりを振った。

「自分の家はいいものだ」ウエストヘイヴンは言った。「留守のあいだ、屋敷を守ってくれてありがとう。アメリーと親戚たちが、きみにおめでとうと伝えてくれだと」

「つまり、グレイモアは例の一件を水に流すことにしたんだな。あいつが奥方のためにほしがっていた雌馬を、わたしが競り落としたことを」

「ともかく、おめでとうと言っていた」ウエストヘイヴンは繰り返した。「ヒースゲートもだ。ヒースゲートは治安判事として、火事の調査がおこなわれていた二、三日のあいだ、我々を手厚くもてなしてくれた。なにか食べるものはあるかい?」

「用意できるわ」アンナは言った。「旅の汚れを落としていらしたらどうかしら。テラスに昼食を出しますね」

「一緒にどうだ?」ウエストヘイヴンはアンナの腕に手を置いた。

アンナは彼の目を見た。断ってもなにも言わなさそうだったが、頼んでいるのがわかる。アンナはうなずき、厨房へ向かった。軽々しい誘いに応じた自分を叱ろうとする。ここ数日間、アンナはウィロウデイルにある屋敷でヒースゲート侯爵夫妻の世話になった。ヒースゲート侯爵は、その地方の治安判事をつとめている。屋敷では、アンナは客としてあつかわれた。どういう立場の者だと思われていたのだろう。伯爵の大事な……友人? 婚約者? そのどちらでもない。もちろん、メイド頭としてあつかわれたわけでもなかった。アンナは厚遇を黙って受け入れた。無作法になってはいけないと思ったし、ウエストヘイヴンとの生活の最終章だと思ったからだ。現実とは思えない数日間、ふたりは一緒に自由な時間をすごした。

たとえば、ウエストヘイヴンは毎晩アンナの部屋へひそかにやってきては、ベッドにもぐりこみ、彼女に腕をまわした。ふたりは眠りに落ちるまで語り合ったものだ。ウエストヘイヴンは、モアランズのだだっ広い領地で兄弟姉妹に囲まれて育ったときの話をした。兄バートとの別れ、バートに子どもがいるのではないかという疑いについても。

アンナは祖父母に愛されて育ったときの話を——何エーカーもの花畑と、数々の温室と、何人もの庭師に囲まれていたころの話をした。しかし、おもにウエストヘイヴンの話を聞いてすごした。闇のなかで美しく響く、男らしい低い声に耳を傾けた。彼の手や体や心が伝えようとしていることにも。ウエストヘイヴンはアンナのむき出しの肌に手をすべらせ、優しさと所有欲を伝えた。体を使い、愛情と保護欲をあらわした。アンナは彼が自制心を持ち、大切な者たちすべてを気にかけているのを感じとった。

アンナはウエストヘイヴンの心の声に黙って耳を傾けた。しかし、信用してくれと懇願するその声が、アンナに聞き入れられることはなかった。

「娘がいたぞ」うす汚れた小男は、さらに汚い少年に甲高い声で言った。

「娘を目撃したって、あの太った男に伝えてくれるかい？」少年は男に訊いた。視線は花のはいったかごを持つ、美しい娘に向けられたままだ。

「言うさ。だが、今日はやめておく。あいつは金払いがいいし、今夜、あいつを訪ねたら、またつぎの数日ぶんの報酬をもらえる。暑すぎて、こっちは日陰に立っているのがやっとなんだ。そのぶんも金を払ってもらいたいってものだろ、え?」

「なるほど」少年はボスのもっともな言いぶんを聞き、にやりと笑った。そして、持ち場にもどって見張りをつづけた。

「いいか、あのレディが出かけたら、ウィットに教えるんだぞ。それから、明日の朝いちばんにまた見張りについてくれ」


「伯爵様は公爵夫人と同じ職業斡旋所をお使いです」ハズリットが言い、ウエストヘイヴンをまっすぐに見た。「ですので、わたしはそこから調べはじめました。そして、あなたのお屋敷で働いているあのメイド頭が提出した、推薦状の写しを見つけたのです。どちらも身分の高い年輩の婦人ふたりによって書かれた推薦状でした。その婦人たちがヨークシャー方面にお住まいでしたので、わたしは北へ行ったというわけです」

「北へ行った」ウエストヘイヴンは繰り返した。つぎに語られる話を聞かねばならないにもかかわらず、聞くのが怖かった。

「ミセス・シートンは斡旋所へ提出した申しこみ書に」ハズリットは話をつづけた。「メイド頭として働くか、花屋に勤めたいと書いたのです。それがわたしの目を引きました。職種の組み合わせとしては妙ですからね。ただ、そのおかげで、どこから調べはじめればいいかがわかりました。わたしはミセス・シートンのスケッチをし、調べたことをふまえて、ヨークシャーにいる仲間に手紙を書きました。返事には、重要な情報が書かれていました」

「スケッチとは?」

「ミセス・シートンはときおり公園へ行きます。夏のあいだ、ロンドンの人々はよくそうしますが」ハズリットは紙ばさみを開き、木炭で描かれた絵をとり出した。アンナ・シートンに驚くほど似た絵だ。

「ずいぶんよく描けている」ウエストヘイヴンは眉根を寄せた。アンナの外見だけでなく、優しさと勇気と意志の強さまでがとらえられている。とはいえ、アンナの目を盗んでハズリットがこの絵を描いたかと思うと、ウエストヘイヴンはいらだちをおぼえた。

「差しあげます」一瞬、ハズリットの生真面目な顔に、同情の色がよぎった。

「ありがとう」ウエストヘイヴンは似顔絵を脇へ置き、ハズリットに注意をもどした。「で、どんな情報を得たんだ?」

「すべてがわかったわけではありません」ハズリットは警告するように言った。「ヨークでもロンドンでも、ミセス・シートンがなにかの罪で起訴されたという情報は見つかりませんでした。ただ、実の兄が彼女を捜しています。本名はアンナ・シートン・ジェームズ。ヴォーン・ハモンド・ジェームズとエルヴァ・ジェームズの長女として生まれました。母親の旧姓がシートンです。アンナが幼いころ、両親はともに馬車の事故で死亡しています。妹のモーガン・エリザベス・ジェームズが、その事故に巻きこまれて、結局、それがもとで聴力を失ったようですね。跡継ぎであり、唯一の息子であるウィルバーフォース・ハモンド・ジェームズが、一族の地所、ローズクロフトに住んでいます。ヨークの北西、ウーズ川沿いにあります」

「ローズクロフトが一族の地所だということは、アンナは伯爵の孫娘じゃないか」ウエストヘイヴンは顔をしかめた。「なぜ家出を？」

「仲間とわたしの情報をすべて合わせたところ」ハズリットは答えた。「老伯爵はあらゆる手配をして、孫娘ふたりと伯爵未亡人に必要な財産を遺し、跡継ぎが浪費できないようにと計らいました。ところが、跡を継いだ伯爵は、遺産の一部をうまく使いこんだようです。僭越ながら、わたしは伯爵の借用書を何枚か買いとってまいりました」

「大胆だな」ウエストヘイヴンは言い、ハズリットが手渡した書類を受けとった。「なんだこれは……」借用書の束に目を通し、眉をつりあげた。「ヨークシャーの基準からすると、ずいぶんな額じゃないか」

「あくまでも想像ですが、わたしが思いますに、祖父のものだった地所を現伯爵が正しくあつかっていないことに、ミセス・シートンは気づいているのではないかと。そして、まずいことに、伯爵に道理をわきまえさせようとしたのではないでしょうか。妹のモーガンも、伯爵に利用されやすい立場にあります。妹たちの財産を横取りするような男は、良心の呵責なしに、それ以上の罪を犯すでしょう」

「悪い結果がもたらされると言わんばかりの口ぶりだな、ミスター・ハズリット」ウエストヘイヴンは言った。「だが、わたしは最悪の事態を想定している。その点に関して、なにか助言はあるかい？」

「おふたりから目をお離しにならないことです」ハズリットは言った。「爵位を持つ兄が、心配して妹たちを捜し、ふたりを連れていったとしても、誘拐とはみなされません。妹たちは、よくても軽はずみな娘だと世間に思われるだけでしょう。アンナかモーガンが連れ去られたとしても、あなたには手の打ちようがありません、まったく。ほかの者も同じです」

「その伯爵は、妹を無理に嫁がせることができるのか？」

「もちろんです。とりわけモーガンにとっては、そのほうが話は早いでしょう。耳が不自由なせいで、まちがいなく不利な立場にありますから。しかも、一般に、女は結婚したほうが得だと考えられています」

「男の考えだな」ウエストヘイヴンはかすかな笑みを浮かべて言った。「ともかく、ありがとう、ハズリット。わたしのそばを離れないよう、ふたりを説得するよ。そうすれば、心配はいらないだろう」

ハズリットは立ちあがり、ウエストヘイヴンが差し出した手を握った。「もっといいのは、あなたが信頼している男に彼女を嫁がせることです。面倒見がよくて、ヘルムズリーにうまく対処できる男に。そうすれば、問題を簡単に解決することができるでしょう」

「きみは独身なのか、ミスター・ハズリット」

「残念ながら結婚しておりません」意外なことに、ハズリットが少年のような笑みを浮かべる。「独身生活を楽しんでおります」

「男はみなそう言う」ウエストヘイヴンはハズリットを正面玄関へ案内した。「とくに、爵位を継ぐ予定の男たちは、独身生活を楽しむことが多い。楽しめるうちに」ハズリットの黒っぽい目をなにかがよぎる――後悔か、同情か。しかし、それはすぐに消え、ウエストヘイヴンがそれ以上分析することはできなかった。

「よい一日を、伯爵様」ハズリットは言った。テーブルの上の大きな花瓶に活けてある花へ視線をさまよわせる。「それから幸運を。大事なものを守れますように」

ウエストヘイヴンは書斎へ行った。都合がつきしだいタウンハウスへもどってほしいと、ヴァル宛ての伝言を書いた。ヒースゲートにも手紙を書き、最近世話になったことに、あらためて感謝した。ハズリットからさまざまなことを聞けたものの、アンナにしか答えられないことがまだありそうだと考える。

そこで、甘いレモネードを飲みながら、暖炉に飾られた花を長いこと見つめた。いったいどうしたら、アンナ・シートンを――アンナ・ジェームズの身を守れるのだろうか。ウィロウ・ベンドへ呼び出されたあの夜から、アンナのベッドには、荷造りの終わった旅行かばんが置いてあるというのに。

夜の帳がおりはじめたとき、ウエストヘイヴンは、兄弟たちと夕食をともにできると知って嬉しくなった。ヴァルは楽譜と洋服と馬とともにもどり、父がずいぶん元気になったと報告した。おかげで、まわりの者みなが精神科病院《ベドラム》で頭を診てもらいたくなるくらい、いらだっていると。

デヴリンは見るからに、サリーで起きた火事について訊くまいと努力している。食事を終え、デザートも食べおえたとき、ウエストヘイヴンは厩舎へ食後の散歩に行かないかとふたりを誘った。厩舎へ着き、屋敷からもバルコニーからも離れたとき、ハズリットから聞いた話をふたりに伝え、アンナとモーガンを守るのを手伝ってほしいと頼んだ。

「だが、四六時中見張っているわけにはいかないだろう」デヴは反論した。「ふたりとも頭がいい。すぐに、我々がなにかたくらんでいると気づくんじゃないか」

「今夜、アンナに話をする」ウエストヘイヴンは言った。「道理をわきまえてもらわなければ。わかってもらえないのなら、わたしがみずから彼女をモアランズへ連れていって、結婚してくれるまで外へ出さないことにする」

ヴァルがデヴと視線を交わす。「血筋だな、父上みたいに強引なやり方じゃないか。つまり、古代ローマ人のように花嫁をとらえて略奪するってわけだね?」

ウエストヘイヴンはため息をついた。「アンナに結婚を強いたいなどと思ってはいないし、アンナもそんな状況で誓いのことばを述べたくはないだろう。わたしがそんな結婚をしようと試みただけでも、愛想をつかされてしまうよ」

「そこまではわかっていると知って、安心した」デヴは言った。「警護の必要があると、アンナを頑張って説得してくれよ。少なくとも、モーガンはなにも言い返せないだろうがね」

「それはどうかな」ヴァルは気もそぞろというようすで言った。「それにしても、ここのピアノが弾きたかったよ。だから、アンナの説得はまかせたぞ、兄上。ぼくはピアノに思いの丈をぶつけてくる」

「やれやれ」デヴは末の継弟のうしろ姿を眺めたのち、ウエストヘイヴンに笑顔を向けた。「で、このわたしは〈プレジャーハウス〉の女たちに思いの丈をぶつけてきたわけだ。我々のうち、どちらが正しいだろうか？」

「どっちもどっちだよ」ウエストヘイヴンは笑った。「だれが正しいことをしているのかと考えると、父上がいちばんいい線を行っていると認めざるを得ないかもしれないな」

デヴリンが不思議なものを見るような視線を向ける。やがて、馬のようすを見にゆっくりと歩いていき、ウエストヘイヴンは暗い通路にひとり残された。そのとき、暗闇へ誘うかすかなささやき声が聞こえた。


「これはまた、急なお呼び出しですね、伯爵様」ハズリットは書斎を照らす蝋燭の明かりのなか、ウエストヘイヴンを眺めた。伯爵の書斎は整然としている。前回ここを訪れたとき、屋敷全体に手入れが行き届いている印象を受けた。みずみずしい花々が活けられ、木製の調度品は磨かれていた。窓々は輝いていたし、あたりにはちりひとつ見あたらなかった。

「遅くにすまない、ハズリット」伯爵は言った。「なにか飲まないか？」

「いただきます」ハズリットは申し出を受け入れた。なにを出すかで、相手の性格がわかるからだ。伯爵が訪問者を操ろうとして酒を勧めたわけではなく、純粋に礼儀正しいふるまいをしていたからでもある。

「ウイスキーがいいだろうか、それともブランデー？」

「伯爵様と同じものを」ハズリットは答えた。「例の件のことでしょうか？」

「ああ」伯爵は言い、ウイスキーがなみなみと注がれたグラスを手渡した。「きみの健康に乾杯」

「あなたの健康に」ハズリットは慎重にひと口飲み、手を止めた。「すばらしい。しかし、銘柄がわかりません」

「友人の自家製だ」伯爵は微笑んだ。「ヒースゲートが蒸留所を持っていてね。これは〝賄賂用《ブライビング》ヴィンテージ〟というらしい」

ハズリットはうなずいた。頻繁にではないが、何度か飲んだことならある。とはいえ、ほかの顧客に関する情報を別の顧客に明かすつもりはなかった。「おいしいですね。それで、どうなさったのですか？」

「すわらないか？」伯爵が幅の広いすわり心地のよさそうな革の長椅子を勧める。ハズリットは長椅子の端に腰をおろした。伯爵はウイスキーを手に、揺り椅子へすわった。「どうやら、この屋敷が何者かに見張られているようなんだ。表も裏も。ゆうべ、寝る前に馬のようすを見にいったとき、ある者と興味深い話をした。フェアリー子爵デイヴィッド・ワーシントンに忠実な少年に声をかけられてね。路上で暮らす少年なんだが、ひそかにわたしの裏庭を見張るよう、何者かに頼まれたというんだ」

ハズリットは伯爵と目を合わせたまま、ただうなずいた。

「さらに深刻なのは」伯爵はつづけた。「ウィットという男の手先の者たちが、この屋敷を見張っているらしいことだ。その男は、北部から来た紳士ふたりに雇われているそうだ。ひとりはずいぶん太っているとか」そこでことばを切り、ウイスキーを飲んだ。「最近、わたしはロンドン近郊に、こぢんまりとした物件を買った。ウィロウ・ベンドという屋敷だ。先週、そこの厩舎が火事で焼けてしまってね。ほかの建物には、大量の灯油がかけられていた。厩舎が燃えているのを、偶然、わたしの知り合いが見かけて、人を呼んでくれた。おかげで、残りの建物に燃え移らずにすんだ」

伯爵は話をつづけた。「幸運なことに、その屋敷には、まだだれも住んでいなかったうえに、厩舎以外は無事だった。人を雇って調べさせたところ、身なりのいい男ふたりが、わたしの厩舎が燃えた前日に、ある店で大量の灯油を買っていたことがわかった。ひとりは太った男だったらしい。ロンドン郊外でサリーに近い場所だと、その店くらいでしか灯油を売っていないようだ」

「そのふたりがミセス・シートンを追っているとお考えなんですね」

伯爵はハズリットと目を合わせた。「そのうちのひとりが、アンナの兄の伯爵ではないかと思っている。太った男だという報告はあるか？」

ありますか？」

「いいえ」ハズリットは上着のポケットに手を入れ、小さなメモ帳をとり出した。「ペンは

伯爵は立ちあがり、机のところへ行った。インクとペンと砂とナイフを、吸とり紙の上に並べる。ハズリットはグラスを持って机に近づき、安楽椅子にすわった。伯爵が背後から見守るなか、男の全身のスケッチを描いた。

「ヘルムズリーです」ハズリットはぽつりと言い、その紙をちぎった。つづいて、別の絵を描きはじめた。今度は顔だ。ハズリットが手を動かしているあいだ、伯爵はインクで描かれた小さなスケッチをじっと見つめた。

「ヘルムズリーは大柄です」ハズリットは描きながら言った。「身長は約六フィート。きっと、不摂生のせいで、中年になってまもなく背中が丸まって、腹が出てくることでしょう。顔のしわも増える。こんな感じです」

ハズリットは二枚目のスケッチをちぎった。「伯爵様のメイド頭と、目のあたりがかすかに似ています。おそらく、髪の質や色も似ているのではないかと」

「そうだな」ウエストヘイヴンは眉をひそめた。「アンナの兄なんだな？」

「はい。ですが、伯爵様のおっしゃった太った男とは別人です。丸みをおびた体形をしていますが、肥満というほどではありません」

「灯油を売った男にこの似顔絵を見せにいってもらえないだろうか？」伯爵は二番目の絵をとりあげた。「できれば、もうひとりの男の人相を訊いてほしい」

「わかりました。もう一度ヨークシャーへ行って、太った男について聞きこみをしてきます」

「そうなると、しばらく時間がかかるな」伯爵は長椅子の肘かけにすわった。「承知だと思うが、費用はいくらかかってもかまわない」伯爵が考えこんでいるようだったので、ハズリットは待った。「アンナの祖母は旅ができるほどお元気だと思うか?」

「老伯爵が亡くなられてから、伯爵未亡人はほとんど領地を離れていらっしゃらないようです」ハズリットは答えた。「ということは、あまり健康状態はよくないのでしょう。ただ、事実上、監禁されていると考えることもできます」

伯爵がはっとして顔をあげる。ハズリットが何気なく口にしたことばによって、なにかに思いあたったようだった。

「アンナの兄がロンドンにいると確認できなかったら」伯爵はゆっくりと言った。「ヨークシャーへ行って兄の居場所を突き止めてもらいたい。アンナを脅かしているのは、おもに兄だろう。しかも、祖母を拘束し、アンナをとらえるのに利用しているのではないだろうか」

「太った男のことも調べますか?」ハズリットは立ちあがった。「ロンドンにいることはわかっています。ミセス・シートンを狙い、手ぐすね引いて待っていることも」

「だが、なんのために?」伯爵は考えをめぐらせているようだった。「兄がロンドンに来て、正当な保護者として妹をとり返すのを待っているとでも?」

「いい質問です」ハズリットは言った。「似顔絵を持って、調べてきます。明日までには、なにかしら答えを見つけてきましょう」

「助かるよ」伯爵は言い、ハズリットを正面玄関まで送った。

ウエストヘイヴンは書斎でアイスティーを飲みながら、長いあいだ一枚目のスケッチを見つめた。アンナがはいってきたとき、絵を抽斗へしまい、立ちあがって彼女を迎えた。

「遅くまで起きているのね」アンナは言い、彼の腕のなかへ身を寄せた。ウエストヘイヴンが頬にキスをすると、アンナは小さな悲鳴をあげた。「唇が冷たいわ」

「だったら温めてくれ」ウエストヘイヴンはからかうように言い、ふたたび頬にキスをした。

「アイスティーとウイスキーを飲みながら、きみとの議論を先延ばしにしていたんだ」

「なにについて議論するというの？」アンナは顔を離し、警戒したようすでウエストヘイヴンを見つめた。

「きみの身の安全について」ウエストヘイヴンはアンナの手首をつかんで長椅子へ連れていき、並んですわった。「もう一度頼みたいんだ。きみに手を貸すのを許してほしい、アンナ。いまそれを許してくれないと、まもなく手遅れになるかもしれない」

「なぜいまなの？」アンナは探るようにウエストヘイヴンの目を見た。

「きみはわたしが書いた推薦状を持っている」ウエストヘイヴンは指摘した。「ヴァルに聞いたよ。きみが推薦状をほしがったから渡したと。モーガンのぶんもね」

「推薦状は自分で持っていないと、意味がないもの」

「アンナ」ウエストヘイヴンはたしなめるように言った。親指で彼女の手首をなでる。「言ってくれたらよかったのに」

「そんな約束していないでしょう。わたしの問題はわたしが解決しなければならないのに、なぜそれをただ受け入れられないの？　なぜあなたまで問題を抱えなければいけないの？」

ウエストヘイヴンはアンナの肩に腕をまわして引き寄せた。「もう少し家族に頼ったらどうだと、きみはわたしによく言うだろう？　兄弟に仕事を手伝ってもらえ、母や妹にも役割分担しろと」

「そうよ」アンナは彼の肩に鼻をうずめた。「でも、わたしはモアランド公爵の跡継ぎじゃないもの。ただのメイド頭よ。わたしの問題はわたしのもの」

「ずっと頑張ってきた」ウエストヘイヴンはアンナのこめかみにキスをした。「頑張って、頑張って、きみにわたしを信用させようとしてきた。だが、無理強いはできない」

「ええ」アンナは言った。「そうね」

「だからほかに選択肢がない。明日から、わたしのやり方できみを守らせてもらう。きみの妹君のことも」

アンナはただうなずいた。なにか言いたいことはあるのだろうかと、ウエストヘイヴンは考えた。アンナと手を切るという選択肢もあるが、それだけはできない。「一緒にベッドへ行ってくれるか？」

「もちろん」アンナは言い、いざなわれるままに立った。

ウエストヘイヴンはそれ以上なにも言わなかった。服を脱がせ合い、大きなやわらかいベッドの上で抱き合ったときも、話をしなかった。しかし、触れ合いとため息とキスと愛撫による意思の疎通がはじまったとき、ことばを使わずにアンナを愛していると伝えた。命がけで彼女を守るとも。

アンナもことばを使わずに、愛していると伝え返した。彼との思い出をいつまでもいつくしみ、二度とほかの男を愛さないと誓った。

そして、さよならも告げた。

翌朝も、いつものようにはじまった。ウエストヘイヴンは兄弟で公園へ乗馬に出かけ、アンナは料理人と一緒に一週間の買い出しに出かけた。ふだんどおり、従僕がふたり供をした。アンナの知らないうちに、ウエストヘイヴンはその従僕たちを呼び、荷物を運ぶだけでなく、警護役もつとめなければならないと言いふくめておいた。

厩舎からじゅうぶん離れたあと、ウエストヘイヴンはときを置かず、デヴとヴァルに状況報告をした。

「つまり、そのウィットという男が雇い主をだまして、見張りの期間を長引かせれば長引かせるほど、我々にとっては時間の余裕ができるということなんだ」ウエストヘイヴンは言った。「だが、アンナをひとりにしないことが、これまで以上に必要となってくる」

「アンナはいまどこにいる？」デヴリンは眉根を寄せて自分の馬の首へ目をやった。

じてある」

「市場だが、従僕ふたりにはさまれているはずだ。ふたりには、アンナから目を離すなと命じてある」

「市場へ寄ってから家へ帰ろう」デヴが提案した。「なんだかいやな感じがする」

ウエストヘイヴンとヴァルは眉をひそめて視線を交わした。デヴの祖母が迷信深いアイルランド人のせいか、デヴ自身の勘が鋭いせいか、不思議な力があるせいかはわからないものの、デヴの予感はあなどれない。

三人は街のなかを馬で進んだ。暑さのせいで、人通りは少ない。しかし、市場は人でごった返していた。ありとあらゆる野菜や果物、さまざまな雑貨が売られていて、女や子どもたちが、そしてときおり男たちが、屋台から屋台へと歩いている。

「分かれよう」ウエストヘイヴンはふたりに言った。馬からおりて、その辺にいた少年に硬貨をほうり、手綱を持たせた。「馬を引いてくれ」

ヴァルとデヴも馬からおりて人ごみのなかを進んだ。ウエストヘイヴンまでが、うなじがちくちくするようないやな予感をおぼえはじめた。フェアリーを慕うあの少年の言ったことがまちがいだったら、どうすればいいだろうか。ウィットが暑さのせいで見張りにうんざりしてしまったら？　アンナが今日という日を選び、ウエストヘイヴンの人生からひそかに去っていたら？　例の太った男が売春斡旋人で、すでにアンナが大陸の汚い売春宿へ向かっているとしたら、どうすればいいのか。

そのとき、左のほうで人々が騒ぎはじめたので、ウエストヘイヴンは人々を押しのけるようにしてそちらへ行った。ぽかんとした顔のやじ馬たちの輪のまんなかに、アンナが立っていた。異様なほど太った男に手首をつかまれている。ウエストヘイヴンは一歩うしろにさがり、指を唇にあて、甲高い指笛を吹いた。

「おとなしくこっちへ来なさい、アンナ」巨漢が猫なで声で言う。「優しくしてやるから。もう使用人のような暮らしをしなくていい。さあ、助けを呼ばせるようなことはしないでくれよ、かわいいきみ」

アンナはただ立っていたが、どこから見ても反抗的な態度をしていた。

「モーガンも連れて――」男は言った。自分の計画に満足しているようすだ。「一週間以内にヨークへもどれるだろう。おばあ様にまた会えるなんて嬉しいだろう、え？」

妹の名が出たとき、アンナの瞳が挑むような光を放った。アンナが燃えるような目をして顔をあげ、ふとウエストヘイヴンの姿をとらえた。悲痛な面持ちで彼を見る。ウエストヘイヴンは一瞬でアンナの伝えんとしていることを悟った。〝妹をお願い〟

「モーガンは一緒じゃないわ」アンナはきっぱりと言った。「わたしだけを連れていくのがいやなら、あなたは手ぶらで帰るのよ、スタル。いますぐにヨークへ発つなら、わたしはおとなしくついていきます。さもないと……」

「さもないと、どうなるんだ」スタルはにやにやと笑い、アンナの腕を強く引いた。「なにもできないだろうが。わたしはきみを完全につかまえたぞ、アンナ・ジェームズ。妹君を見つけるのに協力してもらう。さもないと、まさにこっちにも考えがあるんだ」

ウエストヘイヴンはやじ馬の輪を抜け、アンナの手首をつかんでいる男の手をひねりあげた。「とっとと失せろ」

スタルが手首をさすり、ウエストヘイヴンをにらむ。「いいか、アンナがきみになにを言ったのか――」スタルはさも優しそうな口調で言った。「なにを約束したのかは知らないが、わたしの妻から手を離して、我々をほうっておいてもらいたい。ヨークシャーの自宅へ無事にもどれるようにね」

ウエストヘイヴンは鼻を鳴らし、アンナの肩に手をまわした。「きみがアンナの夫だというなら、わたしはイングランドの王だ。きみは正当な理由なしに女性に声をかけ、手荒いあつかいをした。この女性はわたしの使用人であって、わたしの庇護下にある。そっとしておいてやってくれ」

「そっとしておけ？」スタルは甲高い声をあげた。「アンナを連れてかえりたいがために、遠くからはるばるやってきたというのに？　アンナはおつむの弱い哀れな妹を、自分のつまらない計画に巻きこんで連れまわしたんだぞ。婚約を書面で約束したというのに。署名もあるし、きちんと証人もいる。契約不履行で訴えてもいいくらいだ」

ウエストヘイヴンがスタルに言いたいことを言わせているうちに、デヴとヴァルがスタルをはさむようにして立った。巡査がヴァルの横でにらみを利かせている。

「いいか」ウエストヘイヴンは言った。少しでも敏感な者なら、凍りつきそうなほど冷たい声だ。「きみはそんな契約を結んでいないし、アンナの家族でもない。わたしには、売春斡旋人とも放火魔ともかかわるつもりはなくてね」デヴとヴァルにうなずきかけると、ふたりは両側からスタルの太い腕をつかんだ。「巡査、この男を放火の容疑で逮捕してくれ。保釈金を積まれても釈放しないように。こちらの淑女も暴行の被害者としてこの男を訴えるかもしれないが、こいつが拘留されたあとで考える」

「こっちへこい」巡査がスタルに命じた。「こちらの伯爵様は信頼のおける方なんでね。おまえを逮捕せねばならない。抵抗しなければ、その肉付きのいい体を痛めつけはしない」

人々が笑うなか、デヴとヴァルは進んで巡査のあとからスタルを連れていき、ウエストヘイヴンは腕のなかのアンナとともにその場に残された。これまでにないほど多くの質問とともに。

「おいで」ウエストヘイヴンはアンナを馬のところへいざない、先に乗せると、自分はそのうしろに乗った。デヴが育てた若くて大きな去勢馬は、進めと命じられるまで銅像のようにじっと立っていた。アンナは黙っている。ウエストヘイヴンも、馬の背で小難しい話をする気にはなれなかった。アンナの腰に手をまわし、自分の胸にもたれさせたまま、静かにタウンハウスの厩舎へ帰った。

馬丁に馬を引きとってもらったあと、ウエストヘイヴンはアンナの手首をとって通路を横切り裏庭を進んだ。かごを手にさげたモーガンの姿を見て、ようやく立ち止まった。

「モーガン！」アンナは彼の手を振りほどき、駆け寄ると、妹を抱きしめた。「ああよかった、無事だったのね」

モーガンは姉の肩越しに、もの問いたげにウエストヘイヴンを見た。

「市場でスタルに会ったんだ」ウエストヘイヴンは抱き合うふたりを見つめて説明した。「騒ぎを起こさずに婚約者を北へ連れてかえるつもりだったらしい。あいにく、わたしにはそれを許すつもりはなくてね」

「よかった」モーガンは小さな声で、しかしはっきりと言った。アンナが身を引き、目をぱちくりさせる。

「モーガン？」妹をまじまじと見た。「いま、『よかった』って言った？」

「ええ」モーガンは姉と目を合わせた。「言ったわ」

「耳も聞こえるし、しゃべれるんだな」ウエストヘイヴンは当惑して言った。「いつから聞こえないふりをしていたんだい？」

「伯爵様が、アンナとウィロウ・ベンドへ行かれたころからです。アンナ――」モーガンはわかってほしいと訴えるような目をした。「ヴァル様がフェアリー様に会わせてくださったの。あの方はお医者様だから――本物のお医者様よ。わたしを治してくださった。言いたくなかったのは、聞こえる状態がつづかないかもしれないって怖かったから。でも、何日も調子がいいの。しかも、いろいろな音が聞こえるのよ……すばらしくて、美しい音が」

「本当によかったわね」アンナはふたたび妹を抱き寄せた。「すごく嬉しいわ、モーガン。話をしてちょうだい。好きなだけしゃべっていいのよ」

「愛しているわ」モーガンは言った。「それを言いたかったの――なによりも。何年ものあいだずっと。愛しているわ。耳の聞こえないわたしにとって、最高のお姉さんよ」

「わたしも愛しているわ」アンナは言った。涙があふれそうになっている。「耳の聞こえない妹を持つ女にとって、これ以上嬉しいことはないわ」

「さあ、行こう」ウエストヘイヴンはふたりに腕をまわした。「すばらしい展開だが、別の問題が山積みだ」姉妹がそろって涙ぐんでいたので、冷静にものごとに対処するのは明らかに自分の役目だと、ウエストヘイヴンは考えた。そうでもしないと、自分も胸がいっぱいになっているのを気づかれてしまいそうだった。

ふたりを書斎へ連れていき、三人ぶんレモネードを注いだ。アンナとモーガンが、頭のねじがゆるんだかのように微笑み合っているのを見て、どうしたものかと考えた。

「お砂糖を忘れないで」アンナは彼に笑顔を向けた。「ああ、ウエストヘイヴン、耳が聞こえるようになったなんて！　これまでの努力が報われるような気がするわ。モーガンと一緒にヨークを逃げ出していなかったら、そのお医者様にめぐり合えなかったかもしれないもの。耳が聞こえて、しゃべれれば……」

「責任能力がないなんて、裁判所に簡単に宣言されずにすむわ」モーガンはことばを引きとり、にっこりと笑った。

「ただ……」アンナは笑顔を曇らせ、不安そうにウエストヘイヴンを一瞥した。「スタルとヘルムズリーが裁判所に対して、あなたが聴力を失っているふりをしていたことを証明すれば話は別だけれど。でも、そんなことは、まずないでしょうね」

ウエストヘイヴンは険しい顔をした。「いろいろと憶測するよりも、スタルがわめいていた婚約の話、どういうことだか教えてくれるか？　本当のことなのかい？」

「ええ」アンナは彼を見つめ返した。笑顔が曇る。「本当のことよ。それどころか、婚約の話はふたつあるの。ひとつはわたしがスタルと結婚しなければならないという契約よ。スタルがわたしの兄に一定のお金を払うことが条件なの。もうひとつは、わたしがスタルと結婚しない場合、モーガンが結婚しなければならないという契約。支払いの条件は同じだけれど」

「つまり、きみのお兄様はきみをあの豚野郎に売ったということなんだな」ウエストヘイヴンは理解した。「で、きみは豚小屋へ嫁ぎたくなかった」

「わたしが嫁いだとしても、モーガンも来なければならなかったの」アンナは説明をつけ加えた。「モーガンが嫁ぐ場合はわたしも行かなければならなかった。どちらと結婚した場合でも、スタルはふたりを養うことになっていた。たとえわたしが嫁いでも、モーガンをあの人から守ることはできなかったでしょうね」

「ということは、あいつは異常な性的嗜好の持ち主なのか？」

「単に大食漢だからという理由で、求愛を拒絶しはしなかったわ」アンナは顎をあげて言った。「スタルと比べれば、野獣も高潔に見えるわね」

「それにしても、なぜそういう男だとわかったんだ？」

「祖母が厨房の手伝いをさせるメイドを雇ったの。十二歳の娘だった」アンナはげんなりとしたようすで言った。「スタルの子を産もうとして、死にかけたのよ。赤ちゃんは生きられなかったけれど、そのメイドは一命をとりとめた」アンナはモーガンを一瞥した。「年のわりには子どもっぽい娘で、身寄りがなかった。スタルはその子を餌食にして捨てたのよ」

「スタルとはいったい何者なんだ？　ずいぶん偉そうにふるまっている。少なくとも、自分では偉いと思っているらしいな」

「第八代スタル男爵、ヘドリー・アーバスノットよ」アンナは言った。「わたしの婚約者」

「そうときめつけなくていい」ウエストヘイヴンは眉根を寄せてアンナを見た。「その契約書を見たいものだ。そもそも、条件つきの結婚の約束に、強制力があるとは思えないし、脅迫という問題もあるな」ほかにも法律にかかわる疑問は山ほどあった。ヘルムズリーが姉妹の代理で契約を結んだのかどうか。そのとき、モーガンは未成年だったのかどうか。あるいは、成年に達していたアンナのかわりにヘルムズリーが署名し、ヘルムズリー自身が契約当事者になっていないかどうか。

ウエストヘイヴンはモーガンの顔を見た。「きみには、ヴァルの付き添いで公爵の屋敷へ行ってもらう。スタルはきみの居場所を知らないし、きみが聴力をとりもどして、話せるようになったことも知らない。いずれについても隠しておいたほうが、こっちには有利だろう」

「きみには――」ウエストヘイヴンはアンナをきつい目でにらんだ。「あの旅行かばんの荷ほどきをしてもらう。そのあと、ここへ来てくれ。家出をするのはなしだぞ。約束してほしい。さもないと、この屋敷の使用人全員にきみの計画を伝えるし、わたしが一緒にいないときは、きみがどこへ行こうと見張りをつける」

「約束するわ」アンナは静かに言い、立ちあがった。書斎を去る前に、もう一度妹のほうを向いて彼女を抱きしめた。

アンナが行ったあと、張りつめたような静けさが漂った。ウエストヘイヴンはウイスキーのデカンターをとりあげ、レモネードのはいったグラスにたっぷりと注いだ。

「それで、アンナはほかになにを隠している?」ウエストヘイヴンはモーガンのほうを向いて目を合わせた。

「姉が伯爵様にどこまで話をしたのか、わかりません」

「いまいましいことに、ほとんどなにも聞いていないさ」ウエストヘイヴンは酒入りのレモネードをひと口飲んだ。「話したのは、秘密があって、わたしの手を借りるわけにはいかないということくらいだ。まったく」

「本当にそうなんです。祖母はわたしたちに約束させました。自分たち三人の状況を、ほかの人に知られてはならないと。アンナもわたしも、その約束を守ってきたんです。いまのいままでは」

ウエストヘイヴンは髪を指ですいた。「いったいなぜこんなことに? なぜアンナがあんないやな男と——あの豚野郎と結婚しなければならなくなった?」

「巧妙に仕組まれたんです」モーガンが息を吐いて立ちあがる。腕を組み、フランス窓の向こうにある裏庭を眺めた。「あるとき、兄のヘルムズリーが祖母とわたしを、祖母の友人の家に遊びにいかせました。そのあいだに、兄はアンナを呼んで、例の契約書に署名をしないと、わたしに責任能力がないことを、裁判所に宣言させると脅したんです。同じように、兄はわたしにも言いました。契約書にサインしなかったら、祖母の顔に枕を押しつけて殺すと。アンナはそのことを知りません。兄はそこまではしないとは思いますけど……」

「だが、しかねない。ろくでもないやつだ、ヘルムズリーは。賭け事でも無茶をしそうだな、ちがうか？」

「まさにそうです。二年前、わたしたちは借金で首がまわらなくなっていました」

「きっとヘルムズリーはきみたちのおばあ様のこともだましたんだろうな」ウエストヘイヴンは言い、レモネードを凝視した。「アンナはどうすれば幸せだろうか」

「自宅へもどりたいと思います」モーガンは言った。「祖母が無事であることをたしかめて、もう一度祖父の庭園を見て、わたしが安全であることを確認したいでしょう。逃げるのも、背後を気にするのもやめて、別人のふりをするのもやめたいだろうと思います」

「きみはどうなんだ、モーガン」ウエストヘイヴンはモーガンの横に立った。「きみの望みは？」

「姉が幸せになることです」モーガンは唾をのみ、目をしばたたかせた。「姉は本当に……きれいで、幸せそうで、輝いていたんです。祖父が生きていたときには。でも、この二年間、わたしが無事でいられるようにと、苦労して働いてきました。アンナは幸せになるべきなんです。自由と身の安全と……」モーガンは泣いていて、言いたいことを最後まで言えないようだった。ウエストヘイヴンはグラスを置き、ポケットを探ってハンカチをとり出すと、モーガンを引き寄せた。

「アンナは、そのすべてを手に入れてしかるべきだ」ウエストヘイヴンは同意し、モーガンの肩を優しく叩いた。「きっと手にはいるよ、モーガン。アンナの望みがかなうと請け合う」

一時間もしないうちに、ヴァルとデヴがもどり、書斎へ集まった。アンナはまだ荷ほどき中で、逆にモーガンは荷造りをしている。ウエストヘイヴンはアンナたちの状況について、知ったことをデヴたちに説明した。また、ふたりから、治安判事が保釈の審問をさらに二日先へ延ばしたと聞き、大いに満足した。

「おかげで、モーガンに父上の屋敷へ移ってもらう時間ができるな」ウエストヘイヴンはヴァルを一瞥した。「おまえが反対しないのならばだが」

「ぼくは反対できる立場にない」ヴァルは言い、唇を引き結んだ。「だが、今回は兄上と同じ意見だ。モーガンはだれかに甘やかしてもらったほうがいいし、母上はハズリットにアンナたちを調べさせたことを、後悔しているからね。母上にとっては、罪滅ぼしになるし、父上の注意をモーガンに向けさせることもできる」

「きみにとっては、やや困ったことになるだろうがね」デヴは指摘した。

「なぜだい？」ヴァルは眉をひそめた。

「きみが軽々しいめかし屋だと信じている父上を、どうやってだましつづけるつもりなんだ？　モーガンがそばを通るたびに、しどろもどろになっているじゃないか」

「いいじゃないか、デヴ。耳が不自由で口が利けないのに、そういう者に対して理解のない社会で生きていくのは本当に勇気がいることなんだぞ。きみだってそれがわかれば、モーガンを見るたびに感動してことばを失うさ」ヴァルは言った。

デヴの意味ありげな視線を感じ、ウエストヘイヴンは慎重に表情を変えないようにした。

「あとで、午後のうちに、ふたりでモーガンを父上の屋敷へ連れていってくれ」ウエストヘイヴンは言った。「それまでは、この屋敷でアンナから目を離さないようにしてほしい」

「アンナを信用していないのか？」デヴリンは言った。とがめるような口調だ。

「家を出ていかないと約束してくれたが、スタルだけがアンナを脅かしているわけじゃないような気がするんだ。今回のことにアンナを巻きこんだのは、実の兄ヘルムズリーなんだよ。スタルがアンナを手に入れることによって、得をするのはヘルムズリーだ。あいつはいまどこにいるんだろうか。それに、どういう役割を果たしているんだろう」

「いい質問だ」デヴは言った。「先に父上のところへ行ってこいよ。アンナとモーガンのことは、我々にまかせてくれ」

ヴァルはうなずいた。「父上は感激のあまり、すっかり回復するだろうな。兄上が窮地に陥った乙女をひとり、父上の屋敷に預けるのだと知ったら」

ウエストヘイヴンもうなずいた。ヴァルの言うとおりだ。とはいえ、モーガンを自分の両親に預けるのは、公爵の屋敷が要塞のように安全だからだ。使用人たちも、屋敷や家族に知らない者が近づくのを許しはしないだろう。しかも、ここに近いため、モーガンを移動させやすい。アンナもそうすることが賢明だとわかってくれたから、ウエストヘイヴンは彼女と口論して自分の意見を押しとおさずにすんだ。

ウエストヘイヴンがアンナを探しにいったところ、彼女は自分の居間で紅茶を飲んでいた。例の腹立たしい旅行かばんは、どこにも見あたらない。

「父の家へ行ってくる」ウエストヘイヴンはアンナに知らせた。「モーガンをしばらく匿ってほしいと頼んでくるつもりだ。きみの頼みだと言うよ、もしそうしてほしければ」

「わたしにモーガンと一緒に行ってほしい？」アンナは訊いた。探るように彼の目を見る。

「いいや」ウエストヘイヴンは答えた。「モーガンを守ってほしいと両親に頼むのと、きみを守ってほしいと頼むのは、まったく別の話だ。スタルはモーガンがロンドンにいるかどうかさえ知らないのだから。きみのことは、わたしが守るつもりでいるし、敵とはすでに一戦交じえたようなものだ」

「スタルはあなたの敵じゃないわ」アンナは視線を落とした。「相手がスタルじゃなくても、兄はわたしをほかの男に嫁がせようとしていたでしょうし」

「それはどうかな、アンナ」ウエストヘイヴンは揺り椅子に腰をおろした。「ヨークの社交界は、ロンドンの社交界に比べてずいぶん狭い。きみのおじい様の遺産をだましとろうとしているヘルムズリーに、進んで手を貸す輩はほとんどいないだろう。きみとモーガンをいやな男に無理に嫁がせ、病床にあるおばあ様に貧しい生活をさせる手伝いをする輩はね」

「ずいぶんはっきりとものを言うのね」しばらくののちにアンナは言った。「怒っているんだ」ウエストヘイヴンはふたたび立ちあがった。「ことばに気をつけてなどいられるものか」

「わたしに怒っているの？」

「ああ、怒れたらいいと思っているさ」ウエストヘイヴンははっきりと言い、アンナの頭のてっぺんからつま先へ視線を走らせた。「かんかんに怒って、わたしの膝の上できみをうつ伏せにして、手が痛くなるまできみの尻を叩いてやりたい。きみを揺さぶって、怒鳴りちらして、屋敷じゅうの者に八つ当たりをしたいよ。父上のようにね」

「ごめんなさい」アンナは絨毯へ目をやった。

「だが、きみに対して怒ってはいない」ウエストヘイヴンは大まじめに言った。「悪いのはヘルムズリーとスタルだ」

「あなたはわたしに失望しているのね」

「きみを心配しているんだよ」ウエストヘイヴンは疲れを感じて言った。「父の助けさえ借りたいと思うほど、心配している。どんなことでもしたい、父に頼めることならなんでも頼みたいと思うほどね。アンナ、ひとつだけいいか？」

アンナはウエストヘイヴンと目を合わせた。まるで、最悪のことばを覚悟しているような表情だ。身のまわりのものをまとめて出ていってくれ、アンナを褒めてある推薦状を返してくれということばを。

「わたしがもどったとき、ここにいてくれ」ウエストヘイヴンはごく穏やかな声で言った。「今回の問題が片づいたあと、じっくり話をしたいと思っているから、そのつもりで」

アンナはうなずいた。

ウエストヘイヴンはアンナがなにか言い足したり、反論したり、条件をつけたりするのではないかと待った。しかし、さすがに今回は、言い返すときではないとわかったようだった。

ウエストヘイヴンはきびすを返し、アンナの気が変わらないうちに部屋を去った。

16

「父上の手を借りにまいりました」ウエストヘイヴンは父の目をまっすぐに見つめた。公爵は屋敷の裏庭のテラスで、早めの午後のお茶を楽しんでいるところだ。健康になんの問題もない男のように、息子に視線を注いでいる。

「だれもが人の手を借りる季節のようだな」公爵は不満げに言った。「エスターときたら、手伝いなしに肉も食べさせてくれない。すわってくれないか。おまえの顔を見るのに、首を無理に伸ばしていたら、エスターに怒られる」

「母上は父上によかれと思ってそうしているんでしょう」ウエストヘイヴンは父の話を聞いてかすかに微笑んだ。

公爵はうんざりしたように目をまわした。「似たようなことを言って、エスターは何度おまえをなだめたことか。おまえがわたしに腹を立てているときにな。紅茶はどうだ？」

「なだめられたのは、二度や三度ではありませんね」ウエストヘイヴンは認めた。「ただ、母上は父上を失いたくないんですよ。だから、我慢してください。それから、ええ、紅茶はいただきます」

「我慢！」公爵は鼻を鳴らした。息子に紅茶を注ぎ、砂糖を一杯入れる。「エスターはわたしの忍耐力を試しているんだ。パーシーああして、いとしい人こうしてと、あれこれ言ってくる。ところでおまえは、エスターに対するわたしの愚痴を聞きにきたわけではないのだろう？　どんな助けが必要なんだ？」

「自分でもよくわからないのですが」ウエストヘイヴンはティーカップを受けとった。「女性ひとり、あるいはふたりに関することです」

「それはありがたい、神に感謝せねば」公爵は微笑んだ。「言いなさい。たいていどんな事態も、自分で思っているほど深刻ではないものだ。だいたい、わたしはあらゆる災難を経験している。多少のことでは驚かないぞ」

父のことばによって、胸にのしかかっていた重圧が消え、呼吸が楽になった。不思議なほど父の助けを求めていた。ウエストヘイヴンはアンナとモーガンにまつわる事情を簡単に説明し、モーガンの居場所を隠しておきたいと打ち明けた。

「もちろんモーガンを歓迎する」公爵は眉根を寄せた。「ヘルムズリー前伯爵の孫娘？　ヘルムズリーはたしか……ああ、ベルフォンテの姉だか叔母だかいとこと結婚したんだったな。まあ、エスターが知っているだろう。連れてきなさい。おまえの妹たちが喜んで騒ぐぞ。みんなで楽しくやるだろう」

「モーガンを父上の屋敷から出さないでくださいね」ウエストヘイヴンは警告するように言った。「屋根つきの馬車で、モアランズへ行くというなら話は別ですが」

「おまえが呼んだやぶ医者どもの許可がおりるまで、わたしはロンドンを出られない」公爵は言った。「老体にさわるから、まだ田舎へ帰ってはいけないんだと。大きなお世話だ」

「具合はどうなんですか？」ウエストヘイヴンは尋ねた。これまで、同じことを何度も訊いてきたにもかかわらず、以前とはどこかちがう質問のように思えた。

「死とは」公爵は言った。「はじめは恐ろしいものに思える。死ぬのは怖い、愛する者たちの将来も、議会で可決した計画がどうなるかも、見届けられないと考えるものだ。だが、いまはもうわかる。死が救いになるときが来るものだと。おまえの兄、ヴィクターにとっては、きっとそうだったにちがいない。ある時期が来ると、死はただの死ではなく、安らぎになる」

父の正直さと深遠な答えに、ウエストヘイヴンは驚きながら耳を傾けた。これまで何年ものあいだ、父の話を真剣に聞いてこなかった。

「体力はもどりつつある」公爵はつづけた。「もうしばらく生きて、おまえを悩ませたいものだ。だが、病で弱りきって、自分の人生が終わったと確信していたとき、わたしは死よりも恐ろしいことがいくつかあると気づいた。跡継ぎがいないことよりも、貴族院で可決させたい法案すべてに反対されることよりも恐ろしいことが」

「いったいなんですか？」

「エスターに出会えなかったかもしれないこと」公爵はただそう言った。「それから、ヴィクターのように何年も寝たきりになったかもしれないこと。家族全員を救貧院へ送って、わたしの尻拭いのために、おまえにもっとひどい苦労をかけさせていたかもしれないこと。わたしは――」公爵はうっすらと笑みを浮かべた。「なにに感謝すべきなのかを悟りつつあるんだろうな。ああ、心配はいらない……」笑みが大きくなる。「こんな謙虚な態度は、長つづきしまい。だから、そんな仰天した顔をするな。ただ、ベッドで寝ていること以外なにもしてはいけないと言われると、あれこれ考えてしまうんだよ」

「そうでしょうね」ウエストヘイヴンは椅子の背にもたれた。もっと早い時期に、父が心臓発作を起こしてくれていたらと思いそうになった。

「さて、ミセス・シートンのことだが」公爵はつづけた。「おまえの言うとおりだ。婚約に関する契約書の内容も大事だが、老伯爵の遺書に書かれているはずの後見人に関する記述も無視できない。あるいは、後見人については別の書類があるかもしれないな。孫娘に遺した金の信託について書かれてある書類が。おまえはそれも手に入れねばならないだろう」

「それは無理でしょう」ウエストヘイヴンは指摘した。「おそらくヨークで作成されて、ヘルムズリーが持っているでしょうから」

「だが、ヘルムズリーは少なくとも、自分が後見人であることを示す書類を持っていないと、妹たちを連れていけないぞ。おまえによれば、シートン姉妹はふたりとも十八以上らしいが、たとえば、結婚するまではふたりの財産を管理する権利は兄にあると、財産の信託に関する書類に明記されているかもしれない。ふたりが二十五になるまで、あるいは三十になるまでと、条件がついている可能性もある」

「それについては、アンナに訊けますね。それより、父上にうかがいたいことが」

公爵はティーカップを揺らしながら待っている。ウエストヘイヴンはどう切り出したものかと考えた。「ハズリットに指摘されました。わたしが単純にアンナと結婚すれば、彼女を守れるかもしれないと。父上と母上はアンナを受け入れてくれますか？」

公爵夫人がここにいれば、つぎに夫が見せた気配りを誇りに思っていたことだろう。ウエストヘイヴンは驚いた。公爵が前に身を乗り出し、ふたりのカップに紅茶をつぎ足したのだ。

「その質問なら、エスターに訊いておいた。わたしの判断力は必ずしも信頼はできないと、おまえたち息子に言われているものでね。エスターが言ったことを伝えよう。最良の答えだろうから。ふたりともおまえが賢い選択をすると信じているし、おまえがアンナ・シートンを選ぶのなら、喜んでアンナを一族に歓迎すると言っていたよ。結局のところ、エスターは、わたしの父が選んだ花嫁ではなかったし、身分もおまえのアンナと変わらなかった」

「では、受け入れてくださるんですね」

「ああ、だが、ゲール？」

父にファーストネームで呼ばれたのは、バートが死んだとき以来だ。ウエストヘイヴンは目をそらさずにはいられなかった。

「おまえはまじめな男だ」公爵はつづけた。「まじめすぎると思うこともある。ああ、わかっている、わかっている」払いのけるように手を振った。「わたしはすぐに手を抜こうとするし、危ない橋を渡ろうとする。それに、ことあるごとに自分の地位にものを言わせようとする。だが、おまえは正反対だ。責任から逃げようとはしないだろう。たとえ逃げることを神から許されたとしてもな。いいか、神が注意しないようだから、わたしが言っておく。同情心や義務感からアンナと結婚するんじゃないぞ。あるいは、自分に借りがある女をめとりたいというまちがった考えから結婚してはだめだ。これから先、彼女なしの人生は考えられないし、相手も同じように考えている——そういう理由で結婚しなさい」

「愛のある結婚をしろというんですね」ウエストヘイヴンは言った。当惑しつつも、胸を打たれた。

「そうだ。わたしがそう言っていたと、エスターに伝えておいてくれないか。なにしろわたしは最近、エスターの優しさなしではやっていけないからな。ともかく、わたしがおまえに与えられる助言のうち、役に立ちそうなのはそれくらいしかないだろう」

「そうですか？」ウエストヘイヴンは反論した。「馬はデヴに選ばせろとわたしに言ったのは、父上ではありませんでしたか？　バートのようすを知るために、ヴァルを一緒に入隊させようとしたのに反対したのは、父上ではなかったですか？　運河の計画を提案したのは？」

「目の見えない豚でさえ、ときにはどんぐりを見つける」公爵は自分を卑下するように言った。「弟のトニーが、そのようなことを言っていた」

「では、例の契約書を手に入れられないかやってみます」ウエストヘイヴンは立ちあがった。

「後見人と、財産の信託に関する書類も。モーガンをよろしくお願いします」

「まかせてくれ」公爵も立ちあがった。「帰る前に、エスターに会ってやってくれよ」

「ええ」ウエストヘイヴンは父に近寄り、短い抱擁をした。意外にも、父はすぐに抱擁を返した。

「セントジャストによろしく伝えてくれ」公爵は明るい声で言った。「いつでも訪ねてくれと」

「今夜、ヴァルと一緒にこちらへ来ますよ」ウエストヘイヴンは言った。「ですが、父上の優しいことばは伝えておきます」

公爵は屋敷へはいる息子のうしろ姿を眺めた。数分後、妻が出てきたことには驚かなかった。

「お昼寝をする時間でしょう」公爵夫人はたしなめるように言った。「今日のウエストヘイヴンは、ずいぶん感じがよかったわ」

「そうか？」公爵は妻の腰に腕をまわした。「どんなふうに？」

「部屋へはいってきたかと思うと、わたくしの頬にキスをしてこう言ったの。『愛のある結婚をしろと、父上から助言されました』ですって。で、帰ってしまったのよ。ちっともあの子らしくなかったわ」公爵夫人は眉をひそめた。「パーシー、気分はどう？」

「約束を守るタイプだな、あいつは」公爵は微笑んだ。「具合はだんだんよくなっているよ、エスター。それにしても、我々はいい子を育てたな。ウエストヘイヴンは自分がなにをせねばならないのかをたしかにわかっている。立派な公爵になるだろう」

公爵夫人は夫の頬にキスをした。「それより大事なのは、ウエストヘイヴンが立派な息子だってことですよ。それに、すばらしい父親になるってことです」

「今後は」ウエストヘイヴンはアンナに言った。「きみをわたしの客としてあつかう。前伯爵の孫娘であり、現伯爵の妹君でもあるんだから。まぎれもない淑女だ」

「淑女なら、お目つけ役なしであなたの屋敷にお世話にならないものよ」

「それはそうだが、きみの置かれている状況を考えると、大目に見てもらわねばならない。モーガンは父の屋敷で安全にすごせるし、きみはわたしといれば安全だ」

　アンナは書斎の長椅子から立ちあがった。「もし、あなたにわたしを守れなかったらどうなるの？　もし、婚約の契約書が正当なものだったら？　わたしが契約を破ったせいで、あの男爵がモーガンと結婚する権利を得たら？」

「これだけはすぐに言える。モーガンの契約は無効だ」ウエストヘイヴンは答えた。「モーガンは自分で契約書に署名した。未成年者の結んだ契約が有効であるはずがない。生活に必要なものに関する契約でもないかぎりはね。たとえ、夫が必要だとみなされたとしても、成年に達したことによって、その契約を破ることが法律上許される。契約履行を拒絶するその手の書類を、弁護士はしょっちゅう作成しているものだ。もっとも、モーガンが署名した契約書を確認できるのなら、それに越したことはないが」

「たしかなの？」

「ああ、たしかだ」ウエストヘイヴンは答えた。「わたしは毎日、何時間もかけてさまざまな契約書を読んでいるからね。しかも、細かい字で書かれたやつを。大学では法律を学んだ。長男ではない男にとって、法律家になるのは選択肢のひとつだから。ともかく、モーガンにスタルとの結婚を強いるのは不可能だ」

「ありがとう」アンナはふたたび腰をおろした。少し気が楽になった。「本当にありがとう」

「どういたしまして」

少なくとも、ウエストヘイヴンはあざができるまでアンナを殴りたいとも言っていないし、解雇してほうり出そうともしていない——いまのところは。しかし、自分がどんな女なのかを彼に知られてしまった。守るつもりもない契約に署名し、家族に対する義務から逃げる女。嘘をつき、安定した生活を送ることや、世間に認められることを避けて、妹とともに逃げ隠れする女。

ウエストヘイヴンは向かい側にある揺り椅子にすわった。「まだ話し合わねばならないことがある」

話し合い。アンナは思い出した。じっくり話し合うつもりだと、ウエストヘイヴンは言っていた。いまほどそれに適した時間はないだろう。

「どうぞ言ってちょうだい」

「妙に聞こえるかもしれないが」ウエストヘイヴンはため息をついた。「そろそろあきらめて、わたしと結婚する潮時だと思う」

「い、い、い、い、いいあきらめてあなたと結婚？」アンナは詰まったようなかすれ声で言った。こうなるとは予測していなかった。最悪の展開とも言える。「いったいどういうこと？」

「わたしがきみと結婚すれば」ウエストヘイヴンは落ち着いた口調で言った。「スタルは契約不履行できみを訴えることくらいしかできないだろう。きみと結婚するという特権のために、自分から金を払うつもりだったわけだから、賠償を請求するほどの損害が発生するかどうかもわからないくらいだ。だが、今後、スタルに言いがかりをつけられて結婚を強いられるのを防ぐには、わたしと結婚するしかないだろう。ヘルムズリーがあらたに連れてくる男との結婚を避ける唯一の方法でもある」

「スタルが訴訟を起こしたら、あなたは確実にスキャンダルに巻きこまれるわよ」

「ウィンダム家には社会でそれなりの地位があるから、スタルのつまらない訴えなど、すぐに忘れ去られる。結婚してくれ、アンナ。そうすれば、きみの悩みはなくなる」

アンナは指の爪を噛んだ。目の前で満足そうに椅子を揺らす男を眺める。結婚すれば、悩みはなくなるのか……。

彼と結婚すれば、あらたな悩みがはじまるだろうと、アンナは苦い気持ちで考えた。ウエストヘイヴンは愛していると一度もことばにしたことがない。アンナの兄も兄の友人も、みじめな男たちだ。それに、アンナ自身も、公爵夫人になるようしつけられてはこなかった。ウエストヘイヴンがずっと身分の低い者と結婚したことを、上流社会の人々はことあるごとに彼に思い出させるだろう。

「光栄だわ」アンナは膝の上の手を凝視した。「でも、事態がどうおさまるか、先に見届けてもいいんじゃないかしら」

「つまり断っているわけだな」ウエストヘイヴンは言った。「強情な、強情な、お嬢さん」

ウエストヘイヴンは立ちあがり、アンナを見おろして微笑んだ。「だが、もしきみがそれほど強情じゃなかったら、いまごろスタルと結婚していただろうな。まあ、考えるべきですらない話ではあるが。きみにいちばん広い客用寝室を用意した。くたくただろう。部屋まで案内させてくれ、アンナ」

荷物を移してもらっていたことに、アンナはそれまで気づかなかった。ぼんやりとしながらウエストヘイヴンの腕をとる。たしかにくたくただった――身も心も疲れきっていた。一日にあまりにも多くのことが起こり、喜びと安堵と喪失感を味わった。

「ゆっくり休んでくれ」ウエストヘイヴンはアンナの寝室の蝋燭に火を灯した。「いい夢を。もう一度約束する。きっとすべての問題を解決してみせるよ。わたしの申し出について考えて、明日の朝、返事をくれるだろうか」

ウエストヘイヴンはお辞儀をし――お辞儀だなんて！――部屋を去った。アンナはベッドにすわり、見るともなしに暖炉を見つめた。

アンナが別の男と婚約していることを知ってから、ウエストヘイヴンはアンナに触れていない。恋人としては。腕を差し出し、手厚くもてなし、結婚を申しこんだにもかかわらず、恋人らしく触れることはできなかったらしい。

その事実は多くを物語っている。アンナは眠りにつきながら考えた。ウエストヘイヴンは義務感が強い人だ。跡継ぎが必要なうえ、アンナに性的な魅力をじゅうぶん感じているから、嘘をつかれていたとしても、一緒に子どもをひとりふたりもうけることはできるのだろう。

とはいえ、ウエストヘイヴンはもっといい結婚をしてしかるべき人だ。眠りに落ちる寸前、アンナはこう考えた。そんな彼に、本人がもっとも恐れていることをさせるわけには――義務感から妻をめとらせるわけにはいかない。

アンナのいる場所から数部屋離れた寝室では、ウエストヘイヴンが裸でベッドに横たわり、孤独と、客用寝室で眠る女と、おのれの魅力のなさを呪っていた。〝あきらめて結婚しろ〟だと？　なんというプロポーズをしてしまったのか。ウエストヘイヴンは飛び起きたい、廊下の先へ行ってアンナを自分のベッドへ連れもどしたいと考えたものの、自分の欲求を彼女に理解してもらえるとは思えなかった。

「父上」闇に向かってつぶやいた。「これから先、彼女なしの人生は考えられません。ですが、残念ながら、その思いは一方的なもののようです」

ドアを静かにノックする音が聞こえ、ウエストヘイヴンの鼓動が跳ねあがった。アンナが訪ねてきたのであればいいが。ガウンを羽織り、ドアをあけると、デヴリンがかすかな笑みを浮かべて立っていた。

「ドアの下から明かりが漏れていたから、きみに知らせたほうがいいかと思ってね。スタルが釈放された」

「こっちは少なくとも、二、三日は休めると思っていたのに」

「担当の判事が、ロンドンを離れねばならなくなったらしくて、保釈の審問が早まったたんだ」デヴは告げた。「何者かが、男爵のために保釈金を積んだらしい」

「はいってくれ」ウエストヘイヴンは部屋へ引っこみ、手早く蝋燭に火を灯した。「それがだれなのか、わかっているのか？」

「ライリー・ウィットフォードという男だ」デヴは言った。「ウィットとして知られている。最近まで、悪事がはびこるセブン・ダイヤルズやほかのスラム街で幅を利かせていた」

「その男を知っているのか？」ウエストヘイヴンは自分の居間へ行き、長椅子にすわった。

「わたしがイベリア半島へ出征したころ、ある八百長事件にかかわっていた」デヴがゆっくりとした足取りで居間へはいってくる。「ずる賢い男だ。自分の罪を人に押しつけるのがうまい」

「わたしの屋敷の見張りをとり仕切っていたのは、その男だな？」ウエストヘイヴンは眉根を寄せた。「うろうろするのはやめてくれないか。紳士らしく静かにすわっていてくれ。母上はきみが紳士だと信じているんだから」

「公爵夫人は、またなぜそんな勘ちがいを？」デヴが天井を仰ぐ。そのようすは、髪を黒っぽくした父にそっくりだ。安楽椅子にすわり、ウエストヘイヴンのほうを向くよう椅子の位置を調節した。「アンナをどうするつもりだい？」

「プロポーズをした。何回も」ウエストヘイヴンはため息をついた。自分の正直さに我ながら驚いた。デヴも意外に思ったらしい。「だが、受け入れてもらえない。ただ、最後に申しこんだときには、アンナはきっぱり断らずに、返事を先延ばしにした」

「なにかとごたごたしているからな」デヴはそっけなく指摘した。

「結婚すれば解決する」ウエストヘイヴンはすかさず言った。「わたしと結婚すれば、ヘルムズリーにばかげた干渉をされずにすむ。モーガンもそうだ。アンナたちのおばあ様の身は安全だし、スタルはただのいやな過去の男と化す」

「あの男には、どんな女も嫌悪感で身震いするだろうな。だが、アンナの判断は正しいのかもしれない」

「どういうことだ？」ウエストヘイヴンは立ちあがり、フランス窓のほうへ行った。

「きみとアンナは特殊な状況に置かれている」デヴは説明をはじめた。「きみはアンナを守ろうと思うあまり、彼女について冷静に考えていないんじゃないか。アンナは人々がきみの結婚相手として期待するような、どこかの公爵の娘ではないんだぞ。侯爵の妹ですらない。社会的な身分がきみよりも低いし、おそらく持参金もないだろう。きみの結婚相手にふさわしいほど若くもない」

「若くない？」ウエストヘイヴンは不満げに言った。「つまり、子どもを五人くらいしか生んでもらえないとでも言うのか？　十人ではなく？」

「きみには跡継ぎをもうけるという義務がある」デヴは言った。静かな声だけに、なおさら耳が痛かった。「アンナはそれをわかっている」

「跡継ぎなんて、くそくらえだ」ウエストヘイヴンは強い調子で言い返した。「父には許可をもらっている。愛のある結婚をしていいと。それどころか、愛のためだけに結婚しろと勧められた」

「ということは、きみはアンナを愛しているのか？」デヴは尋ねた。相変わらず静かな声だ。

「愛しているにきまっているだろう」ウエストヘイヴンは怒鳴らんばかりの声で言った。

「そうでなければ、なぜアンナの身の安全を確保しようと、これほど苦労している？ 何度もプロポーズをする理由がほかにあるか？ 愛していないのなら、なぜわざわざ父のもとへ行き、助けを請うんだ？ なぜきみとこんなふうに口論している？ ほとんどの者が寝ているか、ベッドで別の楽しみにふけっている時間に」

デヴが立ちあがり、同情のこもった視線を向ける。「愛しているなら、進むべき方向は簡単にわかるじゃないか」

「ああそうかい」ウエストヘイヴンは継兄をにらんだ。

「愛しているのなら、アンナがきみに求めているものを与えてやれよ。そうするのが、どれだけ難しくて、腹立たしいことに思えても。きみはその辺が父上とはちがう。父上は我が子を愛するがゆえに、子どもたちがどうすれば幸せになれるのかを、あるいは、彼らにとってなにが最善なのかを、自分ほどわかっている者はいないと考えている。子どもたちが成人しているというのに」

ウエストヘイヴンは椅子に沈みこんだ。一瞬で、風を失った帆のような気分になった。

「無理強いをしたらどうだと、きみは言っているのか」

「できないことはないだろう、ゲール。アンナはきみに恩を感じているし、孤独だし、きみに少なからぬ魅力を感じている。それに、頼る者がほかにいない」

「きみは意地の悪い男だな、デヴリン・セントジャスト」ウエストヘイヴンはため息をついた。「それどころか、残酷だ」

「この結びつきによって、きみやアンナが後悔するのを見たくはないからね。きみには正直に話をすべきだと思っているし」

「アンナにもそのようなことを言われたときがある。きみにはいろいろと考えさせられるが、ちっとも励まされている気がしないな」

「こんなふうに考えてみたらどうだい」デヴリンは微笑み、ドアのほうを向いた。「いま、アンナと結婚したら、あとでゆっくり悩める。だが、いま結婚しなかったら、そのことをぐずぐずと悩み、結局、それに耐えきれなくなって結婚することになる」

「言いたいことはわかった。おやすみ、セントジャスト。明日の朝、乗馬へ行くかい？」

「もちろん」デヴリンは微笑み、部屋を去った。ウエストヘイヴンは顔をしかめてドアを凝視した。

デヴの言うとおりだ。腹立たしいかぎりだが。父がこのような立場に置かれていたら、アンナと結婚していただろう。相手が根負けするまで説き伏せ、口論し、誘惑し、ふたたび口論し、自分の望みどおりにふるまわせていただろう。ウエストヘイヴンもただそうしたかった。何度も何度もアンナを抱き、子どもさえはらませ、彼女に愛情と視線を注ぎたかった。

そして、スタルをどこかへ追い払いたかった。

しかし、ヘルムズリーはアンナからさまざまな選択肢を奪おうとし、公爵はウエストヘイヴンからさまざまな選択肢を奪おうとしてきた。愛する者をそんなふうにあつかうのは、褒められたことではない。

だから……自分はアンナの問題を解決し、匿ってやり、いずれ解放しよう。それがアンナの望みならば。

とはいえ、道義心のために――それから愛のために、そうしなければならなかったことを、あとでひどく悔やむだろう。

「よく眠れたか？」朝食の席で、ウエストヘイヴンは礼儀正しく尋ねた。

「ええ」アンナは同じくらい礼儀正しく嘘をついた。「あなたは？」

「眠れなかった」ウエストヘイヴンは口元にナプキンを軽く押しつけた。「だが、今朝の乗馬のおかげで、頭はそれなりにすっきりした。かわいそうだが、今日は屋敷を離れてはだめだ」

「そうなの？」アンナはティーカップ越しに目をぱちくりさせた。今朝のウエストヘイヴンはとても伯爵然としていて、目つきにも声にもユーモアや愛情が含まれていない。

「スタルが保釈されたんだ」ウエストヘイヴンは説明した。「あいつのことだ、ふたたびきみをさらおうとしかねない」

「なるほど」アンナはティーカップを置いた。食べたばかりのトーストとジャムをもどしたくなった。

ウエストヘイヴンがアンナの腕に手を置く。アンナは目を閉じ、その単純な触れ合いがもたらす心地よさを楽しんだ。「ここにいれば、きみは安全だ。スタルはどうしたって、きみに手を出せない。外へ出るとしても、裏庭までにしてくれるか？」

「そうするわ」アンナは言った。「でも、このあとどうなるの？　あの人があきらめるまで、このお屋敷で待つわけにはいかないでしょう。あの人はあきらめないわ——絶対に。もう二年にもなるのに、大枚をはたいてわたしを追いつづけているんですもの」

「あいつを放火の疑いで逮捕させたじゃないか」ウエストヘイヴンは思い出させるように言った。「スタルはおそらく、ロンドンを離れられないだろう。離れたら、男爵であろうとなかろうと、保釈の条件に違反することになる。きみが暴行されたと訴えて、スタルを逮捕させることもできるが、あいつが婚約の契約書を本当に持っているとしたら、たいしてうまくいかないかもしれない」

「持っているわ」アンナは言った。「ゆうべ、寝る前に、具体的にどんな契約だったかを思い出そうとしたの。でも、署名したのは二年以上も前のことだし、兄は契約書の内容を読ませたがらなかった」

「早くヘルムズリーの顔を見てやりたいものだ。しかし、わたしの妹にしろ、母にしろ、内容を一言一句確認しないうちに、書類には——どんな書類にだって、署名はしないぞ」

「あなたはいいお兄さんね。妹さんたちも賢いわ」

トーストにバターを塗っていたウエストへイヴンが顔をあげる。「きみだっていいお姉さんじゃないか。モーガンをスタルと結婚させなかっただろう？」

「ええ」アンナはうなずいた。「でも、ヘルムズリーに対してはいい妹ではないわ。スタルとの結婚を拒んだんですもの」

ウエストへイヴンはトーストとナイフを置いた。「当時、きみには選択肢がふたつあった。契約どおりにスタルと結婚するのがひとつ。その場合、スタルはきみやモーガンから自由に悦びを得るか、モーガンを利用してきみを好きなようにあつかっていただろう。もうひとつの選択肢は、スタルと結婚はするが、モーガンをヘルムズリーのもとに残しておくことだった。その場合、ヘルムズリーはスタルに内緒で、モーガンをどこかの男にいい値で売ろうとしていただろうな。だから、きみはどちらの選択肢も選べなかった」

ウエストへイヴンはふたたびトーストにバターを塗りはじめた。落ち着いた静かな声でつづける。「それで、きみは第三の選択肢を自分でつくり出したわけだ。当時の状況では、そうするのがせいいっぱいだっただろう」

「そのとおりよ」アンナは言った。わかってくれたことが嬉しかった。だったらなぜ、彼がこれほどよそよそしいような気がするのだろう。

「だが、それもわたしに出会うまでの話だった」ウエストへイヴンはつづけた。「わたしに会ったあと、きみには第四の選択肢ができたんだから」

「そうよ、祖母との約束を破ってあなたに打ち明けることもできた」アンナは立ちあがった。

「あなたに軽蔑されないことを願って、それから、あなたがわたしをスタルの腕のなかへ送り返さないことを願って。でも、だれかと婚約しておきながら家を出たような女を、ためらわずに進んで守ろうとする伯爵なんて、ふつうはいないでしょう」

ウエストヘイヴンはすわったままでいた。「わたしはそんなひどい男じゃない」

「そうね」アンナは涙声で言った。「本当にそうね。でも、わたしたちが結婚したら……」

アンナは最後まで言わずにきびすを返し、立ち去った。ウエストヘイヴンには、アンナがなにを言おうとしたのかわからなかった。〝結婚したら……〟どうだと言いたかったのか。

「みなが機嫌よく一日をはじめているようだな」デヴがぶらりとはいってきた。

「黙れ」ウエストヘイヴンは継兄にティーポットを渡した。「こんな朝早くから、人に助言をしようとするなよ、デヴ。悲しむアンナを見たくない」

「わたしだってそうだよ」デヴリンは紅茶を一杯注ぎ、顔をしかめてウエストヘイヴンを見た。「悲しむきみを見たくもないが。今日はなにをしてすごすつもりだい？」

「もちろんトリヴァーに会わねばならない。ハズリットにも寄ってほしいと頼んだ。それから、アンナのために仕立て屋を呼びにいかせた。これで、アンナはわたしの顔を見ずにすむ。きみは？」

「陸軍時代の戦友を訪ねるつもりだ」デヴは言った。山盛りのスクランブルエッグに手をつけようとしている。「昼にはもどれるはずだ。アンナと昼食を一緒にとろうと思って」

「助かるよ」ウエストヘイヴンは立ちあがった。自分の一日は、ちっとも楽しそうではない。

「アンナに伝えておいてくれないか……」

デヴがかぶりを振る。「自分で伝えろよ」


午前はいつまでも終わらないように思えた。アンナの静かなノックもなければ、レモネードやマジパンが出されることもなかったからだ。花瓶に水をつぎ足しにくる者もいない。ウエストヘイヴンはひたすら仕事をした。昼食の時間よりずっと前にトリヴァーを帰らせたとき、ちょうどいいことに、ベンジャミン・ハズリットが訪ねてきた。

「ぜひ昼食を一緒に」ウエストヘイヴンは提案した。「この暑さでは、たいしたものは出せないが、腹を満たすものは出せる」

「寛容なおことばに甘えます」ハズリットは言った。「朝食をとったのがずいぶん早かったですし、軽めにすませましたので」ウエストヘイヴンはベルを鳴らし、昼食をトレーに載せて運ぶよう命じた。裏庭のテラスで、アンナやデヴと昼食をとらずにすむ理由ができたことに、ささやかな感謝の祈りを捧げる。昼食が運ばれてきたとき、アンナが必ずしも客としてふるまっていないことが判明した。それぞれのトレーに、ヒナギクの一輪挿しが載っていたからだ。ナプキンにはマジパンが包んであり、結び目のところに、小さなスミレの花束が飾ってあった。

「たいしたものは出せないとおっしゃいましたが」ハズリットは言った。「伯爵様を慕う使用人がいるようですね」

「トレーを慕っているんだろう」ウエストヘイヴンは言った。それから、スタル男爵がアンナと婚約していると主張したこと、モーガンを両親に匿ってもらう必要があったことなど、最新の情報をハズリットに手短に伝えた。

「それは賢明です」ハズリットは言った。「〝分割せよ、そして征服せよ〟と言いますからね。伯爵様からの伝言を受けとったとき、少しばかりスタルのことを調べたんです」

「そうなのか？」ウエストヘイヴンはチキンサンドイッチを噛む口を休めて訊いた。

「スタルはトラブルメーカーです」ハズリットは言った。「ある安い売春宿に複数の少女たちを用意させようとして迷惑がられています。そのうえ、あなたの屋敷を見張らせるのに、たちの悪い者たちを使っています」

かわいそうなアンナ。

ハズリットは話をつづけ、スタルが大量の灯油を買っていたことが確認できたと報告した。店の者はクラバットの油じみまでおぼえていたという。しかし、一緒にいた背が高めの紳士の素性は不明のままだった。ハズリットはさらに、連中がアンナをもう一度さらおうとするだろうと言った。

「スタルはなぜ、おとなしく罰を受けて、身を引かないのだろうか」

ハズリットは考えこむような目つきをした。「いまのところ、放火の決定的な証拠がないんです。起訴しても、有罪にはできないでしょう。スタルはアンナとの結婚の約束が有効だと思っていますし、財力でヘルムズリーをいいように操っている。あの男はアンナをほしがっているんです。のどから手が出るほど。あなたのお話からして、スタルがあまり賢明な男だとは思えません。だから、アンナを追うという手間のかかることをやめて、頭の鈍い女を見つける気はないでしょう。子を産んでくれ、多少のことに目をつぶってくれる女を」

「たしかに頭の鈍い女じゃないと、あいつとは結婚しないだろうからな」ウエストヘイヴンは不満げに言い。顔をしかめた。「腹立たしいかぎりだ。愚かな連中がつぎの行動を起こすのを、ただじっと待っていなければならないとは」

「連中は、ただ待っているのが嫌いなようです」ハズリットがマジパンに手を伸ばす。「法的手段に訴えてくるかもしれませんから、覚悟しておくべきではないかと」

「たとえば、どんな手段に？」

「アンナを誘拐したと、伯爵様を訴えるか、スタルとの約束不履行でアンナを訴えるか。場合によっては、アンナと結婚するよう、ヘルムズリーは伯爵様に要求するかもしれません」

「わたしに結婚を要求？」ウエストヘイヴンは強く顔をしかめた。「いったいどういうわけで？」

「スタルよりあなたのほうがいいカモだと思えば、ヘルムズリーはあなたを脅して金を得ようとするでしょう」

「くそっ」ウエストヘイヴンは立ちあがり、窓際へ行った。

アンナがデヴと一緒にテラスにいた。デヴの言ったことに対して、微笑んでいる。それに対して、デヴはたわむれるような、ものほしそうな笑顔を見せた――魅力的な表情だ。ふらちな男め。

「そうならないことを祈りましょう」ハズリットも立ちあがる。「スタルがアンナをこの屋敷から連れ去ろうとしたら、誘拐未遂で訴えることができます。そうすれば、この件は解決するでしょう。この国では、スタルと結婚していないかぎり、アンナはスタルに不利な証言をすることができる」

「老伯爵はどの程度の財産を遺したんだい？」ウエストヘイヴンは尋ねた。視線は窓の外へ向けたままだ。ハズリットの答えた数字は大きく、驚くほどの額だった。

ウエストヘイヴンは、笑いながら昼食をとるデヴとアンナを見つめつづけた。「ヘルムズリーがそれだけの金を賭けで失ったとしたら、不法行為にあたらないだろうか」

「当然そうなるでしょう」ハズリットは答え、裏庭のテラスが見える場所へやってきた。

「となると、こっちはそれを証明する必要があるんだな」ウエストヘイヴンは言った。「で、スタルを誘拐未遂で訴える。そうすれば、アンナは一文無しになるが、身の安全は確保されるはずだ」

「一文無しではありません。他人には手がつけられないようになっている信託財産があるんです。たとえ神であっても、大天使ガブリエルであっても、手が出せないでしょう。アンナだけのために特別に設定された信託財産ですから。伯爵未亡人が賢明な投資をしたようです」

「それはいい知らせだ」ウエストヘイヴンがようやくハズリットのほうを向く。そのとき、

「信託財産はいくら残されている？」ハズリットは

デヴとアンナが屋敷のなかへはいった。「信託財産はいくら残されている？」ハズリットはふたたび数字を答えた。上流階級の淑女が長きにわたり、不自由なく暮らせる額だった。

ウエストヘイヴンはハズリットが帰り支度をするのを見つめた。「アンナの状況を知ったいま、少なくとも、自分の家族に——兄弟や両親に対する感謝の念が強まった」

「伯爵様は恵まれていらっしゃいます」ハズリットは言った。「ともかく、ご家族に関しては。さて、今日の午後は、〈ハッピー・ピッグ亭〉で時間をつぶすことにします。なにか注意が必要なことが起きましたら、お知らせしますから」

「連絡を待っている」ウエストヘイヴンはハズリットを玄関まで送った。「待つのは得意なほうではないが」

ウエストヘイヴンが書斎へもどるや、デヴがアンナを連れてあらわれた。

「だれだったんだい？」デヴは訊いた。

「だれってだれのことだ？」

「端正な顔をした男だよ。きみの横で、窓から我々を見ていた男」デヴはすぐに言った。

「ベンジャミン・ハズリット。我々に協力している探偵だよ」ウエストヘイヴンはアンナに目をやった。「ハズリットは、きみがわたしと結婚すべきだと考えている」

「その方があなたと結婚すればいいじゃない。わたしは修道院にはいるわ」

「おっと」デヴは言った。「それはまた、とんでもなくもったいない話だ」

「わたしもそう思う」ウエストヘイヴンは弱々しく微笑んだ。「いまは待つべきだとハズリットは言うんだ。スタルかヘルムズリーが、きみをさらおうとするのを。それから、誘拐の罪で訴えろと」

アンナはへたりこむようにしてすわった。「男が自分の妻をさらっても誘拐にはならないから、あなたと先に結婚してしまうという案は、とても合理的でもあるのね」

「たしかに合理的だが」ウエストヘイヴンは言った。「きみはその案に興味がなさそうだな」

「ないわ」アンナはふいに立ちあがった。「それに、仕立て屋をここに呼ぶらしいけれど、どういうことなの、ウエストヘイヴン」

「きみのドレスを何着かつくってもらおうと思ったんだが」ウエストヘイヴンは言った。「グレーでも茶色でもなければ、茶色がかったグレーでもなく、グレーがかった茶色でもないドレスを。せめてきみに、ロンドンならではのファッションを楽しんでほしいと思った。上流階級の淑女たちがふつうに楽しんでいるような時間をすごしてほしいんだ。気晴らしをしてもらいたくてね。なぜ仕立て屋を呼んだと思ったんだい？」

「そうだったの」アンナはもう一度腰をおろした。

「わたしは馬のようすを見てくる。ちょっと乗馬をしてくるかもしれない」デヴリンが言い、ドアのほうへ向かった。

「この暑いのに？」ウエストヘイヴンは驚いて言った。デヴはいつも、細心の注意を払って馬の世話をするからだ。

「ごく短い乗馬だよ」デヴは振り返って言い、アンナとウエストヘイヴンをふたりきりで書斎に残した。

なぜ無視するの？　アンナは心のなかで泣き声をあげた。とはいえ、理由はわかっている。ウエストヘイヴンはアンナを客としてあつかっているのだ。しかも、恋人ではない客として。ウエストヘイヴンとのやりとりのなかで、アンナは自分がさまざまな心配をしていたことに気づいた。ウエストヘイヴンはアンナに対して失望しているのではないか。自分とかかわったせいで、彼は困った立場に立たされるのではないか。ウエストヘイヴンが求めている公爵夫人としての資質を、自分はまったく持ち合わせていないのではないか。あらためて考えてみると、自分自身のことも少しは心配すべきだとわかった。心が張り裂けたのち、途方に暮れながら、そのかけらをひとりで拾うはめになるのではないかと。

いま、ウエストヘイヴンは眉をひそめてアンナを見つめている。「アンナ、少し横になったほうがいいんじゃないか？」

「ぐずる子どもあつかい？　そうね、そうかもしれない。あなたはどうなの？」

それに対して、ウエストヘイヴンはにやりと笑った。ゆっくりとした、誘いかけるような微笑みを見て、アンナは胸がひどくざわめくのを感じた。

ゆうべはあなたがいなくて寂しかったわ。そう思ったものの、口には出さなかった。彼の笑顔が曇ったせいで、とても言えなかった。

「知っていたか？」ウエストヘイヴンは言った。「自分が裕福だってことを」

「わたしがなんですって?」アンナははじかれたように立ちあがった。「趣味の悪い冗談はやめて、ウエストヘイヴン」

「たしかにきみは疲れている」ウエストヘイヴンは揺り椅子に腰をおろした。「すわりたまえ、アンナ。きみの置かれている状況について話そう」

「わたしの状況?」アンナは言われたとおりにすわった。ウエストヘイヴンの真剣なまなざしが気に入らない。

「きみは裕福なんだ」ウエストヘイヴンは繰り返した。アンナの信託財産と、それを祖母が管理していることを説明した。「きみはなんでも好きなことをできるんだぞ、アンナ・ジェームズ。経済的な観点からいえば、だれとも結婚する必要がない」

「だったら、自分のお金を使えないのはどうして?」アンナは口をとがらせた。「二年間、わずかなお金しか使えなかったわ。それなのに、わたしのお金が何千ポンドもあるというの?」

「あるんだよ。きみの請求を待っている金が」

「おばあ様はなぜ、このことを教えてくれなかったのかしら」

「きみが故郷を出るとき、おばあ様は、どの程度の額の金をなにに使えるのか、ご存じなかったのかもしれない」ウエストヘイヴンは静かに言った。「きみが南へ向かったとき、おばあ様は具合が悪かったんだろう。しかも、弁護士のなかには、いやになるほど口が堅い者もいる。あるいは、おばあ様はきみとそういう話をして、ヘルムズリーの耳にはいってはいけないとお考えになったのかもしれない。それについては、本人に訊かねばわからない」

「わたしたちに持参金が用意されていることは知っていた」アンナはかぶりを振った。「まあ、わたしがお金を持っていることを、兄が教えてくれるはずがないけれど。いやな兄だわ」

「そうだな」ウエストヘイヴンは同意した。アンナを引っぱって立たせる。「ヘルムズリーは呪われてしまえばいい。あの豚男爵と一緒に。やはりきみは昼寝をしたほうがいい顔をしている」

「たしかに眠いかもしれない」アンナはため息をつき、ウエストヘイヴンがとった手を見おろした。昼寝よりもずっと必要なものがある。けれども、彼のほうは同じ気持ちではないらしい。ウエストヘイヴンも呪われてしまえばいいのに。

「それじゃあ失礼するわね」アンナは顎をあげ、涙を流すまいとした。

「では夕食のときに会おう」ウエストヘイヴンは警告するように言った。「デヴとヴァルも一緒だ」

アンナはうなずき、立ち去った。

ウエストヘイヴンは不思議に思った。頭がまともなのに、自分が相当に裕福だと知って泣く女がいるとは、いったいどういうわけなのか。

それを知って泣く理由があるのは、ウエストヘイヴンのほうだった。自分が貧しいこと、裁判に巻きこむかもしれないことをわかっていても、アンナはウエストヘイヴンのプロポーズを受け入れなかった。だとしたら、今後、状況はますます絶望的になる。アンナにはいま、ウエストヘイヴンの力を借りずともやっていける財力があるのだから。

アンナは体を清めてから夕食におりていった。午後のほとんどを、眠ってすごしたあとだった。兄弟三人とともに食事をするのははじめてのことだ。三人ともとても感じがよかったものの、ウエストヘイヴンはヴァルやデヴほどではなかった。

「で、きみは財産をなにに使うつもりなんだ?」デヴは訊いた。「まあ、正しい答えは馬を買う、それにつきるが」

「アンナはデヴの飼育場ごと買える」ヴァルが言った。「それでもじゅうぶんおつりが来る」

「おばあ様とモーガンの面倒を見るつもりよ」アンナは言った。「それに比べれば、ほかのことはたいして重要じゃないわ。でも、どこかお花を育てられるような場所に住みたいものね」

「北部へもどってしまうのかい?」ヴァルの顔から笑みが消える。

「わからないわ。おばあ様のお友だちはみんな、向こうに住んでいるし、最高に楽しい思い出がある場所でもある」

「だが、つらい思い出もあるだろう」ウエストヘイヴンは言い、アンナのグラスにワインをつぎ足した。

「とてもつらい思い出もあるわ。もっと栽培に適した気候の土地でお花を育てるべきだと、むかしから考えていたけれど、じつは、北部に住む人々のほうが、お花を必要としているのかもしれないわね」

「商売として花を育てるつもりか？」デヴは尋ねた。

「さあ、本当にわからないわ」アンナはウエストヘイヴンと目を合わせた。「問題が解決するまで、それから、おばあ様とモーガンと一緒にものごとを整理するまで、あれこれ先のことを考えても意味はないと思うの。さて、食後のポートワインと葉巻を紳士だけで楽しみたいなら、わたしは失礼しますけど？」

「葉巻を吸う習慣はないんだ」ウエストヘイヴンは言い、デヴとヴァルもうなずいた。「きみが一杯つき合うってのはどうだい、アンナ」

「ありがとう。でも、遠慮しておくわ」アンナが立つと、三人そろって立ちあがった。「一緒にすごせて楽しかったけれど、まぶたが重いの」

「上まで送ろう」ウエストヘイヴンが腕を差し出す。アンナは手をすべりこませ、ささやかな触れ合いにうしろめたい喜びをおぼえた。だれにも声が聞こえないところまで行ったとき、ウエストヘイヴンは立ち止まり、眉をひそめてアンナを見た。「具合が悪いんじゃないだろうな？」

「疲れているだけよ」

「無理もないな」ウエストヘイヴンがアンナの手をそっと叩く。アンナは叫び出したくなったが我慢した。やがて、ふたりはアンナの寝室に着いた。

「ウエストヘイヴン、わたしたち、これから互いにこんなふうに接していくの?」アンナは腕組みをして、蝋燭に慎重に火を灯す彼を見つめた。

「なんだって?」ウエストヘイヴンは作業をつづけ、マントルピースに載った枝つき燭台に火を灯した。

「わたし、突然あなたの妹のような存在になったの?」アンナは歩きまわりはじめた。「それか、あかの他人? 礼儀正しく接するだけのお客様?」

「妹のようなものだと思ってはいない」ウエストヘイヴンはアンナのほうを向いた。弱い明かりのなか、険しい表情に見える。「だが、きみはわたしの庇護下にいるんだぞ、アンナ。しかも客として。そのうえきみは、結婚したいというわたしの申し出を歓迎しないと何度も言った。それなのに、きみをただ誘惑するのはどうかと思う」

「どうして?」アンナは思わず言った。口を閉じていられるほどの気位の高さが、自分にあればよかったのにと考える。「前はずいぶん積極的だったじゃない」

「求愛していたからだ」ウエストヘイヴンは言った。「すべきではないことをしたことがあったのは認める。だが、いまは以前とは状況がちがう」

「わたしの祖父が伯爵だとわかったから?」

「それはある」ウエストヘイヴンはまっすぐに見つめ返した。「ちがうと考えてしかるべきだ。それよりも考えねばならないのは、きみが近い将来、ふたたびさらわれそうになるかもしれないという点だ。きみの兄が、少なくとも不法なことをしているという点も」

「そんなこと、証明できないでしょう」アンナは言った。感じているのは、疲れというよりウエストヘイヴンが身を引いたことの重みだった。

ウエストヘイヴンが近づいてくる。ためらったのち、手をあげてひとすじの髪をアンナの耳のうしろへ払った。「きみは疲れているし、不安な日々をすごしている。きみを誘うこともできるだろうが、それは紳士らしからぬふるまいだろう。わたしはすでに、こうして無遠慮にきみの生活にはいりこんできた。これ以上、まちがいを重ねたくない」

「わたしを抱きしめるだけでも」アンナは彼に背を向けた。「紳士らしからぬふるまいになるのね？」

ウエストヘイヴンはアンナの前にまわりこんだ。目から感情は読みとれない。

「ナイトドレスに着替えたまえ。カモミールティーを持ってくる。気分が落ち着くだろう」

ウエストヘイヴンが出ていったあと、アンナはしばらく部屋のまんなかに立っていた。もはや自分を求めてはいない男に、うまくあしらわれている。そう確信して胸が張り裂ける思いだった。アンナはたしかにウエストヘイヴンを求めている。けれども、彼を求めているからといって、善良な男の将来をだいなしにしてはいけない。

それでもひどくつらかった。胸が痛いほど一緒にすごしたいと思っているのに、向こうは同じように悩んでいないとは。自分はウエストヘイヴンを失望させたうえ、どこまでも紳士らしい申し出を拒絶した。いまや、彼の気持ちは冷め、ウエストヘイヴンは悪者を退治したあと、ふたりの関係に片をつけようとしている。

「寝る準備が整ったようだね」ウエストヘイヴンがトレーを手にもどってきた。「まだ髪を結ったままだな。三つ編みにしようか？」

アンナはウエストヘイヴンに髪をまかせ、彼の優しさと、なじみのある手の感触になだめられた。甘く美しいバリトンの声にも。ウエストヘイヴンは公爵と交わした会話やその日のさまざまな出来事を語ったのち、アンナと並んでベッドに横たわり、横向きに寝た彼女の背をなでた。アンナはまどろみながら、背中に感じるタッチと首にかかる吐息に、なんともいえない安心感をおぼえた。

翌朝はそれまでにないほど遅くまで眠った。目を覚ましたとき、ウエストヘイヴンが前夜に部屋を訪れた形跡はなくなっていた。

その後も、アンナは毎日よく眠った。食欲はなく、簡単に涙が出る。このため、三人の男たちはとりわけ行儀よくふるまった。アンナはヴァルのピアノを聞いては泣き、モーガンから来た手紙を読んでは泣き、窓辺にすわってベートーベンを聞く、変わった色の猫を目にしては泣いた。花がうまく活けられないときも、夜、ウエストヘイヴンが抱擁するときも涙を流した。

あまりにもアンナがよく泣くので、ウエストヘイヴンは父にその話をした。

「身ごもっているのかもしれないぞ」公爵は肩をすくめた。「泣くような女じゃなかったのに、しょっちゅう泣いているのなら要注意だ。食べたものをもどすか？」

「いいえ」ウエストヘイヴンは答えた。「ですが、あまり食べません。少なくとも、食事のときには」

「さわると痛がるか？」公爵は胸のあたりを手で示した。「五分おきに用を足すとか？」

「そうだとしても、わたしにはわかりませんよ」ウエストヘイヴンは顔が赤くなるのを感じた。しかし、簡単に探り出せそうなことだ。

「エスターはよく泣いたぞ。あれは優しいが、とくに感傷的な女ではない。だが、よく昼寝をして泣くようになったら、おめでただろうとふたりで期待したものだ」

「そうなんですか」ウエストヘイヴンは微笑んだ。仲睦まじい両親の過去には、自分が目にしたことのない出来事――優しさとユーモアであふれた甘い出来事の積みかさねがある。

「ああ」公爵は微笑み返したのち、真顔になった。「エスターは身ごもったとき、ずいぶん愛情深くなった。ふだんはちがったと言っているわけじゃないぞ。ともかく、抱きしめたり甘やかしたりしてもらいたがった。わたしはそれを嬉しく思ったものだ。しかしウエストヘイヴン、アンナがおまえの子を宿しているのなら、事情はちがってくるな」

「はい」

「わたしは庶子をふたりもうけたが、そのことを誇りには思っていない」公爵は眉根を寄せた。「もっとも当時は、よくあることだとみなされた。だが、いまの時代、人々はそれほど寛容ではない」

「そうですね」ウエストヘイヴンは同意し、腰をおろした。父親になったかもしれないという事実の重さが、だんだんわかってきた。「我が子を庶子にするつもりはありません」

「偉いじゃないか」公爵はかすかに微笑んだ。「説得せねばならないのは、子どもの母親だな。だが、いま悩むのはやめるべきだ。自分たちが努力しようがしまいが、問題が自然に解決することもある」

ウエストヘイヴンは、ほとんど父の話を聞いていなかった。アンナと子をもうけるという考えで、頭がいっぱいになっていたからだ。正しいことのように思えた。正しくてすばらしいことだと、直感でわかった。アンナはすばらしい母親になるだろうし、アンナのおかげで、自分はそれなりの父親になれそうだ。

父親。

深みのある重いことばだ。ウエストヘイヴンは自分の父を眺めた。

「不安になったことはありませんでしたか？　三人の女とのあいだに子を十人もうけ、公爵でいることが」

「たいした公爵ではなかったからな」父は鼻を鳴らした。「はじめは。だが、子どもというものは、男にまともな道を歩ませるものだ。自分で探すよりも早く正しい道が見つかる。子子どもとその母親のおかげで。おまえの質問への答えだが、わたしははじめ、まわりの状況にずいぶん無頓着だった。だが、デヴリンが生まれ、マギーが生まれ、わたしは自分が子ども時代に別れを告げつつあるのだと自覚しはじめた。あまり嬉しくはなかったがね。我々の階級には、いつまでも子どものままでいられて当然だと考える者が多い。幸運なことに、わたしはエスターに出会い、なにをどこまで恐れるべきかを教えてもらった」

「父上は子どもをもうけつづけたでしょう。父親になるのは、それほど恐ろしいことではなかったのではないですか。それほど頻繁に赤ん坊を抱いてきたなら」

「ばか者」公爵はにやりと笑った。「わたしが頻繁に抱いたのはエスターのほうだ。いまもそうしているが。まあ、そんなことを聞くと、おまえはぞっとするだろうな」

「いいえ」ウエストヘイヴンは微笑んだ。「そうでもありませんよ」

公爵の笑みが消える。「そんなことより、子を持つと選択肢はなくなる。自分がこの世へ連れてきた子である以上、名誉にかけて最善をつくしてやらねばならない。運がよければ、自分が愚かな親であっても、もう片方の親がそばにいて、子どもの力になるだろう。だが、そうでないときには、自分でどうにか育てるんだ。グウェン・ホリスター――いや、グウェン・アレンを見てみろ。グウェンが頑張ったから、ローズはすばらしい子に育っている」

「いい子ですね、とても。たまにはグウェンにそう伝えてやったらいかがですか」

ウエストヘイヴンは話題を変え、ローズとすごしたときのことを語って父を喜ばせた。ウエルボーンの屋敷で、公爵が病室へ足音荒くはいってきたときのことが、何年も前のように感じられる。ヴィクターや兄弟たちの話をする父に耳を傾けながら、ウエストヘイヴンは父が心臓発作だけでなく、別のなにかをも克服しつつあるのではないかと強く思った。

父にいとまを告げたあと、ウエストヘイヴンは考えこんでいたため、帰り道にほとんど意識を向けなかった。当然、ペリクレスは道をおぼえている。暑さのなか、ウエストヘイヴンはゆっくりと馬を進め、父親になる可能性のことばかり考えていた。書斎へはいり、カレンダーを前にすわり、日にちを数えはじめた。

フランばあやは公爵家から連れてきた使用人だ。ウエストヘイヴンは迷いもせず、フランばあやにアンナの体調をひそかに探らせていたのだった。計算によれば、身ごもりそうな時期にアンナと寝たはずはなかったが、女はそもそも謎めいた存在だし、ウエストヘイヴンは避妊に気を使わなかった。

一度の行為によって、アンナやヘルムズリーやスタルからさまざまな選択肢を奪ったのだと思うと、荷馬車にぶつかったくらいの衝撃を受けた。しかし、自分のしたことを一度たりとも後悔していない。ウエストヘイヴンは長いあいだ書斎にとどまり、アンナのことを考えた。我が子を身ごもっている女を愛するというのは、果たしてどういうことなのだろうか。

そのころアンナは、メイド頭だったころに使っていた部屋のこぢんまりとしたベッドにすわり、考えごとをしていた。ウエストヘイヴンにとって、自分はもはやメイド頭ですらない。そのことに、これほど妙な喪失感をおぼえるとは。ひとりで生活費を稼げるのは心強いことだったし、ウエストヘイヴンとその兄弟の世話をするのはとりわけ楽しかった。三人とも、喜んでアンナの世話になった。

しかし、アンナは世話をされることに慣れていなかった。最近はとくに。ここ数日、夜はウエストヘイヴンが侍女のようにアンナの世話をした。結ってある髪をおろしたり、お茶を持ってきたり、一日の終わりに静かにおしゃべりをしたりした。にもかかわらず、たとえウエストヘイヴンがベッドの上で背中をなでてくれ、抱きしめてくれる夜があったとしても、アンナはふたりの心の距離がどんどん広がっていくような気がした。

触れ合いを恐れているようすはないものの、ウエストヘイヴンはずいぶん慎重にアンナに接している。大事にされているのだとアンナは考えたかった。だが、彼のタッチに欲望はこもっていなかった。体を密着させることもあったから、向こうが欲望を感じていたら、その証しを感じることができたはずだ。ウエストヘイヴンが抱擁するとき、アンナは彼にしがみついたものの、相手の熱意が感じられないような気がしてならなかった。

自分は彼を失いつつある。つまり、屋敷を去ろうという決断は――幾度そう決意したことか――明らかにふたりのためになるということだ。

ふたりのためになっても、実行に移すのはけっして簡単ではなさそうだった。

「何者かに尾行されている」ヘルムズリーは言い、エールをぐっと飲んだ。まったく、エールなんて田舎者の飲みものだ。

「きみのように身なりのいい紳士は、あまりその辺にいない」スタルが言う。「きっと目立つんだろう。わたしもそうだが。なぜロンドンへもどってきたんだね？　きみにとって、水が合わないうえに、わたしの世話にならざるを得ない場所だというのに」

ヘルムズリーはくるりと目をまわした。「尾行されていたからですよ。大柄で、黒っぽい髪をした、むさくるしい感じの男に。動物を連れずに北部へもどる家畜商人みたいでした」

「で、そうした商人がそれなりの宿に泊まる理由があるだろうかと考えたわけだな？　行きつけの安宿があるだろうにと」スタルは言い、エールをあおった。

「そうなんですよ」ヘルムズリーはうなずいた。すべて説明する手間が省けて嬉しかった。

「あなたに伝えておくべきだと思っただけです」

「わたしにか」スタルは眉根を寄せた。「だが、きみが発ってからほぼ一週間になる。ということは、ヨークまでの道のりを半分は進んだだろう。それなのに、方向転換をして、わたしに知らせることにしたわけだな」

ヘルムズリーは自分のエールを凝視した。「ロンドンを出るとき、手間取ってしまいましてね。馬が蹄鉄を落として、その日は旅をするには遅い時間になってしまった。翌日も馬の足の調子が悪かったんですよ。新しい馬を買うわけにもいかないから、馬の調子がよくなるのを待たなければならなかったんです」

「で、連れがいると気づいたのは、いつなんだ」

「二、三日前です」ヘルムズリーはすかさず言った。「馬に無理をさせないよう、ゆっくりと移動していたときに」

「へえ、そうかい」スタルは眉をひそめた。「なにかたくらんでいるだろう、ヘルムズリー。わたしを怒らせるようなことをしないほうがいいぞ」

「なにもたくらんでいませんよ」ヘルムズリーは大げさにため息をついた。「ただ、もう少しあなたの好意に甘えたいというだけの話です。ところで、なぜまだ妹たちがつかまらないんですかね」

スタルは空のジョッキを叩きつけるように置き、おかわりを要求した。それから、逮捕され、疑いをかけられ、ひどいあつかいを受けたときの話をことこまかにしはじめた。とりとめのない話から、ヘルムズリーはスタルがまだモーガンの居場所を突き止めていないことを知った。スタルはまた、まさにウエストヘイヴンの腕のなかから、もう少しでアンナをさらえそうだった話もした。

「それで、我々はこのあとどうなるんです？」ヘルムズリーは訊いた。

もどったのは、尾行されたからでもあるが、いい考えが浮かんだせいでもあった。自分にとって、アンナは生きているよりも死んだほうが役に立つ。問題は、アンナが死ななければならないことだ。あるいは、せめて人々に死んだと思われなければならないことだ。それも、スタルと結婚する前に死んでもらわねば、アンナの金はすべてスタルのものになってしまう。自分が妹の姿をふたたび目にする前に、スタルが特別許可証を入手して、アンナとの結婚生活をはじめてしまうのではないかと心配になり、すぐにロンドンへもどったのだった。

もちろん、アンナには選択権を与えてやるべきだろう。それなりの額の金を握らせ、死んだふりをしてしばらく行方をくらます気はないかと持ちかけるべきだ。この二年間、ヘルムズリーはスタルに協力し、いやな思いをしていた。共犯者というものにうんざりし、負担に思っていた。

アンナの問題を片づけたあとは、モーガンを利用してスタルを満足させればいい。そのあと、スタルを事故という形で始末するのは簡単だろう。毒を盛るのがいちばんよさそうだ。そうすれば、モーガンはスタルの未亡人として、相当な財産を相続することになる。うまくまとまったすばらしい計画だと、ヘルムズリーは自分を褒めた。とはいえ、計画を実行に移すには、ロンドンにいる必要がある。この街にいるほうが、おもしろいギャンブルができるし、金を払えばなんでもやってくれる者を見つけやすい。スタルを近くで見張ることもできる。

「それで、アンナをどうやってとりもどすつもりなんですか？」ヘルムズリーは訊いた。「市場でさらうという計画は、うまくいかなかったようですね」

「ふん」スタルは鼻を鳴らした。一瞬動きを止め、若い女給にいやらしい視線を送る。「ウエストヘイヴンの野郎め。権力にものを言わせて、わたしを放火の容疑で逮捕させやがって。むろん、有罪にはなるまいが。まあ、起訴されるおかげで、街にとどまる完璧な理由ができた。計画といっても、これまでどおりアンナをさらうだけだ。花の世話をするとき、あの娘は無防備になる。たしかな筋から聞いたんだが、一日に何度か裏庭ですごすらしい。チャンスをとらえてアンナをつかまえるだけの話だ」

「それだけですか？」

「それだけだ」スタルはうなずいた。「市場でとらえようとしたのは、早計だった。まわりに人が多すぎる。だが、今回は準備万端だ」

「というと？」ヘルムズリーはさりげない口調で尋ねた。

「もしあの伯爵が騒いだら——」スタルはハンカチで口元をぬぐった。「あいつの目の前でアンナとの契約書を振ってやる。おまけに、きみが後見人であることを示す書類も」

「それは思いつかなかったな」ヘルムズリーはゆっくりと言った。当然、考えたことはあったが。「単に、弁護士に書類を持たせて、ウエストヘイヴンのところへ送りこんだらどうです？　紳士ならば、アンナを速やかに送り出すはずでしょう。モーガンと一緒に。モーガンが近くにいるならですが」

「きみは貴族というものをわかっていないな、ヘルムズリー」スタルが前に身を乗り出す。「書類は振りまわすが、向こうの弁護士にそれを自由に利用させるつもりはない。貴族は実務には手を出さない。そうしたことにかかわると、ふつうは当惑してしまうんだよ。で、弁護士を呼ばずにはいられなくなる。そうなると、少なくとも二、三週間は時間がかかるだろう。だが、わたしは花嫁を待つのにうんざりしていてね」

「そうでしょうね」ヘルムズリーは言った。気持ちはわかる。自分自身も、スタルに借金を肩がわりしてもらうのを待つのにうんざりしているからだ。未来の公爵に仕えるほど才能のある弁護士ならだれであれ、スタルの契約書に雄の象ほど大きな穴を見つけられるだろうと、ヘルムズリーはひそかに考えた。「よさそうな計画ですね。なにを待っているんです？」

スタルはにやりと笑った。顔が醜くゆがむ。「アンナが花を摘むのを待っているのさ」

17

「なぜ渋い顔をしているんだい?」ヴァルは訊き、レモネードを飲んだ。毎朝、ウエストへイヴンとトリヴァーのために用意されるものだ。

「ハズリットから伝言だ」ウエストへイヴンは手紙を弟に渡した。すでにトリヴァーは自宅に帰してある。「ヘルムズリーのあとを追って北部へ出発したそうだが、なんと、あいつはロンドンから一日もかからないところにいたらしい。馬の調子がよくなるのを待っていたとか。だが、そのあとすぐにロンドンへもどり、例の酒場でスタルと会ったそうだ」

「悪党どもが再会したってわけだな」ヴァルは手紙に目を走らせた。「そもそも、なぜ北へ帰ろうとしたんだろうか」

「さあね」ウエストへイヴンはレモネードを飲んだ。「あまり頭がいい連中だとは思えない」

「頭はよくないのだろうが」ヴァルは認めた。「残酷ではある。あいつら、ウィロウ・ベンドの建物すべてに火をつけるつもりだったんだぞ。理由はいまだに謎だが。縛り首ものの犯罪だよ。それなのに、いまのところ罰をまぬがれている」

「起訴手続きが進んでいないんだ。ひとりが有罪になれば、共犯者もすぐわかるだろうに」

ヴァルが長椅子の肘かけにすわる。「スタルはヘルムズリーの関与をまだ認めていない」

「放火で有罪にはできないだろうな」ウエストへイヴンは言った。「起訴されるだけでも、連中はダメージを受けるだろうが」

「いや、連中は意外な行動に出るかもしれない」ヴァルは言った。

「それはありうる」ウエストヘイヴンは弟が反論したことを意外に思った。ヴァルらしくない。「ミス・モーガンはどうしている？」

「楽しそうにすごしているみたいだ」ヴァルは浮かない顔で言った。「モーガンは輝いているよ、ウエストヘイヴン。ぼくが訪ねるたびに、微笑んだり、笑ったり、妹たちと仲良くしたりしている。父上とも、母上とも……」

「従僕ともか？」ウエストヘイヴンは推測して言った。

「執事とも、馬丁とも、庭師とも」ヴァルはうなずいてつづけた。「みんながモーガンに魅了されている」

「それくらい、いいじゃないか」ウエストヘイヴンは立ちあがり、窓際へ行った。花を摘むアンナの姿が見える。「たとえば、モーガンに五回ほどプロポーズをして、毎回断られるよりはましだろう。三、四度目に断られるのは、本当に身にこたえるぞ。そのあとは慣れてくるが。というより、慣れようとするわけだが」

「これはこれは」ヴァルが片方の眉をつりあげた。「兄上がそんな段階に達していたとは知らなかった。アンナはどこかおかしいのかい？」

「別に。我々の相性が悪いと思っているだけだろう。だから、なるべくそっとしてやっている」

「だが、毎晩、アンナが眠るまで見守っているんだろう?」

「ああ」ウエストヘイヴンは裏庭に視線を据えたまま言った。「わたしを好いてはいるらしい。それは認めた。アンナはずいぶん寂しい思いをしているんだよ、ヴァル。わたしは自由にふるまおうと思えばふるまえるんだが、その立場を利用しないようにしている。わたしの理解では、女が自分からキスさえしようとしないのは、相手に魅力を感じなくなったからなんだ」

「そのことをアンナと話し合ったのか?」

「ああ」ウエストヘイヴンは弱々しく微笑んだ。「かなりはっきりと訊かれたよ。互いにどう接していくのかって。アンナは安らぎだけを求めている。それは与えてやれると思っている」

安らぎと、優しさと抱擁だけを。

「兄上はぼくよりも人がいい」ヴァルは同情するように笑みを浮かべた。

「そういうわけじゃない。ただ……。おい、いったいあれはなんだ?」

人相の悪い太った男がふたり、裏庭の塀を乗りこえてきたかと思うと、アンナの頭に袋をかぶせた。アンナがもがいているあいだに、ウエストヘイヴンはその場へ飛んでいった。デヴとヴァルと従僕ふたりも駆けつけ、賊からアンナをどうにか奪い返した。

「逃がすものか」デヴリンはうなるように言い、体の大きいほうの男を塀から引き離した。

「そこから動くなよ。王の裁きを受けてもらう。おまえもだ、そこの短足」デヴは拳銃の撃鉄を引き、ふたりの侵入者たちを恐ろしい顔でにらみつけた。

そのとき、スタル男爵が門からはいってきた。「そういうのはやめようじゃないか。ウエストヘイヴン、仲間を止めてくれ」

「スタル」ウエストヘイヴンは顔をしかめた。「ここはわたしの屋敷だぞ。出ていけ。いま不法侵入で当局につかまりたいのなら、話は別だが。いずれにしろ、誘拐未遂で起訴されるだろうがね」

「誘拐になるものか」スタルが怒って言った。「こちらの淑女がわたしの婚約者だという証拠がほしければ、ほら、ここにあるぞ」リボンを結んだ筒状の紙を掲げてみせる。ウエストヘイヴンはただ片方の眉をあげた。そのとき、ヴァルがすかさず前に出て書類を奪いとり、従僕のひとりに渡した。

「公爵のところへ持っていってくれ」ウエストヘイヴンは従僕に命じた。「有効な契約書かどうかを、至急たしかめてほしいと伝えろ」

「まあまあ」ヘルムズリー伯爵が門からぶらりとはいってきた。アンナが身をこわばらせる。

「その必要はない。アンナ、一緒に来なさい。その男に、ぼくはおまえの兄だと言ってやれ。おまえとモーガンの後見人として、おじい様が指名した者だと。おばあ様がおまえたちに会いたがっていたぞ」

「お兄様はわたしの後見人なんかじゃないわ。これまでだってそう」アンナは言った。「おじい様が亡くなったとき、わたしは成人していたもの。お兄様はわたしのお金を管理しているかもしれないけれど、正当な後見人であったことはないのよ」

「こちらの淑女には、おまえたちと一緒に行くつもりはないようだな」ウエストへイヴンは言った。「だからもう帰ってくれ」

「伯爵」ヘルムズリーはかぶりを振った。「まあ、慌てずに。ぼくも主張の正しさを示す書類を持っていましてね。アンナは自分で読みたいかもしれないな。おじい様がきめた条件を」左手で別の書類を差し出す。それも丸めてリボンで留めてあった。アンナが書類をとろうと前に出たとき、ウエストへイヴンはヘルムズリーの右手が、上着の合わせの部分に隠れていることに気づいた。

「アンナ、よせ」

しかし、遅かった。アンナが手を伸ばすや、ヘルムズリーがアンナをとらえ、そのこめかみに拳銃の銃口を向けた。

「もうたくさんだ！」ヘルムズリーはアンナをぐっと引き寄せた。書類はすでに石畳の上に落ちている。「さあ、スタル。花嫁をつかまえましたよ。行きましょう。ウエストへイヴン、当局に知らせるのはきみの自由だ。そのころには、ぼくらはとっくにどこかへ行っている。きみがなにを言おうと、我々を有罪にするのは難しいだろうな。とりわけ、女は夫に不利な証言をできないからね」ヘルムズリーがアンナを引きずるようにして一歩うしろへさがる。

もう一歩。アンナはウエストへイヴンのほうを向かされたままだ。

銃声が響いたかと思うと、もう一発がそれにつづいた。アンナが兄にぐったりともたれかかったものの、ウエストヘイヴンはすかさず彼女を腕のなかへ奪い返した。

「やられた」ヘルムズリーの手がだらりと垂れさがり、拳銃が石畳の上の書類のそばに転がった。「この野郎《バスタード》！」驚愕した顔でデヴに向かって叫ぶ。「ぼくを撃ったな！」

「ああ、撃った」デヴは銃を手にしたまま、ヘルムズリーに近づいた。「たしかにわたしは庶子《バスタード》だ。だが、二発目を発砲する理由をわたしに与えないほうがいいぞ。おまえを黙らせるためだけにも、そうしたいところだがね。この国では、大切な者を守るために殺傷力のある武器を使っても許される」

「ヴァル」ウエストヘイヴンは慌てて言った。「ドクター・ガーナーかドクター・ハミルトンを呼んでくれ。ともかく医者を。アンナが血を流している」

「行け」デヴはヴァルにうなずきかけた。「当局の者が来るまで、ジョン・フットマンとわたしがこの四人の相手をする」

アンナはよろめきながら歩いた。ウエストヘイヴンが腰に腕をまわして支えている。やがて、アンナは彼の胸に抱きあげられるのを感じた。ウエストヘイヴンがフランばあやを大声で呼んでいる。痛みが肩から広がり、それとともに、温かくてべとつくものが流れ出るのがわかった。自分の血だろうと、ぼんやりしながら思った。

「痛いわ」アンナはどうにか言った。「焼けつくようよ」

「そうだろうな」ウエストヘイヴンが言った。焦りのにじんだ低い声だ。「いとしい人、痛むだろうが、すぐに手当てをしてやる。頑張れよ」

いとしい人。こんなときにいとしい人と呼ぶなんて、胸まで痛くなってくる。

「大丈夫よ」アンナは請け合うように言った。とはいえ、肩の痛みはひどくなりつつあった。

「お願いだから……」

「お願いだから、なんだ？」ウエストヘイヴンは書斎の長椅子にアンナを横たえ、腰のそばにすわった。あとからフランばあやが急ぎ足ではいってきた。

「行かないで」アンナは痛みをこらえて目をしばたたかせた。「お医者様が」

「やぶ医者にきみをまかせるものか」ウエストヘイヴンは微笑まんばかりの表情をした。フランばあやからはさみを受けとる。「じっとしてくれ、アンナ。傷口のようすを見たいんだ」

「なにかしゃべっていて」アンナは唾をのんだ。ウエストヘイヴンが手際よくドレスの布地を引っぱりはさみを入れる。それでもアンナの痛みは増した。

「なにを話せばいい？」ウエストヘイヴンの声はさほど穏やかではない。アンナは肩から血があふれ、ドレスを濡らすのを感じた。布地が切りとられ、傷口があらわになった。

「なんでもいいわ。気を失いたくないの」

アンナが目をしばたたかせて閉じたとき、ウエストヘイヴンの悪態が聞こえた。

「清潔な布を」ウエストヘイヴンはフランばあやに言った。ばあやはウエストヘイヴンの背後から、四角くたたんだ布を渡した。「アンナ、いまから傷口を直接圧迫する。痛いと思うが我慢してくれ」

　アンナはうなずいた。顔は蒼白で、目は閉じられている。ウエストヘイヴンは肩に布をあてて圧迫した。はじめはそっと押し、徐々に力をこめる。アンナはひるんだものの、なにも言わなかった。そこで、ウエストヘイヴンは布が血で染まるまで同じ力を加えつづけ、新しい布をそこへ重ねた。

「消毒剤と軟膏はあるか？」ウエストヘイヴンは訊いた。

「ありますよ。ブランデーのボトルも」張りつめた空気が漂うなか、フランばあやはしばらく黙っていた。やがて、ウエストヘイヴンの背後からふたたびアンナをのぞきこんだ。「ひどい出血というわけではないですね」暗い声で言う。「傷口を見たほうがいいんじゃないですか」

「まだだ」ウエストヘイヴンは言った。「血が止まるまでだめだ。あとで消毒する時間はある」

　ドクター・ガーナーが到着するころには、出血は止まっていた。肩も丁寧に消毒されていたが、包帯は巻かれていない。

「すばらしい処置だ」ドクターは言った。「肩の上の部分がえぐられていますね。数インチずれていれば、首や肺をやられていたでしょう。異物はきれいにとりのぞかれている。運がいいですね、ミス・ジェームズ。ですが、しばらくはおとなしくする必要がありますよ」

　ドクター・ガーナーは傷に包帯を巻いたあと、よく休むことと、赤身の肉を食べて失った血をおぎなうことを勧めた。また、安静にし、痛みに耐えられない場合はアヘンチンキを使うよう指示した。それから、ウエストヘイヴンを病人から離し、感染症にかかる危険のあることを険しい顔で告げた。ウエストヘイヴンが最初にどんな処置をしたかを伝えたところ、ドクターの表情はずいぶんやわらいだ。

「頑張りましたね」ドクターはうなずいた。「フェアリー様は伯爵様を誇りに思うでしょう。しかし、まだ安心できる状態ではありません。患者は安静にして休む必要がある。傷のためだけではありませんよ。大きな怪我は心に負担をかけることがあります。どれほど勇敢な者であっても、回復するのにはしばらくかかるものです」

「身ごもっているとしたら？」ウエストヘイヴンは小声で訊いた。

「さあ、どうでしょうか」ドクターがゆっくりと息を吐く。「ミス・ジェームズは若いうえに、おおむね丈夫そうです。妊娠しているとしても、日は浅いでしょうし、ミス・ジェームズはさほど精神的に弱い方には見えません。あえて言うなら、お子さんには影響ないでしょう。ただ、こうしたことは、我々人間の手には負えないものです、伯爵様。祈って待つしかありませんよ」

「感謝する」ウエストヘイヴンはドクターを玄関へ案内した。「それから、父を診てもらっていることにも礼を言いたい。あつかいやすい患者ではないだろうから」

「お年を召した貴族の方は、そんなものですよ」ドクター・ガーナーは微笑んだ。「自分の思いどおりにするのに慣れきっているうえ、体面を気にしすぎる方が多い」

「思い出すようにしよう」ウエストヘイヴンは笑みを返した。「年老いた貴族になったときに」

ドクターが帰り、スタルとヘルムズリーが拘留され、屋敷が落ち着いたころには、驚いたことに、すでに夕方になりつつあった。ウエストヘイヴンはメイド頭用の居間と、そこに隣接するこぢんまりとした寝室へ向かった。

「わたしが看病するよ、ばあや」ウエストヘイヴンはフランばあやの手を引いて立たせた。「お茶でも飲んできたらどうだ。新鮮な空気を吸って」

「いいですね」フランばあやは急ぎ足でドアへ向かった。「神経を落ち着かせるのに、一杯のお茶はなによりですから」

ウエストヘイヴンは眉根を寄せてアンナを見つめた。アンナは半身を起こし、枕にもたれている。「きみが怪我をしてしまったとは残念だ」

「あんなことが起きて、わたしも残念よ」アンナは言った。「でも、正確にはなにが起きたの？」

「ヘルムズリーがきみをさらおうとしたんだ」ウエストヘイヴンはフランばあやがすわっていた椅子に腰をおろした。「デヴリンがヘルムズリーを止めようとして銃を使った。だが、ヘルムズリーがきみに向けていた銃からも、弾が発射されたんだ」

「つまり、兄がわたしを撃ったってこと？」

「ああ。意図的だったかどうかはわからない」

「兄はどうしているの?」アンナは視線を落とした。

「ヘルムズリーは腹に被弾したんだよ、アンナ」ウエストヘイヴンは静かな声で言った。「ドクター・ハミルトンを呼んで手当てをしてもらった。優秀な医者だと思っている。だが、よく言っても、予断を許さない状態のようだ」

「兄は怪我をしているのに、拘留されているの?」アンナは口ごもりながら言った。

「当局の監視のもと、とても居心地のいいこぢんまりした屋敷で休んでいる。デヴリンが所有している家でね。おまけに腕のいい者が看病しているし、武装した者が警備にあたっている。ヘルムズリーは貴族だから、それなりのあつかいを受けるんだ」

そんな資格はないのだが。

「アンナ」ウエストヘイヴンは指でアンナの髪の生え際を優しくなぞった。「わたしにまかせてほしい」

アンナが目を合わせて眉をひそめる。ウエストヘイヴンはつづけた。「きみのために、片をつけさせてもらいたいんだ。ヘルムズリーの面倒を最後まで見るつもりだ。必要な措置があればとる。もしよければ、きみのおばあ様に今回のことを知らせて、だれかにこっちまで連れてこさせよう。公爵家の旅行用の馬車を使わせるし、楽な旅程を組ませるよ、約束する」

「お願いします」アンナは言い、左手で目をぬぐった。「ありがとう」

「アンナ」ウエストヘイヴンはベッドの上のアンナの左側へすわりなおし、彼女の顔をのぞきこんだ。左手で慎重にアンナの頬を包み、頭を自分の首元へもたせかけた。「泣いてもいいんだよ、いとしい人」

アンナはふたりのあいだから左腕を引き抜き、ウエストヘイヴンの首にまわした。彼を引き寄せ、顔と顔を寄せ合うようにして泣いた。それ以上体を動かせないので、目からこぼれた涙がアンナの髪を濡らし、彼の頬を濡らす。ウエストヘイヴンはアンナに片方の腕をまわし、その濡れた頬を親指でぬぐった。泣きつづけるアンナを見守っているうちに、同情で胸が痛みはじめた。

顔をあげてアンナと目を合わせた。「いまは、わたしにできることはなんでもさせてくれ。ともかく、きみに元気になってほしいんだ。早ければ早いほうがいい」

「いま、ハンカチを持っている？」

「ああ」ウエストヘイヴンはハンカチをとり出し、アンナの頬を拭いてやり、彼女の手にそれを握らせた。「カエサルの本も読んであげよう。クリベッジの相手をしたり、屋敷の内装のことを相談したりしてもいいな。きみの回復が早まるのなら、なんでもするよ」

「お薬を飲ませてもらわなければならないわね」アンナは悲しそうに言った。

「なにか食べるものを持ってきてほしいか？　バターとジャムを添えたトーストはどうだ？　それともスープがいいかい？」

「バターつきトーストにアイスティーをお願い」

「喜んで」ウエストヘイヴンが立ちあがり、部屋を出ていったあと、アンナは彼の不在を痛いほど意識した。フランばあやも好きだが、ばあやはなにやらつぶやきつづけたり、騒いだりするばかりで、あまり患者を居心地よくさせることはない。やがて、ウエストヘイヴンがもどってきた。アイスティーとバターを塗ったトーストを載せたトレーを持っている。マジパンとヒナギクの一輪挿しもあった。

「お花を持ってきてくれたのね」アンナは笑みを浮かべた。心から微笑んだのは、ずいぶん久しぶりのことに思えた。

「達人の手ほどきを受けたからな」ウエストヘイヴンは微笑み返した。アンナが食事をするあいだそばにいて、食後はクリベッジで彼女を負かした。夜の帳がおりたあと、ウエストヘイヴンはアンナのために演奏してほしいとヴァルに頼んだ。テンポがゆるやかで、眠りを誘うような甘い曲だ。アンナが夜中に目を覚ますと、ウエストヘイヴンは室内用便器のところまで彼女を連れていき、しばらくののちにベッドへ連れもどした。それから、アンナが眠りに落ちるまで左手を握った。翌朝、フランばあやに部屋から追い払われたものの、午後早くにはふたたびアンナのそばへもどった。

ドクター・ガーナーがアンナの傷を診に再訪したとき、ウエストヘイヴンはアンナの寝室にとどまり、包帯のとり替え方と傷の治癒を示す兆候について学んだ。その後三日間、つねにアンナのかたわらにいた。やがて、アンナは庭に出てすわったり、自力で少しだけ動きまわったりしてもいいと診断された。

五日目に、公爵夫人がモーガンを連れて訪ねてきた。アンナとモーガンが裏庭でおしゃべりに花を咲かせているあいだ、公爵夫人は息子を呼び、現実的な問題をいくつか指摘した。アンナが伯爵の孫娘であるとわかり、日ごとに感染症にかかる危険が減っていること。モーガンが姉を恋しがっていること。アンナへのプロポーズが一度どころではなく、何度も拒絶されていること。ウエストヘイヴンの屋敷は独身の男――兄弟三人が住む男所帯であること。

どうにかしなければいけませんよと、公爵夫人は話の終わりに言った。母がどうすれば好ましいと思っているのかは、ウエストヘイヴンには明らかだった。

「二、三日ください」ウエストヘイヴンは母を説得した。「アンナはまだ治りきっていませんし、少しのあいだであっても馬車に揺られるのはまずいでしょう」

「それはわかるわ」公爵夫人は言った。「アンナにも、別の場所に滞在したほうがいいことを知らせるべきでしょうし。それにしても、ウエストヘイヴン、アンナはこれからどうするつもりなの？」

「ふたりでその話はしたのですが、また話し合うことにします。あさってのお茶の時間までには、アンナが父上の屋敷に移ることになるでしょうから、そのつもりでお願いします」

「モーガンが喜ぶでしょう」公爵夫人は立ちあがった。「あなたは正しいことをしているのよ」母の言うとおりだと思い、ウエストヘイヴンはうなずいた。アンナに彼女自身の人生を歩ませる潮時だ。自分のための思い出づくりはそろそろやめなければ。

それまで、アンナが回復するあいだ、ふたりは楽しくすごしてきた。何時間も一緒にいて、そのほとんどをしゃべってすごし、ときおり本を読んだ。アンナが眠っているときや、庭の木陰でうたた寝をしているとき、ウエストヘイヴンは手紙を読んだり書いたりした。ふたりはヨークシャーにある伯爵領ローズクロフトについて話し、アンナの兄に跡継ぎができない場合、今後どうなるかについても話した。モアランズの話もした。そこがどれほど美しいかについても。ウエストヘイヴンはウィロウ・ベンドの厩舎を建てなおしたことをアンナに知らせ、ヒースゲート侯爵夫人とグウェン・アレンからのアンナ宛ての見舞いの手紙を渡した。

グウェンたちの好意を知ってアンナが泣いたとき、ウエストヘイヴンはハンカチと広い肩を貸し、元気づけるために花を持ってきた。しかし、ふたりはまだ肝心な話をしなかった。

「わたしの母と会って、元気は出たかい？」ウエストヘイヴンは尋ねた。アンナの目には、彼はとてもハンサムに映った。シャツとベストを着て、袖を折り返した姿で、裏庭に面したテラスへはいってくる。アンナは日なたの長椅子にすわっていた。

「公爵夫人はあれこれ楽しくおしゃべりをしてくださったわ。しかも、ひっきりなしに」アンナは言った。「あっというまに何事もなく回復するでしょうって、請け合ってくださったの」

「来週後半に、きみのおばあ様がここへ到着される。すべてが順調に行けばだが」ウエストヘイヴンも長椅子の端に腰をおろし、アンナをじっと見つめた。「顔色はそれほど悪くないな」

「顔色が悪い気がしないわ」アンナはきっぱりと言った。「もう二年以上、こうして日なたでのんびりしたことはなかったわ、ウエストヘイヴン。淑女らしい肌のためにはよくないけれど、北部の人間は太陽を恋しがるものなの」

「いずれ向こうへもどるつもりか？」

アンナは自分のドレスの袖口をいじった。「帰りたいとは思わないわ。おじい様の時代のローズクロフトをおぼえておきたいの。兄の怠慢のせいで荒れ果てたローズクロフトではなく」

「きみはヘルムズリーのことを尋ねないな」ウエストヘイヴンはアンナの手をとった。

「兄は体調が悪いふりをしているんじゃないかしら」

「具合がよくないんだよ。予想どおりではあるが」

「スタルは？」

「保釈された。〈ハッピー・ピッグ亭〉で、裁判までの時間をつぶすのに満足しているようだ。とりあえず、わたしは不法侵入であいつを訴えた。それから、きみの名で暴行と、共同謀議（二人以上の者による不法行為）による暴行でも訴えた」

「主張は通りそう？」

ウエストヘイヴンは白い歯を見せてにやりと微笑んだ。「おもしろいことに、〝暴行〟には不法行為の暴行と、犯罪の暴行があるんだ」

「不法行為？」アンナは眉をひそめた。

「民間人の権利を侵害することだ。被害者は法で救済されるようになっている」ウエストヘイヴンは説明した。「たとえば、そうだな、文書や口頭による名誉棄損もそうだ」

「つまり、わたしは個人的にスタルを訴えることができるのね。犯罪者として当局に裁いてもらうだけでなく」

「すでにきみの名で訴えてある」ウエストヘイヴンは言った。「もちろん、公爵の助言にもとづいてだが」

「でも、なぜわざわざそんなことを？　裁判は結果が出るまで途方もない時間がかかるというのに。わたしはいますぐに、あの人と縁を切りたいだけなのよ」

「民事問題については、ふつう賠償金を支払うよう判決が出る。きみは自分にじゅうぶんな財産があると思っているかもしれないが、モーガンはちがうかもしれないだろう。きみのおばあ様にしても」

「なるほど」アンナは唇を引き結んだ。「あなたの判断を信じるわ、ウエストヘイヴン。いいと思うようにことを進めてちょうだいね」

「そうするよ」ウエストヘイヴンはアンナの手を両の手ではさんだ。「話し合わねばならないことがほかにもあるんだ、アンナ」

「そうなの？」アンナはウエストヘイヴンがふたりの指と指をからめ合わせるのを見つめた。

「きみが独身の男三人と同居していると知ったら、きみのおばあ様はあきれられるだろう。しかも、わたしの母によれば、モーガンがきみを恋しがっているらしい」

「モーガンは訪ねてきたばかりよ。それにおばあ様は、あきれはしないわ。わたしが無事で生きているとわかるんですもの」

「アンナ……」ウエストヘイヴンは彼女と目を合わせた。「あさって、きみがわたしの父の屋敷へ移れるよう手配したんだ。完全に回復するまで、わたしの母の世話になれるように」

「ウエストヘイヴン……」彼がふいに立ちあがる。アンナはゆっくりと立った。「ゲール？それがあなたの求めていることなの？」

名前を呼ばれ、ウエストヘイヴンは上を向いた。曇った顔に悲しそうな笑みが浮かぶ。

「そうしなければいけないんだよ、アンナ」ウエストヘイヴンはいま、ポケットに両の手を入れている。「アンナに腕を伸ばそうとはしなかった。「きみは育ちのいい令嬢だ。わたしは独身で、それなりに名が通っている。きみがお目付け役なしでわたしと同居していると人々に知れたら、将来、悲惨な目に遭う」

アンナは泣き叫びたくなった。スタルとヘルムズリーに追いかけられて、イングランドじゅうを逃げまわっていたことよりも悲惨だというのかと。

「会えなくて寂しくなるわ」アンナはウエストヘイヴンに背を向け、涙を隠した。ああ、彼と深い関係になってから、自分はどこまで涙もろくなったのだろう。

「なんて言った？」ウエストヘイヴンが近づいてきた。彼のにおいがわかるほどそばにいる。

「寂しくなるわ」アンナは身をひるがえし、彼の腕のなかに飛びこんだ。ウエストに腕をまわしてしがみつく。ウエストヘイヴンはアンナをそっと抱きしめた。「本当に、本当に、本

た。

かなかった。ウエストへイヴンは肩の傷にさわらないようにして、アンナをきつく抱きしめ

かやっていくだろう。わたしもそうだ。これでいいんだよ」アンナはうなずいたが、身を引

「いとしい人」ウエストへイヴンはアンナの頭のうしろをなでた。「泣くな。きみはどうに

当に寂しくなるわ」

書斎では、ペーパーナイフを探していたヴァルが、デヴリンを見あげて眉をひそめた。

「のぞき見をしているのか?」ヴァルは窓際へ行き、継兄の横に立った。

「最前列で楽しんでいるんだよ」デヴは答え、顔をしかめた。「あいつのことがわからない

な、ヴァレンタイン。ウエストへイヴンはアンナを愛している。彼女のためには命を投げ出

すほどに。だが、アンナを黙っていかせるようだし、アンナもそのまま行くようだ」

「まわりくどい作戦かもしれないぞ」ヴァルはウエストへイヴンの肩のところで号泣するア

ンナを眺めた。書斎からはふたりの横顔が見える。このため、ウエストへイヴンが顔を傾け

てアンナのこめかみにキスをしたとき、その表情もはっきりと見えた。

「こっちへ」ヴァルは継兄の袖を引いた。デヴは窓際から離れた。「あの顔、見るべきじゃ

なかったね」

「だが、見えてしまった」デヴは言った。「どうしてやればいいだろう」

「首を突っこむのはよそう」ヴァルは言った。「ぼくらは父上じゃないんだぞ、デヴリン。

きっと兄上は、アンナにひと息つかせてから、正しい方法で言い寄るつもりだよ」

「なぜ待つ必要がある？」デヴリンは食いさがった。「ふたりは愛し合っているんだぞ。それに、最近アンナが涙もろいのには、理由があるような気がする。わたしはきみよりも年上だからわかるんだ。しかも、公爵夫人が身ごもっていたときのことをおぼえている」

「ふたりは愛し合っている」ヴァルは言った。「それは明らかだが、アンナは上流階級の裕福な令嬢として、まともな方法で求愛されてしかるべきだ。金銭ずくの計画から逃げているメイドとしてではなく。それから、身ごもっているかどうかの話なんて聞きたくないな。父上は地獄耳だからね」

「あいつは道義心のせいで、常識を見失っている」デヴは言い返した。「だいたい、アンナはあとで求愛されたいとは思っていない。いまされたいんだ」

「だったらなぜ、拒みつづける？」ヴァルは冷静に言った。「兄上があれほど求愛しているのに。ぼくは兄上が正しいことをしているという確信がなければ、兄上のふるまいを恥ずかしく思っていただろうね」

「さあ」デヴは顎をこすり、窓のほうを一瞥した。「よくわからないことばかりだ。妙かもしれないが、父上の意見を聞きたくなってしまう」

「ぼくもだよ」ヴァルはため息をつき、机の抽斗をいきおいよく閉じた。「つまり、兄上がそれほどわけのわからないことをしているってことだ」

残された二日足らずのあいだ、ウエストヘイヴンとアンナはいつも一緒にいた。裏庭でも、書斎の長椅子でも、朝食の席でも並んですわった。デヴとヴァルが食事をともにするとき、ふたりは多少礼儀作法に気を使ったものの、手や体で伝えられないものを目で伝え合っていた。アンナはふたたび上階で眠るようになり、ウエストヘイヴンは一日の終わりにアンナの寝室を訪れるようになった。

いま、ウエストヘイヴンはアンナの黒っぽい髪にブラシをかけている。「明日は、デヴとヴァルにきみを公爵家までエスコートしてもらうように頼んでおいた」

「わかったわ。あなたは用事があるものね」

「ああ。母がきみの世話をよくしてくれると思う。妹たちはきみを大いに気に入るだろうな」

「モーガンは妹さんたちのこと、大好きなんですって」アンナはかすかな笑みを浮かべた。「喪に服していたせいで、妹さんたちは話し相手が足りなかったようね。モーガンも寂しいみたいだし」

「きみはどうなんだい、アンナ」ウエストヘイヴンは手を止めた。「きみも寂しい思いをするだろうか」

アンナは化粧台の鏡越しに彼と目を合わせた。ウエストヘイヴンはその目に渇望が宿っているのを見てとった。自分も似たような目をしている。

「いまも寂しいわ、ウエストヘイヴン」アンナは立ちあがって振り向いた。「あなたが恋しくて、どうしようもなく寂しい」ウエストヘイヴンの唇に唇を押しつける。久しぶりのキスだった。ウエストヘイヴンはしばらく彼女に腕をまわしたものの、最初に身を引いた。

「アンナ、ふたりとも後悔することになる」

「こうしなければ、後悔するもの」アンナは答えた。謎めいた表情をしている。「わかっているつもりよ、ウエストヘイヴン。明日、わたしは出ていかなければならない。ある意味、それによってほっとするだろうことも。でも……」

「でも？」ウエストヘイヴンは表情を変えないようにした。とはいえ、さっきの短いキスのせいで呼吸は速くなっている。出ていくとほっとするとは、どういう意味だろうか。

「でも、わたしたちには今夜がある。最後にもう一度だけ、悦びを与え合う時間が」アンナはみじめなようすで言った。「今夜をどうすごそうと、変わりはないでしょう？」

ウエストヘイヴンはまさに同じことを、何日ものあいだ自問していた。そのたびに、道義心や敬意や愛にさえからめた答えを自分に与えてきた。しかし、それらの答えは、アンナの目に宿る純粋な痛みをやわらげることはなさそうだった。

「きみを利用したくないんだ」ウエストヘイヴンは言った。「もう二度と」

「だったら、わたしにあなたを利用させて」アンナは静かな声で懇願した。「お願い、ウエストヘイヴン。最後のお願いよ」

自分はアンナに求められている。ウエストヘイヴンはみずからに言い聞かせた。以前から、欲望だけはいつもふたりのあいだにあった。いま、アンナはウエストヘイヴンに自分のいちばんの望みに素直になってほしいと頼んでいる。それが高潔な望みではないからといって、アンナを拒むべきではないのではないか。アンナになにが必要なのかは本人よりもわかっているると、傲慢にも考えるべきではないのではないか。

「おいで」ウエストヘイヴンはアンナの手を引き、ベッドの脇へ行った。時間をかけてドレスを脱がせ、アンナが右肩と右腕を動かさずにすむよう、とくに気を使った。アンナがベッドにあおむけに寝たとき、ウエストヘイヴンは服を脱ぎ、ドアに鍵をかけてアンナのそばに横たわった。

「慎重にしよう、アンナ」ウエストヘイヴンは裸で彼女に覆いかぶさった。昂ったものがアンナの腹をかすめる。「きみは怪我をしているから、それを無視してことを進めるわけにはいかない」

「慎重にするわ」アンナは同意した。「とても慎重に」左手で彼の顎を包んだあと、うなじへまわし、ウエストヘイヴンを引き寄せた。

ウエストヘイヴンはその体勢を保った。唇と唇を重ねたときも、体と体をひとつにしたときも、自分の体重を前腕で支えつづけた。

「ウエストヘイヴン」アンナが身をくねらせて彼に近づこうとする。「お願い、ゆっくり動くのはやめて、こんなときに」

「ゆっくりじゃない、慎重にしているんだ」

「じゃあ、それもだめ」

ウエストヘイヴンは枕の上に置かれたアンナの手に手を重ね、指をからめた。少しだけ顔をあげ、アンナと目を合わせた。

「慎重に」ウエストヘイヴンは念を押すように言った。「丁寧に」徐々に根元まで沈めてから腰を引く。「落ち着いて」もう一度身を沈めた。「着実に」もう一度。「だが、熱く」そうささやいた。「強く……深く……」

「ああ、ゲール……」彼自身を包むアンナの体が脈打ち、たったいま約束したように、熱く強く深く彼をしめつけた。アンナはウエストヘイヴンの肩に顔をうずめ、歓喜のうめき声を響かせまいとしている。そのあいだも、ウエストヘイヴンは慎重に腰を突きあげ、アンナを駆りたてた。

「もうだめ」アンナは言い、ウエストヘイヴンの髪を額から払いのけた。「すっかり力が抜けているわ」

「わたしは大丈夫だ」ウエストヘイヴンはアンナを見おろした。征服者の気分で微笑む。

「だが、肩の調子は？」

「あなたったら、そんなことを訊けるくらい冷静なのね。肩は平気よ、たぶん。でも、なんだかこのベッドの上に浮かんでいるみたい。ベッドにもどってきたら言うわ」

「満足しているかい？」ウエストヘイヴンはふたたび指と指をからめた。「これが望みだったんだろう？」

「これが必要だったの」アンナが静かな声で言ったとき、ウエストヘイヴンはふたたびアンナのなかで慎重に動きはじめた。「心から必要だった」

「アンナ……。明日、ここを出るとき……」

「なあに？」アンナが目を閉じたので、感情が読みづらくなった。ウエストヘイヴンは彼女の頬に頬を押しあて、重ねた手を握った。できるだけアンナと触れ合っていたかった。

「明日、きみがここを出るときわたしはいないが、今夜のことを思い出してほしい」アンナの頬にキスをし、もう一度頬を押しあてる。

「どういうこと？」

「わたしの思いがきみとともにあるってことだ」ウエストヘイヴンは言った。「きみもわたしのことを思ってほしい。今夜分かち合った悦びのことも。すごくよかった……いいことばが見つからないが。嬉しかったし、すばらしかったし、美しかった。それだけでは言いつくせない。ともかく、わたしのいまの気持ちを知ってほしかったんだ」

「あなたったら」アンナは目に涙を浮かべてさらに彼に寄り添った。「ゲール・トリスタン・モンモランシー・ウィンダム。ひどい人ね。すてきなことばでわたしを泣かせるなんて」

ウエストヘイヴンは唇で彼女の涙をぬぐい、愛の行為でアンナに悲しみを——すべてではなくとも——忘れさせた。アンナは歓喜の悲鳴を何度も何度もあげた。ウエストヘイヴンは最後にもう一度腰を沈め、体じゅうで悦びがはじけるのを感じた。アンナと同じく、ベッドの上に浮かんでいるような気分でいたが、やがて、眠気に襲われはじめた。

ウエストヘイヴンはふたりの体を清めたあと、立ったままアンナを見おろした。アンナは一糸まとわぬ姿で、左側を下にして眠りかけている。もう行くべきだとわかっていた。しかし、夜明けまでまだ数時間あった。

「行かないで」アンナが目をあけて彼の目を見る。「しばらく会えないのよ、ウエストヘイヴン。もう少しだけ一緒にいましょう」

ウエストヘイヴンはうなずき、ベッドへもどった。アンナの背中を包むように寄り添い、腰に腕をまわす。今夜の営みは自分本位の愚かな行為だったが、大切な思い出にするつもりでいた。アンナも同じように考えていることを願った。

夜明け前、ウエストヘイヴンはもう一度、優しくゆっくりと愛を交わし、アンナのもとを去った。

翌朝、アンナは遅くまで眠っていた。そして、そのことにほっとした。ウエストヘイヴンがその日はウィロウ・ベンドへ行くと言っていたからだ。ヴァルとデヴは乗馬へ出かけていたので、アンナはひとりで朝食をとった。肩が気になって、思ったより荷造りに時間がかかった。ほどなく昼食の時間になり、裏庭のテラスへ呼ばれた。

「元気そうだな」デヴが言った。「きみに銃創の跡があると知らなければ、絶好調だと思ってしまうところだ」

「ありがとう」アンナは微笑んだ。「ゆうべはよく眠ったの」ぐっすり寝たのは、じつに数週間ぶりだった。

「ぼくは――」ヴァルが席につき、冷えたレモネード入りのピッチャーに手を伸ばす。「よく眠れなかった。また激しい雷雨になればいいのに」

「ひょっとして」アンナはヴァルと目を合わせた。「モーガンはまだ雷雨を怖がっているのかしら」

「そうだよ」ヴァルは言い、椅子の背にもたれた。「きみのご両親が亡くなった日――モーガンが馬車の事故に巻きこまれた日、午後じゅう嵐がやまなかったことを、モーガンはあとから知った。だから、嵐の日には事故のことを思い出してしまうらしい。耳が痛むわけではなく」デヴとアンナは驚いて視線を交わした。ヴァルはステーキを食べている。

デヴも目の前の料理に目を向けた。「アンナ、公爵の屋敷へ行く用意はできているか?」

「準備万端よ」アンナは答えた。ステーキの魅力が失せていく。

「切ろうか?」デヴは訊き、アンナの皿の上の肉を目で示した。「何度か肩を痛めたことがあるし、馬からまずい落ち方をしたこともある。だから、妙なことが不便なのはわかる」

「まだ食欲が完全にもどってないの」アンナは嘘をつき、熱のこもらない視線をステーキに向けた。「それに、疲れているみたい。失礼して、出発前に少し横になってもいいかしら?」

デヴとヴァルが立ちあがる前に、アンナは去った。ふたりは眉をひそめた。

「我々はどんな形であれ力になると、ウエストヘイヴンに申し出た」デヴはグラスを持ちあげた。「だが、我々兄弟の手にも負えないような気がする」

「兄上は自分の正しいと思うことをしているんだよ」ヴァルは言った。「最前列で見るのはもういい。悲劇は好きだったためしがないんだ」

「わたしは茶番劇も好きではない」


一週間、彼に会わなかった。

アンナはうたた寝をしたり、仕立て屋から届いた新しいドレスを試着したり、公爵の娘たちと仲良くなったりしてすごした。また、祖母とも再会した。祖母が思った以上に元気だったので、アンナは大きく胸をなでおろした。

「一年たっぷりかかってしまったけれど」祖母は言った。「卒中の後遺症はずいぶんましになったのよ。でも、ヘルムズリーにそれを知らせるわけにはいかなかった。あの子は領地からわたしを出してくれなかったけれど、知ってのとおり、手紙を書くことはできたわ」

「宿屋のご主人が誠実な人だったことに、感謝しなければね」

「若き伯爵にも感謝しないと」祖母は言った。「あの旅行用の馬車はとても豪華だったわよ、アンナ。あなたのいい人には、いつ会わせてもらえるの？」

「わたしのいい人なんかじゃないわ」アンナはかぶりを振り、立ちあがった。窓の外を凝視する。「雇い主よ。紳士でもあるから、ご兄弟と一緒にわたしを助けてくださったの」

「美男子じゃないの」祖母は無邪気なようすで言った。

「会ったことがあるの？」

「昨日、モーガンと一緒に公園へ行ったとき、伯爵と弟さんにばったり会ったのよ。ふたりともハンサムね。わたしが若かったころはね、あれほどの伊達男だと、あの年ではもうどこかの女につかまっていたわ」

「いまはむかしとはちがうもの」アンナは微笑んだ。「もっとも、おばあ様は夫を亡くした身だから、わたしに気がねして、自分を抑えなくたっていいのよ」

「あなたのおじい様には、再婚していいって言われたわ」祖母は菓子の載ったトレーを眺めた。「そのときは、ほかの人なんて愛せやしないって答えたのよ。実際、あなたのおじい様を愛したように、だれかを愛することはないでしょうから」

「ただ？」アンナは祖母に好奇の視線を向けて待った。

「ただ、あの人はわたしのことをよくわかっていた。わたし自身よりもね。人生は短いのよ、アンナ・ジェームズ。けれど、寂しいときは長くも感じられる。ヘルムズリーもそうだった」

「どういうこと？」アンナは言った。兄が亡くなったかのように過去形が使われたことを、指摘したくはなかった。

「ヨークシャーにいたころ、ヘルムズリーはあまりにも孤独だった」祖母はチョコレートを食べた。「唯一の息子だったし、年老いた祖父に育てられて、孤立していたのよ。少年のころに男の子を学校の寮へ入れてしまうのには理由があるの。乱暴者たちを一緒にしておくと、どういうわけか影響し合って、礼儀を身につけるからよ」

「ウエストヘイヴン伯爵は十四歳まで学校へ送られなかったらしいわ」アンナは言った。「それでも、とても礼儀正しいし、伯爵のご兄弟もそう」

「礼儀正しくて、ハンサムで、裕福で、爵位があるわけね」菓子のトレーを見ていた祖母が顔をあげた。「好きにならない理由がある？」

アンナは部屋を歩きまわりはじめた。「わたしが伯爵を好きだとして、この街に――おばあ様のいるローズクロフトから二百マイルも離れた場所に住むと言ったらどうするつもり？おばあ様はいつ、ひ孫に会いにきてくださるの？　この長旅をいつまたしてくださるの？わたしたちには、公爵家の馬車はないのに」

「いとしいアンナ」祖母はアンナを見あげた。「ヨークシャーは寒くて陰気で寂しいところよ。一年のうち大半は。あそこで花を育てようとするのはばかげているし、一族の地所でなければ、わたしもおじい様も、とうのむかしにデヴォンへ引っ越していたわよ。さあ、お菓子を食べなさいな。機嫌も直るでしょう」

アンナはメロンの形の小さなマジパンをつまみ、つとめて明るい笑顔を祖母に見せた。しかし、マジパンを凝視して泣き出し、部屋を走り出た。

「アンナ」ウエストヘイヴンはアンナの両手をとり、頭をさげて彼女の頬にキスをした。「調子はどうだい？　元気そうだな、やや疲れているようだが」

「祖母の相手をしていると疲れるの」アンナは言い、こわばった笑みを浮かべた。「また会えて嬉しいわ」

「わたしもだ」ウエストヘイヴンはしぶしぶ手を離した。「だが、悲しい知らせがあるんだ」

「兄のこと？」

ウエストヘイヴンはうなずき、探るようにアンナの目を見つめた。

「ヘルムズリーはゆうべ亡くなった。だが、最後の贈りものをきみに遺した」ウエストヘイヴンはアンナの手を引いて窓下の長椅子のところへ行き、クッションの上に並んですわった。

「懺悔を書いたんだ。スタルと一緒に、放火、不法行為、暴行、暴行の共同謀議など、さまざまな罪を犯したと。スタルは逃げないかぎり、縛り首になるか、外国へ追放されるだろう。死の床での自白は有力な証拠となるから」

「兄が死んだ」アンナは口に出して言った。「悲しみたいけれど、なにも感じない」

「きみを撃つつもりはなかったと、ヘルムズリーは言い張った。デヴはしばらくあいつとすごしたんだ。ヘルムズリーは金のためにきみを殺そうと考えたが、とてもできなかったそうだ。はずみで弾が発射されたと言いつづけたとか」

「デヴは？」アンナは当惑顔で訊いた。「起訴されてしまうの？　大丈夫？」

「デヴのことを思いやるとは、きみらしいな。それよりアンナ、きみの一族の爵位が停止状態になっている。きみたちはローズクロフトを失うかもしれない」

「デヴは長いあいだ半島で戦ったわ」アンナは言った。「そのうえ、不法行為に手を染めた貴族ふたりの罪を暴いた。デヴにローズクロフトをあげたらいいじゃない。おばあ様はあそこでお花を育てようとするのはばかげていると言うけれど、美しいし、平和な場所よ。馬は気に入るんじゃないかしら」

「そうなったら、きみはどこに住むんだ？　家族の望みどおり、ヨークシャーへもどるものだと思っていたが」

「家族」アンナは唇を引き結んだ。「モーガンは目にはいるものすべてとたわむれているし、おばあ様は北部の冬に突然嫌気が差したみたいなの。わたしの家族といえば、そんな移り気な女ふたりだけよ」

「移り気な女も、どこかには住まねばならないだろう」

「わたしにウィロウ・ベンドを売ってくださる？」ウエストヘイヴンと同じく、アンナもその質問に驚いたように見えた。頭にふと浮かんだ質問だったらしい。

〝きみにあげる〟ウエストヘイヴンはそう言いたかった。しかし、そんなことをするのはあまりにも不適切だ。

「ああ、きみが本当にほしいと思っているなら。厩舎の建てなおしは終わったし、屋敷は人が住めるようになっている」

「気に入っているの」アンナは言った。「じつは、とても。近所の人たちのこともね。敷地は広いから、ふつうの温室を三つと、オレンジ栽培用の温室をひとつ建てられるわ」

「弁護士に手続きの書類をつくらせよう。だが、アンナ？」

「なあに？」

「金をもらわなくてもいいと思っているんだが」ウエストヘイヴンは失礼を承知で言った。

アンナはいなすように手を振った。「あなたは優しすぎるわ。でも、そう思ってくれてありがとう。デヴは落ちこんでいないのよね？　人の命を奪ったことになるし、たとえ軍人にとっても、簡単に受け止められることじゃないわ」

「あいつはどうにか対処するさ、アンナ。ヴァルと一緒に面倒を見るよ。デヴにしてみれば、ヘルムズリーにきみをさらわせるわけにはいかなかった。結局のところ、ヘルムズリーはきみを殺そうとたくらんでいたんだから。どこまで真剣にそう考えていたかは永遠の謎だが」

「デヴはわかっていたみたい」アンナは眉根を寄せた。「わたしもそう。兄がどこかおかしいってことを。兄のなかのなにかが壊れていた。モラルなのか平常心なのかはわからない。ひどい女だと思うけれど、兄が死んでほっとしているわ」

「ひどくはない。理由はまったくちがうが、わたしだってヴィクターが死んだとき、ほっとしたものだ」ウエストヘイヴンはアンナを抱きしめたかった。せめて抱擁によるなぐさめを与えたかった。しかし、アンナはそんなものを求めてはいまい。「庭を散歩する気はあるか？」

「ええ」アンナが微笑む。けれども、ウエストヘイヴンの目には、無理に笑みを浮かべたように映った。喜びの微笑みというよりは、せいぜい安堵の微笑みに見える。会話を人に聞かれないほど屋敷から離れたところで、ウエストヘイヴンは足を止めてアンナをまじまじと見つめた。

「あまりよく眠っていないな」そう言った。自分もほとんど眠っていないが。「痩せたんじゃないか、アンナ。まさか、暑さのせいじゃないだろうな」

「あなたこそ、疲れて見えるわよ。それに、痩せたみたい」

きみが恋しくて仕方がないからだ。

「わたしの両親は、きみをきちんともてなしているか？」ウエストヘイヴンはふたたびゆっくりと歩きはじめた。

「とてもすてきな方たちよ、ウエストヘイヴン。わかっているでしょう。そうでなければ、わたしたちをここへ預けなかったはず。わたし、とくにあなたのお父様が好きよ」

「本当に？　きみはモアランド公爵のことを言っているのか？」

「たぶん。あまり公爵らしいところは見受けられないけれど。あなたに少し似た、感じのいい老紳士よ。あなたやあなたの兄弟の話を喜んで聞かせてくれるわ。わたしのおばあ様や妹とも打ち解けて話すし、奥様をあがめているわ。あなたのことを心から誇りに思っている」

「その公爵なら知っている。最近知り合ったばかりだが、感じのいい男だ」

「もっと一緒にすごすべきだと思うわ」アンナは言った。「公爵様は自覚なさっているわ。バートとヴィクターに対しては、何年ものあいだ批判的だったり対抗意識を燃やしたりしてきたんですって。本当は、子どもたちに幸せになってほしいだけだったのに」

「対抗意識？　それは思いもしなかったな」

「ともかく」アンナは立ち止まり、目を閉じて赤い薔薇のにおいを嗅いだ。「もっと一緒にすごすべきだわ。兄弟がいるからお父様の気持ちもわかるでしょう。息子を持つのも似たようなもののはずよ」

いま言ってくれ、アンナ。薔薇の花びらに指をすべらせるアンナに向かって、ウエストへイヴンは心のなかで懇願した。わたしに息子ができるかもしれない、一緒に息子や娘を、赤ん坊をもうけられるかもしれないと言ってくれ。将来を――なんだっていい――共有できるかもしれないと、いま言ってくれ。

「わたし、いつウィロウ・ベンドへ引っ越せるかしら」アンナは訊いた。またもやその顔に、あの明るいがぎこちない笑みが浮かぶ。

「明日」ウエストへイヴンはまばたきをした。「売買契約を交わせるだろう。人が住んだほうが、屋敷にとってもいい。きみがあの屋敷に住むのだと思うと嬉しいよ」アンナがなにかにつまずく。ウエストへイヴンに腕を支えられていたため、転ばずにすんだ。

「ウィンダム家の人々の好意に、ずいぶん長いあいだ甘えてしまったわね」アンナは落ち着いた声で言った。「モーガンとおばあ様も、どこかに落ち着けたら喜ぶわ」

「アンナ」ウエストへイヴンは、ふたたび足を止めた。まもなく屋敷へ着くのはわかっていた。アンナがサリーへ引っ越すつもりでいる。ウエストへイヴンの人生から出ていき、自分の人生を歩みはじめようとしている。

「本当に元気なのか？」

アンナのこわばった笑みが消えた。

「どうにかやっているってところね」アンナは花壇の花々を見つめた。「ときどき、目を覚ましたとき、自分がどこにいるのかわからなくなるの。あなたのために今日のぶんのレモネードを用意しなきゃって思ったり、あなたはもうペリクレスに乗って公園へ行ったかしらと思ったりしたあと、そういえば、もうわたしはあなたのメイド頭じゃないって考えるの。わたしはもはや、あなたにとってなんでもないんだって。この不安定で、からっぽで、得体が知れない未来を、なにで埋めていけばいいのだろうって。お花?」

アンナはふたたび同じような微笑みを浮かべた。ウエストヘイヴンはその笑顔を見ていられず、彼女を胸に抱き寄せた。

「必要なものがあったら」アンナを抱いたまま言った。「なんだっていい、アンナ。わたしに知らせてくれさえすればいいから」

そのせつないひととき、アンナはなにも言わず、ウエストヘイヴンにしがみついていた。しばらくのちに身を引いてうなずいた。

「約束してくれ、アンナ・ジェームズ」ウエストヘイヴンは厳しい表情で言った。

「約束するわ」アンナがおずおずと微笑む。心からの笑顔に見えた。「なにか困ったことがあったら、あなたに言う」

ウエストヘイヴンは表情をやわらげ、もう一度アンナに腕を差し出した。ふたりは黙って歩いた。公爵がテラスから見つめていることには気づかずに。テラスへ公爵夫人がやってきたとき、公爵は妻の腰に腕をまわした。

「エスター」妻の頭のてっぺんに鼻をこすりつける。「わたしはすっかり元気になったようだ」

「すばらしいこと」公爵夫人は答えた。「わた「医学を修めたわけでもないし、ものごとを予言する能力があるわけでもないのに」

「それはそうだが」公爵はふたたび鼻をこすりつけた。「わたしが健康をとりもどしたことしが健康をとりもどしたことを示す兆候がふたつあるんだ」

「どういったこと？」公爵夫人は訊いた。ミス・ジェームズに礼儀正しく別れを告げる息子を眺める。

公爵は去りゆく息子の姿を見て眉をひそめた。「ひとつはあいつの私事に立ち入りたいという強烈な衝動だな。デヴリンとヴァレンタインに、お茶をともにするよう強いられた。で、我々三人は、あることに同意したんだ」

「そろそろだと思ったわ」

「ひと役買って出たいんだが、かまわないかな？」公爵は慎重に訊いた。

「あそこのふたりの首を絞めてやりたいと思っていたところよ」公爵夫人はため息をつき、夫にもたれた。「どうやら、あの娘は身ごもっているのに、自覚さえしていないようね」

「セントジャストも同じように考えている。あいつとヴァルは、どうするつもりだとわたしに迫らんばかりだった」

「あなたのことだから、なにか考えつくでしょう。心から信頼していますからね、パーシー」

「それはよかった」

「それで、元気になったっていうふたつ目の兆候はなんなの？」

「上の部屋へ一緒に来てくれ、いとしいきみ。詳しく教えてやるから」


「妻に頼まれてきた」モアランド公爵は言った。

「ウィロウ・ベンドにいつでも歓迎いたしますわ」アンナは言った。「祖母もモーガンも、公爵様にお目にかかれなかったことを残念がります」

「ならず者のグレイモアを訪ねているそうだな」公爵はかぶりを振った。「あいつの話をすれば、きみはぞっとするぞ。グレイモアの兄もならず者だ。そうなるとアメリーの話にもなってしまうが、あの男の話は勘弁してもらいたいものだ」

「アメリー子爵は公爵様のお孫さんを愛していらっしゃるのに」アンナは反論した。「ともあれ、クリームケーキをもうひと切れどうぞ。公爵夫人はお元気ですか？」

「相変わらず元気にしている。わたしに大事にされているからな」公爵は尊大な口調で言ったのち、ウインクをしてケーキに手を伸ばした。「わたしがこのケーキを三切れ食べたと、きみがあれに伝えようものなら、わたしは八つ裂きにされるだろうな。まあ、まじめな話、妻は元気にしている。娘たちも。だが、ウエストヘイヴンはそうとは言えない。あいつはめちゃくちゃだ。ヴァレンタインとセントジャストが同居していなければ、わたしの屋敷へ引つ越させるところなんだが」

「めちゃくちゃ？」アンナは食べおえたばかりのクリームケーキをもどしたくなった。

「まさに」公爵はいきおいよくケーキを食べている。「あいつの屋敷は混乱状態だ。フランばあさんが好きなようにものごとをとり仕切っている。それで万事平和に行くはずがないのはわかるだろう。トリヴァーは辞めると言い出すし、セントジャストは以前のように酒を飲んでは鬱々としている。ヴァレンタインは兄たちを避けて音楽室にこもる始末だ」

「それは大変ですね。でも、伯爵様は？　どうしていらっしゃるんです？」

「食べることを忘れているんだよ」公爵は深く息を吐いた。「わたしの食欲は遺伝しなかったらしい。毎日乗馬へ出かけるが、あとは仕事、仕事、仕事だ。書類の一言一句に目を通して、値段の話になったらすべて自分で交渉しないと気がすまないんだから、どうかしているんじゃないかと思うね。いいか、つぎに心臓発作を起こすとしたら、わたしはあいつだと思う」

「公爵様」アンナは熱心に言った。「なにか手をお打ちになれるのではないですか？　伯爵様は公爵様を尊敬していらっしゃいます。公爵様が思っていらっしゃる以上に」

「わたしは改心したからな」公爵が四切れ目のケーキに手を伸ばす。「もう人のことに首を突っこまない。教訓を得たんだ。ウエストへイヴンも自分で学ばねばならない。あいつはきみが近くにいたときのほうがうまくやっていたようだが、まあいい。ひとりでどうにかやっていくだろう。ところで――」公爵は立ちあがり、ブリーチからケーキのくずを払い落した。

「妻が知りたがるだろう。きみは元気にしているのか？」

公爵は貴族然とした目つきでアンナを見た。

「元気にしておりますわ」アンナは公爵よりもゆっくりと立ちあがった。

「貧血で倒れてはいないだろうな」公爵は眉をひそめてアンナを見た。「まったく理解できない。貴族ともあろう者が、女を身ごもらせておきながら、弱らせたままほうっておくとは。涙もろくなって、よく眠るようになるのはわかる。だが、あとは……。わたしだったら、女をそんな目には遭わせまい。とはいえ、神はわたしの助言などなくとも、うまく対処なさるだろう。わたしの子どもたちもそうだが」

「わたしは元気にしておりますから」アンナは繰り返した。しかし、耳鳴りを感じはじめた。公爵が顔を寄せてアンナの額にキスをした。

「それを聞いて安心した」アンナの腕を軽く叩く。「ウエストヘイヴンも安心するだろう」

「ウエストヘイヴン？」

「ある伯爵の名だ」公爵は目をいたずらっぽく輝かせて言った。「端正な顔をした男でね。ややまじめすぎるきらいはあるが。その点は母親に似たんだな。わたしに言わせれば、寂しい男だよ。きみも会ったことはあるだろう」

「ええ」アンナはうなずいた。いつのまにか、公爵を送って玄関まで来ていた。「気をつけてお帰りくださいね、公爵様。ご家族の方々によろしくお伝えください」

公爵はうなずき、にこやかにつぎの目的地へ向かった。

「まったく元気がないようだ」公爵はかぶりを振った。「エスターが心配している。このわたしを遣わしたくらいだ。最近、わたしがなにかをまかされることは滅多にないというのに。おまえもよくわかっているだろうが」

「顔色が悪かったんですね？」

「身ごもった女は、はじめ顔色が悪くても、やがて輝きはじめるものなんだぞ、ウエストへイヴン。髪も肌も目も……。だが、アンナは輝いていないばかりか、ろくに食べていないようだし、相当に疲れているように見える」

「教えてくださってありがとうございます」ウエストヘイヴンは眉根を寄せた。「ですが、わたしにできることがあるとは思えません。アンナに助けを求められていませんし」

公爵は立ちあがり、マジパンをまたひとつ、さりげなくつまんだ。「アンナが自分の体の状態をわかっているのか、怪しいものだ。母親なしで育ったからな。あのどうしようもない兄を亡くしたせいでまいっているのだと、勘ちがいしているかもしれない。はっきり言ってやったほうがいいのかもしれないぞ、おまえの子が結婚後半年で生まれてしまわないように。半年でだ」公爵は繰り返した。「バートも似たようなものだった。あいつは八カ月で生まれてきた。そのくらいならまあ許されるが」

「バートがなんですって？」ウエストへイヴンは眉をひそめたままで訊いた。アンナが弱っているという父の話について、いまだに考えていたのだ。

「結婚後八カ月で生まれたと言ったんだ」公爵は厳かにうなずいた。「どの父親に訊いても、ふつう、赤ん坊は九カ月半で月が満ちて生まれるものだ。最初の子はもっとかかることもある。バートはちょっと早かった。エスターがわたしへの情熱を抑えられなかったからだが」

「母上が……？」父のことばの意味がわかり、ウエストヘイヴンは耳が赤くなるのを感じた。

「健やかな結婚生活の基本だよ」公爵は無邪気に言った。「なにか？　子どもがあれだけ生まれたのは、すべてわたしのせいだとでも？　おまえはまだまだ勉強が足りないな、息子よ。まだまだだ。ところで……」公爵はドアのノブに手をかけたところで足を止めた。「新しいメイド頭はいつから働きはじめるんだ？」

「新しいメイド頭？」

「そうだ。エスターが知りたがるだろうから訊いている。自分の目でもたしかめたがるだろう。フランばあさんに哀れな従僕たちを牛耳らせておくわけにはいかないぞ」

「まだだれも雇っていません」

「手を打つべきだ」公爵は不満げに周囲を見まわした。「この家は輝きを失いかけているぞ、ウエストヘイヴン。だれかに求愛したいと思っているなら、自分でどうにかすべきだろう。身なりも整えないと」

「そうします」ウエストヘイヴンは同意し、父を玄関まで送った。「ご足労いただいて感謝します、父上」

父が抱擁をしたとき、ウエストヘイヴンはひどく驚いた。

「なんてことはない」公爵が大きな笑みを浮かべる。「エスターは、わたしがしばらくいなくなって、ほっとしているだろう。いいか、厨房にいるあのばあさんを、調子に乗らせるんじゃないぞ」

「父上の賛辞、本人に伝えておきますよ」ウエストヘイヴンは微笑み、正面玄関の階段を早足でおりる父を見送った。実年齢よりもずっと若々しく見える。

「いまのは我らが父上か？」デヴリンが屋敷の裏手からやってきた。

「ああ。きみが家にいるのを知っていたら、父上を待たせたのに」

「かまわないさ。なにかいい知らせでも？」

「アンナがまいっているようだ」ウエストヘイヴンは言った。自分はいつからこれほど口が軽くなったのだろうか。

「そうなのか？」デヴが片方の眉をつりあげる。「書斎へ行こう、継弟よ。わたしとデカンター相手に、すべてを話してくれ」

「わたしは飲むつもりはない」ウエストヘイヴンは言い、デヴのあとから部屋へはいった。

「だが、レモネードはいいかもしれない。砂糖がたっぷりはいったやつなら」

「それで、父上はアンナを訪ねて、落ちこんでいると知ったのか？」

「というより、体調が悪いらしい。青白いし、疲れが顔に出ているうえ、やつれていて……」

「まるできみじゃないか」デヴリンはレモネードに砂糖を混ぜた。

「わたしは忙しいだけだ。きみもフェアリーの馬を売るのに忙しくしているが」

「ああ、雌の子馬といちゃついているのさ」デヴはにやりと笑った。「いい子たちばかりだぞ、ウエストヘイヴン。ところで、父上はアンナが身ごもっているように見えたと言っていなかったか？」

「きみに身ごもった女のなにがわかるというんだ」

「馬を繁殖させるのが仕事なものでね」デヴは思い出させるように言った。「わたしは雌馬が子をはらんだかどうかを見分けることができる。夢を見るような、なにかを秘めたような目をするからだ。穏やかになって、満足そうに見える。きみには祝うべきことが起きると思うよ」

「わたしもそんな気がする」ウエストヘイヴンは言った。「デカンターをくれ」デヴは黙って従い、甘いレモネードにウイスキーを注ぐ継弟を見つめた。

「先週、わたしはきみに約束をした」デヴはゆっくりと言った。「少なくとも十年間はきみに深酒をさせないと」

「せいぜい頑張ってくれ」ウエストヘイヴンはデカンターをデヴのほうへ押しやった。「レモネードで割った酒一杯程度では、大酒を食らったことにはならないだろう」

「父上のような尊大な口調だな」デヴはデカンターを受けとった。「わたしの姪か甥が庶子にならないように、どうやって手を打つつもりだい、ウエストヘイヴン。しかるべきステップを踏まないなら、きみを叩きのめして半殺しにしてやるぞ。跡継ぎであろうとあるまいとね」

ウエストヘイヴンはウイスキー入りのレモネードを飲んだ。「きみのことばを借りれば、わたしがしかるべきステップを踏むのをいやがっているのが、問題ではないんだよ。今度は、アンナがプロポーズをする番だということが問題なんだ」

18

デヴはウエストヘイヴンを見た。「プロポーズをする順番が淑女にもまわってくるとは、知らなかったな。拒絶されるリスクを冒して、実際に結婚を申しこむのは、我々の——大の男の仕事だと思っていたが」

「最初に申しこむのは男の仕事でもいいと思う」ウエストヘイヴンは言った。指でグラスの縁をなぞる。「だが、わたしはすでに何度も申しこんでいる。ということは、つぎはアンナの番だ」

「謎めいたきみのプロポーズについて説明してくれないかな。このわびしい独身生活をいつか終わりにしたいと思っているんでね」デヴは言い、ぐっとウイスキーを飲んだ。

ウエストヘイヴンはせつなさのにじんだ笑みを浮かべた。「アンナに対して、わたしはまずこうプロポーズした。わたしには爵位と財産があるから結婚すべきだと説明したんだ」

「わたしの知り合いのうち、ほとんどの淑女をそれで説得できるだろうな。きみの求めている淑女をのぞいて」

「まさにそうなんだ。そこで、わたしはつぎにこう言った。きみを赤面させてしまうかもしれないが——アンナにじゅうぶん性的な魅力を感じているから、大きな悦びを与えられる、だからわたしと結婚すべきだとね」

「その場合、わたしならきみと結婚するが」デヴは言った。「あるいはわたしなら……いや、その理由でじゅうぶんだな」

「そうだろう。男ならそれでいいんだよ。ところがアンナには、これほど明快な理屈がわからなかったらしい。そこで、わたしは再度プロポーズをした。アンナが抱えている問題をすべて解決できるからとね。だが、解決するのに見事に失敗したというわけだ」

「不運だったな」デヴは酒に口をつけた。「しかし、アンナの問題はもう過去のものだ」

「結果として、アンナは兄と一族の地所を失った」ウエストヘイヴンは静かに言った。「だが、もしきみにまだ礼を言っていないとしたら、デヴリン、あの引金を引いてくれたことをいま感謝したい。ヘルムズリーはひどい男だった」

「あの男の手を狙ったつもりだったんだ。とっさにきみの銃を持っていったんだが、いかんせん、それまで使ったことのない銃だったから。アンナにもモーガンにも謝ったよ。ふたりとも、わたしの気を楽にしようとしてくれた」

「頼むから気にしないでくれ。アンナはわたしに言った。ヘルムズリーのモラルか平常心が壊れていたのではないかとね。きみは我々の妹たちをスタルに売るなんて、想像できるか？」

「できないね」デヴは言った。「ヘルムズリーがおかしくなっていたと考えると、少しは気持ちを整理しやすい。ところで、プロポーズの話へもどろう。だんだんおもしろくなってきた」

「わたしは失敗しつづけた」ウエストヘイヴンは言った。「それまでの理由がだめなら、法的な理由で結婚すべきだと言った。そうすれば、スタルたちに手は出せないからと。わたしは誘拐の試みを防げなかったからね。それから、スタルの裏をかくためにも結婚すべきだと言った。わたしが同じようなプロポーズばかりしていたことに、人は驚くにちがいない。とりわけ、アンナの気を引けないプロポーズを執拗につづけていたことに」

「執拗にね」デヴは言った。「父上のようだな。それで、きみはものの見事に失敗したわけか」

「ああ。自業自得だ。もう一杯飲まないか？」

「もう一杯」デヴは指を一本立てて振った。「それでおしまいだぞ」そう言って、ウイスキー入りのレモネードをふたりぶんつくる。忘れずに砂糖をたっぷりと入れてから、ウイスキーを注いだ。「夏に合うさわやかな飲みものだな。ミントかなにかが必要ではあるが」

「もっと大きなグラスが必要だ」

「それで、もうプロポーズはしないのか？」デヴはグラスに口をつけた。

「ああ。だが、ある理由を説明してプロポーズするのを忘れた。アンナの心を射止められたかもしれない理由だ」

「それはなんだい？」

「アンナがわたしを愛しているからという理由で」ウエストヘイヴンが悲しそうに微笑む。

「アンナにとって、わたしなしの人生など、とても考えられないという理由で」

「なるほど」デヴは考えこみながら言った。「おぼえておこう。わたしもそんな理由は思いつかなかっただろう。アンナはどうだろうか」

「思いつくことを祈るよ」ウエストヘイヴンは飲みものをぐっとあおった。「いまの時点では、アンナからの誘いがないかぎり、わたしは行動を起こすことができないからね」

「なぜだ？　特別許可証を手にアンナの家へ行き、頭ごなしに結婚を命じるだけじゃだめなのか？　その手の言い寄り方はまだ試してないだろう？　わたしの名にちなんで名づけてもいい。〝デヴリン・セントジャスト考案、プロポーズ作戦〟とでも」

「デヴ、きみはいささか酔っているんじゃないか」

「少し。酒で悲しみをまぎらわすべきなのは、わたしではないというのに。わたしは最高の継兄だろう？」

「まさに」ウエストヘイヴンは同意した。愛情のこもった微笑みを浮かべる。「だが、その作戦を実行するわけにはいかない。なぜなら、アンナの兄がすでに試したからだ。アンナは頭ごなしの命令には我慢ならなかったようだ」

「あいつは死んだ」デヴは言った。「やはり、あまりいい方法とは思えないな。だったらどうするんだ？」

「待つつもりだ。遅かれ早かれ、アンナも自分が身ごもっていることに気づくだろう。そのときに、子どもの父親がだれなのかを思い出すことを、願うしかない」

デヴはグラスを掲げた。「手放したくないと思う女と寝るときに、蝋燭に火を灯しておくもっともな理由が、またひとつはっきりした。こうした深い知恵は、ヴァルにとっても、学んでおいたほうが得をするんじゃないかな。あいつはどこへ行った？」

不思議な力に呼ばれたかのように、ヴァルが書斎へはいってきた。暗い表情でデカンターに目を留めた。

「いい知らせと悪い知らせがある」デヴは言い、自分の飲みものをヴァルに持たせた。「いい知らせというのは、神の思し召しがあれば、我々にまたもや姪か甥ができるということだ。悪い知らせというのは、これまでのところ、ウエストヘイヴンの第一子がわたしのような庶子になりそうだということだ」

「それがなぜ悪い知らせなんだい？」ヴァルは尋ねた。

デヴはにやりと笑った。「こいつは最高の継弟だと思わないか？」

「まさに」ウエストヘイヴンは同意し、それぞれにまた一杯酒を注いだ。

ウエストヘイヴンにとって幸運なことに、アンナの手紙が届いたのは、それから二日後のことだった。それまでのあいだ、三人の兄弟は、これから二十年間は深酒をしないと誓い、その誓いを有意義なものにするためにも二日酔いに耐えた。

『ウエストヘイヴン

困ったことがあったら、あなたの助けを求めると約束しましたよね。急ぎではないのですが、ご都合のよいときにウィロウ・ベンドでお目にかかれるでしょうか。ご家族のみなさん、とくにセントジャスト様とヴァレンタイン様によろしくお伝えください。

アンナ・ジェームズ

追伸

もうすぐマジパンがなくなるかと思います。つぎの月曜日、ミスター・デトローの菓子店でまた注文してください』

礼儀をわきまえた男であるにもかかわらず、ウエストヘイヴンはペリクレスに鞍をつけるよう怒鳴り、料理人にマジパンの注文をするよう大声で命じた。アンナのためにとっておいた包みをとりあげると、手紙を読んでから二十分もしないうちに、ロンドン郊外へ向かって馬を疾走させていた。ペリクレスが道をひた走るあいだも、いくつもの可能性がウエストヘイヴンの脳裏をよぎった。

アンナが赤ん坊を失った、金の管理に失敗した、ウィロウ・ベンドに住むのをやめ、北部へ帰ることにした。あるいは、貧しい田舎者と結婚することにした、近隣の人々に冷たくされている、屋敷が傷んでいる、じめじめした部分がある、厩舎がふたたび焼け落ちた……などと。

ウィロウ・ベンドの小道に差しかかったころになってようやく、自分が必要以上に心配していたことに気づいた。急ぎではないが来てほしいというアンナの要望に、自分は応えた。それだけの話だ。ウエストヘイヴンは馬の速度をゆるめたものの、気持ちは先走ろうとした。

「ウエストヘイヴン？」アンナは私道のところでウエストヘイヴンを迎えた。庭仕事をしていたのは明らかだった。着ているドレスは茶色でもグレーでもない。白と緑とラベンダー色の美しいモスリン地でできたハイウエストのドレスだ。頭には、つばのやわらかい麦わら帽子をかぶっている。使い古されているものの、かわいらしい帽子だ。手袋はサリーの土で汚れ、アンナが熱心に作業したことを物語っている。

「ずいぶん早かったのね」アンナは微笑んだ。

ウエストヘイヴンは馬丁に馬を渡し、おずおずと笑みを返した。たしかに前より痩せているが、日に焼けたせいか、鼻にそばかすがあるうえ、笑顔には、ほとんどぎこちなさがない。

「馬で田舎のほうへ来るには気持ちのいい日だからね」ウエストヘイヴンは答えた。「急ぎではないと書いてあったが、あとまわしにしても問題は減らないと思ったんだ」

「来てくれてありがとう。なにか飲む？　レモネード？　りんご酒？」

「レモネードを」ウエストヘイヴンは周囲を見まわした。「きみはすぐにここを家らしくしたんだな」

「運に恵まれているの」アンナは言い、ウエストヘイヴンの視線を目で追った。「ずっと暑かったけれど、ようやく雨が降ったから、花の苗を植えられたのよ。ヒースゲート様が挿し木用の枝などをくださったわ。アメリー様もグレイモア様も」

あの連中らしい話だ。ふらちな男どもめ。

「わたしも少し持ってきた」ウエストヘイヴンは言った。「いまは厩舎にあるだろう」

「植物を持ってきてくれたの?」アンナの目が輝いた。ウエストヘイヴンが世界を差し出したかのように。

「きみのおばあ様に手配を頼んで、ローズクロフトから送ってもらった。運びやすいものだけだが。チューリップやアイリスとか」

「おじい様のお花を持ってきてくれたのね?」アンナは立ち止まり、彼の袖に触れた。「ああ、ウエストヘイヴン」彼は袖をじっと見つめ、なにか気の利いたことばを返したいと考えた。威厳のある完璧なことばを。

「きみのおじい様の花があれば、故郷にいるような気がするだろうと思ったんだ」頭に浮かんだのは、それだけだった。

「まあ」アンナがウエストヘイヴンを抱きしめる。単純な友人らしい抱擁だったものの、腕をまわされたとき、ウエストヘイヴンは希望の光がかすかに見えたような気がした。すべてがうまくいくかもしれない。アンナが彼の腕に両手でつかまり、寄り添うようにして歩いたので、ウエストヘイヴンは花のようなすばらしい香りを吸いこむことができた。

「それで、困ったことってなんだい、アンナ」ウエストヘイヴンは表のポーチまでアンナをエスコートした。

「あとで話すわ。まず、あなたののどの渇きを癒やしましょう。それから、ご家族がお元気かどうかを聞かせて」

ウエストヘイヴンは立ち止まって玄関のドアへ手を伸ばしたとき、屋敷へはいるとアンナの妹や祖母と一緒にすごすことになりそうだと気づいた。「おいで」アンナの手をとり、小川のほとりまで歩いた。ふたりがはじめて親密なひとときをすごした場所だ。そこにはいま、ベンチが置かれている。ウエストヘイヴンはアンナをベンチへ連れていき、自分の横にすわらせた。

「きみがどんな相談をしたがっても、わたしはゆっくりときみの話に耳を傾けようと自分に言い聞かせてきた」ウエストヘイヴンは言った。「だが、アンナ、きみのことをずっと心配していたんだ。数週間なんの音沙汰もないと思っていたら、きみは短い手紙で問題があると知らせてきた。行儀よく我慢してはいられない。いったいなにに困っているんだい？　わたしになにができる？」

しばし沈黙がつづき、ふたりはつないだ手をじっと眺めた。

「身ごもったの」アンナは静かな声で言った。「あなたの子よ。赤ちゃんが……生まれるのよ」ふたたび彼をそっと見る。しかし、ウエストヘイヴンは前を見つめつづけ、アンナのことばの裏にある現実を理解しようとした。

自分は父親に、お父さんになる。そして、アンナがその子の母親になる。

神の思し召しがあれば、自分の子どもたちの母親に。

「気まずいわね」アンナは落ち着いた声で話しつづけた。「でも、話さずにはいられなかった。それに、子どもの認知についての判断をあなたにまかせるべきだと思ったの」

「なるほど」

「わかっていないでしょう」アンナは言った。「ウエストヘイヴン、どちらかといえば、わたしは子どもを庶子として育てたくないと考えているわ。つまり、結婚してほしいと頼んでいるのよ。ある意味、わたしたちはお似合いだと思うの。ただ、ほかの人を未来の公爵夫人にしたいのなら、その気持ちを理解するわ。実際、わたしは何度かそう勧めてきたわよね。だから理解するわ」

ふたたび沈黙が訪れ、アンナはつながれた手を凝視した。ウエストヘイヴンは公爵の跡継ぎにふさわしい自制心をかき集め、歓喜の叫び声をあげないようこらえた。

「断らねばならないんだ」ウエストヘイヴンはゆっくりと言った。「だが、とても光栄に思っている。それに、できれば我々の子どもを庶子にしたくないと、わたしも思っている」

「断らねばならない？」アンナは繰り返した。がっかりしたような口調だ。目にも失望が浮かんでいる。失望と痛みが。ウエストヘイヴンは歓喜のさなかにいたものの、うしろめたくなった。しかし、アンナの口調からも目つきからも驚きは感じられない。それがひどく残念だった。

「断らねばならないんだ」ウエストヘイヴンはふたたび言った。思ったより早口になってしまう。「なぜなら、心から信頼する者にこう言われたからだ。これから先、その人なしの人生を考えられないときにのみ、結婚の申しこみを受け入れるものだと。それから、相手が自分を愛していて、自分もまったく同じ気持ちでいるときにのみ、受け入れるものだと」

アンナは眉をひそめてウエストヘイヴンを見た。

「わたしはあなたを愛しているのよ、ウエストヘイヴン」思い出させるように言う。「そう伝えたこと、あるわよね」

「一度ある」

アンナは片方の手をあげた。「問題はわかっているわ。あなたがわたしを愛していない。それが本心なんでしょうね」

「そうじゃない」ウエストヘイヴンはすかさず訂正した。さもないと、アンナが立ちあがり、自分は衝動に負けて、アンナを青い草の上に押し倒してしまいそうだった。

「淑女と口論したくはないが、それだけは本当にちがう。いま誤解を解くことならできる」ウエストヘイヴンはベンチからすべりおりるようにして、地面に片方の膝をつき、両手にアンナの右手を包んだ。

「愛している」アンナと目を合わせて言った。「愛している。これから先、きみなしの人生は考えられない。きみも同じように感じているといいのだが。同じように感じているのなら、きみのプロポーズを受け入れるし、きみにもわたしのプロポーズを受け入れてもらえる」

「あなた、わたしを愛しているの？」

「頼むよ」ウエストヘイヴンはさっと立ちあがり、ブリーチの土を手早く払った。「愛しているからこそ、ほんの八フィートほど廊下を行けばきみの部屋があるのに、手を出さないようこらえたんだろう？　父に——おせっかいなモアランド公爵に会いにいき、協力と助言を求める理由がほかにあるか？　気が変になるくらい愛しているからこそ、きみを行かせたんじゃないか……ああ、そうとも、わたしはきみを愛している」

「ウエストヘイヴン」アンナは手を伸ばし、彼の髪に指を通した。「あなた、怒鳴っているわよ。本気で言っているのね」

「わたしはいつか公爵夫人になってほしいと思っている女に、嘘をつくような男ではない」

そのことばがアンナの心に届いたのがわかった。火かき棒で殴られたあの日から、ウエストヘイヴンはアンナにありのままの自分を見せてきた。気難しく、ぶっきらぼうで、注文が多かったが、正直に接してきた。いまもそうだ。

「愛しているよ、アンナ」真実の重みで声が震えた。「愛している。わたしの妻になってほしい。公爵夫人に。そして、わたしの子どもたちの母親に」

アンナが彼の顎に手を添える。アンナの目には、ウエストヘイヴンが感じている喜びが映っていた。人生のなかで、これほど完璧な愛に恵まれることがあるのだろうかという思いも。その贈りものをつかみ、けっして離さないというウエストヘイヴンの強い決意も、アンナの瞳に映し出されていた。

アンナはウエストヘイヴンにもたれかかった。彼の正直な気持ちに圧倒されたかのように。

「もう、なんていう人なの、あなたは。結婚するにきまっているでしょう。もちろんあなたを愛しているし、この先の人生をあなたと歩んでいきたいと思ってる。あなたのせいで涙が出てしまったわ。ハンカチを貸してちょうだい」

「腕を貸そう」ウエストヘイヴンは笑ってアンナを抱きあげた。彼女の額に額を軽くあてる。

「愛していると言ってくれ、アンナ。はっきりと。でなければ、ハンカチは貸さないぞ」

ウエストヘイヴンは大きな笑みを浮かべた。晴れた日に学校をさぼった少年のような微笑みだ。

「愛しているわ」アンナは言った。にっこりと笑い、もっと大きな声でつづける。「愛してる、愛してる、愛してる、ゲール・ウィンダム。もちろん公爵夫人になるわ」

「妻になってくれるのか?」ウエストヘイヴンはアンナを抱いたまままくるりとまわり、腕に力をこめた。「妻に、公爵夫人に、わたしの子どもたちの母親になってくれるのか?」

「喜んでなるわ。あなたの妻に、公爵夫人に、あなたの子どもたちの母親に。ねえ、お願いだからおろして、激しいキスをしてちょうだい。あなたが本当に恋しかったわ」

「ハンカチをきみに」ウエストヘイヴンはアンナをベンチにおろした。大げさなそぶりでハンカチを差し出し、アンナの肩に腕をまわした。「わたしの心も。こっちが先だな」

それから、頭をさげてアンナに激しくキスをした。

エピローグ

ウエストヘイヴン伯爵夫人アンナ・ウィンダムは、なによりも好きなものを心ゆくまで楽しんでいた——一日の終わりに訪れる平和、静寂、そして、夫婦の大きなベッドですごす、夫とふたりきりのひとときを。

「わたしは待てるぞ、アンナ」本心ではないせいか、夫の声が少し震えた。その美しい緑色の瞳の奥には、不安と熱が宿っている。「まだ二、三カ月しか経っていない。大丈夫だときみが確信できないうちはだめだ」アンナはベッドの上に横たわり、ウエストヘイヴンはその脇に立って見おろしている。

「永遠にも思える時間が経ったわ。今夜はめずらしく、あなたの跡継ぎが早く寝たのよ。来て」アンナは両の腕を差し出した。ウエストヘイヴンは一瞬でガウンを脱ぎ、温かい体でアンナに覆いかぶさった。

「寂しかったわ、あなた」

「わたしはすぐそばにいる。これからもずっと。だが、ことを急いではだめだ。きみは出産してわたしに跡継ぎを与えてくれた。約束してくれ——」

アンナは唇で夫の口を封じた。あらためてキスをし、お返しのキスを誘った。しかし、彼は公爵の跡継ぎだけあって意志が強い。

「アンナ、慎重にするよ。ゆっくりことを進めよう。なにかあったら言って――」

アンナは夫の腰に脚を巻きつけ、しっとりと濡れた部分を屹立したものにこすりつけはじめた。

ゆっくりことを進めようなんて、夫はなんてばかげたことを言っているのだろう。

「大丈夫」アンナはささやき、彼の耳たぶにキスをした。「まったく問題なしよ」

ふたりは久しぶりの親密な交わりがもたらす至福の淵へ沈んでいった。たしかに問題はなかった。それどころか、すばらしい、すばらしいひとときをすごした。

訳者あとがき

本邦初紹介の作家、グレース・バローズのヒストリカル・ロマンスをお届けします。本書は著者のデビュー作にあたります。アメリカで二〇一〇年一二月に刊行されたにもかかわらず、Amazon.comにすでに百件以上の読者レビューが寄せられるなど、大きな反響を呼んでいる作品です。

本書の時代は摂政期《リージェンシー》で、舞台は盛夏のロンドン。ヒーローは公爵の跡継ぎであるウエストヘイヴン伯爵です。ヒロインはヒーローの屋敷で二、三カ月前から働きはじめた、美しいメイド頭《ハウスキーパー》のアンナです。

ここで、冒頭のあらすじを少しだけご紹介しましょう。うだるように暑い夏、ウエストへイヴン伯爵はいつものように父の領地にある田舎屋敷へ避暑には行かず、ロンドンですごすことにしました。父のいる屋敷へ行けば、結婚しろと父にせっつかれ、両親が連れてきた花嫁候補の淑女たちに囲まれるのが目に見えていたからです。ある日、アンナは伯爵の屋敷で掃除係のメイドが男に襲われているのを目撃し、この男をうしろから火かき棒で殴るのですが、なんと、殴った相手は雇い主のウエストへイヴン伯爵でした。しかも、伯爵は身動きがとれなくなっていたメイドを助けていただけで、襲っていたわけではありませんでした。このあと、アンナが何日間か傷の手当てをするようになります。伯爵はふだん留守がちなので、それまでアンナを注意して見たことはありませんでした。アンナはメイド頭にしては若いうえ、数カ国語を話すなど、使用人にしてはずいぶん教養があるため、伯爵は不思議に思います。戦争で夫を亡くしたのだろうか、なにか秘密があるのだろうかと、伯爵はアンナに興味を持ちはじめ……。

この時代、メイド頭は上級使用人にあたり、女性使用人の最高位でした。未婚、既婚にかかわらず〝ミセス〟という敬称で呼ばれ、自分専用の部屋を与えられました。従僕や他のメイドはお仕着せ（制服）を着ましたが、メイド頭は地味なドレスを着ていたそうです。他のメイドの雇用や監督にたずさわったほか、紅茶を用意したり、保存食料の一部をつくったり、生活用品を購入したり、使用人の食事をとりわけたりするのが仕事でした。『英国メイドの世界』（講談社）によりますと、中流階級以上の出身であることが、メイド頭になる資格のひとつとみなされたそうです。また、屋敷がどれだけすごしやすくなるかは、メイド頭しだいだったとか。本書のヒロインのアンナは、屋敷じゅうを花で飾ったり、シーツにハーブで香りをつけたり、冷たいレモネードを用意したり（本書を読んでいると飲みたくなります！）、おいしいマフィンをつくったりと、伯爵が居心地よくすごせるように、こまごまと彼につくします。

本書の魅力のひとつは、街屋敷《タウンハウス》での生活がことこまかに描かれていて、とてもリアリティがあること。リージェンシー・ロマンスにしてはめずらしく、舞踏会のシーンはひとつもなく、日本のひとむかし前のテレビドラマのように、食事のシーンが多いかもしれません。それから、登場人物の心のひだが丁寧に描かれていること。父の過度な干渉に深く悩む伯爵と、ある秘密を抱え、強くならざるをえなかったアンナが惹かれ合っていくようすには、共感をおぼえずにはいられません。また、伯爵の継兄のデヴリンや、弟のヴァレンタインが頻繁に登場しますが、三人の兄弟のやりとりも、物語にいろどりを添えています。物語前半では最悪だった父と息子（ヒーロー）との関係がどう変わっていくかも、注目すべき点でしょう。冷たい飲みものをお供に、じっくりと読んでいただきたい大人っぽいロマンスにしあがっています。

著者のグレース・バローズは七人兄弟の六番目に生まれ、ペンシルバニア州で育ちました。最初の職はテクニカル・ライター兼エディター。働きながら夜間の授業へかよって法律を学び、弁護士の資格を取得したという努力家です。現在はメリーランド州に住み、弁護士業のかたわら作家業にいそしんでいます。著者はむかしからヒストリカル・ロマンスの大ファンで、いちばん好きな作家はジュディス・アイボリーだとのこと。あるインタビューによれば、本書『伯爵の求婚』がはじめて出版社に買われ、デビュー作となったのですが、じつはこの前に関連作を四作ほど書いてあったそうです。そのなかのひとつが、本書に脇役として登場するアメリー子爵と子爵夫人のグウェンの物語のようです。

本書には The Soldier という続編があり（二〇一一年六月刊行）、本書では脇役として登場したデヴリン・セントジャストがヒーローとなっています。こちらもいずれご紹介できると嬉しいです。

芦原夕貴

マグノリアロマンス／既刊本のお知らせ

伯爵の花嫁

シェリー・ブラッドリー著／芦原夕貴訳

定価／930円(税込)

森に住む魔術師のもとに、
いけにえとして嫁がされ……。

男爵家に生まれたグウィネスだが、両親の死後、叔父の家族が城に移り住んだことによって、使用人同然に扱われるようになった。そのうえ、日照りを止めてもらうためにと、森に住む魔術師のもとへ花嫁として差し出されることに。いけにえとして魔術師との結婚を選ぶか、それとも——死を選ぶかを迫られたのだ。しかし、魔術師と呼ばれるアリクの正体は高名な騎士である伯爵で……。

盗まれた花嫁

シェリー・ブラッドリー著／芦原夕貴訳

定価／960円(税込)

復讐の道具として
危険な男にさらわれて……。

氏族間の争いに終止符を打つために、エーヴリルは敵対する氏族長であるマードックのもとへ嫁ぐことを願っていた。だが、マードックの陰謀により父親殺しの汚名を着せられてしまったドレークの復讐の道具として、彼女は婚約の前夜にさらわれてしまう。ドレークは恐ろしい男だとマードックから聞かされていたエーヴリルは、隠された真相を知らないまま何度も逃亡をこころみるが——。

服従しない花嫁

シェリー・ブラッドリー著／芦原夕貴訳

定価／960円(税込)

けんか好きでうぬぼれ屋の
ハンサムな悪党と結婚なんて！

こんな男と結婚？　イングランドからこのアイルランドへとやって来たキルデア伯爵と、結婚しなきゃならないなんて！　けんか好きのうぬぼれ屋で、口が達者でハンサムな悪党は、王に命じられてアイルランド人の妻を娶ることになったようだが、敵同士のふたりが結婚するなんて考えられない。信念や愛国心がふたりのあいだには横たわっているのに、なぜ結婚などできようか……。

マグノリアロマンス／既刊本のお知らせ

偽りの花婿は未来の公爵

ジェシカ・ベンソン 著／岡　雅子 訳

定価／960円(税込)

私が未来の公爵夫人？
でも、どうしてなの？

生まれたときからのいいなずけのバーティと、ついに結婚したグウェン。だけど結婚初夜に、その相手がバーティの双子の兄であるハリーだと発覚！　爵位を持たない気楽な相手との結婚だったはずが、このままでは未来の公爵夫人になってしまう！　どうしてこんなことになったのかを調べようとするけれど、誰もが理由を知ってるようでいて、それを口外しようとはしなくて——。

秘密の賭けは伯爵とともに

ジェシカ・ベンソン 著／池本仁美 訳

定価／870円(税込)

愛しているからこそ、
結婚できない？

良家の娘であるアディには秘密があった。父親亡きあと、家計を助けるために拳闘のコラムを書いているのだ。彼女には伯爵であるフィッツウィリアムという許嫁がいるけれど、彼の義務感に頼って結婚してもらい、生活を安定させることは望んでいなかった。なぜなら、いくらアディが彼を愛そうとも、放蕩者の彼には愛してもらえないとわかっていたからだ。自分を求めてくれる相手と結婚しよう！　そう思ったアディは!?

放蕩貴族のプロポーズ

ジェシカ・ベンソン 著／池本仁美 訳

定価／870円(税込)

あなたと結婚できなければ、
私は幸福になれない。

従兄弟の悪趣味な賭けの対象となった独身女性を救うため、彼女の住む地方の村へ行かざるをえなくなったスタナップ伯爵。噂によると、その女性——カリスタは、婚期を逃し、財産もなく、見てくれもよくないらしい。だが、実際の彼女は、想像とは異なっていた。服装の趣味は最悪なものの、自由な精神と辛辣な面をあわせ持つとても魅力的な人物だった。カリスタに惹かれていくスタナップは……。

伯爵の求婚

2011年09月09日　初版発行

著　者　グレース・バローズ
訳　者　芦原夕貴
（翻訳協力：株式会社トランネット）
装　丁　杉本欣右
発行人　長嶋正博
発　行　株式会社オークラ出版
〒153-0051　東京都目黒区上目黒1-18-6　NMビル
営　業　TEL：03-3792-2411　FAX：03-3793-7048
編　集　TEL：03-3793-4939　FAX：03-5722-7626
郵便振替　00170-7-581612（加入者名：オークランド）
印　刷　図書印刷株式会社

定価はカバーに表示してあります。
乱丁・落丁はお取り替えいたします。当社営業部までお送りください。

ISBN978-4-7755-1749-9